ÊXODO

Will Adams

Êxodo

Tradução de
S. Duarte

EDITORA RECORD
RIO DE JANEIRO • SÃO PAULO
2014

CIP-BRASIL. CATALOGAÇÃO NA FONTE
SINDICATO NACIONAL DOS EDITORES DE LIVROS, RJ

A176e

Adams, Will, 1963-
Êxodo / Will Adams; tradução de S. Duarte. – Rio de Janeiro: Record, 2014.

Tradução de: The Exodus quest
ISBN 978-85-01-08736-2

1. Ficção inglesa. I. Duarte, Sérgio. II. Título.

13-2182

CDD: 823
CDU: 821.111-3

TÍTULO ORIGINAL EM INGLÊS:
The Exodus Quest

Texto revisado segundo o novo Acordo Ortográfico da Língua Portuguesa.

Editoração eletrônica: Abreu's System

Direitos exclusivos de publicação em língua portuguesa somente para o Brasil
adquiridos pela
EDITORA RECORD LTDA.
Rua Argentina, 171 – Rio de Janeiro, RJ – 20921-380 – Tel.: 2585-2000,
que se reserva a propriedade literária desta tradução.

Impresso no Brasil

ISBN 978-85-01-08736-2

EDITORA AFILIADA

Seja um leitor preferencial Record.
Cadastre-se e receba informações sobre nossos lançamentos
e nossas promoções.

Atendimento e venda direta ao leitor:
mdireto@record.com.br ou (21) 2585-2002.

Com afeto, em memória
de meu primo e amigo
Mark Petre

AGRADECIMENTOS

Há muitas décadas já existe a teoria de que Moisés e o Êxodo possam estar de alguma forma ligados ao reinado do faraó herege Akhenaton. Seu mais famoso promotor foi Sigmund Freud em seu livro *Moisés e o monoteísmo.* Mais recente, no entanto, é a possível conexão entre o assentamento esseno* de Qumran e a capital do reino de Akhenaton em Amarna, ardentemente defendida pelo engenheiro metalúrgico britânico Robert Feather, no livro *The Copper Scroll Decoded*, leitura fascinante para todos os interessados na história egípcia.

Muitas pessoas me ajudaram a escrever este livro, tanto no Egito quanto na Inglaterra, e sou grato a todas. Gostaria, porém, de agradecer especialmente a meu agente, Luigi Bonomi, e a meu editor, Wayne Brookes, pelo constante apoio, visão, entusiasmo e aconselhamento, sem os quais a tarefa de escrever seria muito mais difícil do que é.

---

* A palavra "essenos", ou "essênios", designa o conjunto de vários subgrupos religiosos que surgiram entre os judeus, nos séculos II antes de Cristo e depois de Cristo. Sua existência se tornou mais conhecida após a descoberta, em 1946, dos "Pergaminhos do Mar Morto", também chamados "Manuscritos do Mar Morto", que alguns estudiosos consideram haver sido redigidos por essenos. Outros negam que esse grupo tenha existido (*N. do T.*).

PRÓLOGO

Margem sul do lago Mariut, 415 depois de Cristo.

O gesso finalmente secara. Marcus juntou alguns punhados de terra e areia do chão, espalhando-os pela superfície branca até que ficasse opaca e escura, praticamente idêntica ao restante da parede. Ergueu a lamparina a óleo bem próximo para examiná-la, acrescentando mais terra onde julgou necessário, até sentir-se satisfeito, embora na verdade precisasse ter olhos mais jovens. Finalmente, caminhou pelas antigas passagens e câmaras, que conhecia muito bem, despedindo-se de seus colegas e ancestrais nas catacumbas e das recordações de uma vida inteira. Subiu os degraus e saiu.

A tarde já estava adiantada. Não havia tempo a perder.

Fechou o alçapão de madeira, espalhando areia e pedras para cobri-lo. Misturados com o ruído seco da madeira batendo, o farfalhar dos mantos e com os golpes da pá de ferro no solo, começou a ouvir cânticos de uma multidão distante. O som se elevou tanto, e de forma tão convincente, que ele parou para prestar atenção. Mas fez-se apenas silêncio, exceto por sua respiração ofegante, o bater de seu coração e o escorrer da areia.

Nada, a não ser os temores de um velho solitário.

O sol já descambava a oeste, tingindo o céu de tons alaranjados. Eles costumavam vir à noite, como em geral fazem todos os malfeitores, mas cada vez se mostravam mais atrevidos. Naquela manhã, ele tinha visto rostos estranhos no porto. Amigos antigos que cochichavam entre si. Gente de cujas doenças ele tratara, sem pensar em sua própria segurança, agora o olhava como um pestilento.

Começou a jogar areia, cada vez mais depressa, a fim de combater o pânico antes que este o dominasse.

Imaginara que eles seriam capazes de resistir. Afinal, a comunidade a que pertenciam havia sobrevivido a muitas perseguições e guerras. Pensara, tolamente, que as ideias deles acabariam por prevalecer, porque eram muito mais robustas e racionais do que as cruéis idiotices dos devotos considerados sensatos. Mas se enganara. Era da natureza humana que a razão deixasse de funcionar quando os temores se agitavam.

Pobre Hipátia, bela, prudente e suave! Dizia-se que seu linchamento fora ordenado pelo próprio papa Cirilo. Epífanes observara tudo. Era apenas um menino, demasiado jovem para presenciar uma coisa como aquela. A multidão enfurecida era chefiada por aquele beato hipócrita, Pedro, o Leitor. Isso não era de admirar. Eles a arrancaram da carruagem, despiram-na e a arrastaram até a igreja de sua seita, esfolando-a com conchas afiadas. Finalmente, incineraram seus restos mortais.

Diziam-se homens de Deus. Como era possível que não compreendessem o que realmente eram?

O sol se pôs. A noite começou a ficar mais fresca. Ele reduziu o vigor da tarefa. Já estava longe dos dias de juventude. Mas não parou completamente. Quanto mais depressa terminasse, mais rapidamente poderia ir embora, a fim de juntar-se à família e aos companheiros na busca de refúgio perto de Hermópolis, ou até mesmo Chenoboskion, dependendo da extensão a que aquela loucura já tivesse se espalhado. Ele os mandara seguir adiante, levando todos os rolos, pergaminhos e outros pertences preciosos que pudessem transportar, sabedoria acumulada durante séculos. Ele próprio, no entanto, ficara para trás. Nos últimos anos, eles tinham demonstrado certo desleixo. Não era segredo que possuíam instalações subterrâneas ali. Ele sabia disso, até mesmo porque tomara conhecimento de boatos absurdos sobre riquezas e tesouros escondidos que possuíam. Se os bandidos procurassem com empenho e tempo suficientes, seria muito provável que encontrassem aqueles degraus, ainda que ele os ocultasse muito bem. Por esse motivo, fechara com argamassa a entrada da câmara de batismo, para que uma pequena fração de seus conhecimentos sobrevivesse, ainda que as instalações subterrâneas fossem descobertas. Talvez algum dia houvesse mais sanidade e seus companheiros pudessem regressar também. Se não ele próprio, talvez seus filhos ou netos. E, se fosse impossível para estes, nesse caso talvez o povo de uma era futura. Uma era mais racional, mais esclarecida. Talvez compreendessem a sabedoria daquelas paredes e não as odiassem e conspurcassem.

Terminou de arrematar e cobrir a entrada até que fosse difícil descobri-la. Era hora de partir. A ideia o fazia desanimar. Estava demasiadamente idoso para tais aventuras, muito velho para começar tudo de novo. Tudo o que desejara da vida era tranquilidade para estudar seus textos, compreender a natureza do mundo. Mas isso agora lhe era negado por aqueles brutos arrogantes e cruéis que tinham transformado em pecado até mesmo o ato de pensar. O prazer que sentiam em exercer caprichosamente o poder era visível em seus olhos. Chafurdavam em sua própria perversidade. Erguiam as mãos para o alto como se o sangue que havia nelas brilhasse em forma de virtude.

Viajava sem bagagem: somente o manto, uma pequena sacola com provisões e algumas moedas na bolsa. Não havia caminhado nem dez minutos quando viu um clarão na colina diante de si. Inicialmente não deu importância, imerso em seus próprios pensamentos. Em seguida, percebeu tochas que vinham do porto. A direção do vento mudou e ele ouviu vozes. Homens e mulheres que bradavam e cantavam com júbilo, antegozando mais um linchamento.

Apressou-se em voltar ao lugar de onde viera, com o coração descompassado. O assentamento ficava em uma colina baixa, acima do lago. Chegou ao topo e viu clarões por todos os lados, como uma pira que acabasse de ser acesa, as chamas lambendo o madeirame. Ouviu um grito à direita. Um telhado começava a ser consumido pelas labaredas. Depois outro, e logo mais um.

Eram seus lares, suas vidas! O clamor aumentou, chegando mais perto. As imprecações eram horríveis. Aquela gente gostava do que fazia. Voltou-se para um lado e para o outro, procurando um caminho para escapar, mas, para onde quer que se dirigisse, as tochas o obrigavam a recuar, impelindo-o para um espaço cada vez mais confinado.

Ouviu gritos novamente. Tinha sido visto. Virou-se e correu, mas as pernas idosas não obedeciam, embora soubessem o preço da captura. Eles logo o cercaram, com os rostos inflamados pela sede de sangue. Nada mais havia a fazer senão manter a dignidade e a coragem, procurando inspirar-lhes compaixão. Se não conseguisse, talvez o horror e a revolta com que na manhã seguinte recordassem as ações daquela noite os fizessem poupar outras vítimas.

Isso já seria um bom resultado.

Caiu de joelhos no solo pedregoso, com todo o corpo tremendo incontrolavelmente. Lágrimas rolaram por seu rosto e ele começou a rezar.

UM

I

Rua Bab Sedra, Alexandria.

Caminhando pela Sharia Bab Sedra, Daniel Knox viu o vaso de cerâmica sobre a toalha de um vendedor de rua. Estava cheio de caixas de fósforos e pacotes de guardanapos brancos, servindo para sustentar uma fileira de livros escolares em árabe. Sentiu uma palpitação no coração e teve uma sensação momentânea de déjà-vu. Tinha certeza de haver visto outro parecido anteriormente. Durante alguns segundos, quase recordou, mas logo a impressão lhe fugiu e a sensação desapareceu lentamente, deixando-o simplesmente intrigado, sem saber se se tratava de alguma alucinação.

Parou, abaixou-se, pegou um vaso de plástico de cores berrantes com flores artificiais um tanto murchas e, em seguida, um volume escolar de geografia com todas as páginas soltas, fazendo com que mapas desatualizados do Egito caíssem sobre a toalha como um maço de cartas de baralho espalhadas por um prestidigitador.

— *Salaam alekum* — disse o negociante, com um cumprimento de cabeça. Não podia ter mais de 15 anos e parecia ainda mais jovem, vestido com roupas de segunda mão, pelo menos dois números maiores.

— *Wa alekun es salaam* — respondeu Knox.

— Gosta deste livro, senhor? Quer comprar?

Knox encolheu os ombros e devolveu o livro, olhando em volta como se não tivesse interesse no que via. O jovem mascate, no entanto, sorriu obliquamente. Não era tolo. Knox deu um sorriso inocente e tocou o vaso de cerâmica com um dedo.

— O que é isto? — perguntou.

— O senhor tem bom olho. É uma extraordinária peça de antiguidade da rica história de Alexandria. Uma fruteira usada por Alexandre, o Grande, ninguém mais ninguém menos! Sim, Alexandre, o Grande! Nem uma palavra do que digo é mentira.

— Alexandre, o Grande? Não é possível.

— Nem uma palavra é mentira — insistiu o rapazinho. — Encontraram o cadáver dele, o senhor sabe. Acharam isso no túmulo. Sim! O homem que encontrou Alexandre se chama Daniel Knox. É meu grande amigo, ele próprio me deu isso!

Knox riu. Desde aquela aventura, ele passara a ter muitos grandes amigos.

— E você está vendendo isto aqui na rua? — provocou. — Naturalmente, se pertenceu a Alexandre, deveria estar no Museu do Cairo. — Pegou o vaso, novamente com a impressão de déjà-vu, com uma curiosa palpitação no peito, uma sensação de secura na boca e uma leve pressão na base do crânio.

Revirou a peça nas mãos, apreciando o sentido tátil. Não era perito em cerâmica, mas todos os arqueólogos de campo possuíam certo conhecimento, até mesmo porque nove em cada dez artefatos em qualquer sítio eram de algum tipo de cerâmica: ou um fragmento de um prato, taça ou jarro, um pedaço de lamparina a óleo ou de frasco de perfume, se você tivesse sorte.

Mas aquele não estava danificado. Tinha cerca de 18 centímetros de diâmetro e 7 de profundidade, com base plana e lados curvos, sem enfeite nas bordas, para que fosse possível beber diretamente o líquido que contivesse. A julgar pela textura suave, a argila evidentemente tinha sido bem-peneirada para separar pedras e impurezas antes de seguir para o forno. Era de um tom rosa acinzentado, embora recoberta por uma camada mais pálida que lhe dava uma aparência de redemoinho, como o leite remexido no café. Talvez fosse de proveniência local, talvez não. Seria necessário um perito para ter certeza. Também não era fácil determinar a idade. Os artefatos mais finos, como as lamparinas a óleo e as vasilhas mais caras, haviam se modificado constantemente conforme a moda predominante, ainda que somente para demonstrar a riqueza de seus detentores, mas os mais rústicos, como aquele, em geral mantinham as formas, muitas vezes durante séculos. Podia ser do ano 50 depois de Cristo, com erro de dois séculos, ou de milênios. Colocou-o de volta na toalha, com a intenção de afastar-se, mas o vaso não o permitiu. Knox ficou acocorado, olhando o objeto e procurando entender por que motivo ele o atraía.

Sabia que era muito raro encontrar artefatos de valor nos mercados de rua. Os vendedores mais agressivos eram suficientemente astutos para não oferecê-los daquela forma, e a polícia de antiguidades os vigiava. Também havia artesãos nas ruelas de Alexandria e do Cairo capazes de preparar réplicas convincentes num piscar de olhos, quando percebiam a possibilidade de enganar um turista incauto e ficar com seu dinheiro. Aquele vaso, no entanto, parecia grosseiro demais para que tal esforço valesse a pena.

— Quanto? — perguntou ele, finalmente.

— Mil dólares americanos — replicou o jovem, sem pestanejar.

Knox riu novamente. Os egípcios sabiam dar o preço conforme o comprador, e não conforme a peça. Evidentemente, naquele dia, ele parecia bastante rico. Rico e tolo. Mais uma vez fez menção de afastar-se, e algo o deteve de novo. Tocou o vaso com a ponta de um dos dedos, hesitante em barganhar. Uma vez começando, era uma grosseria não chegar ao fim, e Knox não tinha certeza de que realmente desejasse aquele objeto, ainda que o obtivesse por um baixo preço. Se fosse uma antiguidade genuína, afinal, seria ilegal comprá-la. Se fosse falsa, ele se sentiria aborrecido durante dias por ter sido enganado, especialmente se seus amigos e colegas ficassem sabendo. Balançou decididamente a cabeça e desta vez levantou-se mesmo.

— Quinhentos — tentou o jovem comerciante rapidamente, percebendo que o peixe gordo lhe escapava entre os dedos. — Já vi o senhor antes. O senhor é um bom homem. Farei um preço especial. Muito especial.

Knox negou com a cabeça.

— Onde o conseguiu? — questionou.

— Veio do túmulo de Alexandre, o Grande; asseguro-lhe. Meu amigo me deu porque é grande...

— Diga a verdade — falou Knox —, ou vou embora agora mesmo.

Os olhos do rapazinho se estreitaram, numa expressão de astúcia.

— Para que o senhor quer que eu diga? — retrucou. — Para chamar a polícia?

Knox tirou algumas notas do bolso, deixando que ele visse o dinheiro.

— Como posso ter certeza de que é genuíno se não me disser onde o conseguiu?

O comerciante fez uma careta, olhando em volta para ter certeza de que não seria ouvido por outras pessoas.

— Um amigo de meu primo trabalha em uma escavação — sussurrou.

— Qual escavação? — perguntou Knox. — Quem é o diretor?

— Estrangeiros.

— Que tipo de estrangeiros?

O menino encolheu os ombros, com indiferença.

— Estrangeiros.

— Onde?

— Sul — disse ele, vagamente. — Ao sul de Mariut.

Knox assentiu. Aquilo fazia sentido. Nos tempos antigos, o lago Mariut era circundado por fazendas e povoados, antes que as cheias do Nilo trouxessem sedimentos que acabaram por reduzir o tamanho do lago. Contou vagarosamente o dinheiro. Se aquele vaso realmente tinha vindo de um sítio arqueológico, seu dever era restituí-lo ou, pelo menos, avisar a alguém na escavação de que havia um problema de segurança. Trinta e cinco libras egípcias. Dobrou as notas entre o indicador e o médio, franzindo a testa.

— Está dizendo ao sul do lago? Onde, exatamente? Para comprar, preciso saber com certeza.

Os olhos do rapazinho deixaram com relutância o dinheiro e focalizaram novamente Knox. Seu rosto assumiu uma expressão amarga, como se compreendesse que já havia revelado mais do que desejava. Murmurou um palavrão obscuro, agarrou os quatro cantos da toalha e a ergueu, fazendo com que todo o conteúdo se juntasse num ruído. Em seguida, afastou-se rapidamente. Knox tentou segui-lo, mas um homem de porte colossal surgiu de repente e barrou seu caminho. Knox procurou driblá-lo, mas o homem simplesmente se moveu para um lado a fim de impedi-lo, com os braços cruzados sobre o peito e um sorriso seco nos lábios, convidando-o a fazer outra tentativa. Mas já era tarde demais: o rapazinho fora engolido pela multidão, levando consigo o vaso de cerâmica.

Knox encolheu os ombros e desistiu. É quase certo que o vaso nada valia. Quase certo, é claro.

II

Deserto Oriental, Médio Egito.

O inspetor de polícia Naguib Hussein observava o patologista do hospital puxar uma ponta da lona azul, mostrando o cadáver ressecado de uma jovem. Pelo menos, Naguib imaginava que fosse uma moça, pelo pequeno tamanho do corpo, cabelos longos, bijuteria e roupas baratas, mas, na verdade, não dava para ter certeza. Já estava morta há muito tempo, enterrada nas areias escaldantes do Deserto Oriental, mumificando-se enquanto apodrecia, com uma fratura aberta na parte posterior da cabeça que ficara presa à lona pelo sangue coagulado.

— Quem a encontrou? — perguntou o patologista.

— Um dos guias — respondeu Naguib. — Aparentemente, alguns turistas queriam conhecer o verdadeiro deserto. — Deu um grunhido de satisfação. — E conheceram mesmo.

— E ela estava à vista?

— Viram a lona primeiro. Depois um pé. O resto ainda estava oculto.

— A ventania de ontem à noite deve tê-la descoberto.

— E também cobriu as pegadas que porventura houvesse — concordou Naguib. Ficou olhando, de braços cruzados, enquanto o patologista continuava o exame preliminar do couro cabeludo, olhos, maçãs do rosto e orelhas, manipulando a mandíbula inferior para um lado e para o outro a fim de abrir a boca da jovem, enfiando profundamente uma espátula e raspando terra e areia da membrana seca da língua, dos lados da cavidade bucal e da garganta. Fechou novamente a boca da moça e deu atenção ao pescoço, às vértebras, ao ombro direito inchado e deslocado e aos braços, que jaziam desajeitados de ambos os lados do corpo, quase timidamente.

— Qual a idade dela? — perguntou Naguib.

— Espere meu relatório.

— Por favor. Preciso de algo para começar a trabalhar.

O patologista suspirou.

— Treze, quatorze. Algo assim. O ombro direito mostra sinais de deslocamento *post mortem*.

— É verdade — concordou Naguib. Por vaidade profissional, queria que o patologista soubesse que ele próprio percebera a mesma coisa, e por isso acrescentou: — Acho que talvez o retesamento tenha ocorrido antes do sepultamento. Talvez com o braço levantado acima da cabeça, e quem a enterrou o tenha deslocado ao procurar envolvê-la na lona.

— Talvez — respondeu o patologista, que evidentemente não costumava especular sem base.

— Quanto tempo poderá ter decorrido após a morte?

— Isso depende. Quanto mais elevada a temperatura, mais depressa ocorre o endurecimento, mas também desaparece mais rapidamente. E se ela estivesse correndo, por exemplo, ou lutando para defender-se, seria ainda mais rápido.

Naguib respirou profundamente para não dar sinais de impaciência.

— Diga aproximadamente.

— Os músculos dos ombros costumam ser os últimos a mostrar enrijecimento. Leva pelo menos três horas, muitas vezes seis ou sete. Depois... — o patologista balançou a cabeça — ... pode durar de seis horas a dois dias.

— Mas no mínimo três horas, não é?

— Em geral. Mas há casos diferentes.

— Sempre há casos diferentes — disse Naguib.

— É verdade. — Com o dedo, ele puxou os frágeis elos da corrente que a jovem tinha no pescoço, da qual pendia um enfeite. Uma cruz copta. Olhou para Naguib, sem dúvida pensando o mesmo que o policial. Mais uma jovem copta morta. Não seria uma notícia boa naquela região do país. — É uma bela peça — murmurou o patologista.

— É, sim — assentiu Naguib.

Parecia indicar não ter havido motivação de roubo. O patologista levantou as saias da moça, mas as roupas de baixo, embora andrajosas, estavam intactas. Não havia sinal de abuso sexual. *Nenhum* sinal de violência, na verdade, a não ser a fenda na base do crânio.

— Alguma indicação de há quanto tempo ela está aqui? — indagou Naguib.

O patologista encolheu os ombros.

— Eu estaria adivinhando. Preciso levá-la de volta à base.

O policial assentiu. Era tudo o que o outro poderia dizer. Os cadáveres encontrados no deserto eram reconhecidamente difíceis. Um mês, um ano, uma década; todos pareciam iguais.

— E a causa da morte? A pancada na cabeça?

— Muito cedo para saber.

Naguib fez uma careta.

— Vamos. Não vou contar a ninguém.

— Todos me dizem isso e depois citam minha opinião.

— Está bem. Se não foi o golpe na cabeça, talvez o pescoço tenha sido quebrado, não?

O patologista tamborilou o joelho com os dedos, resolvendo se deveria dizer alguma coisa ou guardar segredo.

— Quer mesmo saber meu palpite? — disse, finalmente.

— Quero.

— Você não vai gostar.

— Experimente.

O patologista se levantou. Com as mãos nos quadris, olhou em volta, contemplando as areias áridas do Deserto Oriental que se estendiam até perder-se de vista, com o ar palpitando de calor, interrompidas apenas pelas rudes encostas de Amarna.

— Muito bem, então — continuou, sorrindo, como se soubesse que oportunidades como aquela não surgiam muito frequentemente. — Na verdade, suponho que ela tenha morrido afogada.

III

Knox encontrou Omar Tawfiq de joelhos no chão do escritório, com a tampa e as partes internas de um computador espalhadas diante de si, uma chave de fenda na mão e uma mancha de graxa no rosto.

— Você já não tem trabalho suficiente? — perguntou.

— O pessoal da informática só vai voltar amanhã.

— Então contrate outros.

— Os novos vão cobrar mais.

— Claro, porque virão quando você precisar deles.

Omar encolheu os ombros, aceitando a verdade daquelas palavras, embora Knox duvidasse de que ele aceitaria o conselho. Omar era jovem e parecia ter ainda menos idade. Recentemente, tinha sido promovido a chefe interino do CSA, Conselho Superior de Antiguidades, em Alexandria, mas todos sabiam que obtivera o posto porque Yusuf Abbas, o secretário-geral baseado no Cairo, queria ter alguém dócil e fácil de demitir, que ele pudesse comandar enquanto preparava um de seus próprios subordinados de confiança para assumir permanentemente o cargo. Omar também sabia disso, mas era tímido demais para ressentir-se. Em vez disso, passava o tempo na sala que ocupava anteriormente, escondido de seus espantados funcionários e dedicando-se a tarefas reconfortantes como aquela. Levantou-se, limpando as mãos.

— Então, o que posso fazer por você, amigo?

Knox hesitou.

— Vi um vaso antigo em um mercado. Bem-cozido ao forno. Massa de argila fina. Era rosa acinzentado, com uma pátina branca. Talvez 18 centímetros de diâmetro.

— Pode ser qualquer coisa.

— É verdade. Mas me deu aquela sensação que você conhece.

Omar assentiu gravemente, demostrando respeitar as sensações de Knox.

— Você veio aqui para verificar a base de dados?

— Sim, se for possível.

— Claro que sim. — Omar se orgulhava de sua base de dados, cuja preparação tinha sido sua responsabilidade principal antes da inesperada promoção. — Use a sala de Maha. Ela está de folga hoje.

Os dois caminharam juntos. Omar sentou-se à mesa da funcionária ausente.

— Dê-me um minuto — pediu ele.

Knox concordou e se aproximou da janela, olhando para seu jipe lá embaixo. O conserto tinha custado uma fortuna após a aventura com

Alexandre, mas o carro lhe havia servido bem ao longo dos anos e ele ficara satisfeito com a decisão.

— Alguma notícia de Gaille? — perguntou Omar.

— Não.

— Sabe quando ela vai voltar?

— Quando terminar, imagino.

Omar enrubesceu.

— Pronto — disse ele.

— Desculpe — suspirou Knox. — Não quis ser grosseiro.

— Não se preocupe.

— É que todo mundo fica perguntando, sabe?

— É porque gostamos muito dela. Gostamos de vocês dois.

— Obrigado — disse Knox.

Começou a examinar a base de dados, com fotos de vasos, pratos, figuras e lâmpadas funerárias coloridas e em preto e branco. Passava rapidamente pela maioria sem olhar duas vezes, enquanto o velho computador se esforçava para acompanhá-lo. De vez em quando, uma das imagens lhe despertava a atenção, mas não era exatamente igual. Os antigos artefatos são assim: quanto mais de perto são examinados, mais pontos potenciais de diferença se encontram.

Omar voltou com um jarro de água e dois copos em uma bandeja.

— Achou alguma coisa?

— Ainda não. — Knox chegara ao fim da base de dados. — Você só tem isso?

— De proveniência local, só.

— E os de fora?

Omar suspirou.

— Escrevi a diversos museus e universidades quando estava organizando os dados. Não tive muitas respostas na época. Desde minha nomeação recente, no entanto...

Knox riu.

— Não é de admirar.

— Mas ainda não introduzimos os dados. Só temos CDs e documentação.

— Posso ver?

Omar abriu a gaveta de baixo do arquivo e tirou uma caixa de papelão cheia de CDs.

— Não estão organizados — advertiu.

— Não importa — respondeu Knox. Pôs um CD no computador. Houve um ruído na máquina. Surgiu uma página de fotos miniaturizadas, com fragmentos de papiros e de tecidos de linho.

Knox passou à página seguinte e depois à terceira. As cerâmicas que encontrava eram coloridas e com desenhos, muito diferentes da que procurava.

— Pode ficar à vontade — disse Omar.

— Obrigado.

O segundo CD era de estátuas da era romana, o terceiro, de joias, e o quarto estava corrompido. A mente de Knox começou a divagar, talvez estimulada pela pergunta anterior de Omar. Uma súbita lembrança de Gaille, tomando o café da manhã na *corniche* do Nilo em Minya: o jeito dela lambendo o lábio superior para retirar a migalha do pão, os cabelos escuros jogados para a frente, o sorriso dela ao perceber que ele a observava.

O oitavo CD era uma conferência sobre anatomia, demonstrando a diferença entre os trabalhadores braçais e os ricos indolentes por meio da espessura dos ossos e da curvatura da espinha.

Naquela manhã em Minya, o celular de Gaille tinha tocado. Ela verificou o número, remexeu-se no assento e voltou-se de costas para ele, iniciando uma conversa curta à qual logo pôs fim e prometendo chamar novamente.

— Quem era?

— Ninguém.

— É melhor alertar a operadora se continuar a receber chamadas de pessoas que não existem.

Ela suspirou, hesitante.

— Fátima.

— Fátima? — Uma fisgada inesperada de ciúme. Fátima era amiga *dele*. Menos de uma semana antes, ele as havia apresentado. — O que ela queria?

— Acho que ficou sabendo que o trabalho em Siwa tinha sido adiado.

— Você acha?

— Bem, ela ficou sabendo.

— E telefonou para dar os pêsames, não foi?

— Lembra-se de como ela se interessou pela minha coleção de imagens virtuais?

O 11º CD mostrava artefatos islâmicos. O seguinte era de moedas de ouro e prata.

— Ela quer contratar você?

— Realmente, Siwa não vai acontecer — disse Gaille. — E tenho horror de ficar à toa, especialmente se estiver ganhando para isso. Não gosto de ser um desperdício.

— Você não é um desperdício — respondeu ele, de forma sombria. — Como pode se considerar assim?

— É como me sinto.

O 13º CD era de pinturas em túmulos pré-dinásticos. Começou a examinar o 14º mediante a sucessão automática de imagens. Já estava na metade quando teve a sensação de que alguma coisa importante tinha passado. Voltou à foto precedente e depois à anterior. Lá estava, no canto superior direito da tela, o irmão gêmeo do vaso que ele vira, voltado de boca para baixo, apoiado na borda. A mesma forma, a mesma cor, a mesma textura, o mesmo modelo. Não havia descrição, somente números de referência.

Chamou Omar, que tirou do armário um classificador. Knox leu os números de referência enquanto o outro folheava as páginas e corria o dedo pelas anotações até encontrar a que queria. Franzindo a testa, estupefato, disse:

— Não é possível. Nem mesmo é um vaso.

— Então, o que é?

— Uma tampa. A tampa de um recipiente maior, para armazenamento.

Knox deu um grunhido. Era evidente, agora que Omar o identificara. Tampouco servia de ajuda. O Egito tinha sido o celeiro do mundo antigo. Grandes quantidades de produtos alimentícios haviam passado pelos vários portos de Alexandria. A manufatura de vasos para armazenamento e transporte tinha sido uma indústria enorme.

— O engano foi meu — admitiu.

A confissão não impressionou Omar.

— Nem sequer é um objeto daqui — observou ele. — Nem mesmo do Egito.

— De onde, então?

Omar encarou Knox com os olhos apertados, como se suspeitasse ter sido vítima de um embuste.

— É de Qumran — disse, de repente. — De onde os Pergaminhos do Mar Morto foram encontrados.

DOIS

I

Estação ferroviária de Assiut, Médio Egito.

Gaille Bonnard começava a arrepender-se de ter ido à estação encontrar-se com Charles Stafford e sua assistente. Em geral, ela gostava de estar com outras pessoas, apreciava o companheirismo e a agitação, especialmente ali no Médio Egito, onde o povo era efusivamente amistoso, ainda não demasiadamente exposto aos turistas. Nas últimas semanas, no entanto, as tensões haviam aumentado visivelmente. Havia mesmo uma marcha de protesto em curso naquela tarde em outro ponto da cidade, o que provavelmente explicava por que ela vira somente três homens das Forças Centrais de Segurança na plataforma, em contraste com a costumeira pletora de gente uniformizada. Para piorar, um trem anterior tivera problemas mecânicos e, por isso, havia o dobro de passageiros esperando para embarcar, todos se preparando para a inevitável competição por assentos.

Ouviram-se ruídos nos trilhos. Os ratos debandaram. Os passageiros tomaram posição. O velho trem surgiu, já com janelas sendo abaixadas e portas sendo abertas; os viajantes desceram com seus pertences, abrindo caminho em meio à confusão. Vendedores ambulantes caminhavam junto às janelas oferecendo sacolas transparentes de pão *baladi*, cones de papel recheados de sementes, barras de sésamo, doces e bebidas.

Num extremo da plataforma, um homem de boa aparência, com pouco mais de 30 anos, emergiu do vagão de primeira classe. Era Charles Stafford.

Apesar da barba por fazer há dois dias, ela o reconheceu imediatamente por causa das fotos nas contracapas do livro que Fátima lhe emprestara na noite anterior. Ela os folheara por questão de cortesia, embora tratassem do tipo de história populista que detestava: especulação desenfreada com base em uso altamente seletivo de indícios. Conspirações por toda parte, sociedades secretas, tesouros ocultos por baixo de cada montículo de terra, sem que se ouvisse jamais uma só voz dissonante, a menos que pudesse ser ridicularizada e desprezada.

Stafford parou para colocar os óculos escuros e, em seguida, desceu à plataforma, com uma pasta de couro preta ao ombro, onde levava o laptop. Atrás dele desceu uma jovem baixinha, de tailleur azul-marinho, ajeitando tufos de cabelos ruivos revoltos sob um lenço florido. Um carregador egípcio os seguia, lutando com uma montanha de malas de couro marrom, todas combinando.

Uma mulher idosa tropeçou, apoiando-se em Stafford quando este procurava atravessar a multidão. A pasta com o laptop girou e bateu na orelha de um rapazinho. O menino logo percebeu que o estrangeiro parecia ser rico e tratou de reclamar aos brados. Um homem vestido com um manto marrom sujo disse alguma coisa rude para Stafford, que fez um gesto arrogante para que ele se afastasse. O menino passou a reclamar ainda mais alto. Stafford deu um profundo suspiro e voltou-se para a ruiva, evidentemente esperando que ela resolvesse o caso. Curvando-se, ela examinou a orelha do garoto, sorriu com simpatia e passou-lhe uma nota. O menino não conseguiu esconder a alegria e afastou-se, saltitando. O homem do manto marrom, no entanto, ainda parecia ofendido pelo gesto de Stafford, e aquela transação o irritou ainda mais. Em voz alta, declarou que os estrangeiros agora achavam que podiam maltratar crianças egípcias à vontade e depois pagar para encerrar o incidente.

A ruiva deu um sorriso incerto e tentou afastar-se, mas as palavras do homem sensibilizaram a multidão, que formou um cordão, bloqueando a passagem. O clima estava ficando feio. Stafford tentou sair dali à força, mas alguém o empurrou, deslocando-lhe os óculos. Ele tentou segurá-los, mas não conseguiu evitar que caíssem no chão. No momento seguinte, Gaille ouviu o ruído do vidro sendo pisoteado e uma gargalhada desdenhosa.

Gaille procurou ansiosamente os três homens da segurança, mas eles já iam se afastando de cabeças baixas e entrando no saguão da bilheteria, sem querer se meter naquele assunto. Sentiu medo, pensando no que fazer. Aquele incidente não era problema seu. Ninguém sequer sabia de sua presença ali. O 4x4 estava estacionado junto à saída da estação. Ela hesitou por mais um instante e, em seguida, virou-se e saiu rapidamente do prédio.

II

— Mas é somente uma tampa — protestou Omar, descendo apressadamente os degraus da entrada do CSA no encalço de Knox. — Deve haver milhares iguais a essa. Como pode ter tanta certeza de que veio de Qumran?

Knox abriu a porta do jipe e entrou.

— Porque lá é o único lugar em que foram encontrados vasos com os Pergaminhos do Mar Morto — disse ele. — Outro foi encontrado em Jericó, poucos quilômetros ao norte, e talvez mais um em Masada, também próximo. Fora esses...

— Mas parecia perfeitamente comum.

— Podia parecer — retrucou Knox, esperando uma van passar antes de sair da vaga. — Mas você precisa entender uma coisa. Há dois mil anos, os vasos eram usados para transportar coisas ou para guardá-las. Os vasos de transporte eram geralmente ânforas, com grandes alças que facilitassem o manejo. Eram robustas para suportar choques e cilíndricas para aproveitar melhor o espaço quando fossem empilhadas. — Fez uma curva à direita no fim da rua e, em seguida, dobrou abruptamente à esquerda. — Porém, quando a mercadoria chegava ao destino, era vertida em vasos de armazenagem, cuja base era arredondada com o objetivo de repousarem na areia, tornando mais fácil virá-los para derramar o conteúdo. Também tinham gargalos longos e boca estreita, de forma que pudessem ser arrolhados e seu conteúdo permanecesse fresco. Os vasos dos Pergaminhos do Mar Morto, no entanto, não eram assim. Tinham a base plana, gargalo curto e boca ampla. Havia um motivo importante para isso.

– Qual?

Os freios rangeram quando Knox deu passagem a um bonde no cruzamento à sua frente.

— O que você sabe sobre Qumran? — perguntou.

— Foi ocupada pelos essenos, não? — respondeu Omar. — Aquela seita judaica. Mas já ouvi dizer que foi uma aldeia, ou um forte, ou coisa assim.

— Isso já foi mencionado — concordou Knox, que se sentia fascinado por aquele lugar desde que passara um feriado lá com a família, quando era criança. — Mas acho que é um engano. Quer dizer, Plínio afirma que os essenos habitaram o nordeste do Mar Morto. Se não foi em Qumran propriamente, terá sido muito próximo, e ninguém propôs uma alternativa convincente. Houve um estudioso que resumiu: ou Qumran e os pergaminhos eram essenos, ou temos diante de nós uma espantosa coincidência. Eram duas comunidades religiosas importantes quase coabitando, compartilhando opiniões e rituais semelhantes, uma das quais foi descrita por autores antigos, mas que não deixou vestígios físicos, enquanto a outra foi deixada de lado por todas as nossas fontes, mas nos legou muitas ruínas e documentos.

— Bem, sabemos que Qumran foi ocupada pelos essenos — concordou Omar. — Isso não explica por que motivo os vasos deles tinham características específicas.

— Os essenos eram fanáticos pela pureza dos rituais — explicou Knox. — A coisa mais insignificante poderia tornar impuro um recipiente. Uma gota de chuva, um inseto, alguma coisa derramada. Se isso acontecesse, o problema seria enorme. Quero dizer, se um recipiente fosse conspurcado, tudo o que houvesse dentro ficaria também impuro e teria de ser descartado. Mas esse não era o pior aspecto. Líquidos e cereais costumavam ser jogados em rios e outras correntes de água. Portanto, o verdadeiro problema era saber se a impureza do curso voltaria para infectar o vaso de armazenamento. Os fariseus e outras seitas judaicas não davam muita importância ao assunto, mas os essenos acreditavam que tudo ficava contaminado e, por isso, não se arriscavam a derramar o conteúdo em rios. Em vez disso, levantavam um pouco a tampa, mergulhavam uma medida e assim faziam a transferência do que houvesse no interior. Como já não precisavam inclinar os vasos, faziam-lhes com base chata, o que os tornava mais estáveis, e com gargalos curtos e bocas largas, para facilitar a inserção da medida.

— E os vasos de boca larga precisavam de tampas em forma de cuia — sorriu Omar.

— Exatamente — disse Knox, assentindo com a cabeça.

Estavam chegando à encruzilhada da estrada para o deserto. Ele se curvou sobre o volante para ver melhor os sinais de direção. No escritório de Omar, uma rápida pesquisa mostrara que havia somente quatro sítios arqueológicos dirigidos por estrangeiros nas vizinhanças do lago Mariut, mas nada estava ocorrendo naquele momento em Filoxinite, Taposiris Magna ou Abu Mina. Restava, portanto, apenas um candidato: um grupo chamado Sociedade Texana de Arqueologia Bíblica que fazia escavações perto de Borg el-Arab.

— Mas então por que aquela tampa estava em Alexandria? — perguntou Omar, tão logo Knox enveredou pela estrada correta.

— Pode ter vindo para cá há muitos séculos — explicou Knox, encolhendo os ombros. — Os Pergaminhos do Mar Morto eram conhecidos na Antiguidade. Há relatos de descobertas de textos nas cavernas de Qumran nos séculos I, II e III. Orígenes os utilizou para escrever sua *Hexapla*.

— Sua o quê?

— A Bíblia, escrita seis vezes em colunas paralelas. A primeira em hebraico, a segunda em grego e, em seguida, uma série de versões baseadas nas duas anteriores. Foi de grande ajuda para que os estudiosos pudessem comparar e contrastar as diversas versões. Mas o importante é que ele aproveitou em grande parte os Pergaminhos do Mar Morto.

— E você acha que eles podem ter sido trazidos para cá no vaso que você viu...

— É sem dúvida uma possibilidade.

Omar engoliu em seco, com ruído.

— Você não está dizendo que acha possível realmente encontrarmos... *pergaminhos*, não é?

Knox riu.

— Não seja ambicioso. Um dos pergaminhos, na verdade, foi gravado em cobre, como um mapa do tesouro, acredita? Mas os demais eram escritos em pergaminho ou papiro. O clima de Alexandria já os teria destruído há séculos. Além disso, há outra explicação que suscita novas interrogações, pelo menos para mim.

— Continue.

— Temos considerável certeza de que os essenos não habitaram apenas Qumran — disse Knox. — Por exemplo, José menciona um Portão Esseno em Jerusalém, e diversos pergaminhos estabelecem regras para disciplinar o modo de vida dos essenos fora de Qumran. Sabemos também que existiam milhares de essenos, ao passo que Qumran poderia abrigar somente algumas centenas. Portanto, evidentemente existiam outras comunidades.

— Está dizendo que podia haver aqui, em Alexandria...

Knox sorriu.

— Já ouviu falar nos *therapeutae*?

III

O reverendo Ernest Peterson enxugou disfarçadamente a testa. Não gostava de que o vissem transpirar. Não lhe agradava mostrar sinais de fraqueza. Tinha 52 anos de idade, cabelos grisalhos e olhos ardentes, e sua postura era ereta. Nunca abandonava seu exemplar da Bíblia do rei James e sempre envergava a roupa eclesiástica. Orgulhava-se em demonstrar, por meio de sua inflexível determinação, um pálido reflexo do irresistível poder divino. Mesmo assim, a transpiração continuava. Não era somente a umidade naquele estreito e escuro labirinto subterrâneo, e sim a sensação vertiginosa do que estava prestes a realizar.

Trinta e poucos anos antes, Peterson era um pequeno bandido — ladrão de galinhas sempre encrencado com a polícia. Certa noite, ao ser preso, enquanto dormitava num banco na delegacia de polícia, erguera o olhar para uma gravura de Cristo de autoria de Heinrich Hofman pendurada na parede. Seu coração começou de repente a disparar como louco, como se estivesse sofrendo um violento ataque de pânico, mas subitamente tudo se dissolveu numa visão serena e intensa de sua própria vida, uma luz branca que o ofuscava, uma epifania. Levantou-se cambaleando quando a visão se desfez, procurando uma superfície onde pudesse ver refletida a mudança operada em seu aspecto físico: cabelos embranquecidos, pele calcinada, íris de albino. Para sua surpresa, não havia nenhuma modificação em sua aparência. No entanto, ele realmente mudara. A visão o *transformara* de dentro para fora. Nenhum homem podia contemplar o rosto de Cristo e permanecer o mesmo.

Enxugou novamente a fronte e voltou-se para Griffin.

— Está pronto? — perguntou.

— Estou.

— Então, pode agir.

Deu um passo atrás enquanto Griffin e Michael retiravam o primeiro bloco de pedra da parede falsa, revelando o espaço do outro lado, que fora detectado pelas sondas. Griffin enfiou a lanterna pela abertura e girou-a para os lados, iluminando uma ampla câmara onde surgiram lampejos de sombra e cor, provocando murmúrios e exclamações dos jovens estudantes. Mas Peterson apenas acenou a Nathan e Michael para que continuassem a desmantelar a parede.

No Livro Sagrado, está escrito: *O Senhor não vê como o homem: o homem vê a aparência, mas o Senhor vê o coração.* O Senhor olhara seu coração naquela noite na delegacia e vira algo que ele próprio não havia percebido antes.

A abertura ficou de tamanho suficiente para que Griffin passasse, mas Peterson o deteve, pondo a mão em seu ombro.

— Não — disse ele. — Eu irei primeiro.

— Quem deve entrar é um arqueólogo.

— Eu irei primeiro — repetiu o eclesiástico. Encostou a palma da mão na argamassa rude que se desfazia e deu um passo adiante, penetrando na nova câmara.

Naquela noite, ele não apenas se transformara: adquirira um objetivo. De todas as dádivas divinas, essa talvez fosse a mais importante. Não tinha sido fácil. Havia desperdiçado anos na fantasia medieval do Santo Sudário de Turim e no Véu de Verônica. Nunca, no entanto, havia duvidado nem pensado em desistir. As missões do Senhor não são matéria de capricho. Finalmente, a direção correta que ele encontrara e seguira com afinco estava ao alcance de suas mãos. Ele a sentia, estava seguro. O tempo da iluminação estava chegando, tão certo quanto o nascer do sol.

Passeou a lanterna pela câmara. Trinta passos de comprimento, dez de largura. Tudo estava coberto de pó. No chão havia uma depressão profunda, como uma banheira, e uma escadaria larga que descia até ela, dividida por uma parede baixa de pedra, para que os membros da comunidade pudessem descer impuros por um lado e emergir, purificados, do outro. As paredes caiadas exibiam pinturas antigas: os pigmentos estavam embaçados pela falta de conservação, cheios de teias de aranhas, sujeira e casulos de insetos. Com a mão, Peterson limpou uma parte e iluminou-a obliquamente com a lanterna, revelando a cena retratada. Uma mulher vestida de azul, com uma criança ao colo. Ele teve de esforçar-se para conter as lágrimas.

— Reverendo! Veja!

Olhou em volta e viu Marcia que iluminava o teto abobadado, pintado para representar o céu com um sol alaranjado brilhando no ápice, constelações de estrelas amareladas, uma lua cheia de tom creme e planetas vermelhos como brasas. O dia e a noite juntos. O coração de Peterson fervilhou de alegria ao olhar para cima. Deixou-se cair de joelhos, em sinal de gratidão e adoração.

— Vamos dar graças — disse ele. Olhou em volta, até que todos os jovens estudantes se ajoelhassem. Até mesmo Griffin teve de imitá-los, levado pela energia do grupo. — Sei que meu Redentor vive! — exclamou Peterson. Sua voz alta reverberou na câmara. — E sei que nos dias derradeiros ele virá à Terra. Embora os vermes destruam meu corpo, em minha carne verei Deus.

Sim, exultou. *Em minha carne verei Deus.*

IV

Ao regressar à delegacia de polícia de Mallawi para fazer o relatório, Naguib Hussein resolveu tomar um desvio para Amarna para perguntar se alguém sabia do desaparecimento de uma moça, ainda que isso lhe servisse apenas para apresentar-se.

Um agente da polícia de turismo fazia malabarismos com a motocicleta, freando bruscamente e levantando grandes nuvens de poeira e areia com as rodas traseiras, divertindo o oficial e dois colegas que tomavam *chai* sentados em bancos de madeira sob um toldo improvisado. Naguib se preparou. As relações entre as diversas forças policiais eram tensas naquela região, cada qual desprezando as demais. Esperou que o oficial desse atenção à sua chegada, mas o homem continuou a ignorá-lo até que Naguib começou a ficar vermelho. Adiantou-se, de cara feia, colocando-se diretamente na linha de visão do oficial, que não teve escolha senão notá-lo, mas, mesmo assim, não se levantou.

— Sim? — perguntou o homem.

Naguib apontou com o queixo o crescente das colinas a leste.

— Acabo de chegar do deserto — informou.

— Acho que para isso lhe pagam.

— Um dos guias levou alguns turistas ao deserto ontem à noite. Eles encontraram uma jovem.

— Uma jovem? — perguntou o oficial, franzindo a testa. — O que significa isso?

— Quero dizer que encontraram o cadáver dela, enrolado em uma lona.

O oficial pousou o copo e levantou-se. Era um homem alto, bem-apessoado, de cabelos raspados à navalha, unhas feitas e bigode sedoso, que lhe realçavam o uniforme.

— Eu não soube disso — falou, repentinamente interessado, estendendo a mão. — Capitão Khaled Osman, às suas ordens.

— Inspetor Naguib Hussein.

— O senhor é novo aqui, inspetor? Não me lembro de tê-lo visto antes.

— Seis semanas — disse Naguib. — Antes eu estava em Minya.

— Deve ter feito alguma coisa muito errada para que o mandassem para cá.

Naguib deu um grunhido oblíquo. Tinha se ocupado em investigar o mercado negro de equipamento militar e não se detivera quando a pista o levou até os chefões, nem sequer quando o advertiram de que devia desistir. Odiava a cultura de corrupção do Egito.

— Disseram-me que eu estava sendo promovido.

— Eu sei — retrucou Khaled. — Foi o que me disseram também. — Olhou em volta. — Quer tomar *chai* conosco?

Naguib meneou negativamente a cabeça.

— Preciso voltar à delegacia. Apenas achei que devia perguntar se o senhor sabia de alguma coisa.

Khaled fez um gesto negativo.

— Lamento. Se quiser, posso fazer algumas perguntas por aí. Prestarei atenção.

— Obrigado — respondeu Naguib. — Ficarei muito grato.

Voltou a seu Lada, sentindo-se mais animado. Sua mulher sempre dizia que um pouco de cortesia resolvia muitos problemas. Ela sabia o que estava dizendo.

TRÊS

I

Gaille abriu a porta do Discovery e entrou no carro. Ficou sentada durante um instante, respirando ofegantemente e olhando para sua própria imagem no retrovisor. A pele queimada de sol, o lenço na cabeça e as roupas de estilo egípcio lhe conferiam anonimato, caso desejasse. Poderia afastar-se dali e ninguém saberia. Isso, no entanto, não era verdade. Ela *própria* saberia.

Tirou a máquina fotográfica do porta-luvas, saiu rapidamente do carro e voltou ao saguão da bilheteria, onde os policiais permaneciam ocultos. Seu coração batia forte e sentia arrepios na pele. Stafford e sua companheira ainda estavam cercados na plataforma, às voltas com dois rapazes para recuperar a bagagem. Gaille subiu em um banco e agitou a câmera como se fosse uma arma.

— CNN! — gritou. — Al Jazeera!

A atenção geral imediatamente se voltou para ela, numa onda de hostilidade rapidamente substituída por temor. As pessoas instintivamente viravam o rosto para não serem filmadas. Gaille girou lentamente a câmera num arco, até chegar aos homens da segurança. O oficial franziu a testa e gritou algumas ordens. Os agentes saíram rapidamente, abrindo um precário caminho com os cassetetes, pelo qual Stafford, a ruiva e Gaille escaparam até chegar ao Discovery.

— O que está esperando? — berrou Stafford, batendo a porta do carro atrás de si. — Leve-nos para fora daqui!

— E seu carregador?

— Que se dane — respondeu abruptamente. — Tire-nos daqui, está bem?

— Mas...

— Ele é egípcio, não é? Saberá cuidar de si mesmo.

Os agentes da segurança faziam sinais para que o carro arrancasse, como se não fossem capazes de garantir-lhes por mais tempo a incolumidade. Gaille engatou a primeira e arrancou. O tráfego estava atravancado no rumo que pretendia seguir e ela preferiu virar à esquerda. Rapidamente se viu em ruelas mais antigas e estreitas e acabou diante de um bazar, obrigada a reduzir muito a velocidade para passar por entre os lojistas irritados. Com tantas curvas e voltas, em pouco tempo se viu desorientada. Debruçou-se na janela, procurando entre os prédios algum ponto conhecido para verificar onde estava.

II

O capitão Khaled Osman manteve o sorriso fixo nos lábios enquanto acenava para o inspetor, despedindo-se. Ao voltar-se para seus homens, porém, o sorriso desapareceu.

— Acho que é hora de fazer uma patrulha — disse. — Faisal, Nasser, Abdullah, venham comigo, por favor.

Khaled ficou sentado em posição rígida no assento do passageiro enquanto Nasser dirigia, com Abdullah e Faisal atrás. Além do ruído do motor, reinava o silêncio. Um silêncio de raiva e temor. Chegaram aos Túmulos do Norte. O capitão desceu e seus homens o seguiram, formando uma linha desarrumada, com os ombros arqueados como sacos de arroz. Desde que fora transferido do exército para a polícia de turismo, ele tinha feito o possível para instilar orgulho pelo uniforme em seus homens, mas foi tudo em vão. Eles não valiam nada e somente pensavam em extorquir *bakshish* dos turistas. Khaled caminhou diante deles, que conservavam as cabeças baixas, envergonhados, como os cães que eram.

— Mandei vocês em uma missão! Uma só! Nem isso vocês conseguiram fazer!

— Mas nós fizemos exatamente o que o senhor...

Khaled deu uma bofetada em Faisal. O som ecoou nas paredes da falésia atrás deles.

— Como pode dizer isso? — berrou, espalhando saliva pelo rosto do homem. — Eles a encontraram, não foi?

Os lábios de Abdullah se torceram em um sorriso, estava evidentemente aliviado ao ver que Faisal levava a culpa. Khaled agarrou a gola de seu uniforme, puxando-o com tanta força que o rosto do homem ficou vermelho e ele começou a respirar com dificuldade.

— Se isso der errado... — ameaçou Khaled. — Se der errado...

— Nós nunca quisemos nos meter nisso, senhor — protestou Faisal. — Foi ideia sua. Agora, veja só!

— Cale a boca! — bradou Khaled, soltando Abdullah, que ainda ofegava em busca de ar e massageava a garganta esfolada. — Quer ser pobre pelo resto da vida? É isso o que quer? Essa é sua oportunidade de ficar rico.

— Rico! — zombou Faisal.

— Sim, rico.

— Não há nada lá, senhor! Não percebeu ainda?

— Engana-se — insistiu Khaled. — O material está lá. Posso pressentir. Mais uma semana e será nosso — prosseguiu, com o dedo em riste. — Mas não quero mais erros. Entenderam? Nada de erros.

III

Knox seguiu rumo ao oeste pela nova estrada do deserto, atravessando uma profusão extraordinária de cores: o branco-gelo das jazidas de sal à direita, que o ofuscava; o brilho químico do lago Mariut, quase roxo, à esquerda; e mais acima os fiapos de nuvens do fim da tarde que faziam um céu de Jackson Pollock.

— Os *therapeutae*? — disse Omar, franzindo a testa. — Não eram cristãos primitivos?

Knox sacudiu negativamente a cabeça.

— Tinham atitudes e práticas cristãs, e alguns dos primeiros próceres da Igreja assim os consideravam. É até possível que tenham *se convertido*, mas não podem ter sido cristãos *desde o início*, inclusive porque já habitavam em Alexandria e arredores quando Jesus Cristo começou sua pregação. Não, eram mesmo judeus. Philo, que sem dúvida era judeu, admirava-os tanto que quase se juntou a eles. Além disso, deu a entender que existia uma forte ligação entre eles e os essenos. Os *therapeutae* representavam para ele o ideal da vida contemplativa, e os essenos, o da vida ativa. Nos demais aspectos, as crenças e práticas dos dois grupos eram virtualmente idênticas.

— De que maneira?

— Ambos eram extremamente ascéticos — disse Knox, coçando uma casca resinosa de ferida feita por uma mordida de mosquito no braço. — Hoje é uma convicção comum, mas, antes dos essenos, ninguém achava que havia virtude na pobreza. Ao abraçarem a seita, os iniciados tinham de entregar a maior parte de seus pertences, assim como faziam os novos *therapeutae*. Ambos rejeitavam a escravidão e ambos consideravam uma honra servir aos outros. Ambos possuíam grande estima pelos mais velhos. Ambos eram vegetarianos e desaprovavam o sacrifício animal, talvez porque ambos acreditassem em reencarnação. Ambos usavam roupas de linho branco. Ambos eram renomados por suas habilidades médicas. Alguns argumentam que as palavras "esseno" e "*therapeutae*" na verdade derivam do aramaico e do grego e significam "curadores", embora seja mais provável que as duas queiram dizer "servos de Deus". — Ele virou em direção ao sul na ponte baixa que cruzava o lago Mariut, onde alguns pescadores passavam o dia nas beiradas rochosas. — Rituais de purificação significavam muito para os dois. Ambos seguiam os preceitos do celibato parcial ou completamente, garantindo sua existência através do recrutamento em vez da procriação. Ambos entoavam cânticos antífonos. Na verdade, alguns hinos de Páscoa encontrados em Qumran podem muito bem ter sido compostos por *therapeutae*. Os dois grupos também utilizavam um calendário solar em oposição ao habitual calendário lunar judaico. E ambos mantinham um número ritual de 364 dias no ano, embora conhecessem a contagem exata.

Chegaram ao lado sul do lago, de aspecto ermo, com fazendas de beduínos, grandes complexos industriais, mansões em terrenos verdejantes e largas extensões de terra pedregosa para a qual ninguém ainda encontrara utilidade. Knox encostou o carro e consultou o mapa. Uma garça cinzenta os olhou curiosamente por entre moitas de caniços na margem. Ele piscou para ela e o pássaro saiu voando descansadamente.

— Fale mais dos essenos e dos *therapeutae* — pediu Omar.

— Claro — concordou Knox, arrancando novamente e virando para oeste, com o mapa aberto sobre as pernas e procurando manter-se tão próximo do lago quanto possível. — Ambas as seitas tinham grande interesse pelas Escrituras. Conheciam segredos que não podiam ser revelados a forasteiros, tais como os nomes dos anjos. A geometria, a numerologia, os anagramas e os jogos de palavras tinham especial significado para eles, assim como os jubileus. Os *therapeutae* faziam uma festa a cada sete dias e uma comemoração mais importante de cinquenta em cinquenta dias. O número 50 era muito significativo, porque era a soma de 3 ao quadrado, mais 4 ao quadrado e mais 5 ao quadrado. Qualquer triângulo cujos lados tenham comprimentos proporcionais a 3, 4 e 5 é um triângulo retângulo, que eles consideravam ser a base da construção do universo.

— Triângulos retângulos? Isso não é coisa mais de gregos do que de judeus?

— Exatamente — concordou Knox, virando à esquerda em um caminho estreito, com campos planos e arados à direita, e pedras calcárias nuas à esquerda. — Tinham semelhanças extraordinárias com os pitagóricos: regime alimentar, calendário, rituais, crenças. Tudo o que já mencionei. Também há vestígios claros de culto ao sol. Os antigos habitantes de Alexandria, na verdade, afirmavam que os pitagóricos haviam obtido todo seu conhecimento com Moisés, cuja religião, segundo eles, era essencialmente egípcia. Afinal, ele passou aproximadamente vinte anos nesta terra, e, portanto, talvez tenha aprendido tudo com os *therapeutae*.

Um canal de irrigação corria pelo lado esquerdo da estrada, com cabras pastando nas margens. Em toda aquela região havia um emaranhado de canais que distribuíam água doce do Nilo. Pelo que sabia, Knox acreditava que as escavações deviam estar em algum lugar do outro lado. Prosseguiu até encontrar uma ponte de terra adiante, vigiada por dois homens uniformizados que jogavam gamão em uma mesa de madeira. Virou à esquerda, passando pela ponte, e parou ao lado deles.

— É aqui a escavação da Sociedade Texana? — perguntou.

— O que deseja? — perguntou o mais idoso dos guardas.

— Quero falar com o arqueólogo-chefe.

— O Sr. Griffin?

— Se esse é o nome dele...

— Tem uma entrevista marcada?

— Aqui está o Sr. Tawfiq — disse Knox. — É o diretor do Conselho Superior em Alexandria e quer falar com o arqueólogo-chefe. Espero que o senhor nos diga onde ele está.

O guarda encarou Knox, mas como esse não desviou o olhar, virou-se de costas e começou uma conversação em voz baixa no walkie-talkie.

— Muito bem — respondeu, em tom rude, ao terminar. — Siga essa trilha até o fim. Espere junto à cabana. O Sr. Griffin irá encontrá-lo lá.

— E então? — perguntou Omar. — Sabemos onde viviam esses seus *therapeutae*?

— Exatamente, não — confessou Knox. — Mas Philo nos deu algumas indicações. Por exemplo, disse que o povoado ficava em uma planície ligeiramente elevada, aonde chegavam as brisas do mar. E disse que eles se mantinham juntos o suficiente para ajudar uns aos outros em caso de ataque, mas também suficientemente distantes para ficarem a sós com seus pensamentos. E também nos disse outra coisa.

— O quê?

Ao subirem uma pequena elevação, os dois homens viram uma cabana de madeira com toldo, diante da qual estavam estacionadas duas picapes brancas um tanto usadas e um 4x4. Ao longe, via-se a extensão azulada do grande lago de Alexandria. Knox voltou-se para Omar com um leve sorriso nos lábios.

— Que o povoado deles ficava na margem sul do lago Mariut.

QUATRO

I

Lily Auster permaneceu olhando sem expressão pela janela do Discovery enquanto Gaille a levava com seus companheiros pelas ruelas sinuosas do bazar de Assiut. Sua primeira missão de verdade no exterior começara há apenas dois dias e já tinha ocorrido um problema na estação de trem. Ela fechou os punhos até que as unhas marcaram a palma da mão com linhas em forma de crescente. *Domine-se, menina,* disse a si mesma. *Foi um contratempo, nada mais*. Sua tarefa era lidar com os contratempos e seguir em frente. Se não pudesse fazê-lo, deveria procurar outra profissão. Forçou um sorriso até mudar a expressão dos olhos e curvou-se para a frente, entre os dois assentos dianteiros.

— Então você é Gaille Bonnard, não? — perguntou, com toda a naturalidade que conseguiu reunir.

— Sou — confirmou Gaille.

— Liguei para Fátima do trem — continuou Lily. — Ela disse que você viria nos receber. Muito obrigada por nos ajudar na estação. Pensei que estávamos fritos.

— Esqueça isso — disse Gaille.

— A propósito, meu nome é Lily. Lily Auster. Naturalmente você conhece nosso astro principal, Charles Stafford.

— Claro que sim — concordou Gaille. — Muito prazer em conhecê-los.

— Aqueles maníacos idiotas! — murmurou Stafford. — Que diabo de gente é essa?

— As coisas aqui andam muito tensas no momento. Duas jovens foram estupradas e assassinadas. As duas eram coptas, quer dizer, cristãs egípcias.

— Sei o que são os coptas, muito obrigado — disse Stafford.

— Pobrezinhas — acrescentou Lily, mirando-se no espelho retrovisor e examinando instintivamente as maçãs do rosto. Os tratamentos a laser tinham alcançado exatamente o resultado prometido no folheto, reduzindo a marca de nascença cor de vinho do Porto a uma mancha vermelho amarronzada, que quase não se notava. No entanto, ela havia descoberto uma verdade importuna sobre o desfiguramento: se durasse muito, tornava-se parte de você, de sua personalidade. Sentia-se feia, independentemente da mensagem que recebia do espelho. — Mas por que é importante o fato de que eram coptas?

— Da última vez que alguma coisa assim aconteceu, um assassinato, a polícia simplesmente arrebanhou centenas de outros coptas. Isso causou muitos atritos com o Ocidente. As pessoas consideraram que era discriminação religiosa, muçulmanos contra cristãos, mas na verdade não se tratava disso. É assim que a polícia conduz as investigações aqui. Prendem os que estão por perto e os espancam até que alguém dê informações. Agora, porém, em vez de simplesmente prender coptas, aproveitaram o pretexto para agarrar todos os militantes islâmicos das redondezas e os espancaram em lugar dos coptas. Os amigos e as famílias acham que a culpa é de gente como nós. Esta tarde vai haver uma grande marcha na cidade.

— Fascinante — disse Stafford, que rapidamente se desinteressava. Voltou-se para Lily. — O que foi que perdemos da bagagem?

— Acho que somente roupas — respondeu ela. — Salvei nosso equipamento.

— As roupas eram as *minhas*, imagino.

— Eram as nossas roupas.

— Que diabos terei para usar no filme?

— Encontraremos alguma coisa. Não se preocupe.

Nos últimos dias, seu sorriso se tornara um tanto forçado. Era o que costumava acontecer com quem trabalhava com Stafford, especialmente se os colegas tivessem abandonado o barco, como os dela. Na véspera, no jantar, ele havia falado da viagem recente que fizera a Delfos. *Gnothi Seauton*, dissera o Oráculo. *Conhece-te a ti mesmo.* Stafford se acomodara na cadeira, dizendo que aquela era sua receita para uma vida de realizações. Ela tossira involuntariamente, espalhando gotículas do vinho branco sobre a toalha da mesa. Nunca havia conhecido um homem que tivesse tão pouca percepção de si mesmo, mas, ainda assim, ele se saíra absurdamente bem: era bem-sucedido e feliz. Era um narcisista, com fé inabalável em sua própria beleza e maravilhosas qualidades. Além disso, as pessoas o admiravam! E isso era mesmo verdade: as pessoas eram tolas, aceitavam a opinião dos outros sobre si mesmos. Lily se voltou para Gaille.

— Fátima disse que você virá conosco amanhã. É muito gentil de sua parte.

— Amanhã? O que quer dizer com isso?

— Ela não disse nada?

— Não — respondeu Gaille. — Não disse. Por quê? O que vai acontecer?

— Vamos filmar em Amarna. Nosso guia nos abandonou sem avisar.

— Já foi tarde — murmurou Stafford. — Era um insolente.

— Foi por isso que tivemos de tomar o trem — explicou Lily. — Seu professor disse que ela viria conosco. Agora, aparentemente, surgiu algum problema. Por isso, ficamos sem ajuda. Não é só porque precisamos de um perito para falar no filme, embora isso fosse excelente. O caso é que nenhum de nós dois fala árabe. Quero dizer, nossa documentação está em ordem, naturalmente, mas não sei como as coisas *funcionam* por aqui. Cada país tem seu próprio jeito, não é?

— Falarei com Fátima quando voltarmos — suspirou Gaille. — Tenho certeza de que acertaremos os ponteiros.

— Obrigada — disse Lily, apertando o ombro dela. — Isso é maravilhoso.

Sentiu uma pontada de vergonha, rapidamente reprimida. Uma das desvantagens ocultas da feiura era que ninguém nunca se oferecia para ajudar. Era preciso buscar outras formas de conseguir o que se desejava: lisonja, regateio, suborno, entregar-se à piedade dos outros.

O veículo parou. Lily olhou pela janela. O caminho estava fechado por barreiras metálicas, com fileiras de homens da polícia de choque vestidos com uniformes e capacetes pretos. A marcha de protesto ia passando pelo outro lado da barreira, com rapazes agitados envergando mantos, mulheres de rostos perfeitamente ovais com seus *hijabs* e outras completamente veladas com o *niqab*. Uma lembrança doce assaltou Lily. Quando era menina, invejava as mulheres muçulmanas, que podiam ocultar-se por trás do santuário da *burkha*.

— Desculpe minha pergunta — disse ela —, mas tem certeza de que estamos no caminho correto?

II

Knox e Omar se encostaram no jipe, esperando Griffin.

— Maha disse que estas marcas são de tiros, daquela aventura a respeito de Alexandre — disse Omar, passando os dedos pela carroceria do veículo. — Isso não é verdade, ou é?

— Temo que sim.

Omar riu.

— Você tem uma vida cheia, Daniel.

— O suficiente.

Curvou-se e examinou o chão. O sítio arqueológico ficava em uma suave elevação de pedra calcária, quase sem cobertura de solo, inútil para o cultivo e sem uso industrial ou residencial. Se houve povoações ali na antiguidade, era bastante provável que suas marcas tivessem sobrevivido. Ao ouvir passos, levantou a cabeça. Dois homens de meia-idade surgiram dos fundos da cabana, com as roupas e os cabelos empoeirados e cheios de teias de aranha.

— Sr. Tawfiq — falou o primeiro, estendendo a mão e revelando uma mancha escura de suor sob a axila. — Sei que o senhor é o novo chefe do CSA em Alexandria. Meus parabéns.

— Ora — disse Omar —, sou apenas o chefe interino.

— Conheci seu antecessor, naturalmente. Que tragédia, perder um homem tão jovem.

— Realmente — concordou Omar. — Este é meu amigo, Sr. Daniel Knox.

— Daniel Knox? — repetiu o outro. — O descobridor do túmulo de Alexandre?

— Sim — concordou Knox.

— É uma honra para nós — disse ele, apertando sua mão. — Meu nome é Mortimer Griffin. Sou o arqueólogo-chefe desta escavação. — Voltou-se para o companheiro. — Este é o reverendo Ernest Peterson.

— Uma escavação com capelão próprio? — perguntou Knox.

— Na verdade, é uma expedição de treinamento — explicou Griffin. — A maior parte de nossa equipe é de gente muito jovem. Muitos deles estão viajando ao exterior pela primeira vez. Os pais se sentem mais seguros sabendo que têm orientação moral.

— Claro — assentiu Knox. Fez menção de estender a mão para Peterson, mas o sacerdote ficou imóvel, de braços cruzados, olhando-o com um sorriso granítico.

— Então, em que podemos servi-los? — perguntou Griffin, fingindo não ter acontecido nada. — Vieram até aqui sem avisar. Deve ser alguma coisa importante.

— Sim — disse Knox —, estou começando a achar que pode ser.

III

Stafford suspirou alto quando Gaille parou diante da barreira.

— Não me diga que está perdida!

— Nós tínhamos de sair de perto da estação — disse ela, em tom defensivo, curvando-se para a frente. O sol do fim de tarde embaçava o para-brisa sujo de poeira. Não era possível saber quando terminaria a manifestação e as barreiras seriam retiradas. Impossível adivinhar. Ela manobrou com dificuldade na rua estreita e refez o caminho através do bazar, desembocando na praça da estação cheia de gente. O tráfego e os passageiros que saíam obrigaram-na a reduzir a velocidade para poder atravessar a praça.

Dois homens riam animados, disputando um chapéu de palha.

— É o meu chapéu! — gritou Stafford, abaixando o vidro da janela e procurando agarrar o chapéu. Os dois contendores se afastaram com passos de dança, gritando insultos com bom humor e atraindo a atenção de todos para o Discovery. Várias pessoas se puseram diante do carro, forçando-a a parar.

— O que está fazendo? — protestou Stafford, levantando novamente o vidro.

— Pensei que queria o chapéu.

— Vamos embora daqui.

Gaille apertou com força a buzina e acelerou o carro em ponto morto até que a multidão abriu relutantemente um espaço, permitindo que ela passasse e se afastasse. O semáforo a sua frente, porém, passou para vermelho e uma van de três rodas bloqueava a passagem. Gaille olhou para trás. Um rapaz alto vinha se aproximando, balançando os braços, talvez para impressionar os amigos. Os segundos iam passando e o sinal não mudava de cor, enquanto o homem se aproximava cada vez mais. Gaille percebeu que ele teria de fazer alguma coisa para não se passar por ridículo. Certificou-se de que todas as portas do veículo estivessem trancadas por dentro e olhou em volta novamente. O rapaz parou, pegou na sarjeta uma pedra do tamanho de um ovo e atirou-a com força. A pedra bateu com estrondo no teto do carro e caiu na rua. Outros rapazes se aproximavam. Um punhado de barro explodiu na janela traseira, sujando-a de marrom-escuro. Finalmente, o sinal abriu. A van começou penosamente a mover-se. De repente, viram-se cercados, com punhos batendo nas janelas. Um homem fez menção de pegar alguma coisa sob a túnica no instante em que uma pequena explosão, como de fogos de artifício, fez Gaille assustar-se. Uma ligeira nuvem de fumaça saiu do cano de escape da van, como se pedisse desculpas, à medida que o pequeno veículo ganhava velocidade. Ela apertou o acelerador indignada e se afastou dali.

CINCO

I

— E então — disse Griffin. — Quer nos dizer por que motivo veio até aqui?

— Alguém me ofereceu um artefato em Alexandria hoje de manhã — respondeu Knox. — O vendedor disse que vinha de uma escavação ao sul de Mariut.

— O senhor não deveria acreditar no que essa gente diz. Fazem qualquer coisa para conseguir vender uma peça.

— É verdade — concordou Knox.

Griffin apertou os olhos.

— Que tipo de artefato?

— Uma tampa de vaso de armazenagem.

— Uma tampa? Veio até aqui por causa de uma tampa de vaso?

— Viemos aqui porque achamos que o roubo de antiguidades é um assunto grave — disse Omar.

— Sim, claro — assentiu Griffin, devidamente admoestado. — Mas os senhores devem saber que existiu aqui uma importante atividade de cerâmica. Faziam vasos para transporte de cereais e vinho em todo o Mediterrâneo. O vinho era de boa qualidade. Strabo o elogiou muito, assim como Horácio e Virgílio. Chegaram a encontrar algumas ânforas em Marselha, imaginem. Aqui, na margem do lago, há montanhas de fragmentos de antigos objetos de cerâmica. Qualquer pessoa poderia ter apanhado a tampa que o senhor viu. Não precisaria ter saído de uma escavação.

— A tampa não estava quebrada — disse Knox. — Além disso, era... bem, era *diferente*.

— Diferente? — repetiu Griffin, defendendo os olhos contra o sol. — Diferente como?

— Que tipo de sítio *é* este, exatamente? — perguntou Omar.

— Uma antiga fazenda. Não tem muito interesse, acredite.

— É mesmo? — questionou Knox, franzindo a testa. — Nesse caso, porque escavar aqui?

— Estamos fazendo primordialmente um treinamento. Assim, nossos alunos têm a possibilidade de conhecer uma escavação de verdade.

— O que eles costumavam cultivar aqui antigamente?

— Muita coisa. Trigo, hortaliças, feijão, plantas corantes, papiro. Sabe como era.

— Num chão de pedra calcária?

— Aqui era onde moravam. Os campos de cultivo ficavam do outro lado.

— E os habitantes?

Griffin coçou o pescoço, começando a sentir a pressão.

— É como eu disse. Aqui havia uma fazenda antigamente. Eles eram agricultores.

— Em que época?

Griffin olhou rapidamente para Peterson, mas não recebeu ajuda.

— Encontramos artefatos de a partir da 19ª dinastia, mas a maioria era greco-romana. Nada além do início do século V depois de Cristo. Algumas moedas de 413 ou 414, coisas assim. Parece ter havido um incêndio por volta dessa época, para nossa sorte.

Knox assentiu. Um incêndio de boas proporções provocaria uma capa carbonizada sobre o sítio, protegendo-o dos estragos mais graves do tempo e das intempéries.

— Teriam sido os levantes cristãos? — sugeriu.

— Por que motivo os cristãos incendiariam uma fazenda?

— Realmente, por quê? — concordou Knox.

— Talvez o senhor possa nos apresentar o sítio — lembrou Omar, no silêncio que se seguiu. — Poderia mostrar o que tem encontrado.

— Claro, claro. Quando quiser. Basta marcar uma visita com Claire.

— Claire?

— Nossa administradora. Ela fala árabe.

— Isso é muito bom — disse Omar — porque eu mal consigo falar inglês.

Griffin teve a delicadeza de enrubescer.

— Desculpe. Não foi isso que eu quis dizer. Mas o senhor podia pedir a um de seus funcionários que marcasse uma visita.

— Não podemos falar com ela agora?

— Acho que ela não está aqui agora. Nesta época, as coisas são mais difíceis. Muito trabalho. Muito o que fazer, e pouco tempo.

Griffin fez um gesto vago indicando o deserto atrás de si, como se pudessem ver por si mesmos. Naturalmente, porém, eles nada viam.

— Nós não perturbaremos seu trabalho — garantiu Knox.

— Acho que estou em melhor posição para julgar, não lhe parece?

— Não — rebateu Omar, abruptamente. — Acho que sou *eu* quem está em melhor posição.

— Nós tratamos com o Cairo, e não com o senhor — retorquiu Peterson, que falava pela primeira vez. — Não tenho certeza de sua jurisdição.

— Há um representante do CSA aqui? — perguntou Omar.

— Claro — respondeu Griffin, com um aceno de cabeça. — Abdel Lateef.

— Posso falar com ele?

— Ele está no Cairo hoje.

— Amanhã, então?

— Não tenho certeza de quando estará de volta.

Knox e Omar se entreolharam. O representante do CSA deveria permanecer no sítio sem interrupção.

— O senhor deve ter uma equipe egípcia. Posso falar com o seu *reis*?

— Certamente — disse Peterson. — Por favor, mostre sua credencial. — Esperou um momento para que Omar a apresentasse e, em seguida, balançou negativamente a cabeça, num gesto teatral de desapontamento. — Não trouxe? Bem, volte quando encontrá-la.

— Mas sou o chefe do Conselho Superior em Alexandria — protestou Omar.

— Chefe interino — retorquiu Peterson. — Desejo-lhe boa viagem. — Virou as costas para eles e se afastou, deixando que Griffin se apressasse para acompanhá-lo.

II

Em uma barreira policial a um par de quilômetros ao norte de Assiut, Gaille foi detida e obrigada a regressar a Alexandria, acompanhada por dois carros da polícia. Assim eram as coisas no país. Com o lenço cobrindo a cabeça e dirigindo sozinha, ela era, com efeito, invisível; mas com passageiros tão obviamente ocidentais, como Stafford e Lily, era quase impossível evitar a escolta. Gaille detestava seguir em comboio como aquele. A polícia dirigia em velocidade alucinante, atravessando perigosamente o tráfego e obrigando-a a seguir no mesmo ritmo assustador.

Conseguiram chegar ao limite da jurisdição policial sem incidentes e os dois carros desapareceram tão rapidamente quanto haviam surgido.

— Agora, então, qual é o seu programa? — perguntou ela, reduzindo a velocidade com alívio.

— Tenho uma cópia da sinopse para este segmento, se quiser — respondeu Lily no assento traseiro, abrindo a bolsa.

— Isso é confidencial — atalhou Stafford, abruptamente.

— Estamos pedindo ajuda a Gaille. Como ela pode ajudar se não souber em que estamos trabalhando?

— Está bem — suspirou Stafford.

Pegou as folhas da sinopse das mãos de Lily, deu uma olhada rápida para certificar-se de que não continham segredos de Estado e em seguida colocou-as sobre os joelhos, pigarreando.

— Em 1714 — começou ele com voz empostada, como um locutor —, Claude Sicard, jesuíta e erudito francês, encontrou uma inscrição gravada nas falésias em um lugar ermo perto do Nilo, no coração do Egito. Verificou que se tratava de um marco de fronteira de uma das cidades mais notáveis do mundo antigo, capital do reino de um faraó até então desconhecido, um faraó que inspirou o surgimento de uma nova filosofia, de um novo estilo artístico e, principalmente, de ideias novas e ousadas a respeito da natureza de Deus, que abalaram o status quo e alteraram irreversivelmente a história do mundo.

Como poderiam alterar de maneira reversível?, pensou Gaille, esforçando-se para não sorrir.

Stafford olhou para ela.

— Você disse alguma coisa?

— Não.

Ele fez uma careta, mas depois desistiu e prosseguiu a partir do ponto em que se detivera.

— Entretanto, as novidades mostraram ser demasiadamente fortes para a camada dominante no Egito. Soube-se mais tarde que, de modo extraordinário, essa cidade não foi apenas abandonada, e sim deliberadamente *desmantelada*, tijolo por tijolo, com o intuito de apagar qualquer indício de sua existência. Além disso, por todo o Egito, qualquer menção àquela pessoa e seu reinado foi meticulosamente apagada, para que as areias do tempo o cobrissem sem deixar rastros. Quem era aquele faraó herege? Que monstruoso crime havia cometido para que fosse assim extirpado da história? Em seu livro mais recente, Charles Stafford explora os assombrosos e múltiplos mistérios da era de Amarna, apresentando uma teoria revolucionária que não apenas vira pelo avesso a maneira com que pensamos em Akhenaton, mas também reorganiza nossas ideias sobre a história do Oriente Médio na Antiguidade.

Stafford dobrou novamente a sinopse e a guardou no bolso de dentro do paletó, com expressão satisfeita consigo mesmo.

Havia um asno parado no meio da rua, na frente deles, com uma peia nas pernas dianteiras, de maneira que o animal somente conseguia mover-se por meio de saltos curtos. Gaille pisou no freio com força, reduzindo a velocidade, dando tempo para que o burrico alcançasse a margem da rua, mas ele simplesmente se manteve onde estava, aterrorizado e confuso. Ela foi obrigada a passar para a contramão ao contornar o animal, provocando buzinadas coléricas do tráfego que vinha em sentido contrário.

— Seu programa realmente vai realizar tudo isso? — perguntou, observando ansiosamente o retrovisor até que o asno desaparecesse de vista.

— Isso e mais, muito mais.

— Como?

— Ele vai lançar a tese de que Akhenaton tinha uma doença — disse Lily, do assento de trás.

— Oh — exclamou Gaille, desapontada, ao fazer a curva, saindo do caminho principal ao longo do Nilo para uma estrada transversal mais estreita.

A imagem grotesca de Akhenaton e sua família era um dos aspectos mais ferozmente discutidos sobre a era de Amarna. Ele próprio, muitas vezes, havia sido retratado com o crânio alongado, queixo saliente, olhos oblíquos, lábios carnudos, seios pronunciados, barriga farta, coxas grossas e canelas finas. Nada tinha a ver com a figura heroica de masculinidade a que a maioria dos faraós aspirava. Suas filhas eram também geralmente mostradas com crânios em forma de amêndoa, membros alongados e dedos das mãos e dos pés extremamente delgados. Alguns opinavam que aquilo nada mais representava senão o estilo artístico da época. Outros, porém, como Stafford, ao que parecia, argumentavam que aquela aparência resultava dos efeitos de alguma doença maligna.

— Com qual das teorias você concorda? — perguntou ela. — A da síndrome de Marfan ou a de Frohlich?

— Dificilmente síndrome de Frohlich — disse Stafford, com desprezo. — Causa esterilidade e, como sabe, Akhenaton teve seis filhas.

— É verdade — disse Gaille, que tinha participado das escavações do pai em Amarna em duas ocasiões, quando era mocinha, e que estudara a 18ª dinastia durante três anos na Sorbonne. — Eu sabia disso. Mesmo assim, era possível ler tantas inscrições proclamando incessantemente "*filho de sua seiva, somente sua e de mais ninguém*" que não se podia deixar de imaginar que estivessem escondendo algo.

— Conversamos com um especialista antes de viajar para cá — explicou Lily. — Na opinião dele, a síndrome de Marfan era a explicação mais provável, mas sugeriu outras, como a de Ehler-Danlos e a de Klinefelter.

— Era a de Marfan — afirmou Stafford. — Como sabemos, é somático-dominante, isto é, quando os filhos herdam do pai *ou* da mãe o gene respectivo, herdam também a síndrome. Veja que todas as filhas são retratadas com os sintomas clássicos de Marfan. A possibilidade de que isso acontecesse sem ser resultado de gene somático-dominante é mínima.

— Qual é sua opinião, Gaille? — perguntou Lily.

Gaille reduziu a velocidade para passar sobre grossos talos de cana-de-açúcar postos a secar ao sol para servir de combustível para os fornos de melado, cuja espessa fumaça negra era ainda visível, apesar do crepúsculo.

— Sem dúvida é plausível — respondeu ela. — Mas não é exatamente uma ideia nova.

— Sem dúvida — admitiu Stafford —, mas você ainda não ouviu a revelação principal.

III

— Isso é ruim — murmurou Griffin, empalidecendo e apressando-se para acompanhar Peterson. — É um desastre.

— Confie no Senhor seu Deus, irmão Griffin — disse Peterson. — Ninguém conseguirá resistir a você.

Na verdade, a visita de Knox e Tawfiq lhe dera motivo de satisfação. Daniel Knox havia sido protegido daquele abominável e imprudente Richard Mitchell, o que significava que ele próprio era também um abominável servo do Demônio. E se o Demônio estava enviando seus emissários para aquelas missões, isso somente poderia significar que estava preocupado, o que, por sua vez, provava que Peterson estava próximo de realizar seus objetivos.

— E se eles voltarem? — argumentou Griffin. — E se trouxerem a polícia?

— Para isso pagamos a seus amigos no Cairo, não é?

— Teremos de esconder o túnel — respondeu Griffin, segurando a barriga como se sentisse dores de estômago. — E o depósito também. Que horror se encontrarem aqueles artefatos...

— Pare com o pânico, por favor.

— Como pode estar tão calmo?

— Porque o Senhor está do nosso lado, irmão Griffin. Por isso.

— Mas você não percebe...

— Escute — disse Peterson. — Faça o que digo e tudo dará certo. Primeiro vá conversar com nossa equipe egípcia. Um deles roubou aquela tampa. Exija que seus colegas o denunciem.

— Eles nunca farão isso.

— Claro que não. Mas servirá de pretexto para dar folga a todos até que a investigação esteja terminada. É preciso que eles não permaneçam no sítio.

— Boa ideia.

— Então ligue para o Cairo. Seus amigos precisam saber de nossa situação e que temos necessidade de apoio. Recorde a eles que, se houver uma investigação de qualquer tipo, talvez seja difícil impedirmos que os nomes deles apareçam. Em seguida, tire do depósito tudo o que puder criar problemas e esconda no subterrâneo. Esconda nas catacumbas por enquanto.

— E você, o que vai fazer?

— Continuar a obra de Deus, irmão Griffin. A obra de Deus.

O arqueólogo empalideceu.

— Não está pensando realmente em seguir adiante com isso, está?

— Já se esqueceu por que motivo estamos aqui, irmão Griffin?

— Não, reverendo.

— Então, o que está esperando?

Peterson fez um aceno desdenhoso enquanto Griffin se afastava com os ombros encurvados. Era um homem de muito pouca fé, mas era preciso usar os instrumentos disponíveis para realizar a obra do Senhor. Peterson subiu uma elevação pedregosa, contente ao sentir a firmeza dos músculos das pernas e o calor do sol poente na nuca, ao ver a longa e nítida sombra que seu corpo projetava no chão. Nunca, sequer por um momento, havia imaginado sentir tanta afinidade com o Egito, longe de sua igreja, de seu rebanho de fiéis e de sua terra. Mas ali havia uma certa qualidade na luz, como se também ela tivesse sofrido em meio às chamas e saísse purificada.

Respirou profundamente, enchendo os pulmões. Os primeiros monges cristãos haviam escolhido aquele lugar para responder ao chamado de Deus. Peterson sempre imaginara que se tratava de um acidente histórico ou geográfico, mas logo compreendera que era algo mais profundo que isso. Aquele lugar era de extraordinária espiritualidade, principalmente quanto mais longe se penetrasse no deserto. Você sentia isso no sol ardente, no suor e na dor da labuta, na maneira pela qual a água se espalhava saborosamente nos lábios e na pele seca. Percebia-o nas linhas sinuosas e douradas das dunas e no céu azul que tremulava no horizonte. Ouvia-o no silêncio.

Deteve-se, olhou em volta para certificar-se de que ninguém poderia vê-lo, e se abaixou na pequena depressão na qual dois anos antes encontrara a boca do túnel. Naquela primeira temporada e na seguinte, ele se deixara conter pelos temores de Griffin, escavando o cemitério e as antigas edificações até o pôr do sol e somente se dedicando à verdadeira atividade depois que a equipe egípcia terminava o trabalho do dia. Finalmente, porém, a paciência chegou ao fim. Era por temperamento um sacerdote ao estilo do Velho Testamento, que desprezava a obra social preconizada por muitos líderes religiosos modernos. Seu Deus era um Deus ciumento, um Deus austero e exigente; um Deus de amor e perdão para aqueles que se submetiam integralmente a ele, mas um Deus de furiosa ira e vingança contra seus inimigos e contra aqueles que o decepcionavam.

Peterson não tinha intenção de decepcionar seu Deus. Dispunha de uma noite para terminar sua missão sagrada e pretendia aproveitá-la ao máximo.

SEIS

I

— Que revelação é essa? — perguntou Gaille.

Stafford hesitou, mas era óbvio que se orgulhava de suas ideias e queria impressioná-la, como historiador heterodoxo abalando o ninho dos acadêmicos.

— Não vou dizer tudo — respondeu ele —, mas contarei o seguinte: é verdade que todas as obras modernas sobre Akhenaton mencionam a possibilidade de algum tipo de doença, porém, como um adendo. Uma circunstância colateral. Descartam o assunto e passam adiante. Mas eu não creio que seja possível fazer isso. Se for verdade, certamente o impacto seria muito profundo. Pense bem: repentinamente, um homem moço começa a sofrer de uma doença estranha e incurável que o desfigura. Não era um jovem qualquer, mas sim alguém que dispunha de poder quase ilimitado, considerado um deus vivo por sua corte de aduladores. Você não percebe que isso seria um catalisador para toda sorte de ideias novas? Sacerdotes organizando novas teologias com o intuito de explicar os defeitos físicos como bênçãos, e não como maldições; artistas tratando de representar o desfiguramento como beleza. Akhenaton jurava constantemente não sair de Amarna por ser a morada espiritual de seu novo deus, Aton. Suas afirmações, na verdade, parecem mais uma súplica de um jovem atemorizado que busca motivos para ficar dentro de sua casa. Amarna significava proteção. O povo dali não ousava fazê-lo sentir-se um monstro.

— Talvez — disse Gaille.

— Não é questão de talvez — retrucou Stafford. — A enfermidade explica muita coisa. Todos os filhos dele morreram jovens, como sabe.

Tinham chegado ao último dos campos cultivados e passavam por uma fileira rala de árvores, estranhamente crescidas no próprio deserto. Entre elas e as falésias de pedra calcária, nada havia senão dunas.

— Jesus Cristo! — exclamou Lily, no banco detrás.

— Belo panorama, não? — concordou Gaille. Parecia realmente um território de fronteira, com torres cinzentas sustentando caixas-d'água a cada dois quilômetros, como postos de vigia que se esforçassem para manter o deserto sob controle. Apontando pelo para-brisa, ela mostrou: — Está vendo aquele grupo de prédios atrás dos muros com árvores na frente? É para lá que estamos indo. Antigamente, era a subestação de eletricidade da região, mas foi abandonada quando construíram outra mais ao sul, e Fátima a ocupou. Fica exatamente no meio do caminho entre Hermópolis e Tuna el-Gabel, o que nos coloca no...

— Lamento que você ache minhas teorias tão desinteressantes — disse Stafford.

— Nada disso — protestou Gaille. — Você estava falando das filhas de Akhenaton, que morreram ainda jovens.

— Sim — assentiu Stafford, ligeiramente abrandado. — Sem dúvida isso aconteceu com as seis filhas e também com Smenkhkare e com Tutankamon, se é que estes eram filhos dele, como sugerem alguns estudiosos. A síndrome de Marfan reduz significativamente a expectativa de vida, principalmente pela dissecação da aorta. A gravidez é uma época especialmente difícil por causa do aumento das pressões sobre o coração. Pelo menos duas das filhas morreram no parto.

— Isso acontecia com muitas mulheres na época — explicou Gaille. A expectativa de vida para as mulheres era de menos de trinta anos, bastante inferior à dos homens, em grande parte devido aos perigos da gravidez.

— Akhenaton tem sido criticado por haver deixado que seu império se fragmentasse enquanto ele se dedicava ao culto de Aton. A síndrome de Marfan causa extrema fadiga. Talvez por isso ele nunca tenha sido retratado em atividades que exigem energia, exceto passeando em sua carruagem. A doença explicaria também sua atração pelo sol, pois os pacientes sentem muito frio, como sabe. Têm problemas de visão e por isso precisam de muita luz para poder enxergar.

— Mas é muito arriscado basear sua teoria nessa especulação.

— Assim são vocês, acadêmicos — rosnou Stafford. — Sempre temerosos de que suas convicções sejam refutadas. Vocês se apavoraram, protegem-se de tudo. Mas *não* estou enganado. Minha teoria explica Akhenaton perfeitamente.

— E o que acha da teoria do ópio?

Stafford a olhou de soslaio.

— Que está dizendo?

Gaille fez um gesto afirmativo.

— Você sabe que a múmia de Amenhotep III, pai de Akhenaton, está conservada nas câmaras do Museu do Cairo?

— E daí?

— A múmia foi examinada por profissionais da paleopatologia. Aparentemente, o estado dos dentes é lamentável — disse Gaille, olhando para Lily. — Os egípcios costumavam moer o trigo com pedras — prosseguiu. — Fragmentos se misturavam com a farinha. Era o mesmo que comer uma lixa. A partir de certa idade, todos os egípcios tinham os dentes estragados, mas os de Amenhotep estavam muito deteriorados. Ele deve ter tido abscessos constantes. Você já teve um abscesso nos dentes?

— Eu já tive um — respondeu Lily, colocando a mão na boca em sinal de entendimento.

— Então pode imaginar as dores que ele deve ter sentido. Não havia antibióticos, é claro. O único remédio era esperar que passasse. Quase certamente ele se embebedou para diminuir a dor, principalmente com vinho, embora os egípcios gostassem muito de cerveja. Existe outra possibilidade, no entanto: segundo um documento conhecido como Papiro de Ebers, os médicos da 18ª dinastia conheciam perfeitamente o ópio. Eles o importavam do Chipre, transformavam-no em pasta e espalhavam-no sobre a região dolorida. As gengivas, no caso de Amenhotep. Não é difícil imaginar que o receitassem também para Akhenaton, especialmente se ele sofria de alguma doença, como você diz.

Chegaram ao exterior do conjunto de instalações de Fátima. Os portões estavam fechados, e Gaille buzinou.

— Talvez ele tenha começado a gostar. Sem dúvida o ópio era usado em Amarna. Foram encontrados pequenos frascos em forma de papoula, com restos de derivados de ópio dentro. Os minoanos usavam o ópio para induzir estados de êxtase e inspirar os artistas. Não lhe parece possível que Akhenaton e seus cortesãos fizessem o mesmo? Quero dizer, há um aspecto alucinogênico em todo o período de Amarna, não lhe parece? A arte, a corte, a religião, a política externa malsucedida.

Lily riu.

— Está dizendo que Akhenaton era um viciado?

— Estou dizendo que essa teoria explica a era de Amarna. É uma entre muitas. Quanto a saber se é certa ou errada...

— Nunca ouvi isso antes — comentou Stafford. — Alguém já publicou alguma coisa a respeito?

— Um par de artigos em revistas especializadas — disse Gaille, enquanto os portões finalmente iam se abrindo. — Mas nada muito importante.

— Interessante — murmurou Stafford. — Muito interessante.

II

— Eles acharam alguma coisa — falou Knox no carro, afastando-se do sítio da Sociedade Texana. — Estão nos ocultando algo.

— Por que pensa assim? — perguntou Omar, franzindo a testa.

— Reparou que tinham os cabelos cheios de teias de aranha e poeira? As pessoas só ficam assim quando encontram alguma coisa no subsolo.

— Ora — disse Omar —, mas eles são arqueólogos. Não teriam obtido a licença para escavar se não fossem pessoas de confiança.

Knox deu um grunhido eloquente.

— Claro! Neste país, nunca ninguém recebeu *bakshish*. Além disso, não viu como o padre me encarava?

— Ele parecia conhecer você — observou. — Já o tinha visto antes?

— Não que eu recorde, mas reconheço aquele olhar. Lembra-se de Richard Mitchell, meu antigo mentor?

— O pai de Gaille? — perguntou Omar. — Claro que sim. Nunca o vi, mas ouvi muitas histórias.

— Aposto que sim — riu Knox. — Ouviu dizer que era homossexual?

Omar enrubesceu.

— Imaginei que fossem boatos maliciosos. Afinal, ele era o pai de Gaille.

— As duas coisas não são incompatíveis, como você sabe. E, só por ser malicioso, não significa que um boato seja mentira.

— Oh!

— O fato é que, como eu trabalhei tão intimamente com ele, muita gente presumiu que eu fosse seu companheiro. Nunca me preocupei em desmentir isso. Podem pensar o que quiserem. De qualquer forma, a maioria das pessoas em nossa profissão não se incomoda. Alguns, porém, sim. Em pouco tempo, a gente aprende a reconhecer uma certa maneira de olhar.

— Acha que Peterson é um desses?

— A Bíblia não é tolerante com os homossexuais — argumentou Knox. — As pessoas procuram disfarçar, mas está escrito. Alguns cristãos ficam felizes ao mostrar desprezo em nome de Deus. Tudo bem, até certo ponto. Têm direito à sua opinião. Mas há uma coisa que apreendi na arqueologia: nunca confie um sítio importante a alguém que esteja convencido da verdade antes de começar a exploração. Essas pessoas facilmente ajustam os indícios a suas teorias, e não o oposto.

— Ligarei para o Cairo logo de manhã. Voltaremos diretamente para cá.

— Isso ainda deixará a noite inteira para eles.

— Então, o que sugere?

— Voltemos agora para investigar.

— Você está louco? — protestou Omar. — Sou o chefe do CSA em Alexandria. Não posso entrar sorrateiramente em sítios arqueológicos durante a noite. O que poderia parecer se formos descobertos?

— Pareceria que você está cumprindo seu dever.

As maçãs do rosto de Omar se inflamaram, mas depois ele suspirou e baixou a cabeça.

— *Detesto* isso! Não sei trabalhar assim. Por que diabo Yusuf Abbas me nomeou?

— Talvez porque soubesse que você não criaria problemas para ele — respondeu Knox, cruelmente.

A fisionomia de Omar assumiu uma expressão zangada.

— Muito bem — concordou ele. — Vamos em frente.

III

Gaille levou Stafford e Lily aos quartos que lhes eram destinados e, em seguida, foi procurar Fátima. Não se admirou ao encontrá-la em sua escrivaninha, enrolada em cobertores e com expressão cadavérica de cansaço por trás do xale. Gaille às vezes não acreditava que um corpo tão débil e mirrado pudesse abrigar um intelecto de tanta qualidade. Nascida próximo àquela região, a leste, ainda muito jovem ela descobrira a paixão pelo Antigo Egito. Obtivera uma bolsa de estudos na universidade de Leiden, na Holanda, e depois se tornou conferencista da instituição, voltando ao Egito para fazer escavações em Berenice. Uma enfermidade, no entanto, levara-a de volta ao convívio familiar e a suas raízes.

— Vi que você voltou — disse ela. — Obrigada.

Gaille pôs a mão no ombro de Fátima.

— Foi um prazer ajudar.

— O que achou de nosso amigo Sr. Stafford?

— Ora, não tive muito tempo para conhecê-lo melhor.

Fátima permitiu-se uma rara risada.

— Detestou-o tanto assim?

— Ele não é meu tipo de historiador.

— Nem meu.

— Então, por que o convidou?

— Porque precisamos de recursos financeiros, minha cara — respondeu Fátima. — E para isso precisamos primeiro de publicidade. — Apertou os olhos e puxou um lenço vermelho, inevitável prelúdio a mais um de seus acessos de tosse.

Gaille esperou pacientemente até que ela se recuperasse.

— Deve haver outra maneira — disse, enquanto o lenço desaparecia novamente sob as roupas de Fátima.

— Gostaria que houvesse.

Ambas, porém, conheciam a realidade. A maior parte do limitado orçamento do CSA era gasta em Giza, Saqqara, Luxor e outros sítios mais prestigiosos. Como pouquíssima gente visitava aquela parte do Médio Egito, ela não era considerada um investimento atraente, apesar de sua beleza, disposição amistosa do povo e importância histórica.

— Não sei como a presença de Stafford poderá nos ajudar — insistiu Gaille, teimosamente.

— Muita gente lê os livros dele — replicou Fátima.

— Os livros dele só dizem bobagens.

— Sei disso. Mas as pessoas leem, e também assistem aos programas dele. Alguns certamente vão querer saber mais, e talvez até desejem vir para cá para descobrir a verdade por conta própria. Precisamos de um número suficiente de visitantes que sustente uma infraestrutura turística.

— Eles mencionaram que eu poderia acompanhá-los a Amarna amanhã.

Fátima concordou com a cabeça.

— Lamento ter de pedir isso a você — desculpou-se ela —, mas meu médico veio hoje. Ele não está contente com meu... *prognóstico.*

— Oh, não — disse Gaille, com voz chorosa. — Não, Fátima.

— Não estou procurando consolo — retorquiu ela, duramente. — Estou explicando a situação. Ele mandou que eu fosse ao hospital amanhã para fazer alguns exames. Por isso não posso ir com Stafford, como prometi. Alguém tem de ir em meu lugar. Já depositei minha comissão no banco e pode ter certeza de que não vou devolvê-la.

— Por que não um dos outros? — perguntou Gaille. — Têm mais conhecimentos do que eu.

— Não, não têm. Você passou duas temporadas fazendo escavações em Amarna com seu pai, não foi?

— Eu era quase uma menina ainda. Foi há mais de dez anos.

— E daí? Ninguém de minha equipe passou a metade desse tempo lá. Além disso, você estudou a 18ª dinastia na Sorbonne e voltou lá com Knox, não é verdade? E sabemos que as plateias ocidentais receberão mais facilmente um rosto e uma voz europeia.

— Ele fará com que pareça que aceito suas ideias.

— Mas você não as aceita.

— Sei que não, mas ele vai fazer com que pareça. Vai tomar o que precisar e deixar de lado todo o resto. Vai me fazer parecer ridícula.

— Por favor — suplicou Fátima, tocando o pulso dela. — Você não sabe como meu orçamento é apertado. Quando eu me for...

Gaille franziu a testa.

— Não fale assim.

— É a verdade, minha cara. Preciso deixar este projeto em boa situação financeira. Será o meu legado. Isso significa levantar o perfil desta região. Estou pedindo que você me ajude. Se achar que não pode fazê-lo, sempre será possível adiar meus exames.

Gaille abriu e fechou os olhos várias vezes, assumindo uma expressão severa.

— Isso não é justo, Fátima.

— Eu sei — concordou ela.

O tique-taque do relógio da parede marcou os segundos que passavam. Finalmente, Gaille suspirou.

— Está bem — disse ela. — Você venceu. O que quer que eu faça, exatamente?

— Seja útil. Basta isso. Ajude-os a organizar um bom programa. Também quero que mostre a eles o *talatat.*

— Não! — exclamou Gaille. — Você não pode estar falando sério.

— Pode imaginar uma maneira melhor de obter publicidade?

— É muito cedo. Não podemos ter certeza. Se estivermos enganadas...

Fátima concordou com a cabeça.

— Então, mostre somente o lugar. Explique como funciona sua imagem no software, de que maneira você é capaz de criar essas cenas antigas depois de tantos séculos. Deixe o resto comigo. O médico insiste que eu preciso me alimentar. Jantaremos juntas esta noite. Se quiserem ridicularizar alguém, serei eu.

SETE

I

A noite caiu enquanto Knox e Omar voltavam ao sítio da escavação, evitando o caminho que haviam utilizado antes para não serem vistos. Passaram por trilhas rurais, cruzando uma ponte de madeira sobre mais um canal de irrigação e entrando em um campo de cultivo, orientando-se pela luz do luar, até que o avanço foi barrado por um alto muro de pedra. Knox achava que o sítio da Sociedade Texana ficava do outro lado, mais além de uma trilha. Percorreu uma breve distância até encontrar um portão de ferro fechado com cadeado, e parou o carro.

A camisa branca que usava refletia traiçoeiramente o luar, e ele procurou na parte traseira um suéter escuro de jérsei, encontrando também uma jaqueta para Omar. Depois apalpou os bolsos para certificar-se de que levava o telefone com câmera fotográfica e partiu. Um pássaro cantou, batendo preguiçosamente as asas quando ambos passaram por cima do portão. Cruzaram a trilha e chegaram ao canal de irrigação. Knox sorriu com ar engraçado para Omar, mas este apenas fez uma careta, sentindo-se envergonhado.

Knox desceu o barranco na margem do canal, deslocando pedras e terra, atravessou a estreita faixa de água, subiu o barranco do lado oposto usando as palmas das mãos e os joelhos, e olhou cautelosamente em volta. O terreno era plano e não acidentado, o que tornava difícil a orientação. Esperou a chegada de Omar e, em seguida, avançou agachado. Nem bem percorrera 50 metros, pisou numa pedra e torceu o tornozelo, caindo no chão. Havia muitas pedras como aquelas, arredondadas e de tom acinzentado, algumas até mesmo arrumadas em montículos, todos alinhados na mesma direção. Encontrou uma tenda de plástico translúcido e abriu-a. Sob a tenda havia um poço seco, com uma parede de tijolos arruinada no fundo, onde o luar iluminava o topo de um crânio humano, ossos finos de costelas e outros mais longos.

— Fileiras de pedras brancas arrumadas — murmurou, tirando uma foto, embora pela ausência do equipamento de flash não pudesse ter certeza do resultado. — Parece o cemitério de Qumran. Esqueletos apontados para o sul, com os rostos voltados para o sol nascente. Está vendo como os ossos têm um leve tom arroxeado?

— O que significa?

— Os essenos costumavam beber um suco feito de raízes de uma erva conhecida pela tintura vermelha, que dá uma coloração aos ossos quando ingerida em grandes quantidades. Griffin disse que essa erva era cultivada aqui, não foi?

— Acha que a tampa que você viu veio de uma dessas tumbas?

— É possível.

— Então já podemos voltar?

— Ainda não. Ainda precisamos ver...

Houve um rosnado atrás deles. Knox virou-se e viu um cachorro vira-lata, tão magro que mostrava as costelas sob o pelo, com a luz do luar refletida nos olhos escuros e na saliva que escorria da boca. Os antigos cemitérios egípcios costumavam situar-se na orla do deserto, pois a terra arável era valiosa demais para ser desperdiçada. Essas áreas se tornaram favoritas de animais em busca de restos alimentares. Esse era um dos motivos pelos quais o deus-chacal Anúbis era ligado à morte. Knox silvou, agitando as mãos, mas o cão rosnou mais forte, mostrando as presas. Seu território tinha sido invadido.

— Mande-o embora — disse Omar.

— Estou tentando — respondeu Knox.

Um clarão de lanterna brilhou à esquerda, desapareceu e brilhou novamente. Era um segurança fazendo a ronda, balançando a lanterna para um lado e para o outro, descrevendo elipses amareladas no chão, que se aproximavam perigosamente. Omar e Knox se agacharam atrás da tenda de plástico, deixando que o cão chegasse bem perto, sempre rosnando e farejando. Omar apontou para o caminho de onde ambos tinham vindo, mas já era tarde. O guarda estava quase junto deles. Knox fez um gesto para que Omar se abaixasse mais e mantivesse a calma.

O guarda viu o cachorro, iluminou-o com a lanterna e abaixou-se, pegando uma pedra e lançando-a com força. Errou o alvo, mas provocou latidos furiosos. O homem se aproximou mais. Knox via o luar refletido no lustro das botas negras. A segunda pedra acertou o cachorro na pata traseira. O animal deu um ganido e correu rapidamente para longe. O guarda riu, virou-se e afastou-se.

— Vamos embora daqui — suplicou Omar, ao vê-lo desaparecer.

— Só mais um pouco — respondeu Knox, limpando a poeira da roupa. Não lhe agradava a invasão, mas era preciso verificar mais aquele lugar. Logo, ambos chegaram a um barranco arenoso, diante do qual havia um leve clarão amarelado. Knox subiu engatinhando, sentindo o conhecido gosto metálico na boca ao chegar ao topo. Viu Griffin e um homem ainda jovem, de cabelos louros cortados à escovinha, de pé próximo à traseira de uma picape encostada ao lado da porta aberta de um prédio baixo de tijolos, cujo interior estava iluminado. Outros dois rapazes surgiram, vindos de dentro do prédio, trazendo uma caixa de madeira, que colocaram na caçamba da picape. Também tinham os cabelos cortados no mesmo estilo e vestiam camisas azuis e calças cáqui idênticas.

— Isso é o bastante por ora — dizia Griffin. — Vamos ter de voltar de qualquer modo.

Trancando a porta do prédio, entrou na picape enquanto os três homens se alojavam na traseira.

— O que estão fazendo? — perguntou Omar, ao ver o veículo se afastar.

— Estão limpando o depósito para que amanhã não encontremos nada que os incrimine.

— Vamos à polícia. Contaremos tudo.

— Até voltarmos, tudo já estará escondido.

— Por favor, Daniel. Detesto esse tipo de coisa.

Knox tirou do bolso as chaves do jipe, entregando-as a Omar.

— Vá e me espere — disse ele. — Se eu não voltar dentro de uma hora, chame a polícia.

Omar fez cara feia.

— Por favor, venha comigo.

— Precisamos descobrir onde eles estão escondendo o material, Omar. Você tem de entender.

Antes que Omar pudesse protestar, Knox levantou-se e correu pela trilha atrás da picape, cujas lanternas traseiras brilhavam na escuridão como os olhos de um demônio.

II

Lily parecia um tanto embaraçada ao sair do quarto de Stafford.

— Ele precisa dar alguns telefonemas urgentes — avisou ela a Gaille, que esperava do lado de fora. — É realmente necessário que ele venha conosco?

— O documentário é dele — respondeu Gaille, encolhendo os ombros. — Fátima achou que ele poderia estar interessado.

— Estamos, sim. Não pense que não nos sentimos agradecidos. É só que...

— Que ele precisa dar uns telefonemas — completou Gaille.

— Isso mesmo — disse Lily, baixando os olhos. Stafford havia descoberto a conexão de internet no quarto e estava acessando sua correspondência, verificando as vendas de seus livros e procurando seu próprio nome para ver se alguém o havia elogiado recentemente.

Lily seguiu Gaille, saindo pelo portão dos fundos diretamente para o deserto. Os pés dela se enterravam na areia fofa, fazendo com que o equipamento de filmagem parecesse duas vezes mais pesado.

— Quer que a ajude com isso? — perguntou Gaille.

— Se não se importa...

— Então você é a cinegrafista de Stafford? — disse Gaille, pegando uma das bolsas.

— E produtora também — respondeu ela, como um lamento. — Também sou engenheira de som, mensageira, menina de recados, tudo o que você puder imaginar.

Aparentemente, Stafford adorava o luxo e equipes numerosas quando eram pagos por terceiros. Mas detestava a ideia de que alguém ganhasse dinheiro à sua custa, e por isso organizara sua própria companhia de produção, com a intenção de oferecer o resultado final a emissoras. Para isso, reduzira os custos ao mínimo possível, contratando funcionários inexperientes, como era o caso de Lily, e atormentando-os impiedosamente a ponto de os outros três colegas terem pedido as contas uma semana antes, deixando nas costas dela todo o pesadelo de organizar aquela viagem. Lily achara que poderia utilizar empregados locais, mas os modos imperiais de Stafford também afastaram os possíveis candidatos.

— Eu não trabalho com a filmadora tanto quanto gostaria. Sempre que pode, Charles costuma filmar também — disse ela, sorrindo timidamente. — Acho que ele se considera um intrépido aventureiro solitário no deserto. Gosta de aparecer ajustando os controles enquanto grava a palestra durante a gravação, para que os espectadores imaginem que ele está sozinho. Eu filmo quando ele está entrevistando alguém, ou quando precisamos fazer uma tomada mais ampla, ou um zoom.

Chegaram à entrada do sítio arqueológico. Gaille destrancou a porta de madeira, ligou o gerador e esperou alguns momentos para que esquentasse, antes de acender as luzes e levar Lily por corredores fantasmagóricos de calcário até um espaço cavernoso.

— Puxa! — murmurou Lily. — Que lugar é este?

— O interior de uma das colunas das fundações do Templo de Amon, da 19ª dinastia — respondeu Gaille, apontando para um monte de tijolos em um canto. — É isto o que eu queria que você visse. São os antigos tijolos egípcios, os *talatat*. Eram usados para...

— Espere, espere! — interveio Lily. — Posso filmá-los?

— Claro, acho que há luz suficiente.

Lily pegou sua Sony VX2000.

— Este equipamento é uma maravilha. Vai ser uma excelente imagem.

Ela havia se acostumado a gostar das câmeras cinematográficas. Nem sempre tinha sido assim. Quando as viu pela primeira vez, nas festas infantis e na escola, teve medo e odiou-as. Já era bastante desagradável que as outras crianças ficassem olhando a marca no rosto dela, mas pelo menos sua presença poderia impedir que fossem demasiadamente cruéis. As câmeras, porém, permitiam que levassem a imagem da feiura dela consigo para olhar quando quisessem, ridicularizá-la, rir e insultá-la a seu bel-prazer, sem que ela pudesse defender-se.

Outro defeito de Lily era a imaginação desvairada. Às vezes, somente pensar no que as outras crianças poderiam estar dizendo a seu respeito torturava-a tanto que o único alívio era imaginar o momento de sua própria morte, a doce sensação de libertação. Começou a maltratar-se propositalmente, esbofeteando-se, espetando tesouras no braço. Um dia, porém, um tio lhe deu uma filmadora que já não queria mais. Lily ainda tinha arrepios ao lembrar-se. O simples gesto de encostar ao rosto o visor do aparelho escondia a marca, o que já era por si só maravilhoso. Mas o que realmente a transformou foi o poder que a filmadora lhe conferia. O poder de fazer com que os outros aparecessem bem ou mal, conforme ela desejasse. O poder de fazê-los parecer simpáticos ou antipáticos, feios ou belos. Também utilizara esse poder ao descobrir que possuía realmente o talento para isso. Assim, ganhara confiança e autoestima, e, além disso, encontrara um caminho.

Desempacotou o equipamento e preparou-o, ligando os fios e colocando os fones de ouvido, verificando os tons graves e agudos. Levou a câmera ao ombro e virou-a na direção de Gaille.

— O que você estava dizendo? — perguntou.

— Bem — respondeu Gaille, um tanto surpresa. — Pensei que você ia filmar o *talatat*, e não a mim.

— Quero filmar as duas coisas — respondeu Lily, acostumada a acalmar novatos. — Mas não se preocupe. Charles já tem o roteiro. A esta altura, ele dificilmente fará modificações, acredite. De qualquer forma, você terá de assinar uma autorização, e, portanto, se não gostar...

— Está bem.

— Obrigada. Agora, agache-se. Assim. Erga as costas e olhe para mim. Não, assim não. Levante o queixo. Um pouco mais. Ótimo. Perfeito. Agora, encoste a mão direita nos tijolos.

— Tem certeza? Parecem muito antigos.

— A cena está ótima — incentivou Lily, sorrindo. — Confie em mim. Sou muito boa nisso. Vamos começar do início. Faça como se eu não soubesse de nada, o que é muito próximo da verdade. Portanto, diga onde estamos e informe exatamente o que são os *talatat*.

III

Os faróis da picape lançaram um clarão avermelhado e, em seguida, desapareceram para além do barranco. Knox manteve os olhos fixos naquele ponto e reduziu o ritmo dos passos, procurando recuperar o fôlego. Alcançou o barranco e agachou-se para olhar adiante, porém nada havia do outro lado. Perscrutou a escuridão durante algum tempo e já ia perdendo a esperança quando ouviu um som metálico um tanto afastado à sua direita. Ao subir em outro barranco, viu a picape parada em uma pequena depressão do lado oposto, com o motor desligado e as luzes apagadas, sem qualquer sinal de vida, exceto um leve clarão amarelado que surgia de um poço ao lado do veículo.

Se tivesse consigo algum aparelho de GPS, ele poderia simplesmente marcar as coordenadas e avisar a polícia. Sem o GPS, porém, isso era virtualmente impossível. Não havia marcos notáveis, a não ser a chama distante de um queimador de gás natural e o contorno escuro de duas chaminés de uma usina de energia. Knox avançou às ocultas. Viu que o poço tinha degraus que levavam a um alçapão e dali a uma espécie de vestíbulo, de onde vinha o ruído de um gerador. Aproximou-se da picape, em cuja caçamba havia apenas três caixas de papelão. A primeira continha uma estátua de terracota da figura de um menino, com um dedo encostado aos lábios. Era Harpócrates, divindade conhecida dos egípcios, gregos e romanos. Knox fotografou-a e já ia abrir a segunda caixa quando ouviu passos. Deixou-se cair ao chão imediatamente, escondendo-se debaixo da picape. Os três jovens emergiram do alçapão, sacudindo poeira e fazendo a garganta de Knox ressecar. Pegaram as caixas restantes e entraram pelo alçapão, passando por Griffin que vinha surgindo ofegante. O arqueólogo sentou-se pesadamente na caçamba do veículo, fazendo a suspensão ranger e impedindo a fuga de Knox. Passou-se um minuto; em seguida, dois. Os três rapazes reapareceram.

— Vamos buscar a última carga — murmurou Griffin. Todos subiram na picape e deram a partida, revelando o esconderijo de Knox. Este ocultou as mãos sob o abdômen e encostou o rosto na terra, esperando ser visto a qualquer momento, mas o carro desapareceu, sem qualquer incidente. Knox levantou-se e foi até a entrada do poço. A luz continuava acesa no interior, com o alçapão aberto. Não era possível perder aquela oportunidade, embora certamente, àquela altura, Omar já tivesse morrido de angústia. Na ponta dos pés, Knox penetrou no vestíbulo, ansioso. Não havia ninguém lá dentro. Um gerador resfolegava a um canto. De repente, o aparelho começou a ratear, vibrando no chão, enquanto as luzes bruxulearam por um instante e logo voltaram a iluminar. Knox esperou que as batidas de seu coração serenassem, olhando o relógio. Com certeza, Griffin tardaria pelo menos 15 minutos. Isso lhe dava dez minutos para examinar o local.

Havia corredores à direita e à esquerda. Ele tomou o da esquerda. O corredor serpenteava, seguindo a linha de menor resistência na rocha calcária. Havia lâmpadas a pouca distância umas das outras, ligadas a um fio elétrico alaranjado, cuja luz conjurava sombras fantasmagóricas nas paredes de pedra grosseiramente escavadas. A passagem abriu-se de repente em uma ampla catacumba, cujas paredes mostravam colunas de *loculi*, de seção quadrada. Havia pilhas de caixas e engradados no centro. Knox fotografou um esqueleto em um dos nichos fúnebres, cujas órbitas vazias fitavam cegamente o teto. Os essenos consideravam a morte uma coisa impura, e, portanto, uma sepultura comunitária como aquela teria sido impensável. Era um rude golpe para a teoria sobre os *therapeutae*.

Sobre uma mesa de trabalho havia lâmpadas ultravioleta e uma câmera fotográfica, fixada a um tripé. Sob a mesa, caixas e bandejas empilhadas, com artefatos a serem fotografados, cada qual identificada em folhas de papel. Knox abriu uma delas e encontrou uma lamparina a óleo feita de argila, em forma de sátiro com sorriso lascivo. A seguinte continha um anel de prata e a terceira, uma taça de faiança. A quarta, porém, o fez estremecer. Estava dividida em seis pequenos compartimentos e dentro de cada um deles havia uma orelha humana, encolhida e mumificada.

OITO

I

— Estamos neste momento no interior de uma coluna do Templo de Amon — começou Gaille, com a voz ecoando na ampla câmara. — Foi terminada no reinado de Ramsés II, mas ficou bastante tempo deteriorada até que os Ptolomeus executaram importantes trabalhos de recuperação.

— E qual a ligação deste lugar com Amarna? — indagou Lily.

— Claro — disse Gaille, enrubescendo. — Desculpe.

— Não precisa pedir desculpas. Você age com naturalidade. A câmera adora você.

— Obrigada. — Ela deu um sorriso oblíquo, que mostrava seu ceticismo. — Como sabemos, os egípcios costumavam construir seus monumentos e templos com grandes blocos de pedra, retirados de pedreiras, como é o caso das pirâmides. Cortá-los e transportá-los, no entanto, era tarefa dispendiosa e lenta. Akhenaton tinha pressa. Queria construir rapidamente novos templos dedicados a Aton em Karnak e Amarna. Para isso, seus engenheiros desenvolveram um novo tipo de tijolo, que são os *talatat.* Cada um pesa aproximadamente 45 quilos, suficientemente leve para que um único operário em construção pudesse empurrá-lo sozinho para o lugar designado, embora isso naturalmente não fizesse bem às costas. Depois que as paredes eram erguidas, eles faziam entalhes e pintavam cenas grandiosas, como se fosse uma enorme tela de TV.

— Mas então, como os tijolos chegaram até aqui?

Gaille fez um sinal com a cabeça.

— Depois da morte de Akhenaton, seus sucessores trataram de destruir todos os vestígios dele e de sua heresia. Você sabia que o nome de Tutankamon era originalmente Tutank*aton*? Ele foi compelido a mudar de nome depois que Akhenaton morreu. Naquela época, os nomes eram extremamente importantes. Os antigos egípcios acreditavam que até mesmo *enunciar* o nome de uma pessoa ajudava a mantê-la na vida do Além. Esse foi um dos motivos pelos quais o nome de Akhenaton foi propositalmente retirado dos templos e monumentos em todo o país. Mas os *talatat* tiveram destino diferente. Quando os monumentos que ele erigiu foram desmantelados, os tijolos foram usados para servir de base a todas as grandes construções em todo o Egito. Assim, toda vez que escavamos um sítio posterior a Amarna, há a possibilidade de encontrar alguns deles.

— E assim é possível recriar as cenas originais que decoravam as paredes de Akhenaton?

— É o que se pretende fazer, mas não é fácil. Imagine centenas de peças de um quebra-cabeça, todas juntas, e depois noventa por cento delas atiradas fora e o restante triturado com uma marreta. Encontrar o sentido nessas peças é o meu trabalho. Por isso, Fátima me convidou a vir para cá. Em geral, trabalho com textos antigos, mas a ideia é a mesma.

— Como você trabalha?

— É mais fácil se eu usar os rolos de manuscritos para explicar. Imagine encontrar milhares de fragmentos de documentos diferentes, todos misturados. A primeira tarefa é fotografá-los todos, em escala natural, com resolução muito elevada, porque os fragmentos originais são extremamente frágeis. Em seguida, as fotos são examinadas mais de perto. O material é papiro ou pergaminho? Se for papiro, como foi tecido? Se for pergaminho, de que animal é a pele? Hoje em dia é possível pesquisar o DNA dessas peles a fim de saber se dois fragmentos de pergaminho vieram do mesmo animal. Qual é a cor? Que maciez tem? Qual a espessura? Como é o verso? E a tinta usada? Ficou borrada ou escorreu? É possível analisar sua composição química? E a escrita? É espessa ou fina, regular ou em garranchos? A maneira de escrever de cada escriba é muito característica, embora seja preciso ter cuidado, porque muitas vezes eles trabalhavam em vários documentos ao mesmo tempo e alguns eram escritos por mais de um escriba. Mesmo assim, tudo isso serve para separar a confusão inicial em diferentes rolos originais, assim como separamos as peças de quebra-cabeças misturadas para ver a qual jogo elas pertencem. O trabalho seguinte é montar cada um deles.

— Como se faz isso?

— Frequentemente os textos já são conhecidos — respondeu Gaille — como no *Livro dos mortos,* por exemplo. O problema então é traduzir os fragmentos para ver como se ajustam. Mas se for um documento original, por exemplo, uma carta, é preciso procurar outras pistas. Talvez uma linha que passe de um fragmento para outro. Quando temos muita sorte, várias linhas combinam entre si, resolvendo as dúvidas. Por exemplo, dois fragmentos sobre métodos de sepultamento, ou dois episódios da vida de uma pessoa específica. Se não pudermos combiná-los, os fragmentos são considerados danificados. Nesse caso, é preciso ver se há uma forma comum de dano. Imagine cobrir um rolo de pergaminho ou papiro com uma folha de papel, fazer um buraco com um cigarro, atravessando todas as camadas, e, em seguida, desenrolá-lo e rasgá-lo. Os buracos não apenas facilitarão a montagem do rolo, mas também permitirão saber se o rolo foi muito apertado, pela distância decrescente entre os buracos. Os escribas, muitas vezes, faziam linhas paralelas arranhando o pergaminho ou papiro para manter o nível da escritura. É possível combinar essas linhas entre um fragmento e outro por meio das diminutas variações na distância entre elas, como fazemos com os anéis nos troncos das árvores.

— E no caso dos *talatats* existem indícios semelhantes, não?

— Claro — disse Gaille, assentindo —, embora sejam mais enganosos. Por exemplo, os *talatats* são feitos de pedra calcária ou arenosa. Os de calcário, em geral, combinam entre si, e o mesmo ocorre com os arenosos. A composição de cada pedra é também uma indicação útil, porque muitas vezes as paredes eram construídas com pedras vindas da mesma pedreira. Não se deve, porém, confiar demasiadamente nisso. Da mesma forma, os resíduos de tinta são bons auxiliares, assim como a deterioração ocasionada por fenômenos atmosféricos. Talvez os blocos de tijolos tenham sofrido a ação do sol ou talvez houvesse algum vazamento em um conduto de água próximo que causasse manchas. Seja como for, depois de examinarmos todos os indícios na medida do possível, tentamos montar novamente as cenas. Os *talatat* eram tipicamente decorados no sentido horizontal, e nesse caso os chamamos "extensos", ou no sentido vertical, e então os denominamos "curtos". Os egípcios costumavam alternar os dois tipos. Isso ajuda muito. Depois, muitas vezes, o trabalho é combinar cabeças com torsos. Felizmente, muitas das cenas são cópias de pinturas anteriores, ou foram reproduzidas a partir de *talatats* encontrados em outros lugares, e assim sabemos o que estamos procurando.

Lily aguçou os ouvidos.

— Mas isso não ocorre com todos, não é? — perguntou, astutamente.

— Não — reconheceu Gaille. — Não com todos.

— Vocês encontraram alguma coisa, não foi? Foi por isso que você me trouxe aqui.

— Talvez.

— E então? Vai me dizer o que foi?

— Ora — respondeu Gaille, baixando os olhos. — Acho que Fátima gostaria de ter esse prazer.

II

Knox pegou uma das orelhas mumificadas. O tecido apresentava um ligeiro brilho no lugar onde fora separado do corpo, o que parecia indicar que o corte era recente. Examinando os *loculi,* descobriu rapidamente uma múmia à qual faltava a orelha direita, e logo depois outra nas mesmas condições. Franziu a testa, desconcertado, e lembrou-se tardiamente da hora. O prazo que se impusera já tinha passado. Precisava sair dali.

Correu até o vestíbulo, subindo os degraus, e já ia afastar-se quando ouviu o ruído de um motor. Inesperadamente a picape reapareceu acima do barranco, com as luzes varrendo a abertura do alçapão como se fosse um facho de farol. Knox mal teve tempo de abaixar-se e recuar, descendo novamente ao vestíbulo.

Como Griffin e sua equipe estavam guardando tudo na catacumba, Knox desta vez entrou pelo corredor da direita. Logo, chegou à outra câmara, cujo piso apresentava um grande mosaico feito de pequenas peças brilhantes por terem sido lavadas recentemente, embora gastas por antigos passos. O mosaico mostrava uma figura grotesca e despida, sentada na posição do lótus dentro de uma estrela de sete pontas circundada por grupos de letras gregas. Ele a fotografou duas vezes e, de repente, ouviu um grunhido que vinha do corredor em sua direção, como se alguém viesse trazendo, com esforço, um volume grande. Knox entrou mais profundamente na câmara por um labirinto de passagens e pequenos quartos de paredes decoradas com antigas e coloridas pinturas murais: um homem e uma mulher, ambos nus, erguendo os braços numa súplica ao sol; Príapo sorrindo lubricamente por trás de uma árvore; um crocodilo, um cão e um abutre em posição de juízes; Dionísio estendido em um divã enfeitado com trepadeiras, folhas de hera e pinhões. Já estava fotografando esta última quando ouviu passos e virou-se, vendo Griffin que se aproximava pelo corredor, apertando os olhos na semiescuridão, como se precisasse de óculos.

— Reverendo — disse ele —, é você?

III

O inspetor Naguib Hussein escrevia o relatório no distrito policial quando chegou o chefe, Gamal.

— Você não tem mulher e filha para ir ver em casa? — rosnou ele.

— Achei que você queria a papelada pronta.

— Quero, sim — concordou Gamal, sentando-se no canto da escrivaninha. — Ouvi dizer que você encontrou um cadáver no deserto do Leste.

— Isso mesmo — assentiu Naguib.

— Homicídio?

— Ela foi golpeada na cabeça. Estava enrolada em uma lona e enterrada na areia. Acho que homicídio é certamente uma possibilidade.

— Era copta, não?

— Era uma moça.

— Investigue, é claro — disse Gamal. — Mas nada de fazer marola. Não é o momento.

— O que quer dizer com isso?

— Você sabe o que quero dizer.

— Asseguro que...

— Você ainda não aprendeu a reconhecer o momento de falar e o momento de calar-se? — perguntou Gamal, irritado. — Não percebe os problemas que já causou a seus colegas em Minya?

— Eles estavam vendendo armas no mercado negro.

— Isso não me interessa. Há crimes que podemos resolver e outros que não podemos. Vamos tratar dos que podemos, está bem? — Gamal suspirou com afabilidade, como se não gostasse da maneira como as coisas se passavam, tanto quanto Naguib, porém mostrando-se apenas mais realista do que ele. — Você não está vendo o que se passa em Assiut? — continuou. — Há muita gente nas ruas. Brigas. Raiva. Confrontações. Só por causa da morte de um par de moças coptas. Não quero me arriscar que isso se espalhe por essas bandas.

— Ela pode ter sido assassinada — murmurou Naguib.

A pele morena de Gamal ficou ainda mais escura.

— Pelo que entendo, ninguém registrou o desaparecimento dela, e pode estar morta há anos, talvez décadas. Você quer realmente criar problemas num momento como este por causa de uma moça que pode ter morrido há dezenas de anos?

— Desde quando investigar um homicídio é considerado provocação?

— Não brinque comigo — avisou Gamal, de cara feia. — Você sempre se queixa de que trabalha demais. Concentre-se por enquanto em outros casos e não saia pelo deserto caçando duendes.

— Isso é uma ordem?

— Se for preciso — concordou Gamal. — Se for preciso.

NOVE

I

— Reverendo — repetiu Griffin. — Preciso falar com o senhor, por favor.

Knox virou-se abruptamente e afastou-se com pressa pelo corredor, satisfeito ao perceber que evidentemente a penumbra fizera com que sua camisa branca parecesse um colarinho eclesiástico sobre o pescoço, iludindo Griffin.

— Reverendo! — bradou ele novamente, exasperado. — Volte aqui! Precisamos conversar.

Knox continuou a caminhar tão depressa quanto lhe pareceu adequado. O corredor, em linha reta, desembocou em um beco sem saída, cerca de vinte passos adiante. Logo antes do fim, havia um grande monte de antigos tijolos e fragmentos de argamassa e uma ampla abertura na parede, através da qual ele podia ouvir Peterson lendo a Bíblia em voz alta, embora sua fala fosse acompanhada por um ruído semelhante a um silvo, parecendo mais uma gravação antiga em disco do que uma voz ao vivo.

E vieram os dois anjos a Sodoma à tarde, e estava Ló assentado à porta de Sodoma; e vendo-os Ló, levantou-se ao seu encontro e inclinou-se com o rosto à terra.

Knox alcançou a abertura e olhou para dentro. Do outro lado havia uma ampla câmara, onde jovens homens e mulheres, de joelhos sobre lençóis, limpavam as paredes com esponjas úmidas de água destilada e escovas de pelos macios. Os cabelos dos rapazes eram cortados rente e os das moças estavam presos num rabo de cavalo curto. Todos vestiam uniformes iguais, de cor azul-claro e cáqui. Entretidos em suas tarefas, não o viram adentrar na câmara. Apenas ao entrar que Knox viu Peterson à sua esquerda, em profunda conversação com uma mulher jovem, enquanto estranhamente sua voz, vinda do aparelho de som portátil no centro da câmara, continuava a recitar a Escritura.

Eis aqui, duas filhas tenho, que ainda não conheceram homens; fora vo-las trarei, e fareis delas como bom for aos vossos olhos.

Griffin se aproximava, caminhando pelo corredor. Knox tinha somente um lugar onde esconder-se: uma pia batismal. O pé falseou quando ele se apressou em descer os largos degraus de pedra, esforçando-se para manter o equilíbrio, mas conseguiu ocultar-se nas sombras no momento em que a cabeça de Griffin surgia na abertura.

— Reverendo! — disse Griffin. Peterson não fez sinal de tê-lo escutado e Griffin o chamou novamente, desta vez mais alto, até que uma das jovens reduziu o volume do aparelho de CD. — Por que se afastou de mim?

Peterson franziu a testa.

— De que está falando, irmão Griffin?

O interlocutor o olhou com raiva, mas não respondeu. Em vez disso, prosseguiu:

— Já esvaziamos o depósito. É hora de fechar.

— Ainda não — respondeu Peterson.

— Vamos precisar de várias horas para fechar a abertura do alçapão. Se não começarmos já, não poderemos terminar antes de...

— Ainda não, já disse.

— Mas...

— Esqueceu-se do motivo pelo qual estamos aqui, irmão Griffin? — interrompeu-o Peterson. — Esqueceu-se a quem pertence nossa obra?

— Não, reverendo.

— Então volte para fora e espere. Eu lhe direi quando deve começar.

— Sim, reverendo.

O som dos passos foi morrendo à medida que Griffin se afastava. A jovem aumentou novamente o volume.

Porque nós vamos destruir este lugar, porque o seu clamor tem aumentado diante da face do Senhor, e o Senhor nos enviou a destruí-lo.

Knox esperou alguns instantes antes de arriscar-se a olhar por cima do topo da pia batismal. Todos tinham voltado a concentrar-se na limpeza da parte da parede que cabia a cada um, revelando novas cenas: retratos, paisagens, anjos, demônios, textos em grego e aramaico, signos do zodíaco e outros símbolos. Parecia o pesadelo de um louco. Knox fotografou o teto e duas partes da parede e, em seguida, Peterson e a moça examinando uma das pinturas murais.

Saiu o sol sobre a terra, quando Ló entrou em Zoar. Então o Senhor fez chover enxofre e fogo, do Senhor desde os céus, sobre Sodoma e Gomorra.

— Reverendo! — gritou um dos rapazes. — Veja, aqui!

Knox abaixou-se, porém não suficientemente rápido. Uma das moças o viu virar-se e abriu a boca, espantada, apontando-o com o dedo trêmulo e começando a gritar.

II

Em geral, as refeições em companhia de Fátima eram caracteristicamente frugais, mas naquela noite a mesa estava posta com uma variedade colorida e fragrante de iguarias, em homenagem a Stafford e Lily: *ta'amiyya*, *fu'ul*, húmus, feijão, *tahina*, uma salada de tomates e pepinos picados, temperada com azeite e alho, berinjelas recheadas, carne de frango enrolada em folhas de parreira. Tudo parecia suculento à luz das velas. Havia até mesmo duas garrafas de vinho tinto. Stafford serviu-se de um copo generoso, que bebeu até o fim e imediatamente voltou a encher. Embora não simpatizasse com ele, Gaille foi obrigada a reconhecer que era uma figura impressionante, vestido com uma *galabaya* emprestada enquanto suas roupas eram lavadas e preparadas para a manhã seguinte.

Lily olhava nervosamente a comida, como se tivesse dificuldades com a etiqueta e a culinária locais. Gaille lançou-lhe um olhar de confiança e serviu-se de alguns dos pratos mais seguros, para que Lily a imitasse, o que a fez sorrir agradecidamente.

— Vai ficar muito tempo no Egito? — perguntou Fátima a Stafford, enquanto ele sentava a seu lado.

— Amanhã vou a Amarna e no dia seguinte a Assiut para uma entrevista. Depois, volto aos Estados Unidos.

— Vai ter muito trabalho nestes dois dias, não?

— Devíamos ficar aqui quase uma semana inteira — explicou ele, encolhendo os ombros. — Mas meu agente marcou apresentações minhas em programas matinais de televisão. Eu não podia recusar.

— Não, creio que não.

— O único mercado que vale a pena é o dos Estados Unidos. Se a gente não aparece lá, é melhor desistir. De qualquer maneira, vamos filmar somente um pequeno trecho aqui. Mais tarde, no fim do ano, voltaremos para filmar em... — Refreou-se antes de cometer uma indiscrição, sorrindo como se ela quase tivesse conseguido arrancar-lhe algum segredo importante. — Isso será para outras partes de meu programa.

— Claro, seu programa. Quer dizer-me alguma coisa a mais sobre isso?

Stafford tomou mais um gole do vinho, pensando no que responder.

— Posso ter sua palavra de que não contará a ninguém o que eu disser?

— Claro. Eu nem sonharia em revelar suas teorias, acredite.

— É um assunto muito explosivo, de verdade.

— Sempre é.

O rosto de Stafford ficou corado, como se somente naquele momento percebesse que ela estava se divertindo à sua custa. Ergueu o queixo, esticando o pescoço como um cisne.

— Muito bem então — disse ele. Esperou que se fizesse silêncio em torno da mesa para que todos prestassem atenção. Demorou-se mais alguns segundos, aumentando o suspense. Era um velho truque dos narradores de contos, mas sempre produzia efeito. Quando finalmente todos o aguardavam, ele se inclinou para a frente, à luz das velas. — Pretendo provar que Akhenaton não foi apenas mais um faraó da 18ª dinastia — começou. — Minha intenção é demonstrar que ele foi também o fundador da moderna Israel. Isso mesmo. Pretendo provar, sem sombra de dúvida e sem contestação, que Akhenaton era Moisés, o mesmo que liderou os judeus na fuga do Egito para a Terra Prometida.

III

Muitas cabeças se voltaram para ver o que provocara o grito da moça. Seguiu-se um longo silêncio de surpresa ao verem Knox agachado atrás da pia batismal, com o telefone-câmera nas mãos. Foi ele, no entanto, quem se moveu primeiro. Subiu correndo os degraus e atirou-se de cabeça pela abertura, caindo no chão do corredor, mais além.

— Detenham-no! — bradou Peterson. — Tragam-no de volta para cá!

Já de pé, correndo em meio a grupos de pessoas carregando lamparinas, Knox olhou em volta quando um jovem de porte atlético, cuja fisionomia mostrava a alegria do dever cumprido, lançou-se contra ele, agarrando suas pernas e derrubando-o. Knox caiu violentamente no chão, arranhando a palma de uma das mãos e o cotovelo nas pedras duras e perdendo o fôlego. Conseguiu, porém, girar o corpo, desvencilhando-se do inimigo e, levantando-se novamente, correu em direção ao vestíbulo.

Griffin e um dos rapazes surgiram na porta diante dele, postando-se lado a lado para bloquear-lhe o caminho. Não era possível passar pelos dois à força. Knox abaixou-se e arrancou o fio elétrico do gerador, mergulhando o corredor nas trevas, e atacando Griffin em seguida com um encontrão. Conseguiu ultrapassá-lo e subiu rapidamente a escada. Os outros dois rapazes vinham chegando, atraídos pelo barulho da luta. Knox correu no sentido oposto, passou por um barranco pouco elevado e prosseguiu até chocar-se com a cerca de tela de arame da subestação elétrica.

Acompanhou a cerca, sempre correndo, durante pouco mais de 200 metros, tentando entender sua localização para poder voltar ao ponto em que se encontravam Omar e o jipe. O esforço, porém, começava a enfraquecê-lo. Sentia uma dor no flanco e perdia rapidamente o fôlego. Olhou para trás e viu silhuetas por todos os lados, ouvindo os gritos de exortação e instruções dadas uns aos outros. O luar era forte e o terreno era demasiado plano para que ele pudesse esconder-se. Apertando os dentes, correu novamente, mas as pernas iam ficando cada vez mais pesadas e os perseguidores iam ganhando terreno.

DEZ

I

— Então! — disse Fátima, com um suspiro. — Akhenaton no papel de Moisés. Posso lhe dizer que muitos de meus alunos do primeiro ano chegaram à mesma conclusão.

— Talvez porque tenham uma boa razão — replicou Stafford. — Talvez porque seja mesmo verdade.

— E imagino que o senhor tenha provas do que afirma.

— Efetivamente.

— Não gostaria de revelá-las para nós?

Lily baixou a cabeça, olhando embaraçada para o prato. Não era a primeira vez em que se via na plateia de um dos sermões de Stafford. Odiava aqueles momentos, inclusive porque sempre acabava sendo obrigada a ajeitar as coisas depois que ele terminava de falar.

— Não se trata de nenhuma descoberta nova de minha parte — confessou ele. — Acontece que até hoje ninguém juntou as peças desse quebra-cabeça de maneira correta. Afinal, com toda a honestidade, é impossível não reconhecer um elo entre Akhenaton e os judeus.

— O que quer dizer com isso, exatamente?

— Todos sabem que os egiptólogos enterram as cabeças na areia quando tratam do Êxodo. É um tema demasiadamente delicado em um país muçulmano, nos tempos atuais. Não estou lhe fazendo uma crítica...

— Mas é o que parece.

— Estou apenas dizendo que compreendo que vocês prefiram olhar em outra direção.

— Isso seria uma proeza para quem enterra a cabeça na areia.

— A senhora sabe o que estou querendo dizer.

— Sei — redarguiu Fátima. — O senhor acha que eu distorceria os registros arqueológicos por conveniência pessoal ou para obter vantagens profissionais.

— Desculpe — interveio Lily, rapidamente. — Charles não quis dizer isso, não é verdade, Charles?

— Claro que não — disse Stafford. — Eu me referia aos estudiosos em geral. Os chamados peritos em história do Egito que se recusam até mesmo a imaginar que a Bíblia é capaz de esclarecer os acontecimentos do passado.

— Quem são esses? — perguntou Fátima. — Nunca encontrei ninguém assim.

— Não estou sugerindo, nem por um instante, que a Bíblia seja inteiramente factual — prosseguiu Stafford. — Evidentemente, no entanto, constitui o melhor relato das origens do judaísmo. Quem poderia duvidar de que uma população de escravos, mais tarde conhecida como o povo judeu, estava presente no Egito de forma numerosa durante o segundo milênio antes de Cristo? E quem pode duvidar de que entraram em conflito com seus senhores egípcios e fugiram em um êxodo em massa, liderados por um homem chamado Moisés? Ou, ainda, que atacaram e destruíram Jericó e outras cidades, antes de estabelecer-se em Jerusalém e arredores? Esse é o resumo dos fatos. Nossa tarefa, como historiadores, é dar corpo a esse esqueleto da melhor maneira possível.

— Ora — disse Fátima —, então é esse o nosso papel?

— Sim — respondeu Stafford, em tom complacente. — É isso mesmo. E, se tentarmos imediatamente, nos veremos diante de um problema, porque não existe um relato egípcio sobre esse êxodo. Certamente, para os egípcios, não foi um acontecimento tão importante como foi para os judeus; nada mais que a fuga de um grupo de escravos, e isso é perfeitamente compreensível. Na verdade, não deixamos de possuir alguns indícios com os quais podemos trabalhar. O livro do Gênesis, por exemplo, informa que José trouxe os hebreus ao Egito. Na história de José, as carruagens são mencionadas, não uma ou duas vezes, e sim *três*. Os egípcios, porém, nem mesmo *possuíam* carruagens até a 18ª dinastia. Portanto, os judeus não poderiam sequer haver *chegado* ao Egito antes da metade do século XVI antes de Cristo. E há também a Estela de Merneptah, que registra uma vitória contra a tribo de Israel *em Canaã*; logo, o Êxodo já deveria ter ocorrido quando a estela foi gravada, por volta de 1225 antes de Cristo. Sendo assim, temos um período circunscrito entre 1550 e 1225 antes de Cristo. Em outras palavras, um momento qualquer durante a 18ª dinastia. Está de acordo?

— Sua lógica parece impecável — observou Fátima.

— Obrigado. Vamos ver, então, se é possível aproximarmo-nos mais. Os ptolomeus encarregaram um homem chamado Manetho de escrever uma história do Egito. A lista de reis que ele organizou ainda é a base de nosso entendimento sobre a estrutura dinástica antiga.

— Realmente.

— Manetho era um alto sacerdote egípcio e tinha acesso aos registros do Templo de Amon, em Heliópolis. Ele identificou o Moisés bíblico na figura de um homem de nome Osarseph. Esse Osarseph foi o sumo sacerdote no reinado do faraó Amenhotep e aparentemente organizou seus adeptos entre desterrados e leprosos. Tornou-se tão poderoso que os deuses apareceram a Amenhotep em um sonho e o mandaram exilar Osarseph, mas foi este quem exilou Amenhotep, fundando um reinado que durou 13 anos, até ser finalmente expulso. Portanto, não apenas temos a confirmação do Êxodo por fontes independentes, mas também pistas importantes na investigação sobre Moisés: Osarseph e o faraó Amenhotep.

— Houve quatro faraós com o nome de Amenhotep durante a 18ª dinastia. A qual deles o senhor supõe que Manetho se referia?

— Ele informa que esse faraó teve um filho chamado Ramsés. Esse nome vem da 19ª dinastia. Logo, Manetho, sem dúvida, referia-se a um dos Amenhoteps tardios, e não aos primeiros.

— Compreendo.

— Bem, o reinado de 13 anos de Osarseph pode nos apresentar um problema, porque não temos nenhum outro registro da existência de um faraó com esse nome, nem de um reinado de 13 anos por nenhum dos faraós da 18ª dinastia. Examinemos, porém, mais de perto os possíveis candidatos, como Ay ou Horemheb. Nenhum dos dois tinha sangue real, pois um foi vizir antes de subir ao trono e o outro, general. Ay, contudo, reinou apenas durante quatro anos, enquanto os 19 anos do reinado de Horemheb foram em grande parte ortodoxos e prósperos. Smenkhkare durou somente alguns meses, e Tutankamon era ainda muito jovem quando morreu. Nenhum desses preenche os requisitos. No entanto, resta-nos uma possibilidade: Akhenaton. Ele foi o sucessor do pai, Amenhotep III, e embora tenha reinado somente durante 17 anos, alguma coisa extraordinária evidentemente aconteceu durante o quinto ano. Ele não somente mudou o próprio nome, mas também fundou a nova capital de Akhenaton, a cidade que conhecemos com o nome de Amarna, de onde governou até 1332 antes de Cristo, isto é, de 1345 a 1332 antes de Cristo. Digam-me, quantos anos há nesse intervalo?

— Treze — respondeu Fátima.

— Exatamente — concordou Stafford. — Aí temos a figura que preenche os critérios, pelo menos superficialmente. Mas isso suscita outras interrogações. Por exemplo, por que alguém consideraria Akhenaton um intruso? Afinal de contas, ele era o faraó legítimo. E além da afirmação de Manetho, existe algo mais que ligue Akhenaton a Moisés?

Fátima abriu os braços, espalmando as mãos.

— E então? Vai nos tirar desse suspense?

II

Knox passou por uma lombada baixa de pedra e olhou em volta. Os perseguidores se aproximavam cada vez mais. Ele respirava com dificuldade, tinha o hálito quente, e a cicatriz doía bastante. A lua se escondeu atrás de um raro grupo de nuvens no céu noturno. Knox aproveitou a escuridão e virou-se para a direita, afastando-se da cerca, correndo quase às cegas. A lua, porém, reapareceu e ele viu toldos de plástico mais adiante. Era o cemitério. Ouviu um grito atrás dele e correu para o canal de irrigação, deslizando pela margem e caindo na água. Subiu do outro lado, com os sapatos encharcados e cheios de lama.

Um par de faróis surgiu à direita. Era uma das picapes. O veículo acelerou na trilha, avançando para ele, com as portas abertas, das quais saltaram dois rapazes. Knox pulou o portão próximo ao local onde havia estacionado, mas não havia sinal de Omar e do jipe, a não ser os traços deixados pelos pneus na terra.

Parou de chofre, com as mãos nos joelhos, ofegante, sentindo as pernas pesadas pelo efeito do ácido láctico. Três rapazes alcançaram o portão atrás dele, subindo a cerca sem muita pressa, confiantes em que o agarrariam. Com a brisa, a camisa suada de Knox grudava na pele. O frio da noite, misturado à apreensão, o fez estremecer num arrepio.

Ouviu-se o ronco de um velho motor. Knox virou-se e viu o jipe que se aproximava, com Omar ao volante, a porta do passageiro já aberta. Correu ao encontro do veículo, atirando-se dentro, fechando e trancando a porta no momento em que seus perseguidores faziam um último esforço para capturá-lo, rodeando o veículo e batendo com os punhos nas janelas, com fisionomias de frustração. Omar fez uma curva abrupta, manejando rapidamente a alavanca de câmbio e fazendo o jipe sacolejar enquanto escapava, atravessando o campo.

III

Peterson segurou com força sua Bíblia do rei James ao olhar o trecho da parede para o qual Michael lhe chamara a atenção logo antes de terem descoberto a presença de Knox. A água destilada limpara a espessa camada de sujeira e revelara o pigmento subjacente, que surgia agora com clareza: dois homens cobertos por mantos brancos emergiam de uma caverna, uma figura vestida de azul ajoelhada diante deles e uma única linha escrita abaixo da cena.

Aprendera idiomas tardiamente, mas o que sabia de grego era suficiente para poder ler, até porque aquela frase surgira em seus pesadelos na década anterior, desde que, pela primeira vez, travara conhecimento com os Carpocratas.

Filho de Davi, tende piedade de mim

Sentiu o sangue fugir-lhe do rosto, deixando-o tonto, e teve de apoiar-se com uma das mãos na parede a fim de recuperar-se.

Filho de Davi, tende piedade de mim

E Knox tinha uma máquina fotográfica! Logo quem — *Knox*! A cabeça de Peterson começou a latejar fortemente, como uma prensa distante. *O que ele teria feito*? Olhou em volta de si. Todos os demais tinham saído em perseguição de Knox, deixando-o sozinho. Aquilo serviria para alguma coisa. Tomando nas mãos uma marreta, atacou furiosamente a parede, destroçando de forma selvagem a argamassa, até transformá-la em fragmentos caídos ao chão. Encostou-se no muro, respirando ofegantemente, até perceber que outras pessoas haviam chegado. Virou-se e viu Griffin, que o olhava aterrorizado com o que ele havia feito.

— E então? — perguntou Peterson, transformando a defesa em ataque. — Vocês o pegaram?

Griffin sacudiu negativamente a cabeça.

— Tawfiq estava à espera dele no campo.

— Vocês o deixaram escapar? Não sabem o quanto ele pode nos prejudicar?

— Não poderão ir muito longe. A única saída desse campo é pela velha ponte. Nathan seguiu para esperá-los lá.

Peterson concordou. Já era alguma coisa. A situação, no entanto, era delicada demais para permitir que outros cuidassem dela. Era preciso assumir pessoalmente o comando.

— Feche este sítio — ordenou ele a Griffin. — Não quero ver nenhum rastro dele quando regressar. Entendeu bem?

— Entendi.

O sacerdote atirou negligentemente a marreta em um canto, como se o que acabara de fazer com a parede nada significasse. Apalpou os bolsos, procurando as chaves do carro, e caminhou decididamente para a abertura no muro com tal ímpeto que Griffin teve de saltar para o lado e abrir-lhe caminho.

ONZE

I

— Monoteísmo — declarou Stafford.

— Não entendi — disse Fátima, franzindo a testa.

— Monoteísmo. Essa é a chave do enigma. Moisés foi o promotor original do Único Deus Verdadeiro. *Não terás outros deuses além de mim*. E o que distingue Akhenaton dos demais faraós?

— O monoteísmo? — arriscou Fátima.

— Exatamente. O monoteísmo. Antes dele, o Egito sempre tivera uma multidão de deuses. Com Akhenaton, porém, tudo mudou. Para ele, existia somente *um* Deus, o disco solar. O Aton. Todos os demais eram ficções originadas na mente humana e na habilidade dos artesãos. Ele fez mais do que apenas dar atenção a essa ideia: levou-a sério e agiu. Fechou os templos dos deuses rivais, especialmente os de Amon, principal competidor de Aton. Na verdade, mandou retirar o nome de Amon dos monumentos em todo o Egito. Tenho certeza de que a senhora concorda pelo menos com isso.

— Se concordo? Escrevi um livro sobre esse tema.

— Muito bem. Ora, Manetho, que afirmou serem Osarseph e Moisés a mesma pessoa, baseou seu relato nos registros do Templo de Amon em Heliópolis. O que a senhora imagina ter sido a opinião dos sacerdotes de Amon a respeito de Akhenaton, que havia mandado fechar os templos deles e apagado o nome do deus em todo o país? Não acha que o teriam considerado um intruso e seus adeptos leprosos?

Stafford tomou outro gole do vinho. Em seguida, enxugou os lábios, passando o punho na boca.

— Muito bem — prosseguiu, considerando que o silêncio significava aprovação. — Agora, vamos dar outra olhada em Moisés. O que nos contam é que essa criança hebreia foi colocada no Nilo em uma embarcação feita de juncos e salva pela filha do faraó, que lhe deu o nome de Moisés porque significa "salvo das águas" em hebraico. Mas essa história cheira a folclore, não é verdade? Por que motivo, afinal, a filha de um faraó daria um nome hebraico a uma criança enjeitada? Para começar, ela *não* poderia saber que o menino era judeu. Tampouco poderia falar o idioma hebraico, porque essa língua não existia na época. Nada disso. A verdadeira explicação é simples. Moisés significa "filho" na língua egípcia, como no nome de Tutmósis, filho de Tut, ou Ramsés, filho de Ra. O mito do salvamento da criança foi simplesmente uma tentativa retroativa de reconhecer Moisés como judeu nato, quando, de fato, ele nascera como príncipe egípcio.

— A Bíblia diz que ele matou um soldado egípcio, não? — perguntou Fátima, tornando a franzir a testa. — E afirma que fugiu para as terras de Kush. Não me recordo de que Akhenaton tenha feito isso.

— Nunca será possível um ajuste perfeito — explicou Stafford. — A questão é saber se estamos próximos o bastante. Evidentemente, esse é o caso, e isso sem precisarmos recorrer às notáveis semelhanças entre as doutrinas de Akhenaton e as de Moisés.

— Que semelhanças são essas exatamente?

— Já lhe direi, se me permitir.

— Por favor — disse Fátima. — Convido-o a fazê-lo.

— Já sou seu convidado — observou Stafford, abrindo os braços com o copo na mão e deixando cair uma mancha de vinho, como sangue, em sua *galabaya* emprestada. Afastou as pequenas gotas com um gesto irritado e preparou-se para completar a argumentação.

II

O inspetor Naguib Hussein costumava esquecer o trabalho policial quando fechava a porta da casa para recolher-se à noite. Normalmente, a mulher e a filha representavam um tônico para seu ânimo. Naquela noite, porém, isso não aconteceu quando ele se abaixou para que Husniyah o enlaçasse pelo pescoço e ele a erguesse do chão. Enquanto a carregava, atravessando a cortina de contas e entrando na cozinha, o policial tratou de evitar que ela percebesse sua ansiedade, beijando-a furtivamente no alto da cabeça e notando, com um laivo de dor e orgulho, os cabelos muito negros e o fino vale de couro cabeludo que aparecia sob os fios.

Yasmine ergueu do fogão os olhos fatigados. O vapor fazia brilhar a pele.

— Está cheirando bem — comentou ele, tentando pegar um pedaço na panela, mas ela lhe deu um tapinha na mão, fazendo-o largar o petisco. Ambos sorriram um para o outro. Treze anos de casados, e o frescor da afeição dos dois ainda o surpreendia. Husniyah ficou sentada no chão, com as pernas cruzadas e um bloco de papel no colo, desenhando animais, árvores e casas. Ele a observou por cima do ombro, elogiando-lhe a habilidade e fazendo perguntas. Logo, no entanto, ficou absorto, pensando nos males do mundo, e somente quando Yasmine tocou seu ombro percebeu que a esposa falava com ele. Balançou a cabeça a fim de reanimar-se, procurando sorrir da forma mais calorosa possível.

— O que foi? — perguntou.

— Você está preocupado com alguma coisa — respondeu ela.

— Nada em particular. — Não conseguiu, porém, impedir que seus olhos se voltassem para a filha.

— Husniyah, minha querida — disse Yasmine, suavemente. — Pode nos deixar a sós por um momento?

A menina levantou os olhos, surpresa, mas aprendera a ser obediente e por isso juntou suas coisas e saiu, sem dizer qualquer palavra.

— E então? — perguntou Yasmine.

Naguib suspirou. Às vezes gostaria que a mulher não o conhecesse tão bem.

— Encontramos um cadáver hoje — confessou. — Um cadáver. Uma mulher jovem. Uma menina.

Instantaneamente, os olhos de Yasmine procuraram a cortina de contas.

— Uma menina. De que idade?

— Treze. Talvez 14.

Yasmine precisou de um esforço para fazer a pergunta seguinte.

— Ela foi... assassinada?

— Ainda não temos certeza — respondeu Naguib. — Mas é provável que tenha sido.

— Já são três este mês.

— As outras duas foram encontradas em Assiut.

— E daí? Talvez tenham vindo para cá porque as coisas estavam difíceis naquela região.

— Não sabemos há quanto tempo esta última está morta. Não há motivo para suspeitar de que os casos tenham ligação entre si.

— Mesmo assim, é o que você acha, não?

— É possível.

— O que está fazendo para esclarecer o caso?

— Não muito — confessou ele. — Gamal tem outras prioridades.

— Prioridades superiores à busca do assassino de três jovens?

— Com toda a tensão e tudo o mais, ele acha que ainda não é o momento... — Naguib se calou, meio sem jeito. Do outro lado da cortina, Husniyah começou a cantar, ostensivamente para si mesma, porém, na verdade, para que os pais a ouvissem, soubessem de sua presença e a protegessem.

— Diga-me que você irá procurar quem quer que tenha feito isso — disse Yasmine, veementemente. — Diga-me que você os pegará antes que possam matar outra vez.

Por um instante, a imagem do pobre corpo mumificado, ainda enrolado no cobertor de lona, reapareceu na mente de Naguib. Quem saberia o rosto que ele encontraria da próxima vez? Fitou diretamente os olhos da mulher, como sempre fazia em ocasiões importantes, quando precisava fazer com que ela compreendesse que podia confiar nele.

— Sim. Vou fazer isso.

III

— Descobriu alguma coisa? — perguntou Omar, inclinando-se no assento para olhar as fotografias tiradas por Knox com o celular.

— Preste atenção na estrada, por favor — disse Knox, quando Omar forçou novamente a marcha.

— Hum. Estão muito escuras, não?

— Talvez eu deva mandá-las a Gaille — respondeu. — Ela será capaz de interpretá-las melhor que ninguém.

— É melhor que o faça. Precisamos de mais do que isso para mostrar à polícia.

— Quem diz isso é o homem que achou desnecessário tirar fotos — disse Knox, começando a redigir um texto, tarefa difícil com os solavancos da travessia do campo. *Fotos anexas tiradas em possível sítio* therapeutae*! Muito pouca luz. Pode ajudar? Agradeço urgência. Com amor, Daniel.* Franziu a testa, insatisfeito, e substituiu "amor" por "muito amor" e finalmente "todo o meu amor". Nenhuma das expressões parecia adequada. Hoje em dia todo mundo afirma ter amor. A palavra ficara banalizada a ponto de não significar nada. Knox sentiu-se ridículo. Afinal, aquele não era o momento de preocupar-se com essas coisas, mas, mesmo assim, ele se preocupava. Digitou outras palavras com o dedo indicador e ficou olhando para elas durante alguns segundos, insatisfeito com o tom queixoso que revelavam. Mas já perdera muito tempo e, por isso, anexou as fotos e enviou-as antes que pudesse mudar de ideia.

Omar murmurou um palavrão, reduziu a velocidade e parou o carro. Knox ergueu os olhos e viu as luzes de faróis na estrada principal, a 1 quilômetro de distância.

— O que foi? — perguntou.

— Olhe para lá.

Knox viu uma picape que brilhava ao luar, parada junto à ponte de madeira.

— Merda — resmungou.

— E agora?

— Deve haver outra saída. Vamos procurar.

O motor gemeu quando Omar tentou mudar a marcha.

— Meu carro é automático — disse ele, apertando os olhos.

— Quer que eu dirija?

— Deve ser melhor.

Trocaram de assento. Knox ajustou o cinto, engatou a primeira marcha e partiu em busca de outro caminho. A picape os seguiu, claramente procurando mantê-los sob observação, mas permanecendo a uma distância prudente, colocando-se entre eles e a ponte.

Knox subiu um aclive e virou o carro no sentido oposto ao que viera. No instante em que a picape reapareceu, ele pisou fundo no acelerador, avançando diretamente para ela, aos solavancos no solo irregular. Omar agarrou a maçaneta da porta, com o pé em um freio imaginário. Knox, porém, manteve o pé no chão. A picape deu meia-volta, percebendo que se tratava de uma corrida em direção à ponte. O jipe ultrapassou-a, mas logo o outro veículo o alcançou por ter um motor mais novo e mais possante.

— Não vamos conseguir escapar — gritou Omar.

— Segure-se — disse Knox, fazendo zigue-zagues para impedir que a picape emparelhasse, com as rodas levantando nuvens de poeira. Fez uma manobra larga em curva e, em seguida, virou novamente na direção da ponte. Já estava quase alcançando-a quando um 4x4 surgiu da escuridão do outro lado do canal de irrigação, com os faróis acesos e altos ofuscando-o, de forma que ele teve de proteger os olhos com uma das mãos, freando violentamente. Mas já era tarde demais; o jipe derrapou para um lado, errando a ponte e caindo dentro do canal, enquanto Knox estendia instintivamente o braço para sustentar Omar. A frente do jipe se chocou com a margem oposta, amassando o metal e fazendo explodir o para-brisa numa enorme cacofonia de vidro. Preso pelo cinto de segurança, Knox sentiu a cabeça ser violentamente atirada para trás. Alguma coisa bateu-lhe com força na nuca e tudo ficou escuro.

DOZE

I

Disfarçadamente, Lily colocou a mão sobre o braço de Stafford, procurando acalmá-lo um pouco, mas ele simplesmente a afastou, voltou a encher o copo e continuou:

— As pessoas não compreendem o judaísmo — declarou. — Leem a respeito de Abraão, Noé, Jacó e de todos os patriarcas e presumem que os judeus tenham chegado ao Egito já com suas crenças e práticas completamente desenvolvidas, que as conservaram durante todo o tempo que aqui passaram e que se foram sem sofrer nenhuma influência. Mas não é possível que isso tenha ocorrido. Certamente *não* foi assim. Se examinarmos o judaísmo de maneira imparcial, veremos que as raízes estão no Egito e especificamente no monoteísmo de Akhenaton.

— Essa é uma tese bastante ousada — disse Fátima.

— Se não acredita em mim, veja o relato da criação no livro do Gênesis. A noção de que tudo veio do caos era um conceito egípcio, assim como a ideia da humanidade como rebanho de Deus, criada à Sua imagem e para a qual Ele criou o céu e a terra. Há inúmeros trechos da Bíblia retirados textualmente do Egito. Tomemos as Confissões Negativas do *Livro dos mortos*: "Não ofendi a Deus. Não pequei contra ninguém. Não matei. Não tive relações sexuais ilícitas." Substituindo a primeira pessoa do passado pelo imperativo, surgem os Dez Mandamentos. O Salmo 34 é baseado em uma inscrição de Amarna; o Salmo 104 é uma versão do "Hino de Aton", escrito por Akhenaton.

— Uma versão? — disse Fátima. — Há apenas algumas imagens em comum, nada mais.

— Algumas imagens! — zombou Stafford. — Em determinadas partes, trata-se de palavra por palavra. Mas ainda que a senhora não me dê razão nesse ponto, certamente não poderá negar a semelhança dos Provérbios da Bíblia com os textos egípcios de Sabedoria, ou que os chamados "13 Ditados" sejam mais que uma retomada dos "Trinta Capítulos" de Amenemope. Compreendo que, vistos isoladamente, possam ser considerados coincidência. Mas *não são* textos isolados. Fazem parte de um todo. A própria palavra "hebreu" é uma corrupção do termo egípcio *'Ipiru*, que designa quem se afastou da lei. Os hábitos sacerdotais judeus são réplicas virtuais dos mantos dos faraós da 18ª dinastia. A Arca da Aliança é quase idêntica a uma arca encontrada no túmulo de Tutankamon. E, por falar na Arca, durante o Êxodo, os judeus mantiveram-na em uma grande tenda chamada Tabernáculo, igual à tenda onde Akhenaton morou quando se instalou inicialmente em Amarna. Os dízimos eram uma prática egípcia adotada pelos judeus. O mesmo se pode dizer da magia. A senhora sabia que os egípcios escreviam encantamentos, ensopavam-nos em água e bebiam o líquido resultante, exatamente como prescrito no livro de Números? Bonecas egípcias como as do vodu são mencionadas nos Salmos. Além disso, a circuncisão não era originalmente uma prática judaica, imagine. Era *egípcia*; foi encontrado até mesmo um modelo em argila de um pênis circuncidado no túmulo de Akhenaton. "Em todos os aspectos, eles são mais piedosos do que outros povos", afirmou Heródoto. "Também se distinguem deles por muitos outros costumes, como a circuncisão, que por motivos de higiene começaram a praticar antes dos demais, e também pelo horror aos porcos. Viam com orgulhoso desprezo outros povos, que consideravam impuros e não tão próximos de deus quanto eles." Estava falando dos judeus? Não, dos egípcios.

— Porém, mais de um milênio depois.

— O *atonismo* era o culto ao Sol — prosseguiu Stafford, quase a se deter. — O judaísmo inicial também o foi. Ezequiel, no capítulo oito, fala claramente de fiéis que adoravam o sol nascente no Templo do Senhor. No monte Sinai, o Deus de Moisés se descreve com a tetragrafia YHWH:

"Sou quem sou." O *Prisse Papyrus* egípcio descreve um dos deuses como *"nk pu nk"*. Sabe qual a tradução disso? "Sou quem sou."

— O *Prisse Papyrus* era...

— Onde quer que a senhora procure, encontrará provas robustas de que o judaísmo foi inicialmente egípcio, derivado do monoteísmo de Akhenaton. Sabem, porém, onde está a prova definitiva? A prova absoluta, incontroversa?

— Continue, então.

— Os hebreus chamavam Adonai a seu Deus. Mas, no idioma hebraico antigo, a letra "d" era pronunciada como "t" e o sufixo "ai" era facultativo. Sim, é verdade. Os hebreus adoravam um deus chamado Aton, o que significa que o ensinamento de Moisés a seu povo: "*Shema Yisrael Adonai Elohenu Adonai Echad*, traduz-se como "Ouve, Israel, que Aton é o único Deus." Refute *isso*, professora. Refute *isso*.

II

— Meus Deus — murmurou Nathan debilmente, ao sair da picape e ver, com o rosto pálido, os destroços do jipe e o corpo imóvel do passageiro, que fora atirado pelo para-brisa e jazia agora na margem oposta do canal. — Céus!

— Controle-se — disse Peterson, em tom de censura.

— Meu Deus, meu Deus. Por que fez isso? O senhor causou esse desastre.

— Eles próprios o causaram — retorquiu Peterson. — Compreendeu? Tudo o que aconteceu aqui foi por culpa deles mesmos.

Nathan tirou um celular do bolso.

— Como posso chamar uma ambulância?

— Está louco? — exclamou o sacerdote, dando um tapa no rosto de Nathan para obrigá-lo a virar-se para ele. — Escute. Nada de ambulância. Já é tarde demais para isso.

— Mas eu...

— Eu disse para me escutar. Você vai fazer exatamente o que eu disser. Nada mais, nada menos. Entendeu?

— Entendi, reverendo, mas...

— Fique calado e escute! — gritou Peterson. — Este país é pagão. O povo aqui é pagão. Você não compreende? A polícia aqui é de pagãos. Os juízes também. Todos são pagãos. Adoram as oportunidades de conspurcar o nome de Cristo, porque é isso o que fazem os pagãos. Eles difamam o nome de Cristo. Você quer ajudá-los a difamar Cristo? É isso o que realmente quer fazer?

— Não, reverendo. Claro que não.

— Ótimo. Então, ouça. Ninguém precisa saber o que aconteceu aqui. Foi um acidente, e isso é tudo. Gente louca dirigindo depressa demais nos campos à noite. O que mais poderiam esperar?

— Sim, reverendo.

— Volte para o sítio. Se alguém perguntar, diga que percorreu o campo por algum tempo, mas nada viu. Entendeu?

— Entendi, reverendo. E o senhor?

— Não se preocupe comigo. Vá embora e leve o carro.

— Sim, reverendo.

Peterson observou o rapaz que se afastava. Esse era o problema dos jovens. Eram feitos de barro ainda tenro, não temperado pelos fornos dos conflitos da justiça. Ele teria de cuidar pessoalmente do assunto. Desceu até a base do canal, mantendo-se o mais longe possível dos destroços. Precisava recuperar um celular.

TREZE

I

Fátima deixou que alguns momentos de silêncio se passassem antes de responder a Stafford, talvez para que ele percebesse o quanto sua veemência tinha sido grosseira e excessiva. Em seguida, disse, com voz tranquila:

— Refutar? Refutar o que exatamente?

Stafford pareceu confuso.

— Minha tese.

— Mas o senhor me prometeu provas — rebateu Fátima, em voz tão baixa que Gaille precisou se esforçar para ouvi-la. — Como posso refutar sua tese enquanto não conhecer suas provas?

Stafford olhou-a, incrédulo.

— O que quer dizer com isso? Acabei de apresentar minhas provas.

— Realmente? — disse Fátima, mostrando descontentamento. — O senhor chama *isso* de provas? Tudo o que ouvi foi especulação. Especulação bem-informada, reconheço, mas não deixa de ser especulação.

— Como pode dizer uma coisa dessas?

— Meu caro senhor Stafford, deixe-me explicar uma coisa. Pessoalmente, não acredito na Bíblia nem em Deus. Talvez o senhor acredite. Talvez acredite que Ele criou o mundo em sete dias e que os animais levados por Noé para a arca foram os únicos sobreviventes do dilúvio, e que falamos línguas diferentes porque Deus se ofendeu quando a humanidade procurou alcançar o céu ao construir a Torre de Babel. O senhor acredita nisso?

— Já afirmei que não tomava a Bíblia literalmente.

— Muito bem. Mesmo assim, ainda acha que devemos considerá-la como algo *especial*, válida mesmo quando mostra contradições com os registros históricos e arqueológicos?

— Não foi isso o que eu disse.

— Fico contente em saber. Deixe-me então que lhe diga minha opinião sobre a Bíblia. Acho que é o relato popular de um povo canaanita específico. Nada mais, nada menos que isso. E acho que sua validade histórica deve ser examinada com o mesmo escrúpulo com que se analisa qualquer outro relato popular, sem dar-lhe tratamento especial simplesmente porque muita gente a considera sagrada. O senhor concordaria com isso, não é verdade? Quero dizer, como colega historiador?

— Concordo.

— Ótimo. Então, caso deseje verificar a validade de relatos populares, sabe o que deve fazer em primeiro lugar? Retirá-los completamente de sua mente e consultar os registros independentes, até que tenha verificado a verdade no máximo grau possível, e *somente então* voltar à história popular, para ver se ela se ajusta. Qualquer outra atitude seria distorcida. E quer saber de mais uma coisa?

— O que é?

— Se fizer isso, a Bíblia se desmoronará, especialmente os livros mais antigos. Não existe prova *alguma* de que os relatos sejam verdadeiros. Não há provas de que os judeus tenham existido como povo específico no tempo de Akhenaton ou que um grupo numeroso deles tenha vivido no Egito, nem que tenham partido num êxodo em massa.

O rosto de Stafford enrubesceu, numa mistura de álcool e provocação.

— Mas então de onde terão surgido essas histórias?

— Quem poderia saber? Muitas foram claramente retiradas de culturas anteriores. Há traços reconhecíveis do épico mesopotâmico de Gilgamesh, por exemplo. Outras parecem ser variantes da mesma história, presumivelmente porque os redatores da Bíblia desejavam propagar sua mensagem moral. A humanidade faz uma aliança com Deus. A humanidade viola a aliança. Deus pune a humanidade. O mesmo tema se repete incessantemente. Adão e Eva expulsos do Paraíso. Caim exilado por assassinar Abel. A mulher de Ló transformada em estátua de sal. Abraão fugindo do Egito. Babel. Noé. Isaque. Jacó. A lista prossegue interminavelmente porque não se trata de história. É *propaganda*. Especificamente, propaganda religiosa, montada depois que os judeus foram derrotados pelos babilônios, para convencê-los de que foram os causadores de sua própria destruição e exílio, por haverem deixado de cumprir suas obrigações para com seu Deus.

Fátima se deteve por um momento, sorveu um gole de água e forçou um sorriso para desfazer um pouco a tensão.

— Sabe de uma coisa? — continuou ela. — Sempre que os historiadores conseguem comparar os relatos populares com a história conhecida, descobrem o que se poderia esperar: que esses relatos se mostram bastante fiéis quanto aos acontecimentos ocorridos na memória dos vivos, mas, quanto mais se recua, menos confiáveis eles se tornam, até deixarem de ter qualquer relação com a verdade. Há uma exceção, no entanto. Os mitos sobre fundação possuem tipicamente alguma semente de verdade.

"Portanto, apliquemos isso ao povo judeu. O mito de sua fundação, sem dúvida, é o Êxodo. A Bíblia está organizada em torno desse mito. Estou perfeitamente disposta a aceitar algum tipo de fuga do Egito. O problema é que o único indício de tal êxodo durante o segundo milênio antes de Cristo é o do Hyksos. O Hyksos, porém, tem dois séculos a menos que Amarna. Nesse caso, por que motivo essa fuga em massa a que o senhor alude não deixou vestígios? Lembre-se de que não estamos falando de algumas centenas de pessoas, nem mesmo milhares. Segundo a Bíblia, trata-se de *mais da metade* da população do Egito. Mesmo se considerarmos um enorme exagero, não acha que *alguém* teria notado? O senhor sabe, Sr. Stafford, que existe uma estela que registra a fuga de dois escravos para Canaã? *Dois*! Mas o senhor quer que acreditemos que *dezenas de milhares* de valiosos artesãos de repente se rebelaram e partiram sem que ninguém dissesse uma palavra. E não acha que alguém encontraria *algum* vestígio dos quarenta anos que eles passaram no Sinai? *Qualquer* vestígio. Os arqueólogos encontraram povoados do tempo pré-dinástico, do tempo dinástico e das épocas greco-romana e islâmica. Mas do Êxodo, nada! Nem uma moeda, nem um fragmento de jarro, nem um túmulo, nem um resto de fogueira de acampamento. E isso não por falta de pesquisa, acredite."

— A falta de vestígios não significa ausência de vestígios — observou Stafford.

— Significa, sim — contestou Fátima. — Isso é exatamente o que significa. Não é uma *prova* de ausência, concordo, mas sem dúvida é um indício. Se os hebreus tivessem passado um período significativo no local, teriam deixado rastros. Se não há rastros, é porque não houve hebreus. Argumentar o contrário é simplesmente uma falsidade. E nos pontos em que foram encontrados vestígios, estes contradizem diretamente o relato bíblico. O senhor mencionou Jericó, a cidade cujas muralhas foram destruídas pelas trombetas de Josué. Se sua tese for correta, deveria haver indícios da destruição por volta de 1300 antes de Cristo. No entanto, os dados arqueológicos são conclusivos. Na época, Jericó não foi sequer *ocupada.* Foi destruída no sexto século antes de Cristo e permaneceu virtualmente abandonada até o décimo século.

— Sim, mas...

— A parte inicial da Bíblia é um faz de conta, senhor Stafford. Nem sequer foi escrita até após o exílio da Babilônia, por volta do ano 500 antes de Cristo, isto é, mais de *oitocentos anos* depois da morte de Akhenaton.

— Porém, baseada em registros que vêm de muito mais distante no passado.

— De acordo com quem? O senhor *possui* algum desses registros? Ou apenas presume que tenham existido? E, caso tenham realmente existido, como o senhor explicaria todos os anacronismos? Camelos no Egito mil anos antes de terem sido introduzidos; cidades como Ramsés e Sais, que não haviam ainda sido fundadas centenas de anos após o reinado de Akhenaton. Um panorama de reinos que não existiam no 13º século antes de Cristo, mas que figuram nos mapas quase exatamente no sexto e no sétimo séculos.

— E os paralelos entre as religiões? — perguntou Stafford, com voz débil. — A senhora não pode negá-los.

Fátima sacudiu a cabeça, com desprezo.

— O Egito da 18ª dinastia era a principal potência regional. Seus exércitos ocuparam Canaã durante centenas de anos. Mesmo depois do fim da ocupação continuou a ser o principal parceiro comercial de Canaã. Suas práticas e rituais eram admirados e emulados, assim como as práticas francesas e britânicas ainda são visíveis nas antigas colônias. Quanto ao monoteísmo, o senhor levou em conta a possibilidade de que tenha sido simplesmente coincidência? O monoteísmo não é complexo. É a ideia de que "meu Deus é maior que o seu" levada ao extremo. Muito antes que Akhenaton proclamasse Aton como Único Deus, os egípcios já tinham feito o mesmo com Amon.

— Sim, mas...

— Vamos comparar os próprios deuses. Aton possuía um relacionamento exclusivo com Akhenaton. O deus de Moisés celebrou sua aliança com cada um dos judeus individualmente. Aton é idealizado e pacífico, o deus de um esteta. O deus de Moisés é vingativo, ciumento e violento. Vejamos os mitos de ambos sobre a Criação. Na verdade, não é possível compará-los. Aton *não* produziu tal mito, e o Gênesis apresenta dois. O deus de Moisés habitava um recinto sagrado, enquanto Aton era adorado em espaços abertos. O relato de como Moisés recebe os Dez Mandamentos deixa absolutamente claro que seu deus é um deus vulcânico, mas não *existem* vulcões no Egito nem no Sinai. — Fátima fez um gesto contrariado com a cabeça e prosseguiu: — Vou lhe dizer uma coisa: o senhor diz que tenho a cabeça enterrada na areia porque afirmo não haver conexão entre Akhenaton e Moisés. No entanto, está enganado. Tudo o que digo é que não existem indícios de tal conexão. Sou uma arqueóloga, senhor Stafford. Traga-me indícios e endossarei de bom grado suas opiniões. Até que isso ocorra...

Fátima fez um gesto de desprezo com a mão.

Stafford apertou as mandíbulas como se fossem nozes.

— Nesse caso, parece que teremos de concordar que discordamos.

— Sim — disse Fátima. — Assim parece.

II

Peterson ajoelhou-se diante de Omar Tawfiq na margem oposta, em meio a cacos de vidro espatifado que brilhavam como diamantes brutos. Omar tinha a cabeça revirada para trás numa postura antinatural, e o rosto lacerado estava coberto de sangue fresco e coagulado. Peterson estava tão certo de que ele morrera que se assustou quando de repente o viu abrir a boca, procurando respirar.

O jipe caíra de lado, rangendo e silvando ruidosamente, como se sentisse dores profundas. O sacerdote se agachou para olhar pela moldura do para-brisa. Knox estava ainda preso pelo cinto no assento do motorista, encostado à porta do carro com os cabelos escorridos e brilhantes e bolhas de sangue no canto da boca, que se expandiam e encolhiam com a respiração. Ele abriu os olhos, mirando Peterson, numa atitude de leve reconhecimento. Em seguida, o olhar ficou embaciado e os fechou novamente.

Apoiando a mão no capô amassado, Peterson esticou o braço pela abertura e apalpou em volta, procurando o celular de Knox. Tateou também as calças do lado direito, mas encontrou somente uma carteira de dinheiro, que deixou onde estava. Esticou-se para alcançar o bolso do lado esquerdo e sentiu alguma coisa compacta e dura, embora não conseguisse retirar o objeto. Em vez disso, tentou soltar o cinto de segurança, a fim de puxar Knox para mais perto de si e assim poder pegar o telefone, mas a fivela se engastara e não abria. Peterson recuou, frustrado, acocorando-se para pensar no que fazer.

Sabia que uma concussão grave poderia comprometer a memória de curto prazo. Quando jovem, antes de descobrir Deus, ele havia sofrido uma queda do telhado de uma casa que pretendia assaltar e, ao recuperar os sentidos, viu-se jazendo no asfalto de entrada da garagem enquanto seu capanga morria de rir. Até agora não recordava o que havia acontecido durante as 12 horas anteriores à queda. Portanto, era perfeitamente possível, e até mesmo provável, que Knox não recordasse o desastre e os eventos ocorridos pouco antes. Mas, e se os recordasse? Se sobrevivesse e se lembrasse de tudo? O problema era saber se haveria alguma maneira simples de livrar-se tanto da câmera fotográfica quanto de Knox.

A resposta se encontrava além da sabedoria dos mortais, mas isso não significava que não houvesse uma solução. Peterson ajoelhou-se na margem do canal e baixou a cabeça, rezando. O Senhor sempre falava àqueles capazes de ouvir. Nem sequer teve de esperar muito tempo. Os números 20 e 13 começaram a arder como fogueira em sua mente. Somente poderiam referir-se ao capítulo 20, versículo 13, do livro de Levítico:

Quando também um homem se deitar com outro homem, como com mulher, ambos fizeram abominação; certamente morrerão; o seu sangue será sobre eles.

Que assim fosse. Quando o Senhor fala com tal clareza, o único dever do homem é obedecer. Peterson deu alguns passos até ficar diante do chassi exposto do jipe. Havia uma pequena poça de óleo diesel na lama seca da margem, gotejando de uma pequena fissura no tanque. No painel do 4x4 havia um isqueiro. Peterson o fez acendeu e depois procurou uma pedra. Encontrou-a e voltou para junto do jipe, batendo com ela no tanque até que as gotas de diesel se transformassem num riacho e a poça, em uma pequena lagoa. Arrancou, então, uma folha de papel dos documentos do carro alugado, acendeu-o na brasa alaranjada do isqueiro, levou-o de volta à encosta e jogou-o na poça de diesel, saltando para trás antes que lhe queimasse as sobrancelhas.

A labareda subiu violentamente, como um grande balão alaranjado ascendendo para o céu noturno. Extinguiu-se, porém, após aquele primeiro fogaréu furioso, deixando apenas pequenas chamas que lambiam o chassi do jipe. Embora o tecido dos assentos rasgados ainda fumegasse numa nuvem escura e asfixiante, a maior parte da fumaça escapava pelas janelas abertas, permitindo a entrada do ar fresco.

Peterson franziu a testa. Mesmo que Knox morresse asfixiado, ele ainda precisava recuperar o telefone. Ajoelhou-se novamente sobre o capô amassado e olhou para o interior do veículo, desafiando o calor intenso. O cinto de segurança ainda estava travado. Forcejou furiosamente para abri-lo, puxando-o, agitando-o e empurrando até finalmente conseguir desprendê-lo. Permitiu-se um alívio momentâneo, afastando-se do calor e da fumaça, mas logo entrou novamente, agarrou Knox pelo colarinho e puxou-o para a frente, já procurando o bolso...

— Ei!

Com um estremecimento de culpa, Peterson soltou Knox, saltando para trás. Dois homens portando lanternas surgiram no alto do barranco, iluminando-o com fachos de luz. O mais alto dos dois desceu apressadamente, com o nome Sharif bordado no emblema de Manutenção de Rodovias que trazia no peito e disse alguma coisa em árabe.

Peterson sacudiu a cabeça, embaraçado.

— Sou norte-americano — disse ele.

Sharif passou a usar o inglês.

— O que aconteceu?

— Encontrei-os aqui, assim — respondeu o sacerdote, indicando Knox. — Este ainda está vivo. Eu estava tentando retirá-lo antes que a fumaça acabasse com ele.

Sharif fez um gesto com a cabeça.

— Eu ajudar você, ok?

— Obrigado. — Os dois puxaram o corpo de Knox pela janela e levaram-no até o alto do barranco, deitando-o cuidadosamente no chão. O segundo funcionário da rodovia falava rapidamente pelo celular.

— Há algum problema? — perguntou Peterson.

— Grande desastre em Hannoville — explicou Sharif. — Sem ambulâncias. O hospital nos pede para levar os feridos. — Fez um gesto, indicando seu próprio veículo, nada mais do que uma cabine com um guindaste na ré, e, em seguida, o Toyota de Peterson, ainda parado junto à ponte. — Podemos usar seu carro?

Sem outra saída, Peterson assentiu. Se recusasse, poderia levantar suspeitas.

— Onde fica o hospital?

— Segue a gente — respondeu Sharif, abaixando-se para erguer novamente o corpo de Knox. — Nós mostramos.

QUATORZE

I

Os pratos do jantar iam sendo retirados e em seu lugar foi trazido o café. Gaille juntou as mãos sob a mesa, pensando em desculpar-se para sair dali. Talvez Lily tivesse percebido a agitação dela, porque se inclinou para a frente, à luz das velas.

— Fiquei fascinada com o *talatat* que Gaille me mostrou há pouco. Ela deu a entender que talvez a senhora pudesse contar-nos alguma coisa interessante.

— Posso, sim — concordou Fátima, voltando-se para Gaille. — Não precisa ficar aqui para me ouvir, minha querida. Talvez possa aproveitar para colocar em dia seu diário de escavações.

Gaille sentiu-se um tanto envergonhada.

— Posso fazer isso amanhã — respondeu.

— Por favor — disse Fátima. — Não vale a pena se atrasar.

Gaille concordou, levantando-se.

— Então, boa noite — sussurrou, tocando o ombro de Fátima num gesto de gratidão ao retirar-se.

— Temos tudo preparado para amanhã de manhã? — perguntou Lily. — Precisamos filmar o sol nascente com Amarna ao fundo.

— Talvez isso não seja possível — ponderou Fátima. — A barca só começa a funcionar ao alvorecer, mas mesmo assim acho melhor filmar da margem ocidental. Foi assim que Akhenaton contemplou o sol pela primeira vez.

— Teremos de sair às quinze para as cinco. Isso nos dará bastante tempo — avisou Gaille, despedindo-se com um aceno de cabeça e procurando não demonstrar ressentimento ao fechar a porta.

Esta, no entanto, abriu-se quase imediatamente, e Lily surgiu.

— Peço desculpas, Gaille — disse ela.

— Desculpas por quê?

— Por ter manobrado para que você nos acompanhe amanhã.

— Não há problema.

— Não é assim. Nós utilizamos sua boa disposição contra seus interesses. Todos nós fizemos isso, não pense que não sei. Só quero dizer que sinto muito. Detesto fazer coisas assim com gente decente. Se alguém tentasse fazer comigo...

Gaille riu.

— Tudo bem — disse. E estava tudo bem mesmo.

Lily deu um sorriso pesaroso, mas simpático.

— Esta é minha primeira missão no exterior. Não quero que seja a última.

— Você está mostrando muita competência.

Lily olhou para a porta.

— Não é o que *ele* acha.

— Não se preocupe com ele. Já trabalhei com gente do mesmo tipo. Aconteça o que acontecer, ele se achará sempre maravilhoso e os demais, sempre idiotas. A única coisa que você pode fazer é não deixar que isso a afete.

— Não deixarei. E, mais uma vez, obrigada.

Gaille se sentiu inesperadamente de bom humor ao chegar ao quarto que lhe fora destinado, murmurando uma canção da qual não se lembrava completamente ao ligar o laptop e conectar-se com a internet. O diário das escavações precisava ser atualizado, embora não fosse urgente, especialmente em vista do pequeno número de visitas ao site, mas Fátima gostava de mantê-lo em dia. Tudo para ajudar a divulgação. Gaille fez um resumo dos achados recentes, adicionando uma foto e imaginando o que Fátima poderia estar contando a Lily e Stafford sobre o *talatat* que haviam encontrado.

Akhenaton havia sido frequentemente retratado com seios, em esculturas e pinturas. Alguns afirmavam que se tratava do estilo artístico prevalecente na época e outros o atribuíam à doença. Uma estátua, porém, na qual ele aparecia completamente nu, não apenas tinha seios, mas também a virilha absolutamente lisa, sem qualquer indício de órgãos genitais. Em algumas culturas, isso poderia indicar pudor, mas os artistas da 18ª dinastia nada tinham de tímidos. Houve quem argumentasse que Akhenaton, portanto, deveria ter sido uma mulher, como Hatshepsut, que escondera o sexo com o propósito de subir ao trono. Outros afirmavam que Akhenaton era hermafrodita. Alguém, no entanto, observara que, na Antiguidade, a estátua havia sido projetada para usar um *kilti,* e não se devia fazer tais conjecturas extravagantes. Mesmo assim, o *tatalat* descoberto poderia reacender a controvérsia, pois Gaille construíra um retrato plausível de Akhenaton nu e com seios pronunciados, embora desprovido de órgãos genitais. Isso era o que Fátima agora relatava a Stafford e Lily.

Ao terminar a atualização dos dados, Gaille bocejou, ansiosa por deitar-se. Antes disso, verificou a caixa de entrada do e-mail para ver se havia alguma mensagem. O coração deu um pequeno salto quando viu a mensagem de Knox e o abriu.

Fotos anexas tiradas em possível sítio therapeutae*! Muito pouca luz.*
Pode ajudar? Agradeço urgência.
Tenho saudades de você.
Daniel.

Estendeu a mão, tocando a tela e sentindo a estática na ponta dos dedos. Muitos motivos a haviam feito aceitar o convite para juntar-se durante um mês à equipe de Fátima, mas o mais forte deles fora a certeza de que não seria suficiente contar com a amizade de Knox: queria também ser respeitada por ele.

Tenho saudades de você.

De repente ela se sentiu completamente desperta e vibrante outra vez. Iniciou o download das fotos para o disco rígido, ansiosa por começar a trabalhá-las.

II

Peterson nunca dizia palavrões em voz alta, mas, durante o trajeto ao hospital, houve momentos em que quase lhe escaparam, em parte porque não tinha conseguido recuperar o telefone de Knox, pois Sharif, no banco de trás do Toyota, ocupava-se dos dois feridos. Principalmente, porém, era por não suportar a maneira como o colega de Sharif dirigia o carro da Manutenção de Rodovias. Parecia louco, completamente descuidado, buzinando sem cessar e acendendo e apagando as luzes ao serpentear por entre o tráfego pesado, sinais de estrada e marcas rodoviárias, como se fosse uma bala.

Ultrapassando um caminhão com reboque, freou bruscamente para pegar a rampa de saída da estrada principal e acionou a alavanca de câmbio, enquanto o ponteiro do velocímetro girava loucamente. Emergindo de uma passagem subterrânea, virou à esquerda com tanta violência que obrigou Peterson a agarrar o volante do Toyota com toda sua força, seguindo por uma rua esburacada até uma barreira que se ergueu à sua aproximação para permitir-lhe entrar a toda velocidade na área do hospital. Passou por uma betoneira e duas pirâmides de areia de uma obra e, finalmente, fez cantar os pneus ao frear diante das portas do estabelecimento.

Havia muito movimento no hospital por causa do desastre de Hannoville. Um médico e dois ajudantes apareceram. A porta traseira do Toyota abriu-se. Os ajudantes colocaram máscaras no rosto de Omar e Knox e os conduziram em macas. Peterson saltou, correndo ao lado de Knox enquanto este era levado para dentro, com a mão no quadril dele e os olhos no volume dentro do bolso. Olhou em volta. Todos estavam agitados, gritando ordens, sem que ninguém o observasse. Estendeu a mão...

Entraram de repente por duas portas giratórias e Peterson foi obrigado a recuar, surpreso. Quando conseguiu se recuperar, Knox já tinha sido virado de lado, sem camisa, deixando aparecer a pele escurecida. Uma enfermeira tirou-lhe os sapatos e puxou-lhe o jeans para baixo. Peterson tentou tomá-los dela.

— Este homem é meu amigo — disse.

A enfermeira, no entanto, segurou firme as calças e apontou enfaticamente para as portas. Peterson virou-se e viu Sharif com um policial, um homem corpulento de olhos pequenos e penetrantes e boca amarga. O sacerdote forçou um sorriso e aproximou-se deles.

— Este é o inspetor-detetive Faruk — disse Sharif. — Estava aqui por causa do outro desastre.

— Vai ser uma longa noite — comentou Peterson.

— Vai — concordou Faruk, secamente. — E o senhor, quem é?

— Peterson. Sou o reverendo Ernest Peterson.

— E o senhor encontrou aqueles dois, correto?

— Encontrei.

— Quer me contar o que aconteceu?

— Talvez eu devesse remover meu carro primeiro — esquivou-se Peterson. — Está bloqueando a entrada.

Fez um aceno de cabeça para os dois, atravessou as portas da frente, pensando rapidamente na história que contaria. A atitude do policial mostrava que era do tipo que desconfia de todos, presumindo automaticamente que todas as testemunhas eram mentirosas até que ele pudesse verificar a verdade. Peterson caminhou para o Toyota e levou-o ao estacionamento. Ater-se à verdade. Era o melhor nessas situações. Ou, pelo menos, manter-se tão próximo da verdade quanto possível.

III

Gaille sorriu ao ver a primeira das fotos de Knox. Não era exagero o que ele dissera sobre a luz. A tela estava quase completamente negra, com exceção de um leve brilho de luar no alto, à esquerda. Mas Gaille sabia trabalhar e logo conseguiu obter uma figura escura, porém nítida, que mostrava um túmulo recentemente aberto. Algumas das fotos eram irrecuperáveis, mas a maioria pôde ser melhorada. Na verdade, depois que ela se acostumou com os ajustes do computador, a tarefa tornou-se quase repetitiva. O conteúdo das imagens, no entanto, fascinava-a. Gaille não podia acreditar no que via. Catacumbas, despojos humanos, lamparinas a óleo, murais. A mais impressionante porém era de um mosaico: uma figura sentada no interior de uma estrela de sete pontas e circundada por grupos de letras gregas. Gaille franziu a testa. Tinha certeza de já ter visto outros grupos como aquele recentemente, mas não recordava onde.

Concluiu o trabalho com aquela foto, salvou-a e passou adiante. Ao terminar, digitou uma resposta a Knox, juntando todas as imagens que conseguira recuperar. Em seguida, verificou o relógio com um gemido. Deveria partir para Amarna dentro de poucas horas. Apressou-se para ir se deitar e dormir pelo menos um pouco.

QUINZE

I

Enquanto Peterson estacionava o Toyota 4x4 em uma vaga, Faruk lhe observava da porta do hospital.

— Talvez fosse apenas minha imaginação — murmurou Sharif. — Talvez não fosse nada.

— Talvez — concordou Faruk.

— Foi somente... fiquei com a impressão de que nós o atrapalhamos, que ele estava procurando alguma coisa. E não foi imaginação o que eu disse sobre o cinto de segurança.

— Esses estrangeiros — resmungou Faruk, cuspindo tabaco. Detestava todos eles, mas principalmente os ingleses e norte-americanos. Comportavam-se como se estivessem ainda nos tempos antigos.

— Ainda precisa de mim? — perguntou Sharif.

Faruk sacudiu negativamente a cabeça.

— Chamarei se tiver mais perguntas.

— Mas espere amanhecer, está bem? Preciso dormir.

— Todos precisamos — disse Faruk, atirando fora o cigarro quando Peterson voltou à porta do hospital. Levou-o à sala improvisada que lhe tinham arranjado e acenou para que ele se sentasse, abrindo uma folha em branco do bloco de notas.

— Vamos lá — grunhiu. — O que aconteceu?

— Peterson assentiu com a cabeça.

— O senhor precisa saber, antes de mais nada, que sou arqueólogo — disse, espalmando as mãos e sorrindo amplamente, o que, sem dúvida, imaginava ser um gesto de sinceridade. — Estou fazendo escavações em Borg el-Arab. Hoje mais cedo, ou melhor, ontem, para ser mais preciso, recebemos a visita do Dr. Omar Tawfiq, o senhor sabe, o chefe do CSA em Alexandria, e de um homem chamado Daniel Knox, arqueólogo britânico.

Faruk resmungou.

— O senhor está me dizendo que um desses dois homens que trouxe para cá é o chefe do CSA em Alexandria?

— Foi o que eu disse.

— Diabos!

— Conversamos um pouco e combinamos uma visita completa ao sítio. Em seguida, eles partiram. Não pensei mais no assunto. Depois que escureceu, no entanto, apareceu um intruso.

— Um intruso?

— Não é incomum — suspirou Peterson. — Os agricultores beduínos do local estão convencidos de que encontramos grandes tesouros. Afinal, por que outro motivo estaríamos escavando? É claro que isso não acontece, mas eles não acreditam em nós.

— Mas o intruso...

— Sim. Nós o expulsamos. Ele entrou em um carro. Outra pessoa estava dirigindo.

— E o senhor os perseguiu?

— Não se pode deixar pessoas estranhas caminharem em um sítio arqueológico. Podem contaminar dados importantes. Eu queria censurá-los. Achei que poderia desencorajar outros. Estava atrás deles, mas logo vi chamas. — Peterson encolheu os ombros e prosseguiu: — Aproximei-me o mais rápido possível. Foi horrível. Um deles, o que se chama Knox, ainda estava dentro do carro. Temi que morresse asfixiado. Consegui soltar o cinto de segurança. Foi então que os homens da Manutenção chegaram, graças a Deus.

Um médico de ar fatigado bateu à porta e entrou.

— Tenho más notícias — informou ele. — O homem que veio de Borg. O egípcio.

— Morto? — perguntou Faruk, com ar grave.

O médico assentiu.

— Lamento.

— E o outro?

— Tem uma concussão de grau três ou quatro, respirou fumaça e sofreu queimaduras moderadas. A fumaça e as queimaduras não são muito graves, mas a concussão é mais problemática. Não se pode ter certeza nas primeiras horas. Depende do dano que o impacto tiver causado, da pressão intracraniana, do...

— Quando poderei falar com ele?

— Em dois ou três dias ele poderá...

— Talvez ele seja responsável pela morte do outro homem — conjecturou Faruk, severamente.

— Bem — disse o médico, coçando a cabeça. — Vou suspender a morfina. Se tivermos sorte, ele estará acordado de manhã. Mas não espere muita coisa dele. Provavelmente terá amnésia anterior e posterior.

— Eu pareço ser médico? — ironizou Faruk, contraindo o rosto.

— Desculpe. É possível que ele não se lembre de nada que aconteceu imediatamente antes ou depois do desastre.

— Mesmo assim, preciso falar com ele.

— Como quiser.

O médico cumprimentou com a cabeça e saiu.

— Que notícia terrível — suspirou Peterson, quando Faruk traduziu o principal da conversa para ele. — Só gostaria de ter podido fazer mais.

— O senhor fez o possível.

— Deseja mais alguma coisa?

— Sim. Os detalhes para contato.

— Claro. — Peterson pegou o bloco de notas, escreveu um número de telefone e as indicações do sítio. Depois, levantou-se, cumprimentou-o e saiu.

Faruk observou-o enquanto ele se retirava. Algo não estava bem, mas ele estava muito cansado e precisava dormir. Bocejou com vontade e levantou-se. Havia somente mais um assunto a cuidar. Se Knox fosse realmente o culpado pela morte do principal arqueólogo de Alexandria, precisava ser mantido sob vigilância no quarto, com um homem do lado de fora. Faruk voltaria no dia seguinte para descobrir exatamente que diabos acontecera.

II

Gaille já estava começando a adormecer quando, de repente, deu um salto, sentou-se e acendeu a luz. Os dois livros de Stafford estavam em cima da mesinha de cabeceira. Ela pegou o que tratava dos tesouros perdidos de Salomão e folheou-o até encontrar a foto do Rolo de Cobre, o mais misterioso dos Pergaminhos do Mar Morto, um mapa do tesouro escrito em hebraico, porém com uma anomalia que ninguém ainda havia explicado satisfatoriamente: sete grupos de letras gregas.

KεN XAΓ HN Θε ΔI TP ΣK

Levou o livro para junto do laptop, ligou-o e abriu a foto do mosaico feita por Knox. Sentiu um arrepio ao ver que os grupos eram idênticos, embora arrumados em ordem diferente. A figura do mosaico, porém, apontava para o grupo KεN, e a linha que compunha a estrela de sete pontas passava pelos outros seis grupos exatamente na mesma sequência do Rolo de Cobre.

Gaille recostou-se na cadeira, espantada, confusa, eletrizada. O Rolo de Cobre era um documento esseno; portanto, ligado ao sítio *therapeutae* de Knox. Mesmo assim...

Agarrou o telefone. Knox iria querer saber disso imediatamente, qualquer que fosse a hora. Mas ele não respondia. Gaille deixou mensagens, pedindo que ligasse imediatamente. Em seguida, deixou-se ficar lendo o livro de Stafford e estudando as fotos, imaginando o que poderiam significar, com a mente borbulhando pelo entusiasmo da pesquisa.

III

Peterson levou o Toyota até uma extremidade sombria do estacionamento e ficou observando as portas da frente do hospital, pois não se atrevia a sair dali sem primeiro cuidar do telefone-câmera de Knox.

A sensação era de terem passado séculos até que Faruk finalmente emergiu, acendeu um cigarro e caminhou exaustivamente em direção a seu carro. Peterson esperou mais dez minutos para estar seguro e voltou para dentro do hospital. Primeiro, precisava tratar do que era importante. Tinha o rosto sujo de óleo e fuligem. Se alguém o visse daquele jeito, poderia interpelá-lo. Encontrou um banheiro masculino, tirou a camisa e lavou-se vigorosamente, secando-se com toalhas de papel. Não ficou perfeito, mas teria de servir. Verificou o relógio. Precisava agir.

Na recepção, uma família discutia em voz baixa e tensa. Havia uma mulher obesa, deitada em um banco. Peterson passou por portas giratórias, entrando em um corredor na penumbra. Viu tabuletas em árabe e inglês. Oncologia, pediatria. Não era o que ele buscava. Subiu as escadas dos fundos e saiu em um corredor. Um médico passava por entre pacientes em trauma, deitados em macas. A adrenalina há muito se desvanecera, deixando-o simplesmente exausto. Peterson adiantou-se e entrou em um quarto onde havia seis camas apertadas. Caminhou por entre elas, examinando os rostos. Nenhum sinal de Knox. Voltando ao corredor, entrou na enfermaria seguinte, onde havia também seis pessoas. Continuou a examinar os quartos, sem êxito; subiu outra escada e chegou a um corredor idêntico no andar superior. Um policial cochilava, sentado em uma cadeira dura de madeira diante do quarto mais próximo, com a cabeça encostada à parede. *Maldito Faruk*! Mas o homem dormia e não havia mais ninguém à vista. Peterson aproximou-se silenciosamente, prestando atenção em qualquer variação dos roncos leves. Deus ajudou-o e ele alcançou a porta sem causar alarme. Abriu-a sem fazer ruído e encostou-a atrás de si.

O quarto estava escuro. Esperou alguns segundos a fim de ajustar a visão e aproximou-se da cama. Peterson tinha experiência em hospitais. Notou o gotejar da solução salina e o odor pungente da aplicação de coloide. Olhou em volta, procurando as roupas de Knox e encontrou-as dobradas sobre uma cômoda com gavetas e com vários pertences empilhados em cima, inclusive o celular. Colocando-o no bolso, parou, pensando no que fazer.

Não teria oportunidade melhor para acabar com Knox de uma vez por todas. O policial que dormia do lado de fora sem dúvida juraria ter passado a noite acordado, que ninguém poderia ter entrado nem saído. Em um país pagão e atrasado como aquele, todos certamente imaginariam que os efeitos do desastre simplesmente tinham sido demasiados para Knox. Choque, trauma, concussão, queimaduras, inalação de fumaça. A autópsia seria perfunctória. Além disso, ele era abominável. Traçara seu destino por si mesmo.

Peterson deu um passo em direção à cama.

DEZESSEIS

I

Stafford e Lily já estavam à espera junto à porta do Discovery quando Gaille saiu da casa às quatro e quarenta e oito.

— Desculpem — disse ela, segurando o livro de Stafford como justificativa. — Deixei-me levar.

— *É* bom, não é? — comentou ele, com um aceno.

— O Rolo de Cobre — falou Gaille, enquanto subia no carro com Stafford e Lily ia abrir os portões. — É verdadeiro, não?

— Acha que costumo encher meus livros com artefatos de mentira? — perguntou ele, com azedume. — Vá visitar o Museu de Arqueologia da Jordânia se não acredita em mim.

— Não foi isso o que eu quis dizer — tornou Gaille, ligando o motor e acelerando um pouco para esquentá-lo, antes de dar a partida. — O que pergunto é se não se trata de um objeto falso.

— Bem, certamente não é uma falsificação moderna — respondeu Stafford, quando Gaille freou para que Lily embarcasse no banco traseiro. — As análises científicas provaram isso sem sombra de dúvida. Quanto a ser uma falsificação *antiga*, os essenos não eram considerados frívolos, não é verdade? Especialmente tendo em vista que o cobre é 99 por cento puro; na verdade, *ritualmente* puro, e os essenos davam grande importância à pureza ritual.

— Sim.

— Além disso, a escritura não se encontrava em uma única folha de cobre, o que já seria difícil de falsificar, mas em três folhas, unidas por rebites. Tampouco estava inscrito na forma normal, com as letras arranhadas por uma ponta aguda. Alguém, na verdade, cunhou as letras pela parte de trás, com um cinzel. Um trabalho extremamente delicado, acredite. Não, quem quer que tenha tido todo esse trabalho deve ter acreditado que era genuíno.

— Acreditado? — perguntou Gaille.

Ele sorriu levemente para ela, como um professor que recompensa uma aluna inteligente.

— O texto parece ser cópia de outro documento mais antigo, provavelmente feito por alguém que não conhecia bem o idioma. Por isso, imagino que fosse possível a algum impostor escrever uma falsificação em pergaminho ou papiro e que essa falsificação, por algum motivo, tenha sido confundida pelos essenos com a verdadeira, tornando-se tão venerada por eles que, quando começou a desintegrar-se, copiaram-na novamente, mas desta vez em cobre. Isso, porém, parece um certo exagero, não acha?

Uma carroça puxada a burro, cheia de longas varas de cana-de-açúcar que oscilavam e dançavam como as saias de uma dançarina havaiana, bloqueava a estrada estreita, obrigando Gaille a reduzir a velocidade. Ainda estava escuro, mas o horizonte a leste começava a iluminar-se com as primeiras luzes da alvorada. Stafford curvou-se e tocou demoradamente a buzina, até que Gaille afastou sua mão.

— Não há espaço para que ele nos dê passagem — disse ela.

Stafford franziu a testa e cruzou as pernas, dobrando os braços sobre o peito.

— Não percebe o quanto essa tomada do nascer do sol é importante para meu programa? — perguntou.

— Vamos chegar a tempo.

— Akhenaton escolheu Amarna para ser sua capital porque o nascer do sol por entre dois rochedos reproduzia o signo egípcio de Aton. Essa vai ser a abertura do filme. Se não o conseguir...

— Vai conseguir — assegurou ela. A carroça finalmente encontrou um espaço para afastar-se.

Gaille acenou, agradecendo ao passar por ela, enquanto a aceleração fazia o livro de Stafford cair do painel. Ele o apanhou e folheou-o com orgulho de autor, parando para admirar uma foto sua junto ao Muro das Lamentações. Ela fez um gesto para a figura.

— Como pode ter certeza de que esses tesouros do Rolo de Cobre vieram do Templo de Salomão? — perguntou.

— Pensei que você tinha lido.

— Ainda não cheguei ao fim.

— O rolo está escrito em hebraico — explicou ele. — Era propriedade dos essenos. Portanto, o tesouro é inquestionavelmente judeu. As quantidades de que trata são imensas, *mais de 40 toneladas* de ouro. Nos preços de hoje em dia, vale *bilhões* de dólares. No entanto, alguns dos tesouros são descritos como *dízimos*, e os dízimos são pagos exclusivamente a organizações religiosas. Outros são objetos, como cálices e candelabros. Então, uma instituição religiosa. Em Israel da Antiguidade, isso significa ou o Primeiro Templo, o Templo de Salomão, que foi destruído pelos babilônios em 586 antes de Cristo, ou o Segundo Templo, construído sobre as ruínas do primeiro e destruído pelos romanos no ano 70 depois de Cristo. Muitos eruditos atribuem esses tesouros do Rolo de Cobre a esse segundo templo. Meu livro, no entanto, prova que isso é impossível.

— Prova?

— Tudo tem a ver com as datas — prosseguiu Stafford. — Lembre-se de que o Rolo de Cobre foi encontrado nas cavernas de Qumran. Qumran foi tomada e ocupada pelos romanos no ano 68 antes de Cristo, dois anos antes da queda de Jerusalém. Os defensores da teoria do Segundo Templo dizem que os judeus levaram os tesouros para *fora* do seu território, a fim de enterrá-los em território ocupado pelos romanos; em seguida esconderam o mapa bem debaixo do nariz de uma guarnição romana. Teriam de ser loucos para fazer uma coisa dessas. Mas mesmo isso não tem importância. O Rolo de Cobre foi encontrado enterrado *embaixo* de outros rolos de pergaminho, que tinham sido deixados no local pelo menos vinte anos antes da invasão romana. E, como eu disse, foi copiado a partir de outro documento mais antigo. A própria escritura é uma versão muito peculiar do hebreu arcaico, de forma quadrada, que data de 200 antes de Cristo ou mesmo antes. Diga-me: seria provável que os tesouros do Segundo Templo fossem escondidos dos romanos centenas de anos antes que ocorressem as invasões?

— Pareceria estranho.

— Portanto, se o tesouro do Rolo de Cobre não veio do Segundo Templo, deve ter vindo do primeiro. Como queria demonstrar.

Chegaram à estrada do Nilo e tomaram o rumo sul. A luz verde, flamingo e turquesa da torre de um minarete iluminava a escuridão como um brinquedo de parque de diversões. Gaille virou à direita e depois à esquerda, passou por uma pequena aldeia e desembocou em campos verdejantes de trigo em flor, tomando um leve declive até o Nilo que deslizava suavemente. O brilho da alvorada coloria de azul o horizonte oriental, embora o sol ainda fosse demorar um pouco até surgir por sobre os rochedos de Amarna.

— Está bem aqui? — perguntou Gaille.

— Perfeito — sorriu Lily, no banco traseiro.

Desceram do Discovery, bocejando e espreguiçando-se. Lily preparou a câmera e verificou o som enquanto Stafford fazia abluções, usando o conteúdo de uma caixa de toalete. Gaille sentou-se no capô do carro, saboreando o calor irradiado com uma sensação agradável na mente. Em algum lugar distante, um muezim iniciou a chamada para prece.

O Rolo de Cobre. Tesouros antigos perdidos. Gaille riu alto. Knox ia gostar de saber daquilo por meio dela.

II

— Isso vai ter de servir — disse Griffin, ao amassar a mistura de areia, pedras e terra com a qual tinham fechado a abertura. Mesmo com a ajuda de todos, o trabalho consumira a noite inteira e ele se sentia exausto. As duas ou três horas que ainda teriam para dormir não seriam grande coisa, mas era melhor que nada.

— E o reverendo? — perguntou Mickey, com ar de dúvida. — Não deveríamos esperar por ele?

— Dificilmente ele vai aparecer agora — atalhou Griffin, zangado. Peterson nunca precisava se explicar. Simplesmente dava ordens e aqueles meninos obedeciam correndo. — Mais tarde voltaremos.

— Mesmo assim, acho que...

— Faça o que estou dizendo, está bem? — Griffin limpou as mãos na parte de trás das calças, virou-se e caminhou para a picape com todo o ar de autoridade que conseguiu reunir, com a esperança, mais que a expectativa, de que os alunos o seguissem. Mas quando se voltou para olhar viu-os ajoelhados em círculo, abraçados, dando graças ao Senhor.

Uma pontada de inveja, já conhecida, atravessou seu corpo, como um desejo perturbador. Devia ser bom perder-se num grupo como aquele, libertando-se do cinismo e da dúvida. Mas sua atitude já ficara decidida décadas antes, e nada tinha a ver com submissão nem com fé.

— Vamos — disse ele, odiando o tom de falsidade na voz. — Temos de ir embora daqui.

Mas eles não lhe deram atenção. Tinham seu próprio ritmo. A impaciência tomou conta de Griffin, transformando-se em algo parecido com medo, uma sensação de desgraça iminente. Como diabos as coisas tinham saído daquele jeito? Nathan não dissera o que tinha acontecido a Tawfiq e Knox, mas, a julgar pelo estado de choque em que se encontrava, devia ter sido coisa séria. Ele o mandara embora antes que os demais o vissem, mas agora Griffin se preocupava que ele tivesse encontrado Claire no hotel. Claire não era como os demais. Ela tinha opiniões próprias. Se descobrisse que alguma coisa realmente grave tinha acontecido... Meu Deus! Todo aquele castelo de cartas poderia desabar.

Finalmente, terminaram. Aproximaram-se, ainda exuberantes com as preces, e entraram na caçamba da picape. Um deles se juntou a Griffin na cabine. Havia ocasiões em que ele os detestava por haver caído tão baixo no mundo. Um momento de fraqueza. A moça se colocava na primeira fila durante suas conferências, olhando-o fixamente com olhos azuis e inocentes. Ele não estava habituado à admiração sincera de uma jovem atraente. Isso fez seu coração disparar. Conferência após conferência, ele continuava a olhá-la. A moça fitava-o constantemente, fascinada. Certo dia, na hora do almoço, ela fora ao gabinete dele e puxara uma cadeira a seu lado. Ao sentir os joelhos dela roçando os seus sob a mesa, a mão dele se movimentou quase convulsivamente, como se tivesse vida própria, segurando a coxa dela e apertando-a com os dedos.

O grito dela ainda o assombrava, corando as maçãs do seu rosto cada vez que lembrava.

Ninguém o defendera, naturalmente. A chefe aproveitou a oportunidade para despedi-lo. Nunca o apreciara. Aquela megera vingativa deve ter espalhado a história, porque não houve sequer resposta às cartas que escreveu propondo emprego. Ninguém, exceto Peterson. *O que queriam que ele fizesse?*, pensou Griffin. *Que morresse de fome?*

Um ruído estranho chegou a seus ouvidos, sobrepondo-se ao ronco do motor. Griffin tirou o pé do acelerador e olhou por cima do ombro. Os rapazes cantavam na traseira da picape, com os rostos cheios de devoção brilhando ao luar, as mãos erguidas em êxtase, num culto coletivo de adoração. A depressão de Griffin aumentou ainda mais. Talvez a religião significasse alguma coisa, afinal de contas. Talvez, se ele conseguisse ter aquele tipo de fé, as moças atraentes não gritariam de horror somente porque ele pusera a mão sobre a coxa de uma delas.

Talvez.

III

Knox acordou sobressaltado, vagamente amedrontado, sem ter certeza do motivo. O quarto estava quase completamente às escuras, pelo menos até que os faróis de algum veículo que passava pintassem traços amarelados no teto. Aquilo, porém, apenas o fazia ficar mais ansioso, porque não reconhecia nada do que o cercava. Procurou erguer a cabeça, mas os músculos do pescoço não tinham força. Tentou levantar o corpo, mas os braços pareciam atrofiados e inúteis. Em vez disso, voltou os olhos para a esquerda, à direita, acima e abaixo. Havia um cateter preso ao antebraço com esparadrapo. Seguiu o tubo translúcido com o olhar até o tripé que sustinha o frasco de soro intravenoso. Estava em um hospital. Pelo menos isso explicava por que motivo ele se sentia tão débil. No entanto, não recordava nada que o pudesse ter levado àquele lugar.

Os faróis de outro carro que passou revelaram a silhueta de um homem de pé ao lado da cama, olhando para baixo. O homem puxou o travesseiro de debaixo da cabeça de Knox, segurando-o aberto nas mãos, e preparou-se para cobrir seu rosto com ele. Ouviu-se o ruído de saltos altos batendo no chão de ladrilhos do lado de fora, aproximando-se cada vez mais. O homem ocultou-se nas sombras. Knox tentou chamar, mas nenhum som saiu de sua garganta. Os saltos passaram além da porta do quarto, seguindo em frente e deixando somente silêncio para trás.

Seu agressor reapareceu, vindo das sombras, ainda com o travesseiro nas mãos. Colocou-o sobre o rosto de Knox e pressionou-o para baixo. Até então, toda aquela experiência parecia quase uma alucinação, um pesadelo ambulante. Mas quando a pressão do travesseiro aumentou e ele não conseguiu mais respirar, o coração disparou, bombeando adrenalina e trazendo-lhe certo movimento e energia. Knox arranhou as mãos do homem, agitando os pés e os joelhos, tentando desviar a boca para o lado a fim de sorver ar. Não tinha onde apoiar-se, e os músculos rapidamente se cansavam, a mente rodopiava por falta de oxigênio, todo o sistema vital se extinguia. Ele ergueu os braços num esforço para agarrar o rosto do atacante e puxou o tubo de soro com tanta força que o tripé se inclinou e caiu com grande ruído. Instantaneamente o travesseiro foi retirado do rosto, caindo ao chão e permitindo a Knox inspirar ofegantemente, saboreando o oxigênio que invadia gloriosamente todos os órgãos.

A porta se abriu de um golpe. Um policial entrou, acendeu a luz, viu o tripé caído e Knox respirando com dificuldade. Saiu pelo corredor, pedindo aos brados ajuda de algum médico, com pânico na voz. Knox ficou deitado, aterrorizado com a ideia de que o homem reaparecesse para acabar com ele, até que finalmente um médico surgiu à porta, com a barba por fazer e olhos vermelhos de fadiga. Ergueu o tripé, verificou o tubo e recolocou o cateter.

— Por que está fazendo isso comigo? — murmurou ele. — Tudo o que quero é dormir.

Knox tentou falar, mas a boca não se movia. Conseguiu somente um ronco queixoso. Um fio de saliva escorreu pelo canto de sua boca. Um enfermeiro enxugou-o, caridosamente. Depois verificou o pulso de Knox, erguendo as sobrancelhas.

— Assustou-se, não? — disse ele. — Isso é normal. Foi um acidente grave, mas agora tudo está bem. Aqui é um hospital. Nada de mau pode acontecer aqui. Você só precisa descansar. Nós também precisamos.

Pegou o travesseiro do chão, ajeitou-o e recolocou-o sob a cabeça do paciente. Com ar de satisfação, voltou à porta e apagou a luz, deixando Knox à mercê do desconhecido que pretendia matá-lo.

DEZESSETE

I

A balsa de transporte de veículos para atravessar o Nilo era pouco mais que uma jangada de metal motorizada. Apoiada na balaustrada, Gaille observou os pescadores que conduziam botes pintados de azul-celeste com remos chatos, enquanto moitas vegetais passavam flutuando. Um monge copta sussurrava alguma coisa, correndo com o dedo as linhas de sua Bíblia. Crianças, com as pernas sobre a borda, esperavam ver o brilho prateado dos peixes. Quatro jovens agricultores fitavam Stafford e, de repente, explodiram em gargalhadas. Nem mesmo isso, porém, reduzia o bom humor dele, desde que conseguira fazer a filmagem da alvorada.

Atracaram na margem oriental e seguiram no carro, subindo uma colina baixa e atravessando uma aldeia poeirenta. Alguns jovens os olhavam curiosamente, como se nunca tivessem visto turistas antes. Com um pano, um vendedor ambulante passava saliva sobre mangas e limões exibidos num tabuleiro. Passaram por um cemitério e prosseguiram pela estrada deserta até a bilheteria de Amarna. As persianas estavam fechadas, apesar da presença de dois policiais de turismo sentados sob o toldo junto a uma cabana, fumando. Um deles levantou-se, aproximando-se.

— Chegaram cedo demais — grunhiu.

— Estamos filmando — disse Gaille. — Não estão esperando por nós?

— Não.

Gaille encolheu os ombros. Aquilo era comum no Egito. Você podia obter a permissão do Conselho Supremo, do exército, dos serviços de segurança, da polícia, de uma centena de repartições diferentes, mas ninguém se preocupava em informar os funcionários no campo. Fez um sinal para que Lily se aproximasse com o farto maço de documentos e apresentou-os ao homem. Sem expressão, ele olhou para uma ou duas páginas e balançou a cabeça.

— Vou chamar o chefe — disse, entrando na cabana. — Esperem aqui.

Gaille voltou ao Discovery e abriu o porta-luvas. Tinha o hábito de trazer consigo um sortimento de artigos para aquelas ocasiões. Levou uma barra de chocolate para o segundo policial, abriu o envoltório de papel-alumínio, ofereceu-lhe um pedaço e ficou com outro. Ambos sorriram amistosamente, sentindo o perfume adocicado enquanto o chocolate derretia em suas bocas. Gaille entregou a ele o restante da barra e fez um gesto para que a dividisse com o colega. O policial assentiu, sorrindo de satisfação.

— Diplomacia do chocolate, hein? — murmurou Lily.

— Acredite, é muito útil — respondeu Gaille.

O primeiro policial terminou a chamada telefônica e fez um gesto, dando a entender que o chefe estava a caminho. Os dois ficaram esperando e comendo o chocolate.

— O que está acontecendo? — rosnou Stafford. — Há algum problema?

— O Egito é assim mesmo — explicou Gaille.

Finalmente, apareceu uma picape, produzindo uma nuvem de poeira. Um homem saltou, vestindo impecável uniforme militar verde-oliva, com cinto de couro e cartucheira preta e brilhante. Tinha a pele atipicamente clara e rosada para o Egito, cabelos cortados à escovinha e bigode sedoso. O exterior vaidoso revelava dureza, entretanto.

— Sou o capitão Khaled Osman — anunciou. — Que história é essa de filmagem? — Estendeu a mão, tomou os documentos de Lily e folheou-os, franzindo o cenho. — Ninguém me avisou disso. Por que ninguém me avisa?

— Está tudo em ordem — garantiu Gaille.

— Espere aqui. — Osman entrou na cabine dos guardas e deu um telefonema em tom raivoso. Voltou e chamou Gaille. — Onde desejam filmar exatamente? — indagou.

Gaille recuperou os papéis e procurou o programa de filmagem, que continha os principais pontos de Amarna, inclusive a estela que marcava o limite, a aldeia dos operários, o Palácio Norte, os Túmulos do Sul e o Túmulo Real.

— Acham mesmo que poderão filmar tudo isso em um dia? — perguntou ele a Lily.

— Começamos a requerer as licenças antes que Charles terminasse o roteiro da filmagem. Fizemos uma lista ampla para o caso de precisarmos. Na verdade, só queremos a estela, o Palácio Norte e o Túmulo Real.

— Que parte do Túmulo Real?

— Somente a entrada e a câmara funerária.

O policial fez uma careta de desagrado, mas pareceu concordar.

— Vão precisar de acompanhante — informou, devolvendo a documentação. — Eu e Nasser iremos junto.

Gaille e Lily trocaram olhares. A última coisa que queriam era ter aquele homem nos calcanhares o dia inteiro.

— Muita gentileza sua — disse Gaille —, mas tenho certeza de que...

— Iremos junto — repetiu Khaled.

Gaille forçou um sorriso.

— Muito gentil.

II

Petrificado na cama do hospital, Knox ficou esperando que o intruso reaparecesse, agarrasse o travesseiro e terminasse o serviço. Passaram-se vários segundos, no entanto, sem que nada acontecesse. O homem devia ter ido embora. Não era motivo para muito consolo. Alguém queria matá-lo e sabia onde encontrá-lo. Ele precisava escapar dali.

A explosão de adrenalina o tinha reanimado um pouco. Knox levou a perna direita à beira da cama e deixou-a deslizar pesadamente para baixo. Esperou um pouco, até sentir-se mais estável; agora a perna esquerda, trazendo também as coxas e as costas e, em seguida, todo o seu corpo desabou no chão, libertando-se do cateter, embora o tripé permanecesse de pé. Deixou-se ficar deitado, sem fôlego, esperando que a porta se abrisse, mas ninguém apareceu. Suas roupas estavam na cômoda. Arrastou-se com esforço até lá e pegou-as; estavam rasgadas e sujas de óleo e fuligem, mas, mesmo assim, chamavam menos atenção do que a bata do hospital. Vestiu o jeans, a camisa e o casaco de malha preto. Apoiando-se na cama, conseguiu erguer-se. O sangue fugiu-lhe da cabeça e ele teve de fazer esforço para não desmaiar. Soltando o metal da cabeceira da cama, caminhou com dificuldade até a porta. Parou um minuto para controlar-se. Respirou profundamente. Abriu a porta. O sol matinal jorrou da janela da frente. Encostando-se à parede, saiu do quarto.

— Ei!

Knox olhou para a esquerda. O policial fumava, de pé, junto à janela aberta. Atirou fora o cigarro e cruzou os braços, com expressão severa, evidentemente achando que seria o suficiente para fazer Knox obedecer. Este, porém, voltou-se para o outro lado e passou por uma porta giratória, chegando a uma escada. Já tinha descido vários degraus, apoiando-se no corrimão, quando o policial surgiu na porta atrás dele.

— Ei! — chamou o guarda. — Volte aqui!

Knox entrou em um corredor, onde um ajudante esquentava as mãos em torno de um copo com *chai*. Ouviu os brados do policial, pousou o copo e começou a caminhar na direção de Knox. Havia uma porta à direita. Estava trancada. Ele foi até a janela e a abriu, olhando para fora. Viu uma betoneira e um monte de areia. Conduziu-se ao parapeito e deixou-se cair no instante em que o policial o agarrava pelo tornozelo. A gravidade libertou-o e ele caiu no monte de areia, deslizando até a alameda. Um carro que passava teve de desviar-se, com o motorista dando um grito e agitando o punho fechado.

Knox levantou-se e caminhou coxeando além da guarita do guarda e chegando à rua. Um caminhão obrigou-o a encostar-se no muro. Um táxi apareceu. Knox fez sinal e abriu a porta traseira, desabando dentro, justamente quando o policial despontava na rua.

— Tem dinheiro? — perguntou o motorista.

Knox sentia a língua inchada como um balão dentro da boca. Não conseguia articular as palavras. Procurou nos bolsos, encontrou a carteira e tirou duas notas amassadas. O motorista assentiu e arrancou, enquanto o policial gritava inutilmente.

— Para onde vamos? — perguntou o motorista.

A pergunta surpreendeu Knox. Sua única preocupação tinha sido escapar dali. Tinha, porém, indagações que exigiam respostas urgentes: a respeito daquele desastre misterioso que o levara ao hospital e sobre o desconhecido que tentara matá-lo. Sua última lembrança nítida era um encontro com o amigo francês Augustin para tomar um café. Talvez ele soubesse de alguma coisa. Sussurrou o endereço ao motorista e deixou-se cair, exausto, no assento traseiro.

III

— Você precisa ficar parada aí? — queixou-se Stafford. — Está impedindo minha visão.

Gaille olhou em volta, sem saber o que fazer. Lily já havia filmado a estela do limite e agora Stafford preparava a câmera para filmar-se contra o pano de fundo do deserto, de maneira que ela tinha somente duas opções: colocar-se na linha de visão dele ou ser objeto da filmagem.

— Venha comigo — disse Lily, indicando uma estreita trilha que subia a colina. — Já terminei minha parte.

A trilha íngreme era traiçoeira, com pedregulhos soltos, mas rapidamente ambas atingiram um platô no alto da colina de onde se descortinava uma magnífica vista da planície erma de calcário até a estreita faixa de vegetação que margeava o Nilo.

— Meu Deus! — murmurou Lily. — Imagine só morar aqui.

— Espere até o meio-dia — concordou Gaille — ou então volte no verão. Isto aqui não serve nem para uma prisão.

— Mas então, por que Akhenaton escolheu este lugar? Quero dizer, devia haver algo mais que apenas o nascer do sol entre os dois rochedos.

— Amarna era terra virgem — explicou Gaille. — Nunca tinha sido consagrada a outro deus. Talvez isso fosse importante. E você deve saber que o Egito, originalmente, resultou da fusão de dois países, o Alto e o Baixo Egito, cada qual constantemente buscando a supremacia. Aqui é, na verdade, a fronteira entre os dois, e talvez Akhenaton considerasse prático governar a partir daqui. Existem outras teorias também.

— Por exemplo?

Gaille apontou para o norte, onde a curva dos penhascos se aproximava novamente do Nilo.

— Ali Akhenaton construiu seu próprio palácio. Possui bastante sombreamento natural, e está suficientemente próximo do Nilo para permitir belos jardins e espelhos d'água. Sempre que ele precisava vir à zona principal de Amarna, usava a carruagem com soldados de cada lado para protegê-lo do sol.

— Era muito bom para ele.

— Claro. No templo principal de Aton, havia centenas de mesas para oferendas. Durante as cerimônias, todas ficavam cheias de carnes, frutas e legumes. No entanto, os restos humanos encontrados nos cemitérios mostram sinais claros de anemia e desnutrição. Além disso, existe uma famosa carta vinda de um rei assírio de nome Ashuruballit. "Por que obriga meus mensageiros a ficarem de pé ao sol? Assim eles morrerão. Se o rei gosta de se expor ao sol, que o faça como quiser. Mas, realmente, por que fazer meu povo sofrer? Eles morrerão."

— Acha que ele era um sádico? — perguntou Lily.

— É possível. Isto é, imagine que seu chefe tenha razão e que Akhenaton sofresse de alguma doença horrível. Não é difícil acreditar que ele sentisse prazer com o sofrimento alheio.

— Tem razão.

— A questão é que não tenho certeza disso. Ninguém tem. Nem eu, nem Fátima, nem seu chefe. Você deveria procurar alguma forma de fazer com que seus telespectadores compreendam isso. Tudo no programa será conjectura, e não fatos. *Tudo.*

— Isso tem a ver com o que Fátima nos disse ontem à noite? — indagou Lily.

— O que quer dizer com isso?

— Aqueles *talatat* que mostram Akhenaton sem órgãos genitais, por exemplo. Você não se sentiu à vontade para interpretá-los. Por isso preferiu ir deitar-se.

Gaille sentiu-se enrubescer.

— Apenas acho que é muito cedo para saber, qualquer que seja a verdade.

— Então, por que ela nos falou sobre isso?

— Esta parte do Egito é maravilhosa. O povo é encantador, a história é pura magia, mas muito pouca gente vem aqui. Fátima quer mudar isso.

— E nós somos a isca?

— Eu não diria assim.

— Não há problema — respondeu Lily. — Na verdade, sinto-me contente. Gostaria que o programa resultasse em alguma coisa positiva.

— Obrigada.

Lily assentiu, dizendo:

— Posso fazer uma pergunta realmente tola? Tenho pensado nisso desde que chegamos aqui, mas não tive coragem de perguntar.

— Claro.

— É uma questão de pronúncia. Quero dizer, o antigo alfabeto egípcio não tinha vogais, não é verdade? Nesse caso, como pode saber de que maneira os nomes, como o de Akhenaton, eram pronunciados?

— Sua pergunta não tem nada de tola — disse Gaille. — A verdade é que não temos certeza. Temos, no entanto, algumas pistas que vêm de outras línguas, como o copta.

— Copta? — repetiu Lily, contraindo o cenho. — Pensei que era o nome de uma religião.

— E é mesmo — confirmou Gaille. — A origem está na conquista do Egito por Alexandre. Ele introduziu o grego como idioma administrativo, mas naturalmente todo o povo continuava a falar egípcio, e por isso os escribas gradualmente desenvolveram o hábito de escrever a língua egípcia foneticamente, utilizando o alfabeto grego, que *possuía* vogais. Isso terminou por transformar-se na língua copta, que por sua vez tornou-se a linguagem usada pelos primeiros cristãos nesta parte do mundo, e o nome permaneceu. Por isso, sempre que encontramos uma palavra egípcia escrita em copta, podemos ter uma ideia bastante clara de sua pronúncia original. Claro que não de forma perfeita, especialmente quanto à era de Amarna, que terminou cerca de mil anos antes de Alexandre. Nossas melhores hipóteses a respeito, na verdade, provêm mais da escrita cuneiforme acadiana do que da língua copta, e o acadiano é bastardo, acredite. Por isso o nome de Akhenaton tem sido transcrito de muitas formas diferentes ao longo dos anos. Os vitorianos o conheciam com o nome de Khu-em-aton, ou Ken-hu-aton, mas recentemente nós...

Gaille de repente se deteve e colocou a palma da mão sobre o ventre, com a respiração ofegante e o hálito quente.

— O que foi? — perguntou Lily, ansiosamente.

— Nada. Senti-me um pouco tonta apenas.

— É este sol terrível.

— Pois é — respondeu Gaille, recuperando-se um pouco e conseguindo sorrir. — Você se incomoda que eu volte ao carro e me sente um pouco?

— Claro que não. Quer que a acompanhe?

— Obrigada, mas já estou melhor.

Caminhou um tanto insegura até o lugar onde o Discovery estava estacionado. O policial de turismo cochilava diante da picape. Gaille pegou o livro de Stafford no painel, acomodou-se de lado no assento do motorista, cujo estofamento de tecido sintético parecia um tanto aderente ao calor do sol. Folheou o livro até encontrar o que buscava.

Exatamente como ela se recordava.

Não podia ser. Não era *possível.* Ou seria?

IV

No momento em que o tripé desabou no chão, Peterson compreendeu que perdera aquela oportunidade. O melhor que poderia acontecer era escapar sem ser visto. Escondera-se atrás da porta quando o policial entrou, e saiu quando o homem foi buscar um enfermeiro, passando pelas portas giratórias no fim do corredor e descendo dois andares até a saída de emergência. Entrara no Toyota, esperando alguns momentos para pensar no que fazer.

Tinha orgulho de seu temperamento decidido, de sua capacidade de controlar-se. Agora, no entanto, sentia-se sob pressão. Certamente Knox falaria da invasão de seu quarto. Ainda que não recordasse os acontecimentos da véspera, não teria dificuldade em descrever o atacante, e Faruk imediatamente perceberia de quem se tratava. Não adiantaria negar. Precisava de um álibi. Era preciso voltar ao local da escavação.

Naquele momento, abriu-se uma janela no andar térreo. Peterson ergueu os olhos a tempo de ver Knox saltando do peitoril, caindo no monte de areia e, em seguida, cambaleando até a rua.

Sentiu um forte calafrio percorrer-lhe o corpo. Considerou-se privilegiado. Deus desejara que ele presenciasse aquilo. Portanto, Ele ainda lhe destinara outras tarefas. O sacerdote sabia quais eram e aceitou sua missão sem hesitar.

Engrenou a primeira marcha no Toyota e seguiu Knox até a rua, observando-o entrar no táxi e desabar no assento. Acompanhou o táxi em direção ao leste, atravessando Alexandria até chegar a um bloco de apartamentos. Knox saiu do táxi com passo incerto e desapareceu dentro do prédio. Peterson encontrou um lugar para estacionar e verificou os nomes dos moradores junto aos botões das campainhas. Havia um Augustin Pascal, no sexto andar. Era o nome do arqueólogo submarino mais conhecido em Alexandria. Sem dúvida, era a pessoa que Knox fora visitar. As portas do elevador abriram-se e duas mulheres saíram, conversando pelo saguão. Peterson não podia arriscar-se a ser visto. Baixando a cabeça, voltou apressadamente para o Toyota a fim de aproveitar a oportunidade que o Senhor certamente providenciaria.

DEZOITO

I

Lily observou curiosamente enquanto Gaille caminhava até o Discovery. A maneira como ela tomou o livro de Stafford no painel, folheando-o avidamente, recordou-lhe a insistência com que questionara Stafford sobre o Rolo de Cobre.

Lily estava certa de que havia alguma coisa importante.

Desceu igualmente a trilha, aproximando-se silenciosamente por trás e chegando a poucos passos de distância. Gaille ouviu-a e fechou rapidamente o livro, segurando-o junto às pernas, numa tentativa canhestra de escondê-lo.

— Meu Deus! — exclamou ela, com uma das mãos sobre o coração. — Você me assustou.

— Desculpe — disse Lily. — Não era minha intenção. Tem certeza de que está se sentindo bem? — prosseguiu, pondo a mão no ombro de Gaille.

— Sim, estou. Por favor, não se preocupe.

— Claro que me preocupo, principalmente depois que você nos ajudou tanto.

— Não foi nada, de verdade.

Lily sorriu maliciosamente.

— É o Rolo de Cobre, não é?

Gaille arregalou os olhos.

— Como descobriu?

— Ora, Gaille. Precisamos jogar uma partida de pôquer antes que eu vá embora. Vamos, fale.

Os olhos de Gaille se voltaram ansiosamente para onde estava Stafford, mas a necessidade de confiar o que pensava era forte demais.

— Você não dirá a ninguém? — perguntou. — Pelo menos até que eu possa pensar um pouco mais no que isso significa?

— Dou-lhe minha palavra — prometeu Lily, assentindo com a cabeça.

Gaille abriu o livro e mostrou os grupos de letras gregas que apareciam no Rolo de Cobre.

— Está vendo isto? As primeiras três deviam ser pronunciadas mais ou menos como Ken-Hag-En.

— *Kenhagen*? — repetiu Lily, franzindo a testa. — Você não está dizendo... como Akhenaton?

— Isso mesmo. Acho que é isso.

— Mas isso não faz sentido.

— Por que não? — perguntou Gaille, com um riso soturno. — Lembre-se de que o Rolo de Cobre é um documento judaico e vocês estão aqui para fazer um programa sobre Akhenaton no papel de Moisés.

— Meu Deus! — murmurou Lily, olhando para onde estava Stafford. — Perdoe-me, Gaille, mas você tem de permitir que eu fale com ele.

— Ele não vai gostar.

— Está brincando? Isso é explosivo.

Gaille ergueu nas mãos o livro de Stafford.

— Você não leu isto? Ele ganhou dinheiro e reputação com essas ideias, afirmando que os tesouros do Rolo de Cobre vieram do Templo de Salomão. Pretende dizer a ele que entendeu tudo errado e que, na verdade, vieram daqui?

— *Daqui*?

— Se aquele nome for mesmo o de Akhenaton, essa é a inferência.

— Mas o Rolo de Cobre era escrito em hebraico — protestou Lily.

— Sim, porém copiado de outro documento. Talvez os essenos o tivessem traduzido ao copiá-lo. Afinal, se vocês tiverem razão ao dizer que

Akhenaton era Moisés, os essenos certamente seriam seus herdeiros mais prováveis.

— O que quer dizer com isso?

— Já leu o poema de Akhenaton, o "Hino de Aton"? Mostra como ele pensava. Basicamente, ele separava tudo entre luz solar e escuridão, o bem e o mal. Era exatamente assim que os essenos compreendiam o mundo. Chamavam-se a si mesmos Filhos da Luz e consideravam-se engajados em uma luta de vida ou morte contra os Filhos das Trevas. Também praticavam uma forma de culto ao sol. Para eles, Deus era a "luz perfeita", e todas as manhãs oravam em direção ao leste, suplicando ao sol que se erguesse. Levavam consigo uma espécie de escudo para ocultar os rostos, com o intuito de não ofender o sol. Usavam um calendário solar, como faziam aqui. Amarna está situada 20 graus ao sul da direção leste, assim como Qumran, que se encontra *exatamente* no mesmo eixo.

— Meu Deus! — murmurou Lily.

— As vestes rituais dos essenos eram de linho egípcio, assim como os corantes usados. Os funerais seguiam o estilo egípcio. Os arqueólogos chegaram a encontrar uma cruz ansata gravada numa pedra em Qumran. Como você sabe, para Akhenaton, a cruz ansata simbolizava a vida. Os essenos também marcavam seus pergaminhos com tinta vermelha, praticamente igual à usada pelos egípcios. Além disso, temos de considerar o próprio Rolo de Cobre. Os antigos egípcios, às vezes, gravavam documentos importantes em folhas de cobre. Ninguém mais fazia isso, pelo menos tanto quanto sei. E os demais Pergaminhos do Mar Morto estão absolutamente repletos de referências ao líder espiritual dos essenos, uma figura semelhante a um Messias, conhecido apenas pelo título de "Mestre da Retidão". Akhenaton era mencionado exatamente dessa forma aqui em Amarna.

— Então é verdade. Tem de ser.

— Não necessariamente. Lembre-se de que mais de mil anos se passaram entre Amarna e Qumran. Tudo o que eu disse é circunstancial, ninguém encontrou ainda uma prova definitiva.

— O Rolo de Cobre não é circunstancial — observou Lily.

Houve alguns momentos de silêncio.

— Realmente — concordou Gaille —, não é.

II

Já fazia quase uma semana que os decoradores haviam terminado o trabalho no apartamento de Augustin Pascal, mas o odor característico ainda permanecia, uma mistura azeda de solvente e tinta. Era ainda mais vívido naquela hora matinal, com a invasão importuna de mais uma alvorada, combinada à sua leve e ácida ressaca e o espaço vazio e zombeteiro na cama ao lado dele. Já tinha aquela cama há duas semanas, mais ainda não a estreara apropriadamente. Alguma coisa grave tinha acontecido em sua vida.

Ouviu batidas fortes à porta de entrada. Os filhos da mãe dos vizinhos deviam estar se queixando novamente. Augustin virou-se de lado, tapando os ouvidos com o travesseiro e esperando que dessem o fora. Deus, como se sentia cansado. A cama e o colchão tinham custado caro, assim como os lençóis de boa qualidade e os travesseiros de penas de ganso. Não se lembrava de ter dormido tão mal no passado, nem de sentir aquela fadiga constante.

As batidas continuaram. Com um brado de exasperação, ele se levantou, vestiu rapidamente as calças jeans e um pulôver e foi abrir a porta.

— Que merda... — exclamou, com uma careta, ao ver Knox. Logo reparou nos ferimentos e contusões do amigo. — Meu Deus! Que diabo aconteceu?

— Desastre de carro — disse Knox. — Não consigo me lembrar.

Augustin olhou-o horrorizado e voltou ao quarto para buscar o paletó.

— Vou levar você ao hospital.

— Não. Não é seguro. Um homem tentou me sufocar com um travesseiro.

— O quê? Quem foi?

— Não sei. Estava escuro.

— Vou chamar a polícia.

— Não quero polícia, nem médico. Por favor. Descubra o que está acontecendo.

Augustin encolheu os ombros e ajudou Knox a caminhar até o sofá. Em seguida, foi à cozinha e trouxe um copo d'água para cada um, engolindo o seu de uma só vez.

— Ok — disse, enxugando a boca. — Conte-me tudo, desde o começo. Um desastre de automóvel. Onde foi?

Knox balançou negativamente a cabeça.

— Não consigo me lembrar. A última coisa de que me recordo foi de estar com você, tomando um café.

— Mas isso foi anteontem! — exclamou Augustin. — Tem algum recibo? Alguma forma de reproduzir seus movimentos?

— Não.

— E seu celular? Podemos verificar as chamadas.

Knox bateu expressivamente nos bolsos.

— Perdi.

— Os e-mails, então. — Augustin ajudou-o a chegar à mesa, ligou o laptop e discou uma conexão. Knox entrou em seu correio e encontrou um recado de Gaille.

Oi, Daniel,

Anexei as fotos que você tirou no sítio therapeutae, *pelo menos aquelas que consegui melhorar. As demais tinham muito pouca luz ou eram irrecuperáveis no pouco tempo que eu tinha, mas continuarei a tentar. Onde foram tiradas? Você já está arranjando encrencas outra vez? Estou louca para saber de tudo. Hoje terei de levar alguém a Amarna, mas ligarei logo mais à noite.*

Também tenho saudades.

Todo o meu amor, Gaille.

O coração de Augustin palpitou ao ler a mensagem, sentindo o sangue fugir de seu rosto.

— Está tudo bem? — perguntou Knox, olhando-o com curiosidade.

— Fotos de *therapeutae*? — disse Augustin. — Onde diabos você tirou essas fotos?

— Como posso saber? — replicou Knox. — Tive uma concussão, não foi?

— Então vamos baixar essas fotos! Isto está ficando interessante — assentiu Augustin.

III

Entre os apêndices do livro de Stafford, havia transcrições completas e traduções do Rolo de Cobre. Gaille e Lily leram juntas a tradução.

— Qual era o peso exato correspondente a um talento? — perguntou Lily.

— Variava conforme o lugar — respondeu Gaille —; entre 20 e 40 quilos.

— Mas aqui se mencionam novecentos talentos — protestou Lily. — Seriam 18 toneladas de ouro. Isso certamente não é possível.

Gaille franziu o cenho. Lily tinha razão. As quantidades eram simplesmente inacreditáveis. Ela verificou a transcrição do original em hebraico.

— Veja — disse. — Os pesos estão marcados com a letra “k”. Foram traduzidos como “talentos” porque esta é a palavra usada pelos judeus e pela Bíblia. Mas, caso se trate de Akhenaton e se o tesouro veio do Egito, certamente seriam marcados com a unidade de peso da 18ª dinastia, que na época não representava o peso do ouro por meio de talentos. Eles usavam uma unidade chamada *kito*, designada com a letra “k”. Um *kito* significava somente uma fração de um talento, algo como 10 ou 12 gramas.

— Então esses números parecem mais reais.

— Muito mais. Isto é, ainda seria uma enorme quantidade de ouro, porém plausível. Veja também o sistema de numeração. Veja os traços e o símbolo para o número 10. Isso é clássico na 18ª dinastia.

Lily deu um passo atrás, meneando a cabeça.

— Mas por que os seguidores de Akhenaton enterrariam o ouro? Por que não levá-lo consigo?

— Porque não puderam — explicou Gaille. — Depois da morte de Akhenaton, houve uma ampla reação, lembre-se. Os tradicionalistas voltaram a dominar e a repressão foi forte. Muitos dos adeptos de Aton se reconverteram e mudaram-se para Tebas, mas não todos. Se você tiver razão e eles forem o povo judeu, o livro do Êxodo diz que fugiram rapidamente sob o luar. Não é possível levar tanto ouro e, mesmo assim, caminhar apressadamente à noite.

— Por isso eles o esconderam, enterrando-o — disse Lily. — Depois registraram o lugar numa folha de cobre.

— Provavelmente não estavam muito preocupados — concordou Gaille. — Afinal, ali era o lar do Único Deus Verdadeiro, e eles eram crentes fervorosos. Deviam acreditar que em breve voltariam de forma triunfante, mas é claro que não foi isso o que aconteceu. Deixaram completamente o Egito e se estabeleceram em Canaã, convencendo-se de que ali era a Terra Prometida. E quando o pergaminho de cobre original revelou perigo de oxidação, ou talvez por não serem mais capazes de ler os caracteres egípcios, fizeram uma cópia, desta vez em hebraico. Talvez tenham feito outra cópia posteriormente. De alguma maneira, ela acabou sendo levada a Qumran.

Gaille mordeu os lábios, com um pensamento repentino.

— Você já deve ter ouvido falar no Fim dos Tempos, não? Na grande batalha em Megido?

— O Armagedon — disse Lily.

— Exatamente. Depois disso, Deus deveria reinar sobre o mundo a partir de uma nova Jerusalém, uma cidade descrita em Ezequiel e no livro do Apocalipse. Um pergaminho diferente, sobre a "Nova Jerusalém", foi encontrado em Qumran. Havia seis exemplares do mesmo, o que dá a entender que era importante para os essenos. A planta da cidade aparece com detalhes precisos. O tamanho, a orientação, as ruas, as casas, os templos, a água, tudo. E a planta coincide com uma cidade antiga específica, com exatidão surpreendente.

— Que cidade é essa? — perguntou Lily, embora já esperasse a resposta.

— Esta cidade — respondeu Gaille, abrindo os braços. — Amarna.

IV

Knox foi clicando nas fotos enviadas por Gaille em admirado silêncio. Uma tumba semiescavada, uma estatueta de Harpócrates, catacumbas, restos humanos mumificados, uma caixa com diversas orelhas decepadas.

— Meu Deus do céu! — sussurrou ele, ao ver a foto do mosaico.

Augustin pôs um dedo na tela.

— Sabe o que isto me recorda?

— O quê?

— Já ouviu falar em Eliphas Lévi? Era um ocultista francês, como Aleister Crowley, porém anterior. Ele criou uma famosa imagem de uma divindade obscura dos Templários, de nome Bafomé, que se tornou o modelo da iconografia moderna do demônio. Ele aparece nessa mesma posição, de pernas cruzadas, com a mão direita apontando para o alto. A fisionomia é semelhante também. O queixo alongado, os olhos puxados, as maçãs do rosto salientes. Está vendo o que descrevo?

— Fale mais devagar — pediu Knox, fazendo um gesto para indicar que sua cabeça ainda estava lenta.

— Não há certeza sobre a origem de Bafomé — continuou Augustin, com um aceno de cabeça. — Alguns afirmam que o nome é uma corruptela de Maomé. Outros, que veio do grego *Baphe Meti*, o batismo da sabedoria. Mas há outra teoria, baseada no código Atbash, um método judaico de transliteração que troca o A por Z, o B por Y e assim por diante.

— Conheço o código — disse Knox. — Os essenos o utilizavam.

— Exatamente, e isso faz sentido, caso esse lugar pertença aos *therapeutae*. Seja como for, fazendo a transliteração de Bafomé por meio do Atbash, o resultado é Sophia, divindade grega da sabedoria, primogênita de Deus. Naturalmente, Sophia era mulher, mas Lévi desenhou Bafomé como hermafrodita, com seios, como a figura que aparece no mosaico.

Knox olhou com mais atenção. Não havia notado inicialmente, mas Augustin tinha razão. A figura do mosaico parecia masculina, porém os seios eram claramente perceptíveis.

— Na época, os hermafroditas eram considerados sagrados — explicou Augustin. — Os gregos os consideravam *teoides*, seres de forma divina. Os órficos acreditavam que o universo teve início quando Eros nasceu de um ovo, como hermafrodita. Afinal, é mais fácil imaginar que *uma* única coisa nasceu do vácuo do que muitas coisas. E quando tudo tem uma única origem, essa origem tem de ser ao mesmo tempo masculina e feminina.

— Como Atum — disse Knox. Na mitologia egípcia, Atum surgiu da sopa primordial, criado apenas por ele mesmo. Sentindo-se solitário, masturbou-se, deixando o sêmen cair em sua própria mão, que representava os órgãos femininos, fazendo nascer Shu e Tefnut. Assim começou a cascata da vida.

— Exatamente. Na verdade, é quase certo que foi daí que os órficos recolheram essa ideia, porque começaram a aparecer muitos hermafroditas divinos. Você sabia que os anjos hebraicos eram hermafroditas? E as almas da Cabala são como aquela famosa roda de Platão, hermafroditas divididos em seus aspectos masculino e feminino antes de vir ao mundo e serem obrigados a procurar na Terra a outra metade de si mesmos. Segundo algumas tradições, até mesmo Adão era hermafrodita. "Homem e mulher os criou; e os abençoou e chamou o seu nome Adão, no dia em que foram criados." Isso foi o que Jesus quis dizer quando declarou: "Assim não são mais dois, mas só uma carne." Essa noção surge também no gnosticismo. Posso dizer que aparece até na própria *Sophia*.

— Como é que você sabe tudo isso?

— Escrevi um artigo para um jornal, uns dois anos atrás. Eles adoram essas bobagens. A maior parte me foi fornecida por Kostas.

Knox assentiu. Kostas era um grego idoso, amigo de ambos e fonte de informação sobre os gnósticos e os próceres religiosos de Alexandria.

— Talvez devêssemos ligar para ele.

— Primeiro vamos ver o que temos aqui.

Augustin pegou o mouse e clicou nas fotos restantes. Figuras celestiais no teto, rapazes e moças ajoelhados sobre panos, limpando paredes. Um mural com uma figura vestida de azul, ajoelhada diante de dois homens na boca de uma caverna, com uma legenda em grego legível.

— *Filho de Davi, tende piedade de mim* — traduziu ele. — Isso significa alguma coisa para você?

— Não — respondeu Knox, recostando-se na cadeira. — Já viu algo assim antes?

— Não.

— Mas poderia ter visto, não? Isto é, se alguma equipe de boa reputação tivesse encontrado uma coisa como esta por aqui, você saberia, não é verdade? Ainda que a escondessem dos *hoi polloi* como eu, você teria sabido.

— Prefiro pensar que sim — respondeu Augustin. — Mas lembre-se de que estamos no Egito. Talvez eu deva chamar Omar.

— Boa ideia.

Ninguém atendeu o celular de Omar. Augustin tentou o escritório. Knox olhou-o intrigado ao vê-lo empalidecer, com uma expressão cada vez mais lúgubre.

— O que foi? — perguntou.

Augustin desligou e voltou-se para Knox com o olhar esgazeado.

— Omar está morto — disse ele.

— *O quê?*

— E disseram que foi você quem o matou.

DEZENOVE

I

— Por que está me olhando assim? — perguntou Knox, horrorizado. — Você não está achando... *não pode* estar achando... que eu matei Omar?

Augustin pôs a mão no ombro de Knox.

— Claro que não, meu amigo. No entanto, temos de enfrentar os fatos. Omar está morto. E você mesmo disse que esteve envolvido em um acidente automobilístico e que não se recorda de nada a respeito. — Augustin pegou o paletó e pôs no bolso a carteira, o celular e as chaves. — Irei ao hospital e ao CSA para ver o que posso descobrir. Fique aqui. Descanse. Às vezes é a melhor maneira de recuperar a memória. E não se preocupe. Vamos sair dessa.

Fechando a porta atrás de si, Augustin trancou-a por fora.

II

Lily olhou para o chão, sentindo-se meio tonta.

— Você não está pensando... quero dizer, não é possível que alguma parte desses tesouros ainda esteja aqui.

— Duvido — disse Gaille. — Este lugar tem sido bastante pesquisado ao longo dos anos. Não foi encontrada muita coisa. Algumas joias de Nefertiti, no século XIX, e alguns vasos do templo, feitos de bronze. Acho que teriam feito parte do tesouro. Também acharam um jarro cheio de lingotes, chamado de o Jarro de Ouro. Os essenos costumavam fazer sulcos na areia com o dedo e depois derramar ouro derretido, esperando até esfriarem. Sempre achei que deveriam ser as economias de alguém ou a matéria-prima de algum ourives, mas acho que também poderiam ser parte do tesouro.

— Nada mais?

— Não que eu saiba, mas também não se poderia esperar encontrar grande coisa. Lembre-se: toda esta cidade foi completamente destruída após a morte de Akhenaton — disse Gaille, com um riso seco. — Na verdade, talvez por isso mesmo tenha sido destruída, e não simplesmente demolida ou abandonada. Pense bem. Se as novas autoridades tiverem percebido o que tinham feito os cultores de Aton, talvez por haverem encontrado um depósito ou outro, ou talvez porque alguém tenha denunciado...

Lily concordou vigorosamente com a cabeça.

— Nesse caso, teriam demolido tudo, tijolo por tijolo, até encontrar o tesouro — considerou ela, tocando com o dedo o livro de Stafford. — O livro diz onde os objetos foram enterrados?

A luz do sol brilhava no papel branco. As duas mulheres se voltaram de costas para ele, projetando suas sombras.

— Na fortaleza do vale de Achor — murmurou Gaille. — Quarenta cúbitos sob os degraus do leste. No Sepulcro Monumental. Na terceira fileira de pedras. Na Grande Cisterna do Pátio do Peristilo, oculto em um buraco no pavimento.

Lily franziu o cenho.

— Bastante vago, não?

— É o que se poderia esperar — respondeu Gaille. — Se estivermos corretas, os adeptos de Aton imaginariam que sua expulsão seria apenas um contratempo passageiro. Não precisavam de instruções exatas, somente de um lembrete.

— E os nomes desses lugares? Secacah, Monte Gerizim, o vale de Achor?

— São todos próximos a Jerusalém — admitiu Gaille. — Mas talvez isso também não seja surpreendente. Isto é, se nossa teoria for correta, trata-se pelo menos de uma dupla tradução, do egípcio para o hebraico e do hebraico para o inglês. Originalmente, esses lugares teriam sido designados por uma série de consoantes, porque nem o idioma egípcio nem o hebraico possuíam vogais. Portanto, quando os tradutores encontraram nomes de lugares que não se ajustavam a suas noções preconcebidas, seria natural que os distorcessem até que se ajustassem. Quero dizer, tomemos o Wadi Real, aqui. Costumava ser traduzido como "Vale do Horizonte" ou "Vale de Akhet", em egípcio. Será muito exagero imaginar que poderia ter sido traduzido como "Vale de Achor"? Ou que Secacah fosse originalmente Saqqara?

— Pensei que Saqqara fosse perto do Cairo.

— É verdade, mas o nome deriva de Sokar, um deus dos mortos adorado em todo o Egito. Os cemitérios eram muitas vezes...

Ouviram-se passos na areia, atrás delas. Gaille fechou rapidamente o livro e voltou-se, vendo Stafford que se aproximava, com as bolsas do equipamento de filmagem no ombro.

— Não consegue deixar de ler, hein? — disse, em tom complacente.

— Não — concordou Gaille. — É realmente extraordinário.

— Foi por isso que eu o escrevi — afirmou ele, olhando o relógio e fazendo um gesto para o Discovery. — Quando quiser. Temos um horário a cumprir, como sabe — acrescentou, colocando a câmera no assento traseiro.

III

Peterson ainda vigiava, do lado de fora do edifício de Augustin Pascal, quando duas portas de um terraço no sexto andar se abriram e Knox apareceu, com aspecto fatigado e confuso, como se tivesse acabado de ouvir más notícias. Momentos depois, foi a vez das portas do térreo. Um homem de jeans e jaqueta de couro surgiu. Era Pascal. Tinha de ser. O francês tragou com vontade o cigarro e atirou-o longe. Em seguida, montou em uma motocicleta preta e cromada, erguendo um braço na direção de Knox em sinal de despedida, afastando-se.

Knox debruçou-se no peitoril, acenando para ele. Observando-o, Peterson teve um intenso sonho acordado: viu Knox perder o equilíbrio, tentando em vão agarrar-se e precipitando-se para a morte. Essas visões não eram novidade para ele. Levava-as muito a sério. Homens desprovidos de fé e pobres de espírito consideravam a prece como uma forma de suplicar ao Senhor que lhes proporcionasse as coisas que ambicionavam possuir.

A verdadeira prece, no entanto, não era assim. Por meio dela, os fiéis compreendiam o que o Senhor desejava deles.

Um homem obcecado pela morte de um amigo íntimo, morte pela qual se considerava culpado. Claro, todos compreenderiam se esse homem saltasse para sua própria destruição.

Esperou que Knox entrasse novamente no apartamento e logo depois desceu do Toyota, atravessando calmamente as portas de entrada do prédio.

Sempre se sentia tranquilo quando tinha de executar a obra do Senhor.

IV

— Pensei que vocês não estivessem com pressa — observou o patologista, levando Naguib através de corredores sombrios do hospital até seu pequeno escritório.

— Foi isso o que o senhor ouviu dizer?

— Foi. Foi o que ouvi dizer.

Naguib encolheu os ombros.

— Meu chefe acha que agora não é o melhor momento para uma investigação como esta.

— O senhor não concorda com ele?

— Tenho uma filha.

O patologista balançou gravemente a cabeça.

— Eu também.

— O senhor já... já começou?

— Ela está marcada para hoje à tarde. Posso adiantar se quiser.

— Ficarei muito grato.

— Há um detalhe — disse o patologista. — Não está relacionado com a causa da morte, mas o senhor poderá achar interessante.

— O que é?

— Quando a trouxe, meu assistente encontrou uma bolsinha presa a um cordão no pescoço dela.

— Uma bolsinha? — repetiu Naguib. — Havia alguma coisa dentro?

— Uma pequena estatueta — informou o patologista. — Pode levá-la se quiser.

VINTE

I

Knox olhou para si mesmo ao voltar do terraço. Não foi uma visão agradável. Entrou no banheiro e despiu-se. As ataduras já estavam velhas e acinzentadas, mais ou menos como ele se sentia. Lavou-se em volta delas com sabonete e uma flanela, apertando os olhos a cada momento, mais por causa da terrível notícia a respeito de Omar do que devido à dor.

Saiu do banheiro. Já tinha dormido cem vezes naquele apartamento, depois de passar noites em claro tentando consertar o mundo, e nunca pensara duas vezes ao pegar uma camisa limpa emprestada. A porta do quarto de Augustin, porém, estava fechada. Pensando bem, Knox recordou-se de que seu amigo havia parado ao encaminhar-se para a porta, voltara, entrara no quarto durante um minuto e emergira novamente, fechando-a cuidadosamente ao sair. Talvez houvesse alguém lá dentro, como acontecia frequentemente. Embora Augustin não tivesse reservas a respeito, talvez a pessoa que estava lá dentro fosse tímida.

Knox hesitou, sem querer ser indiscreto. Depois lembrou-se de que sua própria camisa cheirava mal. Não tinha a *menor* intenção de vesti-la novamente. Bateu suavemente na porta. Não houve resposta. Bateu um pouco mais forte e perguntou se podia entrar. Ainda nada. Entreabriu a porta, enfiando a cabeça, abriu mais e ficou parado na soleira, surpreso. O apartamento de Augustin sempre fora malcuidado, especialmente o quarto de dormir. Era um lugar para onde ele trazia mulheres, como dizia, mas onde elas não gostavam de permanecer. Mas agora já não era assim. A luz ofuscante do sol entrava por janelas imaculadamente limpas, jorrando sobre o espesso carpete marrom e sobre uma ampla cama de casal, de latão brilhante. O papel antigo e rasgado já não forrava as paredes, agora pintadas de um belo tom de azul real e decoradas com litogravuras dos grandes monumentos do Egito. Sancas de gesso circundavam o teto branco. Havia um armário embutido de mogno envernizado, com mesa de toalete e cadeira do mesmo material. Agora que Knox observava o novo quarto, percebeu tardiamente que a sala também tinha sido redecorada e ganhara carpete novo, embora o aspecto fosse menos extravagante. Ele simplesmente estava muito desorientado antes e por isso não percebera logo.

Abriu o armário. *Diabos!* Jaquetas e camisas perfeitamente passadas, penduradas em cabides. Nas prateleiras, roupas de baixo cuidadosamente dobradas. Knox examinou uma pilha de camisetas e viu uma pasta de cor roxa. O coração começou imediatamente a bater mais forte. Instintivamente, compreendeu que Augustin entrara no quarto para esconder aquela pasta. Sabia que não deveria espionar, mas mesmo assim foi o que fez. Levou-a até a janela e abriu-a. Dentro, havia fotografias. Knox retirou-as, folheando-as com progressivo sentimento de descrença, com um nó se formando em seu estômago enquanto pensava no que aquilo poderia significar. No entanto, o significado era óbvio, e não havia nada a fazer, pelo menos não imediatamente, a não ser recolocar as fotos na pasta da mesma forma que as havia encontrado.

Ainda precisava de uma camisa limpa. Pegou uma no cabide e saiu do quarto, fechando a porta atrás de si. Em seguida, sentou-se à mesa da cozinha, meditando sobre o que acabara de descobrir, com a desagradável certeza de que não poderia mais confiar completamente em seu amigo mais próximo.

II

Faruk aproximou-se de sua escrivaninha e encontrou Salem de pé junto a ela, com os olhos vermelhos após a noite que passara de sentinela do lado de fora do quarto de Knox no hospital.

— O que foi?

— Ele escapou, chefe — murmurou Salem.

— Escapou? — perguntou Faruk, em tom gélido. — O que quer dizer com isso?

— Ele saiu do quarto, saltou por uma janela e tomou um táxi.

— E você deixou?

Salem fez uma careta, como se estivesse a ponto de romper em choro.

— Como eu podia saber que ele ia pular a janela?

Faruk fez um gesto fatigado, dispensando-o. Na verdade, sentia-se excitado, mais do que desanimado. Estava vingado. Seu instinto se mostrara correto. As vítimas de acidentes automobilísticos não fogem de hospitais sem motivo, nem mesmo de hospitais egípcios. E certamente não pulavam janelas. Somente um homem com as mãos sujas de sangue poderia recorrer a tais extremos.

Recostou-se na cadeira, cujas juntas rangiam com a tensão, pensando no que já sabia. Uma escavação arqueológica. Uma visita do CSA, sem aviso prévio. Uma nova visita, sob cobertura da escuridão. Um jipe acidentado numa vala. Um morto. Um homem importante, aliás. Faruk mordeu uma falange, imerso em pensamentos. Seria possível que houvesse alguma coisa no sítio de Peterson? Alguma coisa de *valor*? Isso sem dúvida ajudaria a explicar os fatos, inclusive seu forte palpite de que não apenas Knox estaria fazendo algo errado, mas Peterson também.

Levantou-se, pegando as chaves do carro. Precisava examinar o local pessoalmente. Hesitou. Afinal de contas, não tinha ideia do que deveria procurar. E, se Peterson tivesse algo a esconder, com certeza trataria de apelar para o jargão especializado. Faruk detestava jargões. Sempre o faziam sentir-se ignorante.

Olhou o relógio. De qualquer maneira, teria de ir ao CSA informar a respeito do acidente e procurar saber mais sobre Tawfiq e Knox e por que teriam ido a Borg el-Arab. Talvez, se pedisse gentilmente, pudesse conseguir que um arqueólogo o acompanhasse até lá.

III

As elevadas paredes de arenito do Wadi Real não impressionaram o capitão Khaled Osman durante o trajeto, no carro dirigido por Nasser, pela estrada nova até o Túmulo Real de Akhenaton. Ele já acompanhara dezenas de turistas naquele itinerário nos meses anteriores, mas nunca se sentira tão nervoso. Talvez por serem gente de televisão, e ele sabia por experiência própria os problemas que poderiam causar.

Chegaram ao prédio do gerador. Só o aparelho custara meio milhão de libras egípcias. *Meio milhão*! Khaled sentiu-se tonto ao pensar em tanto dinheiro, enquanto Nasser atravessava a curta distância até o promontório onde se alojava a tumba e estacionava junto ao Discovery. Abriu a porta e saltou. O sol ainda estava baixo e a sombra cobria o promontório. Estremeceu levemente. Havia fantasmas naquele lugar. Pondo a mão na cartucheira da Walther, sentiu-se um pouco melhor.

Na infância, seus amigos tinham receio do alistamento militar, que os arrancava dos lares e da família. Somente Khaled esperava-o com ansiedade. Jamais pensara em qualquer outro tipo de vida. Gostava da disciplina, entusiasmava-o a fria autoridade das armas, saboreava o olhar das mulheres para um homem bem-apessoado vestido de uniforme. Passara com facilidade pelo treinamento básico e voluntariara-se para as Forças Especiais. Os oficiais comentavam em surdina que ele subiria rapidamente.

Caminhou até a entrada do túmulo, destrancou a porta, revelando os degraus que desciam à câmara funerária mais abaixo, onde lâmpadas colocadas ao nível do chão brilhavam suavemente, com um zumbido de inseto. Ficou olhando, com ar sério, enquanto o pessoal da TV entrava e descia os degraus.

Sua carreira no exército terminara certa tarde, no Cairo. Um moleque de rua cuspira na janela do motorista quando ele acompanhava o comandante a caminho de uma reunião no Ministério. Era uma intolerável demonstração de desrespeito, pelo menos diante do oficial. Um turista filmara o que acontecera em seguida e entregara o filme a um jornalista preocupado com os direitos humanos, que encontrara o menino depois, de cama, enrolado em ataduras como uma múmia. O comandante entrara em cena e salvara

Khaled dos tribunais, mas ele teve de concordar em deixar o exército. Foi obrigado a alistar-se na porcaria da polícia de turismo e ser lotado naquela região, no fim do mundo. Prometeram-lhe seis meses até que as coisas serenassem. Já fazia um ano e meio.

O pessoal da TV chegou à base dos degraus e atravessou a passagem de madeira que levava à câmara funerária. Khaled virou-se de costas para eles. O que pretendiam fazer lá embaixo não lhe interessava. Só precisavam ser vigiados na superfície.

Seis meses antes, Amarna sofrera uma violenta tempestade, como se tivesse chegado o fim do mundo. Khaled e seus homens tinham percorrido o lugar na manhã seguinte. Faisal fora o primeiro a ver a moça, deitada de bruços nas pedras, não longe de onde se encontrava agora, com um braço dobrado acima da cabeça e o outro virado grotescamente para trás, os cabelos embaraçados e colados numa lona azul pelo sangue coagulado.

Khaled ajoelhara-se ao lado dela e tocara seu rosto. A pele fria parecia de cera, com grãos de areia e terra. Já tinha ouvido boatos de que jovens das aldeias vasculhavam os wadis após as tempestades, na esperança de que as chuvas tivessem revelado alguma tumba desconhecida, ou, mais realisticamente, em busca de fragmentos de cerâmica na areia, com o tom de azul característico de Amarna, brilhando após a limpeza causada pela enxurrada. *Pobre tolinha. Arriscar-se tanto por tão pouco.*

— Capitão! — gritara Nasser. — Veja!

Erguendo os olhos, Khaled o vira apontando para uma fenda preta no arenito, bem acima das cabeças de ambos. Percebeu, com um pulsar mais forte do coração, que afinal de contas a mocinha não morrera procurando simples fragmentos de cerâmica. Seu objetivo era mais importante.

Naqueles momentos, os homens decidem seu destino ou talvez simplesmente descubram quem realmente são. Khaled sabia qual era seu dever: fazer imediatamente um relatório a seus superiores. A recompensa poderia significar o perdão ou até mesmo a volta às fileiras da tropa. Mas ele não pensou nisso nem por um instante. Nada disso. Caminhou diretamente para a base da falésia e começou a escalá-la.

VINTE E UM

I

Havia uma pequena fresta entre a porta e a moldura, suficiente para que Peterson percebesse que estava trancada somente com a lingueta da tramela, desafio banal para uma pessoa com seu passado.

Ouviu uma porta fechar-se com ruído no andar de baixo. Deu um passo atrás e ficou de pé, com as mãos respeitosamente juntas à frente, como se tivesse acabado de bater e estivesse esperando que alguém abrisse. O elevador subiu. Portas se abriram e se fecharam. O ocupante saiu da cabine. O silêncio dominou novamente o prédio.

Peterson encostou o ouvido na porta. Nada. Silenciosamente, usou um cartão de crédito para deslocar a tramela e entrou. A porta do banheiro estava entreaberta e ele ouviu o barulho de um homem urinando. Na mesa da cozinha havia um laptop aberto com uma foto do mosaico de seu sítio arqueológico aparecendo na tela. Olhou-a, surpreso. Não admira que o Senhor o tivesse levado até ali.

Alguém deu a descarga no banheiro. Peterson atravessou a sala e entrou no quarto, deixando a porta levemente aberta para que pudesse ver. Knox saiu do banheiro um momento depois, enxugando as mãos nas calças. Entrou na cozinha, sentou-se de costas para o reverendo e clicou o mouse, procurando um site de busca na internet.

Peterson era naturalmente corpulento e se mantinha em forma. Desprezava as pessoas que desperdiçavam as dádivas do Senhor. Quando jovem, tinha sido um competente atleta de luta livre. Gostava de enfrentar adversários com sua força e técnica, do respeito mútuo do combate corpo a corpo, da maneira com que era necessário enfraquecer o oponente, como uma cobra constritora faz com a presa, da rigidez e das dores dos músculos retesados, da carne pressionada, dos rostos separados por poucos centímetros, de como o outro passava a ser tudo o que importava naqueles minutos intensos de combate. Mais que tudo, adorava aqueles deliciosos momentos em que o adversário sucumbia, compreendendo e aceitando a derrota. Sabia, portanto, que possuía os atributos básicos necessários para a tarefa que agora o esperava. Mesmo assim, sentia-se nervoso. O Demônio era um inimigo poderoso, que tinha de ser levado a sério, e raramente ele sentia sua presença tão marcante quanto em Knox. Além disso, ainda que tudo saísse perfeito, ele se arriscava a ser visto. Precisava certificar-se de que não seria reconhecido, não podia ser reconhecido.

Numa prateleira no alto do armário encontrou um capacete de motociclista. Era perfeito. Colocou-o sobre a cabeça e apertou a tira no queixo. Estranhamente, o reflexo de sua respiração pareceu-lhe o eco de seus receios. Knox ainda estava absorto em frente ao laptop. Peterson abriu lentamente a porta e aproximou-se por trás dele, em silêncio.

II

— Esta câmara funerária terá sido realmente construída para o homem que conhecemos com o nome de Moisés? — perguntou Stafford, em tom retórico, enquanto Lily filmava. — Em minha opinião, sim.

Gaille estava do lado de fora da câmara funerária, silenciosa, mantendo-se fora do ângulo da câmera e das vistas de Stafford. Tinha pouca tolerância para com os subterfúgios, e em geral para tudo.

— Nunca foi encontrado aqui qualquer vestígio do corpo de Akhenaton — continuou ele. — Nenhum vestígio de outro cadáver. Pensem nisso. Esta maravilhosa câmara funerária, sem ninguém enterrado aqui.

Gaille comprimiu os lábios. Na verdade, *haviam* sido encontrados vestígios humanos ali, segundo alguns relatos, embora nenhum deles tivesse sido preservado para análise. Certamente, tinham sido descobertos fragmentos de um sarcófago feito para Akhenaton, além de numerosos *shabtis*, estatuetas do faraó em miniatura, destinadas a executar na outra vida os trabalhos servis, para que o espírito do próprio Akhenaton não tivesse de ocupar-se deles. Ainda que Stafford tivesse razão ao afirmar que os judeus provinham de Amarna, era difícil aceitar a ideia de que Akhenaton fosse Moisés. A sociedade egípcia era rigorosamente hierárquica. Os faraós eram obedecidos, mesmo sendo hereges. Em vida, era ele quem reinava, e não teria motivos para sair de Amarna. Por outro lado, ela poderia concordar que ele não tivesse sido enterrado naquela câmara. Seria um alvo demasiado fácil para inimigos vingativos. Talvez o corpo tivesse sido levado por eles, ou transferido para o Vale dos Reis, ou ainda para algum lugar próximo.

— Então, o que *realmente* aconteceu com Akhenaton? — perguntou Stafford, olhando para a câmera. — Para onde terá ido? E seus adeptos, os seguidores de Aton, como ele próprio? Venham comigo para uma jornada maravilhosa, na qual revelarei pela primeira vez a verdadeira história de Moisés e o nascimento da nação judaica. Venham comigo em minha busca do extraordinário mistério do Êxodo.

Seguiram-se alguns segundos de silêncio enquanto Lily girava a câmera em torno do jazigo, filmando os murais com as pinturas desbotadas. Em seguida, abaixou-a e entregou os fones de ouvido a Stafford para que ele passasse o filme em revista.

— Gostei mais da primeira tomada.

— Eu disse que estava boa.

— Então vamos voltar e esperar o pôr do sol.

— Vai filmar o pôr do sol? — perguntou Gaille.

— Da colina, do outro lado — respondeu Stafford. — Vamos fazer uma tomada geral, desde a entrada do túmulo até o Wadi Real. Será um desfecho adequado para esta sequência. Lembre-se, começamos com o sol nascendo sobre Amarna.

— Então terminará com o sol se pondo?

— Exatamente — confirmou Stafford, adiantando-se para subir os degraus. — Há um simbolismo nisso.

— Certamente.

Ele a olhou, com um sorriso azedo.

— Vocês, acadêmicos, são todos iguais. Seriam capazes de vender a alma para obter o que eu possuo.

Saíram de volta à luz do dia. Stafford caminhou para o outro lado do wadi sem olhar para trás, procurando um lugar para subir.

— Ei, você! Pare!

Gaille olhou em volta. O capitão Osman aproximava-se beligerantemente de Stafford, com o semblante raivoso e um pouco de receio. Stafford não lhe deu atenção e começou a subir, mas Khaled agarrou-lhe a perna e puxou-o violentamente para trás. Stafford caiu nas rochas, arranhando a palma das mãos. Levantou-se, olhando incrédulo para Gaille.

— Você viu isso? — perguntou. — Ele me agrediu.

— Você já terminou o que veio fazer — disse Khaled. — Retire-se.

— Retirar-me? Só quando eu quiser.

— Vá agora.

— Não pode fazer isso. Tenho permissão. — Stafford voltou-se para Lily, que vinha saindo do túmulo. — Mostre os papéis a ele.

Lily olhou para Gaille, procurando entender o que estava acontecendo, mas Gaille simplesmente encolheu os ombros, perplexa. Lily abriu a pasta e tirou diversas folhas grampeadas.

— Aqui está! — disse Stafford, tomando-as das mãos dela e agitando-as diante do rosto de Khaled. — Está vendo?

O policial deu um tapa na mão dele, fazendo as folhas caírem no chão, como um pássaro ferido.

— Vá embora — disse ele.

— Não acredito no que está acontecendo — retrucou Stafford. — Não acredito nessa merda.

Lily apanhou as folhas, procurando a autorização para a filmagem no Túmulo Real, e deu um sorriso conciliador ao encontrar o documento correspondente.

— Tenho realmente a permissão, o senhor sabe — disse, fazendo menção de entregá-la a ele.

A fisionomia de Khaled endureceu-se. Pegando a folha, rasgou-a em pedacinhos e jogou-os no ar, com desprezo.

— Retirem-se — ordenou, com a mão significativamente pousada sobre a cartucheira. — Agora.

O coração de Gaille batia violentamente.

— Vamos fazer o que ele diz — murmurou, pegando o braço de Stafford. Ele franziu o cenho, mas deixou-a impeli-lo na direção do Discovery, apesar do orgulho ferido. Gaille ajustou o cinto e voltou à estrada do Wadi Real, atravessando Amarna até a estação da barca, vendo a picape de Khaled pelo retrovisor em seu encalço, como uma maldição.

III

Knox sentiu uma breve, porém, claramente ilícita emoção ao digitar o endereço eletrônico do Diário de Escavações de Gaille. De vez em quando o visitava, curioso por saber o que ela estava fazendo. Achava aquilo estranhamente reconfortante. Naquela manhã, depois de tudo o que tinha acontecido, ansiava por conforto mais do que de costume.

Uma nova foto tinha sido carregada, mostrando Gaille de pé, do lado de fora do quarto, junto com dois dos funcionários egípcios de Fátima, sorrindo alegremente ao sol, num ambiente de visível bom humor e amizade recíproca. Knox clicou nela e começou a baixá-la. Enquanto esperava, abriu outro navegador e leu novamente a mensagem dela.

Também tenho saudades.

Aquele "também" o surpreendeu. Ele fora o primeiro a dizê-lo. Isso era verdade, sem dúvida. Simplesmente surpreendia-se por havê-lo feito. Desde que ambos tinham se tornado sócios, ele tivera cuidado para que seus sentimentos pessoais não interferissem no relacionamento profissional. Afinal, o pai de Gaille tinha sido seu mentor. Sua morte deixou Knox em uma posição estranha. Sentia certa responsabilidade em relação a ela, quase como se fosse *in loco parentis.*

Mas nada havia de *in loco parentis* na maneira como os cabelos dela se agitavam quando ela virava a cabeça, nem no toque das pontas dos dedos dela em seu braço quando atravessavam a rua.

Finalmente, a foto apareceu. Ele a olhava quando viu uma sombra refletida na tela, um homem com capacete de motociclista se aproximava lentamente. Virou-se num ímpeto, porém tarde demais. O homem agarrou-o como uma camisa de força, prendendo seus braços. Knox reagiu com os cotovelos, os calcanhares e a cabeça, mas sem resultado. O agressor era mais forte que ele. Arrastou-o pelas portas de vidro até o terraço e, em seguida, ergueu-o nos braços, atirando-o no espaço enquanto ele ainda gritava.

VINTE E DOIS

I

Ao ser atirado do terraço de Augustin, Knox estendeu o braço e instintivamente segurou o pulso do atacante, aferrando-se à vida e interrompendo a trajetória de seu corpo para fora. Em vez disso, caiu diretamente para baixo, balançando-se como uma bola de demolição e chocando-se violentamente com a base de concreto do terraço. O impacto o fez perder o fôlego, roubando suas forças. Teve de soltar-se e caiu um andar abaixo, diretamente contra a grade do andar inferior, dobrando o joelho esquerdo ao ver-se novamente projetado para fora e procurando desesperadamente alguma coisa em que se agarrar. Encontrou um cano metálico, cuja ferrugem lhe arrancou parte da pele da palma da mão, e bateu com o pulso no chão. Desta vez, no entanto, girou para dentro, caindo sobre a grade e desabando na varanda. Voltou a perder o fôlego, com as contusões doendo em todo o corpo, porém, miraculosamente vivo.

Ergueu-se com muito esforço, encostando-se à grade. Olhando para cima, viu o atacante que levantara o visor do capacete; ao divisar uma parte do rosto, teve um lampejo de recordação, sem, contudo, registrar na mente a fisionomia.

Olhou em volta no terraço. Havia uma persiana de aço entre ele e o restante do apartamento. Tentou erguê-la, sem êxito. Bateu, arranhando-a, procurando atrair a atenção. Ninguém apareceu. Debruçou-se novamente na grade. Ia gritar por socorro, mas pensou melhor. Ainda que conseguisse atrair a atenção de alguém, certamente chamariam a polícia. Knox não tinha intenção de explicar-se imediatamente, pelo menos enquanto fosse considerado responsável pela morte de Omar. Isso o mantinha prisioneiro no terraço ao mesmo tempo que o desconhecido de capacete planejava outras maneiras de matá-lo.

II

Augustin não encontrou ninguém disposto a falar no hospital, e por isso dirigiu-se ao CSA. Os boatos já haviam se espalhado por ali, e todos estavam desorientados com o impacto da notícia. Omar, evidentemente, era uma dessas pessoas que somente recebem o reconhecimento devido depois que partem. Mansur, o subchefe, estava em seu desordenado escritório.

— Que coisa terrível — disse ele, pálido e descomposto. — Não posso acreditar que Knox tenha algo a ver com isso.

— E não teve mesmo.

— Há alguém da polícia aqui que acha que sim.

— A polícia! — disse Augustin, em tom zombeteiro. — O que poderiam saber?

Mansur olhou-o com expressão astuta.

— Você sabe de alguma coisa?

— Não.

— Sabe que pode confiar em mim.

— Sei disso — replicou Augustin. Retirou um maço de papéis que estavam sobre uma cadeira e sentou-se. — Como poderia dizer alguma coisa? Nem sei bem o que aconteceu. No hospital, ninguém quis falar comigo.

— Você devia conversar com esse policial — sugeriu Mansur. — Ainda deve estar por aqui. Prometi ir com ele a Borg el-Arab.

— Borg el-Arab? — repetiu Augustin, franzindo a testa. — O desastre foi lá?

— Foi.

— Que diabo eles estavam fazendo lá?

— Supostamente, visitando uma escavação experimental.

— Uma escavação? Em Borg?

Mansur assentiu.

— Ninguém aqui sabe de nada a respeito. Aparentemente, o assunto foi tratado no Cairo. — Dirigiu-se ao arquivo, afastando uma caixa com equipamento para aerofotografia, a fim de alcançar uma gaveta.

— Um avião de controle remoto — disse Augustin, impressionado. — Como conseguiu recursos para isso?

— Rudi me emprestou — respondeu Mansur. — É mais fácil do que trazer da Alemanha e mandar de volta a cada temporada.

Entregou a Augustin uma folha de papel, com a escrita tão fraca que ele teve de levá-la à janela para poder ler. Mortimer Griffin. O reverendo Ernest Peterson. A Sociedade Texana de Arqueologia Bíblica. Um endereço em Borg el-Arab. Nada mais. Aquela, no entanto, certamente teria de ser a fonte das fotos de Knox.

— Gostaria de ir conhecer esse lugar pessoalmente — murmurou ele.

— Talvez seja possível — disse Mansur. — Já viu como é essa gente da polícia. Hoje tenho de estar aqui com eles. O que acha se eu perguntar ao policial se você pode ir com ele, em vez de mim?

— Acho uma boa ideia — concordou Augustin.

III

Peterson saiu do terraço e entrou novamente no apartamento, contrariado por ver que mais uma vez Knox escapava da justiça. O Demônio estava trabalhando dobrado naquele dia. O laptop ainda estava aberto na mesa da cozinha, recordando ao sacerdote a necessidade urgente de destruir todas as fotografias que Knox tirara em seu sítio.

Dois navegadores estavam abertos: um, mostrando a foto de uma mulher de cabelos escuros junto a dois egípcios vestidos de *galabayas*, e o outro com um e-mail de uma certa Gaille Bonnard, talvez a mulher da foto. Ele o leu rapidamente, percebendo que muito provavelmente ela possuía um conjunto das fotografias de Knox. Sentou-se e digitou uma resposta.

Querida Gaille, obrigado pelas fotos. Estão ótimas. Mais uma coisa: apague todas, inclusive os originais. Não posso explicar agora. Mais tarde ligarei, mas faça o que peço, por favor. Delete tudo o mais depressa possível! Antes mesmo de ligar para mim. É muito, muito importante. Não posso enfatizar o quanto.

Todo meu amor, Daniel.

Era uma solução improvisada, mas teria de servir. Enviou a mensagem e, em seguida, apagou o e-mail no laptop de Knox, mandando-o para o esquecimento, junto com os anexos. Não era perito em computadores, mas tinha ouvido falar em sodomitas e outros pecadores abomináveis apanhados por imagens recuperadas de seus discos rígidos, mesmo depois de terem sido apagadas. Não podia arriscar-se a que aquelas fossem recuperadas e por isso desligou as conexões do laptop e saiu às pressas, levando-o debaixo do braço.

VINTE E TRÊS

I

De pé na margem leste do Nilo, o capitão Khaled Osman ficou observando a barca transportadora de veículos que levava o Discovery e a equipe de TV.

— Não estou gostando disso, capitão — disse Nasser. — As pessoas estão chegando perto demais. Precisamos fechar o sítio. Sempre poderemos voltar quando as coisas ficarem mais calmas.

Khaled já tinha chegado à mesma conclusão. Com a descoberta do cadáver da moça, a tensão aumentara. Voltando-se para Nasser, falou:

— Você e Faisal têm tudo o que precisam, não?

— Já está lá dentro — confirmou Nasser. — Dê-nos duas horas e ninguém jamais saberá que o corpo estava ali.

A barca chegou à margem oposta. O Discovery era apenas uma mancha subindo a colina em direção à estrada principal e desaparecendo por entre as árvores.

— Muito bem — disse ele. — Vamos trabalhar esta noite.

II

Knox ainda tentava abrir a persiana de aço do terraço quando ouviu a porta da frente do bloco de apartamentos bater, fechando-se. Olhou para baixo a tempo de ver seu agressor, ainda usando o capacete de motociclista de Augustin e levando o laptop, caminhar em direção a um 4x4 azul estacionado longe demais para que ele pudesse ler a placa. O homem subiu no carro antes de tirar o capacete, sem dar-lhe a oportunidade de ver seu rosto. Em seguida, partiu.

Knox voltou a ocupar-se da persiana. Por mais que tentasse, nada conseguiu. Aparentemente estava preso ali até que alguém chegasse ao apartamento. Além disso, como poderia prever a reação das pessoas? Era quase certo que chamariam a polícia. Debruçou-se na grade. A persiana do terraço abaixo estava levantada e as portas de vidro, abertas. Knox gritou, chamando. Não houve resposta. Gritou mais alto. Ainda nada. Ficou parado, pensando. Descer não seria fácil, mas ele se achava capaz de fazê-lo com segurança, e era melhor do que ficar esperando ali.

Passou uma perna sobre a grade, virando o corpo até ficar de frente para o prédio e colocando os pés entre as colunas de ferro. A brisa já não lhe parecia tão suave, com o vazio entre ele e o asfalto lá embaixo. Encolheu o corpo, agarrando uma coluna em cada mão, respirou fundo e deixou-se escorregar, as pernas soltas no espaço. O concreto áspero arranhava-lhe a barriga e o peito. Bateu com o queixo na parede, os bíceps sentindo o esforço. Procurou melhorar a posição para conseguir algum alívio, mas as mãos enfraqueceram e ele deslizou rapidamente ainda mais para baixo, segurando agora a base das duas colunas.

Naquele momento, uma mulher obesa, de cabelos grisalhos, saiu do apartamento para o terraço. Viu Knox pendurado ali, deixou cair a cesta de roupas sujas e começou a gritar.

III

Gaille via o rubor subindo do pescoço de Stafford, que se mantinha com os punhos cerrados sobre o colo. Inclinou-se no assento do motorista para afastar-se, como se ele fosse uma mina terrestre prestes a explodir. Quando finalmente ocorreu, a detonação começou mais tranquilamente do que ela esperava.

— Meus parabéns — disse ele, voltando-se para Lily.

— Parabéns por quê?

— Por estragar meu programa. Parabéns.

— Não acho que...

— Que diabos posso fazer agora? Diga-me.

Gaille interveio:

— Não pode ser pior do que...

— Eu pedi sua opinião?

— Não.

— Então cale a boca. — Stafford voltou-se novamente para Lily. — Bem, dê alguma sugestão, por favor.

— Vamos para Assiut — disse Lily. — Darei alguns telefonemas do hotel. Resolveremos a questão. Podemos voltar amanhã e...

— Temos outra filmagem amanhã — bradou Stafford, vermelho de raiva. — E, em seguida, tomaremos uma merda de um avião. Tenho outros compromissos, como sabe. Sou aguardado nos Estados Unidos. Quer que eu cancele meus programas matinais de TV porque a senhora não soube fazer o que devia?

— Eu consegui as permissões — argumentou Lily, em tom defensivo. — Os documentos estavam em ordem.

— Mas a senhora não os obteve *aqui* no Egito, não foi? É a primeira regra quando se viaja para o exterior. Resolva tudo localmente.

— Eu pedi para vir com antecedência. O senhor não quis pagar a passagem.

— Então agora a culpa é minha? Meu Deus, não posso acreditar no que estou ouvindo.

— Não foi isso o que eu quis dizer.

— A senhora devia ter encontrado meios de deixar tudo bem-resolvido. Essa é a sua obrigação. Para isso que a contratei.

— Por que não filmar o pôr do sol aqui, na margem oeste? — sugeriu Gaille. — Assim, terá a imagem do poente.

— Mas não em Amarna. Não do Wadi Real. A menos que sua sugestão seja para que eu engane meu público. É isso o que está sugerindo?

— Não fale comigo neste tom.

— Não fale comigo neste tom? — repetiu ele, em tom zombeteiro. — Quem você pensa que é?

— Sou a pessoa que está dirigindo este carro. A não ser que o senhor prefira voltar a pé...

— Isto é um desastre — murmurou Stafford. — Uma porra de um desastre. — Voltou-se novamente para Lily. — Não sei por que contratei a senhora. Onde eu estava com a cabeça?

— Já chega — interrompeu Gaille.

— Vou prevenir todos contra a senhora. Farei com que a senhora nunca mais trabalhe em televisão.

— Eu disse chega!

Gaille parou no acostamento, tirou as chaves da ignição, saiu do carro e começou a afastar-se, caminhando. Ouviu portas abrindo-se atrás dela e olhou para trás, vendo Lily correr para alcançá-la, limpando as lágrimas com o dorso da mão.

— Como você consegue aturar esse homem? — questionou Gaille.

— Pela minha carreira.

— E vale a pena?

— Vale — respondeu Lily. — A sua não?

Gaille suspirou. Era verdade. Ela já tinha tido de engolir muitos sapos no passado.

— Como posso ajudar? — perguntou.

— Pode ligar para alguém? Fátima, talvez.

— Ela está no hospital.

— Tem de haver alguém. Por favor.

O olhar de Gaille passou de Lily para Stafford, que ficara encostado no Discovery, observando ambas com expressão irada. Ela sabia que era assim que os brutos faziam. Tornavam a vida insuportável para todos os que os cercavam até conseguir o que queriam. Irritava-a a ideia de ajudá-lo a resolver o problema que ele próprio criara.

— Você ainda tem as permissões para filmar, não tem? Isto é, o policial rasgou apenas a que tratava do Túmulo Real, não é verdade?

— É. Por quê?

— Creio que há uma coisa que podemos tentar.

— O quê?

— É bastante arriscado — disse Gaille, já arrependida de ter sugerido algo.

— Por favor, Gaille. Estou suplicando. Ele pode acabar com minha carreira. Tem poder suficiente. E é bem capaz de fazer isso, só por vingança. Você já viu como ele é.

Gaille suspirou.

— Está bem. A questão é que existem barcas de transporte de carros em toda a extensão do Nilo, a poucos quilômetros uma da outra. Cada aldeia tem sua barca. A mais próxima não fica muito longe, ao sul daqui. Já a usei quando a daqui estava em reparos. A polícia não a vigia.

— Outra barca? — Lily voltou-se para Stafford antes que Gaille pudesse evitar. — Parece que há outra barca a pouca distância, ao sul — disse ela.

— Isso não me importa, porque...

— O senhor tem uma permissão para filmar os Túmulos do Sul — disse Gaille, com um suspiro. — Muitos dos nobres da corte de Akhenaton estão enterrados lá.

— Conheço perfeitamente os Túmulos do Sul, muito obrigado. E também sei que não preciso filmá-los.

— O fato é que não são vigiados na extremidade sul de Amarna.

— E daí?

— Daí, se cruzarmos o Nilo de volta, na outra barca, poderemos chegar lá sem sermos vistos. E, ainda que nos parem, temos a autorização para filmar.

— Você é idiota ou o quê? Não quero filmar a merda dos Túmulos do Sul. Quero filmar a merda do Túmulo Real.

— Claro — respondeu Gaille. — Mas, uma vez lá, é teoricamente possível passar pelas colinas e chegar ao Túmulo Real. Não é muito longe.

— *Teoricamente* possível? — zombou Stafford. — De que adianta se nenhum de nós conhece o caminho?

Gaille hesitou novamente. Não queria que a animosidade que sentia por aquele homem a obrigasse a ser impulsiva. Mas foi o que aconteceu.

— Eu conheço o caminho — disse ela.

VINTE E QUATRO

I

A mulher parou de gritar e correu para dentro do apartamento. O alívio de Knox não durou muito, no entanto. Ela reapareceu com uma faca de cozinha e começou a atacar seus tornozelos. Ele tentou erguer o corpo, mas não tinha forças suficientes. Não teve outra escolha a não ser se balançar para fora e novamente para dentro, soltando-se e caindo apoiado nas mãos sobre as roupas que ela havia espalhado. A mulher atacou-o novamente pelas costas, furando sua camisa com a ponta afiada da faca. Knox virou-se, abrindo os braços num gesto de submissão, mas isso não foi o bastante para aplacar sua fúria. Ele se levantou num salto e correu pelo apartamento, saindo pela porta da frente.

O tornozelo doía muito para que usasse as escadas. Chamou o elevador. Atrás dele, a mulher já telefonava para a polícia, gritando histericamente e pedindo que viessem imediatamente. Os cabos do elevador faziam ruídos e ela chegou à porta, gritando ainda mais e chamando os vizinhos para ajudá-la. Acima e abaixo, várias portas se abriram e pessoas surgiram sobre as balaustradas da escada. O elevador chegou. Knox entrou e apertou o botão do térreo. Saiu do prédio mancando, com o tornozelo latejando e sentindo estalos ameaçadores no joelho esquerdo. Ao atingir a rua principal, fez sinal para um ônibus sem se importar para onde ia nem com o fato de o veículo já estar lotado. Uma mulher com um lenço de flores na cabeça olhou-o curiosamente, enquanto um carro da polícia passava com a sirene ligada. Knox baixou a cabeça, sentindo-se ridiculamente notável.

Saltou nos Jardins Shallalat, esforçou-se para caminhar até o Cemitério Latino e empurrou a pesada porta de madeira. Havia um zelador idoso apoiado na vassoura, mas nenhuma outra pessoa. Muitos dos túmulos tinham uma superestrutura semelhante à dos templos de mármore. Knox encontrou um mais afastado e deitou-se do lado de dentro, de costas para a parede. Fechou os olhos e procurou esclarecer as ideias, dando a seu corpo bastante castigado algum tempo para repousar e recompor-se.

II

O Museu Mallawi de Antiguidades consistia em três salas em mau estado, de pé-direito alto e pouca luz. A curadora ergueu as sobrancelhas quando Naguib colocou sobre o tampo de vidro de um mostruário a estatueta vinda da bolsa da moça morta.

— Posso examiná-la? — perguntou ela.

— Para isso é que vim aqui — respondeu Naguib, observando enquanto ela a apanhava e a revirava entre os dedos. — E então?

— O que deseja saber?

— O que é? Quanto vale?

— É uma estatueta de Akhenaton, do estilo de Amarna, em calcário rosado. Quanto ao valor... — A curadora balançou a cabeça, como que se desculpando. — Não vale muito, lamento.

— Não vale muito?

— É uma falsificação. Uma, entre milhares.

— Mas parece antiga.

— *É* antiga. Muitas falsificações foram feitas há sessenta ou setenta anos. Na época, havia um grande mercado para antiguidades de Amarna. Mesmo assim, são falsificações.

— Como pode ter certeza?

— Porque todas as genuínas foram encontradas há muitas décadas.

Um grupo de crianças de uma escola entrou, gritando e brincando, felizes por haver escapado das salas de aula. Naguib esperou até que fossem levadas para outra sala pelas professoras envergonhadas, antes de fazer a pergunta seguinte.

— Então, existem estatuetas verdadeiras?

— Sim, nos museus.

— E a senhora sempre consegue diferenciá-las? Basta olhá-las?

— Não — admitiu ela.

— Portanto, é concebível que uma delas tenha se extraviado? Que tenha ficado enterrada na areia, por exemplo, ou em algum túmulo ainda não descoberto?

— Seria difícil convencer algum comprador.

— Não tenho comprador — disse Naguib, secamente. — O que tenho é uma jovem que pode ter sido morta por causa deste objeto. Por isso, diga-me: quanto valeria uma peça como esta se fosse verdadeira?

A curadora olhou novamente a estatueta, agora com um pouco mais de respeito.

— Difícil saber. Raramente surgem artefatos genuínos de Amarna à venda.

— Por favor. Só uma ideia aproximada. Em dólares norte-americanos. Cem? Mil? Dez mil?

— Ora, mais. Muito mais.

— Mais? — insistiu Naguib, engolindo em seco.

— Não seria apenas uma estatueta — disse a curadora. — Seria história, a história de *Amarna*. As pessoas pagariam o que fosse. Mas primeiro seria preciso provar que é genuína.

— Como se pode fazer isso? Existem testes?

— Claro. Cromatografia, espectrografia. Mas nada é conclusivo. Para cada perito que diga uma coisa, haverá outro que dirá o contrário. Sua única esperança é estabelecer a proveniência.

— Proveniência?

— Encontre essa tumba ainda não descoberta. Assim, poderemos acreditar.

Naguib fez um grunhido.

— E onde eu poderia procurá-la?

— Em Amarna, certamente. Se eu fosse o senhor, verificaria nos wadis que levam ao Deserto Oriental. Muitas antiguidades foram encontradas lá. Por causa das tempestades, o senhor sabe. Elas castigam as colinas como um milhão de picaretas. Pode acontecer de a entrada de um antigo túmulo ser arrancada e seu conteúdo se espalhar pelos wadis e, depois, para o deserto, como um grande rio.

Naguib ficou em silêncio por um instante.

— Como uma enxurrada repentina — concluiu.

— Exatamente — sorriu a curadora. — Como uma enxurrada repentina.

III

Augustin esperou no escritório de seu amigo Mansur enquanto este convencia o policial a aceitar um substituto para acompanhá-lo na excursão a Borg el-Arab. Matou o tempo fazendo uma pesquisa na internet sobre a Sociedade Texana de Arqueologia Bíblica. Descobriu que ela possuía seu próprio site na web, com fotos de grupos e breves relatos de escavações em Alexandria e Cefalônia. A página "Quem Somos" mencionava a filiação a algo intitulado UMC, embora sem link e sem outra explicação. Havia, no entanto, um perfil de Griffin, que surpreendentemente parecia extremamente qualificado em comparação com as reduzidas dimensões da organização.

Uma nova pesquisa sobre o reverendo Ernest Peterson produziu grande número de resultados. Era, sem dúvida, uma figura controvertida, combatido e temido por suas rígidas opiniões religiosas, mas também admirado pelo centro hospitalar, de reabilitação e abrigo para pessoas sem teto, fundado e financiado por ele. Também bancava uma escola cristã particular, a Universidade da Missão de Cristo, presumivelmente a mesma UMC mencionada no site da Sociedade Texana, com faculdades de Teologia, Ciência da Criação, Direito, Administração Política e Arqueologia.

O ministério de Peterson tinha um site próprio. A tela assumiu uma coloração em azul-escuro quando Augustin clicou no link. Surgiu um texto em letras brancas. *Com homem não te deitarás, como se fosse mulher; abomi-*

nação é. Aos poucos o texto dissipou-se e outro tomou o lugar: *O aspecto do seu rosto testifica contra eles; e publicam os seus pecados, como Sodoma; não os dissimulam. Ai da sua alma! Porque fazem mal a si mesmos.* Apareceu uma foto de uma igreja com colunas de links de ambos os lados. A coluna da esquerda era intitulada *O que disse Cristo sobre...* com uma lista de temas abaixo, como a homossexualidade, o feminismo, o adultério, o aborto e a idolatria, e versículos de Deuteronômio, Levítico, Números e outros livros do Velho Testamento.

A coluna da direita exibia títulos como *O Câncer do Liberalismo* e *O Pecado de Sodoma.* Augustin clicou em *A Agenda das Abominações.* Uma pequena tela surgiu, com Peterson falando silenciosamente para a câmera. Augustin aumentou o volume e se assustou com a torrente de ira e ódio. Clicou em outro link, intitulado *A Face de Cristo.* Peterson apareceu de novo, mas desta vez o tom era completamente diferente: suave e transcendental. *Perguntam-me como cheguei a Deus,* dizia ele. *Deixem-me contar-lhes como cheguei a Deus. Eu era um miserável pecador. Ladrão, bêbado, homem desonesto e violento, bem conhecido da polícia, embora ainda muito jovem. Fui atraído para Deus porque certo dia, meu dia de maior baixeza, Ele mandou Seu Filho levar-me até Ele. Uma visão de Seu Filho. E posso dizer-lhes o seguinte: nenhum homem é capaz de contemplar a face de Cristo e não acreditar. E esta foi a missão que Deus me confiou durante o tempo que passarei nesta Terra: levar a face de Cristo ao mundo inteiro. Façam disso também sua missão e juntos certamente...*

A porta abriu-se atrás dele. Augustin olhou e viu um policial que acabara de entrar.

— O senhor é o Dr. Augustin?

— Sou.

— Sou o inspetor-detetive Faruk. Seu colega, o Dr. Mansur, acredita que o senhor seria um substituto à altura para me acompanhar a Borg el-Arab.

— Sim.

— Ótimo. Está pronto?

Augustin assentiu com a cabeça. Fechou a janela do navegador, com um leve estremecimento, e levantou-se.

— Vamos — disse ele.

IV

Peterson voltou de carro ao sítio da escavação tão rapidamente quanto a prudência lhe ditava, parando somente para atirar o laptop e o celular de Knox nas águas do lago Mariut, observando com satisfação o baque na água e o afundamento.

Claire saiu do escritório para recebê-lo. Uma jovem desajeitada, que não sabia onde colocar os cotovelos e os joelhos, mas que também possuía certa firmeza. Ele a dispensaria se pudesse, mas os conhecimentos de medicina e o árabe fluente dela eram demasiadamente úteis.

— Aqueles homens estão bem? — perguntou ela, com os braços cruzados.

— Que homens?

— Nathan me falou deles ontem à noite. Estava muito abalado.

— Estão bem — assegurou Peterson. — Estão nas mãos do Senhor.

— O que quer dizer com isso?

— Estamos todos nas mãos de Deus, irmã Claire. Ou talvez você tenha outra opinião?

— Claro que não, reverendo. Mesmo assim, gostaria de...

— Mais tarde, irmã Claire. Mais tarde. Agora tenho assuntos urgentes a tratar com o irmão Griffin. Sabe onde ele está?

— No cemitério. Mas eu...

— Então, desculpe-me — disse ele, afastando-se.

Griffin devia ter ouvido a chegada do carro, porque foi ao encontro dele no caminho do cemitério.

— Que diabos aconteceu ontem à noite? — indagou.

— Há tempo para isso — respondeu Peterson. — Primeiro, quero saber se você fez tudo o que eu mandei.

Griffin balançou afirmativamente a cabeça.

— Quer ver?

— Certamente, irmão Griffin.

Visitaram o depósito vazio e o lugar do alçapão. Para surpresa de Peterson, foi difícil para ele localizá-lo, embora estivesse bem ao lado.

— Creio que isso servirá — disse.

Sua maior preocupação agora era que alguém falasse demais. Especificamente, Griffin ou Claire. Olhou na direção do escritório.

— Não quero que Claire esteja aqui caso a polícia ou o CSA apareçam. Leve-a de volta ao hotel e mantenha-a fora de vista.

— Mas o que direi a ela?

— Diga que você tem de tratar um assunto com o pessoal do hotel e que precisa de um tradutor.

— Mas eles falam inglês no hotel.

— Então pense em outra coisa — ordenou Peterson, rudemente. Ficou olhando Griffin afastar-se e depois caminhou na direção do cemitério. As autoridades certamente apareceriam, mais cedo ou mais tarde. Os alunos precisavam saber o que deveriam dizer.

V

O capitão Khaled Osman se sentia estranhamente ansioso enquanto Nasser dirigia a picape, levando-o junto com seus homens pela estrada do Wadi Real. Não gostava da ideia de entrar no túmulo antes de escurecer, mas Faisal insistira na necessidade de alguma luz natural para o trabalho. Deveria ser suficientemente seguro, disse Khaled a si mesmo. Os turistas nunca vinham tão tarde; Amarna era simplesmente grande demais para poder ser visitada em menos da metade de um dia. Além disso, ele deixara perfeitamente claro para os habitantes locais que não deveriam mais ir até lá.

Estacionaram atrás do prédio do gerador. Abdullah voltou a pé até a estrada, a fim de montar guarda enquanto Khaled, Faisal e Nasser trocaram os uniformes por camisas e calças velhas. O trabalho a fazer era sujo. Khaled teria deixado que Faisal e Nasser cuidassem dele sozinhos, mas não confiava em que teriam um desempenho satisfatório se não fossem supervisionados. E também precisava dar uma última olhada.

Ajustou o cinto com a cartucheira. Sentia-se nu sem sua Walther, da qual se orgulhava, por ser uma recordação não oficial dos tempos do exército que levara consigo, junto com um AK-47 e uma caixa de granadas, para usar em pescarias. Eram armas de boa qualidade, e não as porcarias feitas no

Egito que seus homens tinham de usar. Passaram pelo canal de drenagem, esgueirando-se entre pedregulhos e seixos.

— Diabo de botas! — murmurou Faisal, que sempre se mostrava agitado perto do lugar onde tinham encontrado a mocinha.

A maneira mais fácil de chegar à porta do túmulo era passar mais além, subir a encosta do wadi e depois voltar pelo topo até uma pequena plataforma. Faisal ia na frente. Parecia uma cabra da montanha. Chegou à entrada da tumba e puxou a cortina de aniagem, invisível a poucos passos. Poeira e terra solta caíram sobre os cabelos de Khaled quando ele seguiu seu subordinado até o interior da tumba.

— De quanto tempo você precisa? — perguntou Khaled.

— Isso depende, capitão — respondeu Faisal.

— Depende de quê?

— Da ajuda que eu tiver.

Khaled ficou parado, hesitante. Alguma coisa naquele lugar parecia incitar à insubordinação.

— Quero dar uma última olhada — avisou ele, pegando uma lanterna. — Nunca se sabe.

— Claro — disse Faisal. — Nunca se sabe.

Khaled seguiu pelo corredor até a câmara funerária, ainda zangado. Quem Faisal pensava que era? Afastou o pensamento, porém, recordando a frustração mais grave de seu fracasso naquele lugar. Na primeira visita, haviam encontrado três fragmentos de estatuetas, um escaravelho e um amuleto de prata. Ele realmente imaginara que seria o começo de grandes achados. Mas os recursos financeiros acabaram e eles conseguiram obter apenas uma fração do lucro que haviam esperado, pois ninguém acreditara que as peças fossem genuínas. Nem sequer conseguiu o bastante para partilhar com seus homens. Era uma parca recompensa para tanto trabalho. Grandes áreas do teto haviam desabado ao longo dos séculos, de forma que tudo estava coberto de areia e escombros. Não podiam retirá-lo porque alguém poderia notar, e por isso foram mudando o monte de entulho de um ponto para outro, como se estivessem fazendo uma limpeza na casa. Tudo isso durante a noite, nas horas livres. Foram ficando cada vez mais nervosos e irritados, mas nunca conseguiram realmente desistir. Essa era a crueldade da esperança.

Havia uma cisterna diante da câmara funerária, como no Túmulo Real. Durante milênios, tanta areia e detritos a haviam entupido que, no início, eles nem perceberam sua existência. Mas ali estava ela, da mesma largura do corredor, e muito profunda. Depois de examinarem o restante, dedicaram atenção à cisterna, retirando cestos e mais cestos de terra, cavando cada vez mais fundo, até que foi preciso trazer uma escada de corda para descer até a base, amarrando cordas nos cestos para que um deles ficasse no fundo enquanto os demais os puxavam para cima, a fim de peneirá-los e amontoar a terra.

Khaled desceu pela escada para uma última olhada. A lanterna, entretanto, iluminou somente os restos que eles próprios tinham deixado: garrafas vazias de água, ataduras para os pés, um toco de vela, uma caixa de fósforos. A disciplina sucumbira logo, diante do fracasso. Seis metros de profundidade e não tinham sequer chegado ao fundo. *Seis metros!* Khaled sacudiu a cabeça, pensando nos absurdos dos antigos. Tanto esforço, e tão sem sentido.

Afinal, quem no mundo precisaria de uma cisterna de seis metros de profundidade?

VINTE E CINCO

I

Knox adormecera num sono reparador, no Cemitério Latino. Acordou ao ouvir passos do lado de fora. Por um momento temeu ser descoberto, mas os ruídos se afastaram sem mudar de ritmo. Ele esperou o silêncio e levantou-se com uma careta, com o corpo enrijecido. Saiu mancando do cemitério, comprou um cartão telefônico num armazém e encontrou uma cabine discreta de onde poderia ligar para Augustin.

— *Cedric, mon bon cher ami!* — exclamou Augustin, ao reconhecer a voz de Knox.

Este entendeu a deixa e passou a falar em francês.

— Há alguém com você?

— Um excelente oficial da lei. Fala um pouco de inglês, mas acho que poderemos continuar em francês. Espere um momento. — Knox ouviu um murmúrio, com a mão de Augustin tampando o fone. Depois ele voltou a falar. — Não há problema. Acabo de dizer que a mãe dele é uma vaca gorda. Ele nem pestanejou.

Knox riu.

— O que você está fazendo com a polícia?

— Estamos a caminho de Borg.

Augustin explicou rapidamente o que havia ficado sabendo a respeito da Sociedade Texana de Arqueologia Bíblica, a ligação com a UMC e as escavações em Cefalônia. Depois, Knox falou do misterioso atacante, que fugira levando o laptop.

— Merda! — exclamou Augustin. — Eu tinha acabado de comprá-lo. Mas você está bem, não está?

— Tudo bem, mas preciso de um lugar para me esconder. Pensei talvez em Kostas. Posso aprender alguma coisa com ele. Mas não me lembro do endereço.

— Sharia Muharram Bey, número 55. Terceiro andar. E diga a ele que devolva meu exemplar de Lucrécio. O filho da mãe já está com ele há meses.

— Pode deixar — disse Knox.

II

Era a melhor hora para estar no deserto, com o sol do fim de tarde fazendo nítidos contrastes nas mesmas falésias que antes pareciam um tedioso tom monocromático e agora pintava o céu ocidental de muitas cores, como uma cesta de frutas. Gaille passou pela extremidade sul dos rochedos de Amarna e descreveu um arco para o norte, até o lado leste do Wadi Real. Apontou para além das areias do deserto, dizendo:

— A estrada do deserto fica a cerca de 5 quilômetros, naquela direção.

— E daqui segue até Assiut, não? — perguntou Lily.

— Isso mesmo.

As barcas de transporte parariam de funcionar depois de escurecer; eles precisavam seguir para o sul ao longo daquela margem do Nilo. Gaille entrou no wadi. Naquela parte não havia estrada propriamente dita, apenas o solo pedregoso. Gaille dirigia com cautela, com Stafford a seu lado, de braços cruzados de modo significante, suspirando constantemente, até chegarem a uma barreira intransponível de rochas e terra.

— Pensei que você sabia o caminho — comentou ele.

— Podemos seguir a pé a partir daqui, em linha reta. É só um par de quilômetros.

— Dois quilômetros?

— Não acha que é melhor iniciarmos logo a caminhada? — disse Lily. — A menos que não queira mais filmar essa cena.

Stafford lançou-lhe um olhar cáustico, mas desceu do carro e começou a caminhar pelo wadi.

— Isso mesmo — ironizou Lily. — Não ajude a carregar o equipamento.

— Que estúpido! — exclamou Gaille. — Como você consegue aturá-lo?

— Só por mais dois ou três dias — respondeu ela, saindo do carro. Voltou-se para Gaille, que continuava sentada ao volante. — Não vem conosco?

— Acho melhor ficar aqui com o Discovery, por via das dúvidas.

— Claro. Imagino que este lugar esteja cheio de ladrões de carro. Mas por favor, venha. Não posso aguentá-lo sozinha.

— Está bem — concordou Gaille, conseguindo sorrir. Desceu do Discovery e trancou-o.

III

Augustin se sentia entediado durante o trajeto até o Borg. Faruk não era bom conversador. Fez algumas perguntas rudes sobre Omar e Knox, que ele conseguira driblar de maneira competente e, em seguida, caiu em silêncio quase completo. O francês tirou cigarros do bolso e ofereceu-os.

— Obrigado — disse Faruk, pegando um.

Augustin acendeu o seu, passou o isqueiro ao policial e abaixou o vidro da janela, com a mão em concha para recolher o ar que passava. Uma picape branca vinha em direção a eles, com a luz do sol refletida no para-brisa de tal maneira que, somente ao cruzar, ele viu o motorista e a passageira: uma jovem de cabelos louros, cujo olhar encontrou o de Augustin por um breve momento.

Um quilômetro adiante, tomaram um desvio abrupto para a direita e seguiram por uma longa alameda. Viraram à esquerda, passando por uma ponte por cima de um canal de irrigação e parando para falar com um segurança. Aparentemente, por pouco não encontraram Griffin. Era provável que fosse ele com a loura na picape. Peterson, porém, estava no sítio. O guarda os fez entrar para que esperassem no escritório. Em menos de um minuto, o reverendo apareceu.

— É um prazer inesperado, detetive-inspetor Faruk — disse ele. — Em que posso ajudá-lo?

— Apenas uns poucos detalhes a esclarecer. O senhor conhece o Dr. Augustin Pascal?

— De fama — disse Peterson.

— Ele se prontificou a me ajudar, para explicar termos arqueológicos, essas coisas.

— Muito gentil da parte dele.

Faruk assentiu e tirou do bolso o celular.

— Se me permitem, preciso avisar o distrito.

Augustin e Peterson se entreolharam enquanto Faruk se afastava, cada um examinando o outro, sem que nenhum dos dois desviasse os olhos. Passou-se mais de um minuto até que Faruk voltou a se juntar a eles, com certo ar de autossatisfação.

— Talvez possamos começar a conversar.

— Sobre o que exatamente? — perguntou Peterson.

— Gostaria de falar com sua equipe. Saber o que eles viram.

— Claro — disse Peterson. — Siga-me.

— Obrigado — agradeceu Faruk, com um aceno, enquanto os três iniciavam a caminhada pelo solo acidentado. — Ontem à noite o senhor me disse que Knox e Tawfiq estiveram aqui na mesma tarde. Foi isso, não foi?

— Foi.

— Disseram por que tinham vindo?

— Talvez o senhor deva perguntar a Knox.

— Assim faremos quando o encontrarmos.

— Não sabem onde ele está? — O reverendo franziu a testa. — Como é possível? Ele estava semimorto.

— Não se preocupe com isso — respondeu Faruk, de cara feia. — De qualquer maneira, gostaria de ouvir sua versão.

— Ele tinha visto um artefato em Alexandria. Pelo que me lembro, uma tampa de jarro. Nós informamos que a fabricação de jarros é comum em toda a região do lago Mariut, e, portanto, não havia razão para imaginar que a tampa tenha vindo daqui.

— E depois disso eles se retiraram?

— Sim. Não pensamos mais no assunto, até que percebemos a presença de um intruso. Na verdade, nem mesmo assim pensamos neles. Não tínhamos ideia de que fossem eles. Presumimos que era algum ladrão oportunista.

— Pelo que entendo, esta escavação é experimental, para treinamento — disse Augustin. — Encontraram alguma coisa de valor aqui?

— Nada de valor intrínseco. Mas o povo local não sabe disso. Logo, sempre há o risco de que alguém penetre às escondidas e contamine nossos dados. O senhor certamente compreende isso, Dr. Pascal.

— E então os senhores os fizeram sair.

— Foi justamente como eu relatei ontem à noite, detetive-inspetor. Nada mudou.

Chegaram ao cemitério, onde jovens escavadores empoeirados exumavam dois jazigos.

— O senhor queria falar com minha equipe — disse Peterson, abrindo os braços. — Bem, aqui estão eles.

VINTE E SEIS

I

Gaille já sentia as coxas arderem ao caminhar ao longo do wadi e subir a encosta da colina, próximo ao Túmulo Real. Ficaram em silêncio sem que tivessem combinado, compreendendo que seria muito difícil explicar sua presença ali, caso encontrassem alguém. A porta do Túmulo Real, porém, estava enfaticamente fechada e a estrada parecia deserta. Gaille sorriu para Lily, em mudo alívio.

— Chegamos exatamente a tempo — comentou Stafford, fazendo um gesto em direção ao sol, já bastante baixo no horizonte ocidental.

— Então é melhor começar já — disse Gaille.

— Logo que você sair do meu campo de visão.

Ela se virou e afastou-se, achando melhor não responder, mas não era fácil distanciar-se. À esquerda dela, havia uma grande vala no alto da colina, como se algum dos deuses egípcios a houvesse atacado com um machado. À direita, a própria parede do rochedo, com vertiginoso declive até a base do wadi. Pelo menos aquela parte ficava fora do campo de visão de Stafford, e, por isso, chegou tão perto do abismo quanto ousava, observando surpresa que havia algo semelhante a uma plataforma, um ou dois metros abaixo, com a marca de uma pegada de bota claramente visível no solo.

Caminhando um pouco adiante na beira do precipício, encontrou uma passagem para a plataforma. Lily e Stafford preparavam o equipamento. Ainda precisariam de alguns minutos. Gaille sentiu um formigamento nos dedos dos pés, mas a curiosidade foi mais forte que o medo de altura. Enchendo-se de coragem, seguiu adiante.

II

Kostas sempre demorava a abrir a porta de sua casa, culpando a pouca audição ou a fraqueza das pernas. Achava que fazer as pessoas esperarem era um privilégio da idade avançada. Finalmente chegava ajeitando os tufos de cabelos emaranhados, brancos como a neve, e tirando do bolso os óculos em forma de meia-lua para depois olhar por cima deles.

— Meu caro Knox! — exclamou. — Que surpresa *agradável*! — Em seguida, piscou os olhos e deu meio passo atrás. — Meu Deus! Parece que você veio da guerra.

— Estou tão mal assim? — perguntou Knox, com uma careta. — Posso usar seu banheiro?

— Claro, claro. Entre. — Kostas caminhou pelo corredor, que parecia uma pista de obstáculos, usando a bengala para ajudar a navegar por entre pilhas de volumes acadêmicos e caixas com artefatos exóticos, que tornavam o apartamento mais semelhante a uma loja de *bric-à-brac* do que a uma residência. As paredes eram igualmente atravancadas, com mapas astrológicos, estranhos cartazes de ocultismo, aquarelas de ervas e outras plantas medicinais pintadas por ele mesmo, frontispícios emoldurados de obras arcanas e recortes amarelados de artigos jornalísticos a seu respeito.

Knox contemplou sua própria imagem no espelho da pia. Era uma triste figura: sangue coagulado no couro cabeludo e na testa, rosto encovado e cabelos cheios de poeira, fazendo-o parecer prematuramente mais velho. Ensaboou-se da melhor maneira possível. Sorriu ao ver um texto grego encimando o espelho:

ΝΙΨΟΝΑΝΟΜΗΜΑΤΑΜΗΜΟΝΑΝΟΨΙΝ.

Era um dos palíndromos mais antigos conhecidos: *Lave suas iniquidades, não apenas seu rosto.* Enxugou-se com uma toalha de rosto, que ficou suja de marrom, e saiu.

— Bem — começou Kostas, impacientemente. — O que o traz aqui nesse estado?

Knox hesitou. Não era fácil explicar.

— Imagino que você possa acessar a internet.

— Infelizmente, sim. — Kostas levou-o até a biblioteca, onde uma luz mortiça iluminava a encadernação de couro de inúmeros livros antigos. Abriu a tampa de uma escrivaninha, revelando um laptop.

— Hoje em dia não é possível fazer coisa alguma sem isto.

Knox ligou o aparelho e acessou seu correio eletrônico. Para sua decepção, no entanto, o e-mail de Gaille tinha desaparecido. Aquele demônio do homem de capacete devia ter apagado as fotografias. Knox fechou o browser.

— Acho que terei de contar tudo — disse ele. — Mas, por favor, desculpe-me se eu não for muito claro. Levei um golpe muito forte na cabeça.

— Já notei.

— Parece que encontrei por acaso algum sítio arqueológico perto de Borg ontem à noite. Está sendo escavado por um grupo de arqueólogos bíblicos e, aparentemente, há alguma ligação com os *therapeutae*. Tirei algumas fotos. Havia uma estatueta de Harpócrates, seis orelhas cortadas e mumificadas, um mosaico com uma figura dentro de uma estrela de sete pontas, que recordou a Augustin um desenho de Bafomé feito por um francês, cujo nome não me lembro.

— Eliphas Lévi — disse Kostas. — Sei quem é.

— E havia um mural de Dionísio e outro de Príapo. Era isso.

— Uma lista *fascinante* — aprovou Kostas, com os olhos úmidos de prazer. — Você sabe, naturalmente, que os *therapeutae* se estabeleceram perto de Borg.

— Sei.

— E os romanos adoravam Harpócrates, o deus do silêncio, como sabe, porque os egípcios o retratavam com um dedo sobre os lábios. Na verdade, isso nada tinha a ver com a discrição.

— Não — concordou Knox. Aquela era uma das maneiras pelas quais os egípcios representavam a juventude, assim como por meio de cachos na fronte de um príncipe.

— O nome é, na verdade, uma corruptela do termo egípcios *Har-pakhared*. Hórus, a criança. Hórus era o deus com cabeça de falcão que se fundiu com o deus do sol, Ra, transformando-se em Ra-Horakthy, que surgia no leste todas as manhãs.

— Sou egiptólogo — disse Knox.

— Claro que sim, meu caro rapaz. Claro que sim. Por isso já saberá da ligação entre ele e Bafomé.

— Qual ligação?

— A religião de Telema, de Aleister Crowley, naturalmente. Crowley prosseguiu a obra de Eliphas Lévi, como certamente você sabe. Identificou Bafomé com Harpócrates, embora seja lícito dizer que isso se deve à extraordinária ignorância dele. Por outro lado, pensando bem, Harpócrates tem relação com um grupo específico — e bastante fascinante — de gnósticos de Alexandria.

— Que grupo era esse?

— Primeiro, uma xícara de chá — disse Kostas, passando a língua entre os lábios. — Claro, chá e bolos.

III

Khaled subiu pela escada de corda e pensou em fazer nova visita à câmara funerária. Não era fácil atravessar a cisterna. A única passagem era por meio de uma ponte improvisada, feita com duas tábuas, cada qual poucos centímetros mais longa do que a largura do buraco, e que se encurvavam desconfortavelmente quando alguém as pisava.

Ao serem trazidas, isso não tinha importância, porque a cisterna estava quase completamente cheia de entulho, e uma queda não seria maior que dois metros. Agora, porém, mesmo com uma lanterna, mal se via o fundo. Às vezes ele tinha pesadelos, imaginando cair naquela enorme escuridão faminta. No entanto, não quis ser o primeiro a sugerir que trouxessem tábuas mais longas. Nenhum de seus homens tampouco o fizera.

Atravessou com cuidado, entretanto, e entrou na câmara funerária, na qual grandes montes de destroços escondiam a maior parte das paredes, caiadas, porém sem decoração, talvez porque o túmulo não tivesse sido...

De repente, estacou. Ouvira uma voz. Uma voz de homem, que vinha do alto. Aguçou os ouvidos, mas houve apenas silêncio. Relaxou os músculos, sorrindo de sua própria tolice, com os batimentos do coração voltando ao normal. Aquelas tumbas antigas pregavam peças à imaginação. Faziam com que você se sentisse...

Novamente a voz. Desta vez não havia dúvida. Além disso, ele a reconheceu. Aquele diabo do homem da TV devia ter voltado! Khaled olhou horrorizado para o teto, sentindo-se agitado ao perceber que o som vinha de muito perto. Talvez o homem realmente estivesse perto. Havia uma vala no topo da colina, acima dele. Da primeira vez que viera, havia água até os joelhos. Portanto, tinha de existir alguma fissura na rocha. Voltou rapidamente, atravessando as tábuas e o corredor, até a entrada. Faisal e Nasser também tinham ouvido vozes e apagaram as lanternas, agachando-se na boca da caverna, onde a cortina de aniagem já se avermelhava à luz do sol poente.

— É o pessoal da TV — murmurou Faisal.

Khaled assentiu com a cabeça.

— Vão filmar e depois irão embora.

— E se virem nossa picape?

Do outro lado da cortina de aniagem, veio o ruído de um sapato deslizando no cascalho. Khaled ficou gelado. Faisal riu nervosamente, tapando a boca com as duas mãos para se controlar, piscando loucamente os olhos. Khaled abriu silenciosamente a cartucheira e empunhou a Walther, apontando-a para a entrada da tumba. Teve uma visão repentina de seu lar da infância, da maneira como a mãe se orgulhava dele, de suas fotografias nas paredes, vestido de uniforme. Outro ruído de passos do lado de fora. Uma exclamação abafada de surpresa e, em seguida, a cortina foi afastada e a mulher de nome Gaille apareceu, a silhueta contra o pôr do sol.

Como as coisas mudam de repente, pensou Khaled, enquanto os dois se fitavam. Com que rapidez as catástrofes acontecem. Ele se sentiu estranhamente tranquilo, como da única vez em que, nos tempos de soldado, vira aproximar-se a oportunidade de entrar em ação, ao mandar parar um caminhão cheio de peças de madeira e outros apetrechos de carpintaria, pronto para oferecer-lhe *bakshish*, quando vislumbrou um cano de escopeta por baixo da lona. Percebeu a reação de seu organismo, o fluxo de adrenalina, porém de maneira estranhamente alheia, contemplando a cena como numa tela de TV, e ao mesmo tempo vivenciando-a. Apreciara a maneira como seus sentidos se aguçavam, com muitos dados enchendo seu cérebro de modo especialmente nítido. Ouviu o espasmo em uma garganta, viu o motorista relancear os olhos pelo espelho retrovisor, percebeu o rápido arranque do caminhão enquanto alguém estendia a mão para a arma, sabendo que tinha tempo suficiente para assumir o comando, como se os outros se movessem num pote de melado e somente ele estivesse livre.

Desta vez, no entanto, foi Gaille quem reagiu primeiro. Girando sobre os calcanhares, ela tratou de fugir, gritando para prevenir os demais.

VINTE E SETE

I

Knox levou a bandeja de volta à biblioteca e depositou-a sobre a mesinha baixa em frente ao sofá. Não tinha exatamente vontade de tomar chá, mas evidentemente era o que Kostas desejava, de maneira que ele procurou dominar as dores e a ansiedade. Afinal, pelo menos estava em segurança ali. Serviu uma xícara de chá claro do bule de prata e cortou duas fatias do macio bolo de chocolate.

— Você estava falando de Harpócrates e dos gnósticos — incentivou ele, passando o prato a Kostas.

— Isso mesmo — retomou Kostas, provando um pedaço parcimonioso do bolo e engoliu-o com um gole de chá. — Veja, existiu um grupo de gnósticos que eram justamente *chamados* harpocráticos. Pelo menos, é *possível* que tenham sido conhecidos com esse nome, embora seja difícil afirmar categoricamente. As fontes os mencionam apenas uma ou duas vezes. Houve também um outro grupo de gnósticos, muito mais conhecido, chamados *carpocráticos*, que foi fundado por um certo Carpócrates, habitante de Alexandria. Parece possível, e até mesmo provável, que esses dois grupos fossem um só.

— Seria um erro ortográfico?

— Pode ter sido, naturalmente. Mas nossas fontes eram pessoas que saberiam a diferença. Por isso, sempre suspeitei de que esses carpocráticos pudessem haver adorado Harpócrates tanto quanto adoravam Cristo, e que, para eles, os dois nomes pudessem ser intercambiáveis.

— Isso é plausível?

— Claro que sim — disse Kostas, meneando vigorosamente a cabeça. — Você precisa compreender que os gnósticos não eram cristãos no sentido moderno. Até mesmo classificá-los como gnósticos é um erro, porque dá a entender que todos eles pensavam da mesma forma. Na verdade, cada uma das seitas tinha opiniões próprias e distintas, retiradas ecleticamente das tradições egípcia, judaica, grega, entre outras. Mas os grandes pioneiros do gnosticismo, como Valentinus, Basilides e Carpócrates, tinham algo em comum. Por exemplo, não acreditavam que Jesus fosse o Filho de Deus. De fato, nem sequer acreditavam que o Deus dos judeus fosse realmente o Ente Supremo, e sim apenas um demiurgo, uma criatura malévola de segunda linha que equivocadamente se considerava divino. Afinal, de que outra maneira podem ser explicados os horrores deste mundo?

— Mas então, *quem* era o Ente Supremo?

— Ah! Aí é que está o problema! — Os olhos de Kostas lacrimejavam abundantemente e a pele adquiria um tom rosado. Como acontece com muitas pessoas solitárias, ele costumava entusiasmar-se quando tinha companhia. Prosseguiu, dizendo: — Os gnósticos diziam que era impossível descrevê-lo, incapaz até mesmo de ser contemplado, a não ser, talvez, em termos matemáticos, e mesmo assim apenas pelos excepcionalmente iluminados. Se preferir, era um Deus *einsteiniano.* Aí é que surge Cristo, porque os gnósticos o consideravam, assim como Platão e Aristóteles, entre outros, como homens talentosos, porém essencialmente pessoas comuns, que haviam cultivado suficientemente a centelha divina que possuíam a ponto de vislumbrar essa verdade. Mas estou me afastando do ponto central, que são as semelhanças entre Harpócrates e Cristo.

— Quais são elas?

— Ora, meu caro Daniel! Por onde posso começar? No Templo de Luxor, talvez. Os altos-relevos da Natividade. Um faraó recém-nascido retratado como Harpócrates. Não há nada de surpreendente nisso, é claro. Os faraós eram a encarnação física de Hórus e, portanto, na infância, eram por definição Hórus-criança, ou Harpócrates. Mas os detalhes dessa construção específica são curiosos. Uma mulher mortal impregnada por um espírito santo, quando ainda virgem. Uma anunciação feita por Thoth, equivalente egípcio ao arcanjo Gabriel. Uma estrela que guia três sábios vindos do leste, trazendo presentes.

— Você está brincando.

— Achei que você gostaria de saber disso — sorriu Kostas. — Na verdade, esses sábios surgem frequentemente em relatos de natividades divinas, especialmente entre os adoradores do sol. É claro que se trata de uma alegoria astronômica, como muitos dos conceitos religiosos. As três estrelas do cinturão de Órion apontam para Sirius, que é a chave do antigo calendário egípcio e para a previsão da enchente anual. O ouro, o incenso e a mirra também aparecem com grande frequência. Foram os primeiros pertences do homem, como você sabe, dados por Deus para consolar Adão e Eva após a expulsão do Paraíso. Setenta bastões de ouro, se não me engano.

— Bastões? — perguntou Knox, franzindo a testa. — Um bastão era uma unidade de distância, e não de peso.

— Segundo o *Livro de Adão e Eva* — disse Kostas, com um aceno de cabeça. — Ou talvez seja o livro *Caverna dos Tesouros*? — completou, suspirando tristemente. — Minha memória já não é boa.

— Não creio que seja o *Caverna dos Tesouros* — comentou Knox, que desperdiçara inúmeras belas tardes de verão aos domingos tentando compreender o idioma siríaco por meio do estudo daquele texto, que trata de uma caverna na qual Adão, Abraão, Noé, Moisés e outros patriarcas judeus supostamente teriam sido sepultados. — Mais alguma coisa?

— Há paralelos surpreendentes entre Ísis, mãe de Hórus, e Maria, mãe de Cristo. Você deve conhecê-los. Pelo que se acredita, Harpócrates nasceu em uma montanha; o hieróglifo respectivo também significa uma manjedoura. Os antigos egípcios comemoravam o nascimento levando uma manjedoura em desfile pelas ruas. Era mais fácil do que transportar uma montanha.

— Ah.

Kostas assentiu com a cabeça e continuou:

— O Evangelho de Mateus afirma que a Sagrada Família fugiu para o Egito quando Jesus era criança, com o intuito de evitar o massacre dos inocentes. Segundo são Eduardo, o Mártir, chegaram até Hermópolis, a cidade de Thoth. Isso quase completa o círculo, porque Hermópolis ficava diretamente do lado oposto do rio Nilo em relação à cidade fundada pelo faraó que mencionei, o que aparece nos relevos de Luxor.

— Quer dizer, Amarna? — perguntou Knox. — O faraó era Akhenaton?

— Certamente — concordou Kostas, com uma risadinha. — Imagine só! Os relatos da Natividade de Cristo no Novo Testamento originados no nascimento de um faraó egípcio herético. Não é coisa a que a Igreja procure dar publicidade, por algum motivo — prosseguiu, levantando a xícara. — Você poderia servir-me um pouco mais de chá?

II

— Volte aqui! — berrou Khaled, correndo atrás de Gaille e quase perdendo o equilíbrio na pressa. — Volte! — gritou novamente.

Gaille, porém, não obedeceu. Um movimento e um lampejo de cores acima de si, enquanto caía uma cascata de pedregulhos e terra, lhe distraíram. Khaled levantou os olhos e viu Lily segurando a câmera. Sentiu-se tonto. Era preciso impedir que eles fugissem e que entrassem em contato com o mundo exterior. Subiu de maneira desajeitada pela trilha, escorregando no calcário, agarrando-se desesperadamente com uma das mãos e com a outra tentando guardar a Walther na cartucheira. Faisal, que vinha atrás dele, amparou-o para lhe dar segurança, mas ele perdera segundos valiosos, permitindo que Gaille se afastasse mais.

Chegou ao topo e a viu correndo desabalada atrás dos companheiros, com Stafford bem adiante e Lily tropeçando deselegantemente com a câmera ao ombro. Khaled fez um esforço, reduzindo um pouco a distância, porém não o bastante. Os fugitivos desceram a encosta em direção ao wadi, correndo para o leste por cima dos montes de detritos, rumo ao deserto. Khaled não conseguia manter o impulso. Conteve o passo e parou.

— Esperem! — gritou, ofegante, com as mãos nos joelhos, os músculos das pernas tremendo loucamente. Eles reduziram o passo e se viraram, ainda que somente para recuperar o fôlego. — Vamos conversar! — bradou Khaled, erguendo as mãos em um esforço para convencê-los de que não representava uma ameaça. — Podemos chegar a um acordo. — Ele próprio, porém, percebia a falsidade em sua voz.

Os fugitivos começaram a correr novamente. Fazendo uma careta, Khaled puxou a pistola e deu um único tiro para o ar. Isso fez com que eles corressem ainda mais rapidamente. Nasser e Faisal se aproximaram dele, arquejantes. Começaram outra vez a correr, com as pernas pesadas pelo esforço. Lá adiante, viram o Discovery. Lily olhou para trás para verificar onde estavam os perseguidores e, imediatamente, tropeçou em uma pedra. A câmera saltou-lhe das mãos, caindo com força sobre uma rocha e rompendo-se em pedaços.

Stafford alcançou o carro. Tentou abrir a porta, mas estava trancada.

— As chaves! — gritou ele para Gaille, que ajudava Lily a levantar-se. — Jogue a porcaria das chaves!

Khaled respirava com dificuldade. A camisa lhe saíra do cinto e ele se sentia furioso, envergonhado. Deu outro tiro, mas as duas mulheres nem sequer mudaram o passo. Fez um esforço final, empenhando-se por completo na perseguição. Gaille tirou as chaves do bolso e apertou o botão da trava eletrônica. As lanternas laterais do Discovery piscaram uma luz alaranjada. Stafford abriu a porta do motorista e entrou no carro. Iam escapar. Khaled parou, mirou tão cuidadosamente quanto lhe era possível e atirou três vezes. Houve um ruído metálico e a janela do lado do motorista desintegrou-se, caindo em cacos. As duas mulheres pararam de chofre, como se achassem que Khaled fosse um atirador de elite, capaz de atingi-las a seu bel-prazer. Levantaram os braços, voltando-se para o policial.

Khaled caminhou ao encontro de ambas, ainda arfando, tentando esconder o cansaço e mostrar que dominava a situação. Gotas de suor lhe escorriam da testa, caindo geladas pelos flancos. Faisal e Nasser vieram por trás dele, mas Khaled mantinha o olhar fixo nos estrangeiros, que se conservavam de ombros caídos, rostos suarentos, cabelos em desalinho, olhos cheios de temor e um laivo de esperança. Franziu a testa, olhando-os com rancor. Não eram pessoas, e sim problemas. Problemas que precisavam ser resolvidos. Problemas que tinham de ser eliminados. Chegou a poucos passos de distância, pensando em qual deles atirar primeiro.

Gaille, a que tinha as chaves do carro.

Já erguia a arma para matá-la quando um celular começou a tocar.

III

Knox serviu mais chá a Kostas e a si mesmo, olhando o açúcar dissolver-se no redemoinho produzido pela colher.

— E os *therapeutae*? — perguntou. — Tinham alguma ligação com esses carpocráticos?

Kostas fez uma careta.

— Já ouvi quem afirmasse que Carpócrates era devoto dos ensinamentos de uma figura do Talmude, chamada Jehoshua Ben Panther. Um personagem fascinante. Você deve ter ouvido falar dele, porque alguns o confundem com Cristo, embora mais provavelmente tenha sido um líder esseno.

— E isso o liga aos *therapeutae*.

— Exatamente — concordou Kostas. — As doutrinas deles também se misturam, embora reconhecidamente com uma discrepância importante. Os *therapeutae* observavam a castidade, enquanto os carpocráticos eram conhecidos pela licenciosidade e pelas orgias. Porém, quase tudo o que sabemos sobre os carpocráticos foi escrito pelos inimigos deles, e, portanto, é perfeitamente possível que não passasse de propaganda malévola. Se deixarmos esse aspecto de lado, os dois grupos combinam de maneira notável.

— De que modo?

— De todos os modos. Iniciações prolongadas. Batismos com água. Rejeição ao materialismo. A frase "a propriedade é um roubo" é atribuída a Carpócrates, como você sabe. Ambos detestavam a escravidão. Ambos acreditavam em alguma forma de vida após a morte ou reencarnação. Ambos atribuíam poder e respeito às mulheres, o que era pouco comum. Uma das seguidoras mais célebres de Carpócrates, Marcellina, tornou-se personagem importante em Roma. Ambos possuíam elementos claramente helênicos, compartilhavam grande parte dos ensinamentos de Pitágoras. Ambos tinham certos traços de culto ao sol e estudavam os anjos e os demônios. Ambos acreditavam em magia e praticavam-na. Ambos davam valor aos números e aos símbolos, além de terem sido selvagemente perseguidos. Talvez por isso habitassem fora de Alexandria. Pensando bem, creio que os carpocráticos surgiram por volta do ano 120 de nossa era, mais ou menos na mesma época em que perdemos de vista os *therapeutae*.

— Você está sugerindo que os *therapeutae* passaram a ser os carpocráticos?

— Não é inconcebível, suponho. Mas o que estou realmente dizendo é que é perfeitamente possível que tenham convivido de alguma forma. Não se esqueça de que, na época, toda esta região fervilhava de energia religiosa e filosófica. Todos adotavam, compartilhavam e debatiam ideias. As religiões ainda não se haviam estabelecido como hoje em dia. Lugares que eram sagrados para alguns eram também para outros. Muitas igrejas antigas foram construídas sobre ruínas de templos pagãos, como sabe, inclusive o Vaticano. Portanto, talvez tenham convivido durante algum tempo, ou talvez os carpocráticos tenham adotado a antiguidade a que você se refere depois que os *therapeutae* desapareceram.

Knox concordou com um aceno de cabeça. Parecia bastante plausível, embora a plausibilidade fosse coisa muito diferente da verdade.

— O que mais sabemos sobre os carpocráticos?

— A seita foi fundada em Alexandria, como eu disse, mas floresceu também em outros lugares. Em Roma, por exemplo. E creio que também havia um templo em... — Kostas levantou-se, foi até as prateleiras e tirou um volume, que folheou e em seguida devolveu ao seu lugar, sacudindo a cabeça.

— Vamos, Kostas, diga-me.

— Paciência, meu jovem, paciência.

Pegou uma pesada enciclopédia de religiões, levou-a com esforço a uma mesa no canto, molhou o indicador e o polegar com saliva para virar as páginas finas, até encontrar a que queria.

— Isso mesmo — disse, finalmente. — Tinham um templo em uma das ilhas gregas.

Knox franziu a testa, recordando a conversa recente com Augustin.

— Era Cefalônia, por acaso?

Kostas sorriu, intrigado.

— Como diabos você sabia disso?

— O que mais diz seu livro?

Kostas lambeu outra vez os dedos e virou a página.

— Ah! O que me diz disto aqui?

— O que é?

— Ah, sim. Você vai gostar disso.

— Vamos, Kostas. Diga logo, por favor.

— Você sabe que os grupos cristãos se identificavam com sinais e marcas secretas, como o peixe e a cruz. Bem, os carpocráticos também tinham uma marca.

— Como era?

— O livro não diz — respondeu Kostas. — Diz apenas em que lugar do corpo eles a tatuavam.

— E então?

Os olhos de Kostas brilharam.

— Atrás do lobo da orelha direita — disse ele.

VINTE E OITO

I

O celular continuou a tocar.

— Desligue isso — mandou Khaled. Em seguida, falou mais alto, com um vestígio de pânico na voz. — Desligue.

Stafford enfiou lentamente a mão no bolso e tirou o telefone, desligando-o. No entanto, já era tarde, o dano já ocorrera. A chamada fez Khaled compreender um grave problema. Os celulares emitem sinais, assim como os recebem, mesmo quando não estão sendo usados. Basta que estejam ligados, como obviamente era o caso do de Stafford.

Se ele desaparecesse ali, a polícia reproduziria facilmente seus movimentos. Tinham ido diretamente para aquele lugar. Automaticamente, Khaled e seus homens se tornariam os principais suspeitos. As chibatas, os canos de borracha e a tortura com água seriam empregados. Um deles com certeza fraquejaria. Provavelmente Faisal. Havia algo feminino nele.

O ruído dos tiros atraíra Abdullah de seu posto de sentinela.

— O que está acontecendo? — perguntou ele.

— O que está parecendo? — retrucou Khaled, olhando os estrangeiros com raiva. O túmulo parecera ser uma dádiva de Alá, mas agora ele percebia o que realmente era. Uma armadilha satânica. Cinco anos de cadeia se fossem apanhados. Pelo menos cinco anos. Talvez dez, ou mais. Khaled conhecia as prisões egípcias por dentro. Eram apertadas e imundas, cheias de doenças e brutalidade. Não era covarde, mas a ideia o assustou.

— Porque não os matamos logo, capitão? — perguntou Nasser, sempre o mais prático do grupo. — Depois os deixamos no deserto, como fizemos com a moça.

— Claro — rosnou Khaled. — E aquilo deu certo, não foi?

— Desta vez temos mais tempo. Temos a noite inteira.

— A noite inteira? — repetiu Khaled, com desprezo. — Não sabe o que vai acontecer se essa gente não aparecer onde está sendo esperada? — Apontando a arma para Lily, perguntou: — Onde estão esperando por vocês?

— Assiut — respondeu ela, com o rosto lívido. — Hotel Cleópatra.

Khaled voltou-se para Nasser.

— Se eles não aparecerem, o hotel avisará as autoridades. Nada os assusta mais do que problemas com estrangeiros, especialmente gente de televisão. Prejudica os investimentos nos hotéis, os preciosos dólares dos turistas. Acredite, amanhã seremos caçados como você nunca viu! E o primeiro lugar para onde virão é este. E a primeira coisa que farão é seguir os rastros dos pneus na areia até o seu maravilhoso esconderijo.

— Então vamos jogá-los no Nilo — sugeriu Nasser, agitando as mãos em onda para imitar um carro afundando.

Khaled negou com a cabeça.

— Sem sermos vistos? E, mesmo que por milagre isso desse certo agora, a polícia dragaria o rio, ou a rede de algum pescador se enrolaria no carro. De qualquer maneira, isso não importa, os celulares deles guiarão a polícia diretamente até nós.

— Então, o que faremos? — perguntou Nasser, abatido.

— Estou procurando pensar. Fique calado um pouco, está bem?

Khaled agachou-se para que os homens não vissem seu desconcerto. Talvez pudesse pôr toda a culpa neles, fazer com que parecesse que a situação tinha ficado fora de controle. Um tiroteio repentino, deixando os três estrangeiros e todos os seus homens mortos. Mas essa era uma solução desesperada. Até mesmo um investigador semicompetente perceberia a tramoia. Nesse caso, talvez fosse possível fazer um trato. Embora os estrangeiros estivessem suficientemente assustados para concordar com qualquer coisa naquele momento, tudo mudaria logo que se vissem livres.

— Podemos pôr a culpa nos terroristas — murmurou Abdullah. — Eles estão sempre matando estrangeiros.

— Excelente ideia — debochou Khaled, aproveitando a oportunidade para extravasar a raiva. — Mas diga: que terroristas exatamente? — Fez um gesto amplo, abarcando todo o wadi. — Mostre-me esses terroristas, e é claro que poremos a culpa neles.

— Foi apenas uma sugestão, capitão.

— Não há terroristas na região de Amarna. Você não sabe disso? Estão em Assiut, e...

Khaled interrompeu-se ao ter uma ideia. Abdullah tinha toda razão. No Egito, somente terroristas ousariam liquidar estrangeiros daquela forma. As autoridades acreditariam instintivamente. A simples menção a terroristas fazia com que pessoas inteligentes se comportassem como idiotas. Até onde se sabia, aqueles três iriam para Assiut naquela noite. Recentemente, grandes confusões haviam ocorrido naquele lugar. Khaled tinha visto na TV. Motins, manifestações. Muçulmanos fanáticos em pé de guerra contra o Ocidente porque cinco de seus irmãos haviam sido presos por estupro e assassinato de duas jovens coptas. De repente, a ideia o tomara de assalto.

— Sim, senhor — disse Nasser, percebendo a inspiração. — O que está pensando?

— Espere um momento — pediu Khaled. Pensou mais adiante, nas consequências, nos recursos de que precisavam, nos passos que teriam de dar. Era uma loucura, sem dúvida, mas a situação era louca e exigia soluções loucas.

— Por favor, capitão — insistiu Nasser. — Diga-nos.

Khaled balançou duas vezes a cabeça e inspirou profundamente.

— Está bem — falou ele. — Isso é o que faremos.

II

Knox recostou-se na cadeira, fazendo o couro ranger voluptuosamente e levando algum tempo para assimilar os novos conhecimentos que adquirira.

Peterson e sua equipe haviam cortado aquelas seis orelhas das múmias para examiná-las com luz ultravioleta, em busca de tatuagens. Isso, além da relação entre a Sociedade Texana e as escavações em Cefalônia, certamente significava que eles estavam investigando os carpocráticos. A única questão era saber o motivo.

Kostas meditou durante alguns segundos quando Knox abordou o assunto.

— Esses arqueólogos texanos que você mencionou são pessoas profundamente religiosas, não?

— São, sim.

— Então existe *uma* possibilidade, imagino eu. Veja, os carpocráticos eram considerados...

Naquele momento, a campainha da porta tocou. Kostas interrompeu-se, suspirou e levantou-se.

— Permita-me um momento.

— Claro.

Knox foi até a mesa. A enciclopédia ainda estava aberta. Procurou o verbete sobre os carpocráticos, mas nada lhe chamou a atenção. Deixando o livro de lado, esquadrinhou as prateleiras, tirando uma pequena biografia de Philo e folheando as páginas. O couro estragado da encadernação sujou suas mãos com manchas que pareciam de sangue.

A porta da biblioteca abriu-se novamente. Knox olhou para Kostas, que estava pálido, visivelmente abalado.

— O que foi? — perguntou. Logo, porém, congelou ao ver dois policiais surgirem por trás de Kostas. Pensara que estava em segurança ali e tinha se descuidado. De alguma forma, eles o haviam descoberto. Durante um instante de loucura, pensou em sair correndo, mas não tinha para onde ir. Naquele momento, percebeu o brilho de um leve sorriso nos lábios do mais baixo dos dois policiais, como se fosse exatamente aquilo o que o homem desejava, um pretexto para atirar. Portanto, fez um esforço para manter-se calmo, sem resistir, para ver se poderia descobrir o que diabos estava acontecendo e como o haviam encontrado ali.

III

Augustin e Faruk não conseguiram obter nenhuma informação dos estudantes de arqueologia de Peterson, que mais pareciam clones de servidores de Jesus com cabelos bem-aparados e sorrisos amáveis, que por puro acaso diziam todos a mesma coisa.

— Como é seu nome? — perguntou Faruk ao último a apresentar-se.

— Green, senhor. Michael Green.

O rapaz olhou rapidamente por cima do ombro para Peterson, que se colocara atrás dele, como se precisasse verificar se ele tinha pronunciado corretamente seu próprio nome.

— E você também viu o intruso?

— Sim, senhor.

— Conte como foi.

— Bem, estava um tanto escuro, o senhor sabe. Não sei se poderei...

O celular de Faruk começou a tocar. Ele suspirou, erguendo as sobrancelhas na direção de Augustin.

— Preciso atender este telefonema. Incomoda-se em tomar o depoimento deste rapaz?

— Claro que não — assentiu Augustin, reprimindo um bocejo. Fez um sinal para o jovem, enquanto Faruk se afastava. — Continue.

— É o que eu estava dizendo. Não sei se poderia acrescentar alguma coisa ao que os outros já disseram.

— Faça um esforço. O que estava fazendo esse intruso?

— Perdão, senhor?

— Estava de pé, ajoelhado ou arrastando-se no chão? Estava se aproximando de você? Afastando-se? Como estava vestido? Era alto ou baixo? Qual era a cor dos cabelos? Ele percebeu que tinha sido visto?

— Ah! — As maçãs do rosto de Michael enrubesceram um pouco e ele olhou novamente para Peterson. — É difícil lembrar exatamente — disse ele. — Tudo aconteceu muito depressa.

— Você deve ter alguma lembrança.

Peterson deu um passo à frente.

— Parece-lhe adequado forçar as testemunhas a dizer coisas que não viram?

— Quero ter certeza de que ele não está esquecendo nada.

— Você está esquecendo alguma coisa, Michael? — perguntou Peterson.

— Não, senhor.

— Está vendo, Dr. Pascal? Ele não está esquecendo nada.

— Tenho boas notícias — anunciou Faruk, que terminara o telefonema e voltava para junto dos dois. — Meus homens encontraram Knox.

O coração de Augustin bateu mais devagar.

— O quê?

— Sabe o que mais detesto neste mundo, Dr. Pascal? Que me façam de bobo. Hoje de manhã, aquela gente do Conselho Supremo me disse que, se eu queria encontrar Knox, deveria falar com o senhor, Augustin Pascal. Disseram que o senhor é o melhor amigo de Knox e que saberia onde ele está. Mas quando perguntei por Knox, o senhor não me falou nada sobre essa grande amizade. Nem uma palavra. O senhor acha que sou idiota? É isso o que acha?

— Meu Deus! O senhor fala francês!

Faruk desferiu um gancho de direita nas costas de Augustin.

— Isto é por ter chamado minha mãe de vaca gorda — disse ele.

VINTE E NOVE

I

A câmera ainda estava onde Lily a deixara cair. A lente e o visor não tinham sofrido danos, mas a bateria tinha se soltado e não foi possível colocá-la novamente, por mais que Khaled tentasse. Ele a entregou a Faisal, que tinha jeito para coisas como essa.

— Conserte isto — ordenou.

Faisal, porém, precisou apenas de um exame rápido para sacudir negativamente a cabeça.

— Não tenho as ferramentas necessárias — disse ele, com um grunhido. Procurou nos bolsos da capa da câmera e encontrou um fio de extensão. — Talvez isto dê certo — prosseguiu. — Podemos tentar uma das tomadas do Túmulo Real.

Khaled concordou. Era uma boa ideia, embora eles ainda precisassem cobrir as pinturas murais para não serem descobertos.

— Nasser — disse o capitão. — Vá buscar os cobertores e lençóis no outro túmulo. Abdullah, ligue o gerador. — Em seguida, aproximou-se dos estrangeiros. — Entreguem seus pertences, por favor. Telefones, carteiras, relógios, chaves, joias. Tudo. Ponham em cima da pedra. — Deu-lhes uns tapas para assegurar a obediência, pegou todos os objetos e enfiou-os na capa da câmera. — Levantem-se — ordenou.

— O que vai fazer conosco? — gemeu Stafford.

— Andem, estou mandando.

O gerador começou a funcionar no momento em que eles chegaram ao Túmulo Real. As lâmpadas ao nível do chão se acenderam com luz brilhante. Os estrangeiros foram levados para a câmara funerária. Faisal ligou a câmera numa tomada na parede e experimentou-a. O piloto se acendeu. Já era tempo de que alguma coisa desse certo para eles. Abdullah voltou, e logo depois Nasser, trazendo cobertores. Bem alto, na parede do lado direito da câmara, havia um nicho grosseiramente escavado, no qual um dos panos foi pendurado, formando uma cortina que escondia os murais. Outro cobertor foi estendido no chão.

Satisfeito, Khaled procurou nos bolsos alguma coisa para escrever e depois se sentou no chão para redigir sua mensagem.

II

O policial fez Knox entrar numa pequena cela úmida, junto com dois outros presos: um jovem alto e magro, vestido de *galabaya* bege, que corria os dedos numa espécie de rosário, murmurando sem parar, e um homem de rosto pálido, com um terno branco amarrotado, que aparentava mais de 40 anos e estava deitado em um banco no lado oposto, mostrando muita agitação e sentando-se constantemente, esfregando as mãos e o rosto como um viciado privado de seu vício.

As paredes de pedra, que a umidade amaciara, estavam cobertas de pichações. Knox leu todas enquanto esperava e depois ficou calado, pensativo. Somente Augustin sabia que ele estava na casa de Kostas. As fotos que o francês guardava naquela pasta poderiam ter sido o motivo. Mas ele era também o melhor amigo de Knox, que nunca havia conhecido alguém tão leal com suas amizades. Certamente não o traíra propositalmente. Tinha de haver outra explicação.

Passou-se mais de uma hora até que a porta se abriu novamente e um policial o chamou. Knox foi levado por uma sala de estar cheia de agentes de folga que assistiam a um jogo de futebol em uma TV colocada na parede e depois por um corredor estreito até uma sala de interrogatório, onde o fizeram sentar-se a uma mesa de madeira. Um minuto depois entrou um policial gordo com um bloco de notas em uma das mãos e uma embalagem de suco na outra.

— O que está acontecendo? — indagou Knox.

O homem sentou-se como se nada tivesse ouvido, escreveu o nome de Knox e verificou a hora em seu relógio de pulso. Tinha a letra surpreendentemente elegante.

— Meu nome é Faruk — disse ele. Knox bufou muito de leve, porque aquele nome significava alguém capaz de ver a diferença entre a verdade e a mentira. O policial olhou-o com interesse. — O senhor fala árabe, então?

— Eu me viro — respondeu Knox. Somente então percebeu como havia sido descoberto. — E o senhor fala francês — acrescentou.

Faruk deu um sorriso maroto.

— Eu me viro — concordou. — O senhor já mora há muito tempo no Egito?

— Há dez anos.

— Posso ver seus documentos de identidade?

— Não os tenho comigo agora.

— Se o senhor mora aqui há dez anos, deve saber que precisa portar sempre seus documentos.

— Posso ir buscá-los se o senhor quiser.

Faruk bateu com a caneta no bloco, pensando na melhor maneira de abordar o assunto.

— Diga-me uma coisa, Sr. Knox. O senhor sofreu um desastre automobilístico bastante grave ontem à noite. Ficou inconsciente. Foi levado a um hospital, que aparentemente é o lugar adequado para uma vítima de acidente grave. Mas hoje de manhã o senhor fugiu de lá. Por quê?

— Não tenho seguro. Esses hospitais custam uma fortuna.

— Um homem morreu ontem à noite, Sr. Knox. Acha isso engraçado?

— Não.

— Então vou perguntar novamente. Por que motivo o senhor fugiu?

Knox hesitou. A verdade pareceria implausível, mas talvez valesse a pena experimentar.

— Um homem entrou em meu quarto e tentou me matar.

— Com um de meus homens montando guarda do lado de fora?

— Ele cobriu meu rosto com um travesseiro.

— Espera que eu acredite nisso? Pensa que sou algum tolo?

— Por que outra razão eu fugiria?

Faruk bateu mais um pouco com a caneta no bloco.

— Descreva-me esse homem.

— Estava escuro e eu tinha sofrido uma concussão.

— Por que não pediu socorro?

— Tentei, mas não conseguia falar. Mas derrubei o tripé do soro. Foi tudo o que pude fazer. O guarda entrou correndo. Chamou um enfermeiro, que ergueu o tripé. Tentei falar com ele... — Knox fez um gesto de frustração, indicando a garganta. — Se não acredita, pergunte a seu agente.

Faruk olhou-o severamente, tentando intimidá-lo para que ele se desmentisse, mas Knox sustentou o olhar.

— Espere aqui — disse Faruk finalmente, levantando-se. — Voltarei em um minuto.

III

O medo criava úlceras no estômago de Gaille, que observava a atividade de Khaled e seus homens. Ela vira a morte nos olhos dele. Não tinha dúvida de que ele os teria liquidado sem pestanejar caso o telefone de Stafford não tivesse tocado. Estava certa de que sua vida dependia de uma ordem dele.

Nasser e Abdullah rasgaram um lençol de algodão em tiras e enrolaram-nas nos rostos, com estreitas fendas para os olhos e as narinas, dando-lhes aparência anônima, porém aterrorizante. Faisal abriu um disco virgem de DVD e o colocou na câmera de Lily. Khaled terminou de escrever e aproximou-se.

— De joelhos — ordenou. Os três obedeceram, ajoelhando-se no cobertor. Ele entregou a nota a Gaille. — Leia.

Ela olhou os rabiscos em árabe e ergueu os olhos, assustada.

— Não compreendo — disse.

Khaled apontou a Walther para o nariz dela.

— Leia.

— Não faça isso — disse Stafford.

Khaled agrediu-o com a Walther com tanta força que ele deu um gemido e caiu de lado, pondo a mão no rosto, que ficara ensanguentado. Olhou incrédulo para a mão suja de sangue, com lágrimas de choque nos olhos. Khaled apontou a arma para ele, porém, olhando para Gaille.

— Você vai ler — disse.

— Sim — respondeu Gaille, quase desmaiando de terror. Khaled recuou, colocando-se atrás de Faisal, com os braços cruzados, a própria imagem de um produtor de filmes baratos, enquanto Nasser e Abdullah, com os rostos ocultos atrás das máscaras improvisadas, puseram-se às costas dos estrangeiros, com as armas junto ao peito.

Stafford aprumou-se novamente sobre os joelhos, com o sangue ainda escorrendo do rosto. Khaled acenou para Faisal. A lâmpada da câmera se acendeu quando o aparelho começou a funcionar. O capitão fez um sinal a Gaille para que iniciasse a leitura. Era a oportunidade para que ela se comunicasse com o mundo exterior. Poderia não haver outra. Gaille ajustou sua postura, escondendo as pernas atrás do corpo, erguendo o tórax e endireitando os ombros. Em seguida, passou a nota para a mão esquerda, levantando a direita para dar mais ênfase.

— "Somos prisioneiros da Irmandade Islâmica de Assiut" — começou ela. — "Nossos sequestradores estão nos tratando bem. Prometem continuar a nos tratar humanamente desde que não haja tentativas de nos encontrar. Afirmam que seremos libertados sem violência quando nossos irmãos, presos sem culpa pelo assassinato das duas jovens, forem soltos sem serem indiciados. Se não forem libertados sem inquérito dentro de 14 dias, a Irmandade Islâmica de Assiut não se responsabiliza pelo que acontecer. Deus é Grande."

A luz do gravador se apagou. Khaled reviu o filme e assentiu, satisfeito. Faisal ejetou o DVD e entregou-o a ele. Khaled tomou-o pelas bordas, tendo cuidado para não deixar impressões digitais, e guardou-o na respectiva capa. O coração de Gaille batia apressadamente de medo ao compreender que, se Khaled ainda pretendesse matá-los, aquele seria o momento.

IV

— Bem — disse Yasmine, ao receber Naguib na porta da casa. — Como foi seu dia?

Ele sabia qual era a verdadeira pergunta. Sua esposa queria saber se ele havia prendido o assassino, se a filha de ambos estava em segurança.

Naguib respondeu:

— Não foi ruim.

Yasmine deu um beijo no alto da cabeça de Husniyah.

— Vá dar uma volta, minha querida. Seu pai e eu temos algo a conversar.

Husniyah levou a boneca para a outra sala, embora alguma coisa no olhar dela fizesse Naguib suspeitar de que ficaria escutando.

— E então? — perguntou Yasmine.

— Não há ligação entre a moça que encontrei e as duas de Assiut — disse Naguib. — Tenho certeza.

— Como é possível?

— Nem sequer acho que essa moça tenha sido assassinada. Creio que era apenas uma jovem pobre procurando artefatos antigos durante uma tempestade. Acho que talvez alguma coisa tenha caído sobre ela e a tenha deixado inconsciente e, em seguida, afogou-se. Ou talvez estivesse escalando um rochedo e caiu.

— E depois levantou-se, caminhou para o deserto e enterrou-se na areia enrolada numa lona?

— Não.

— Então, como foi?

Ele negou com a cabeça.

— Não sei ainda. Alguma coisa está acontecendo, evidentemente, mas não quer dizer que este caso esteja ligado aos de Assiut. Também não significa que seja um homicídio.

— Mas você vai descobrir, não vai? Preciso ter certeza.

— Gamal tem razão, minha querida. Temos casos mais urgentes.

— Ela era apenas uma menina — insistiu Yasmine. — Fico contente que não tenha sido um assassinato e que Husniyah esteja em segurança. Estou contente de verdade, mas ela era apenas uma menina, era de seu distrito, estava sob seus cuidados. Você tem o dever de descobrir.

Naguib suspirou.

— De manhã vou falar com os *ghaffirs* — prometeu ele. — Talvez saibam de alguma coisa.

V

— E então? — indagou Knox, quando Faruk voltou. — O que disse seu agente? Disse que o tripé caiu, não disse?

— Vamos dizer que tenha mesmo caído — reconheceu Faruk, relutantemente. — E daí? Pode ter sido um acidente.

— Claro!

— Muito bem. O senhor derrubou-o por causa desse misterioso intruso, esse homem que ninguém mais viu, esse homem que quer matá-lo, mas que o senhor nunca viu antes e não é capaz de identificar.

Knox hesitou.

— Suspeito que possa ter sido um homem chamado Peterson.

— O reverendo Ernest Peterson? — perguntou Faruk, franzindo o cenho. — O homem que salvou sua vida?

— Desculpe, não entendi.

— O senhor ouviu o que eu disse. Ele o encontrou depois do desastre e arriscou a própria vida para retirar o senhor do jipe antes que a fumaça o atingisse. E levou-o ao hospital. É esse o homem que tentou matá-lo?

Knox se sentiu confuso.

— Eu não sabia disso — balbuciou, balançando a cabeça, perplexo com essa nova revelação.

— O senhor tomou um táxi ao sair do hospital. Para onde foi?

— Por aí.

— Por aí?

— Posso beber alguma coisa? — perguntou Knox. — Um copo d'água, qualquer coisa.

— Quando me disser aonde foi.

— Ao Cemitério Latino.

— Foi diretamente para lá?

— O senhor disse que eu poderia beber um copo de água.

Faruk levantou-se, abriu a porta e deu um grito no corredor.

— Foi diretamente para lá, do hospital? — perguntou, voltando a sentar-se.

— Fui.

— É estranho, porque meu colegas receberam um chamado hoje. Era uma mulher que se queixou de um intruso em seu apartamento.

— E daí?

— Esse intruso atacou-a e ela pensou que ia morrer. E sabe de uma coisa? A descrição combina exatamente com o senhor. Sabe quem mora no andar acima dela? Seu amigo Augustin Pascal. O mesmo para quem o senhor telefonou há pouco.

— Foi mesmo para isso que o senhor me trouxe aqui? Para falar de Pascal?

Faruk bateu um cigarro tirado de um maço e mordeu o filtro, retirando-o completamente.

— Quer um? — ofereceu.

— Não, obrigado.

O policial acendeu o cigarro, soltando a fumaça pelas narinas.

— O senhor tem razão — disse, sorrindo. — Não o trouxe aqui para falar do Sr. Pascal. Trouxe-o para acusá-lo do assassinato de Omar Tawfiq.

TRINTA

I

A noite caíra quando eles ainda estavam no Túmulo Real. As pedras do wadi brilhavam como ossos enquanto Gaille procurava o caminho por entre elas para subir a colina. Faisal ia na frente, como um figura fantasmagórica, com os lençóis ao ombro. Caminhava confiantemente pela trilha ao longo da falésia, encontrando apoio para os pés em lugares que Gaille mal percebia na penumbra, até que ele os mostrava com a lanterna. Ela deu o primeiro passo à frente, sentindo os tornozelos débeis de medo. Deu outro passo. Faisal sorriu para ela quando finalmente Gaille chegou ao fim da trilha, querendo receber um sorriso em troca, alguma forma de perdão ou pelo menos de compreensão, mas ela se lembrou do chocolate que anteriormente repartira com ele e olhou-o com tanta raiva que Faisal desviou os olhos, envergonhado.

Afastando a cortina de aniagem, ele a fez atravessar a abertura preta na rocha, como um tronco rasgado por um relâmpago. Com a lanterna apontada para baixo, a luz refletida revelou uma ampla câmara de teto baixo, com fileiras de grossas e voluptuosas colunas escavadas no calcário de ambos os lados, cujos intervalos estavam cheios de detritos. Todos entraram. Khaled guiou-os por um corredor até um poço. De um lado, havia uma escada de corda presa a uma estaca de ferro.

— Desça — ordenou ele a Gaille.

— O que vai fazer conosco?

— Desça.

Ela passou as pernas por cima da borda e virou o corpo, agarrando a corda, os cotovelos tocando a pedra áspera enquanto procurava um apoio com os pés, como uma língua indo de encontro a um dente amolecido, até achar um degrau. Faisal iluminou-a com a lanterna para que ela pudesse enxergar a parede de calcário e a base coberta de detritos à medida que descia. À luz incerta, ela viu uma vela grudada a uma pedra por sua própria cera derretida e uma caixa de fósforos quase vazia, e pegou ambas as coisas. Stafford foi o segundo a descer, e depois Lily. A escada foi içada, subindo pela parede como uma serpente, e deixando-os presos lá embaixo. Houve murmúrios vindos do alto e depois passos que se afastavam, seguidos de silêncio.

— Ei! — gritou Stafford. — Há alguém aí? — Somente o eco respondeu. — Acha que eles foram embora? — perguntou ele.

Gaille riscou um fósforo, acendeu a vela e examinou as paredes, que eram demasiadamente altas e verticais para que pudessem ser escaladas, ainda que eles tivessem alguma ferramenta com a qual escavar buracos.

— O que vão fazer conosco? — perguntou Lily. — Eles disseram o que pretendiam fazer?

— Não.

— Mas devem ter dito alguma coisa.

— Acho que ainda não sabem o que fazer — disse Gaille. — Creio que estão improvisando enquanto as coisas acontecem.

— O que quer dizer com isso?

Gaille inspirou profundamente. A chama da vela estremeceu, como se fosse uma vigília para um morto.

— Tudo isto é uma situação confusa, nada mais. Eles encontraram esta caverna por acaso. Deveriam ter informado as autoridades, mas preferiram fazer uma pilhagem. É um crime muito grave. Poderão ficar presos muitos anos se forem apanhados.

— Então, para que se arriscar?

— Porque são *pobres*. Um recruta ganha talvez trezentos dólares por ano. Imagine o que seja tentar subsistir com esse dinheiro. Imagine casar-se e estabelecer uma família. Agora pense o que significa encontrar um artefato que vale milhares de dólares. Um único artefato. O que vocês fariam?

— Você quase parece ter pena deles — disse Stafford.

— Eles vão nos soltar, não vão? — perguntou Lily. — Quero dizer, eles têm de nos soltar.

Gaille não respondeu imediatamente, mas seu silêncio foi eloquente.

— A polícia vai nos procurar — disse ela.

— Mas vão nos procurar em Assiut!

— Vão nos procurar por toda parte — assegurou Gaille. — Uma coisa que não falta no Egito é mão de obra. Precisamos manter a coragem.

A vela ia diminuindo, já perto do fim. Não deveriam desperdiçá-la. Gaille protegeu a chama com as duas mãos e soprou, apagando-a. Mais uma vez a escuridão envolveu todos eles.

II

— Assassinato? — protestou Knox. — Do que está falando?

— Exatamente o que eu disse — respondeu Faruk. — Para mim, o senhor matou Omar Tawfiq propositalmente e depois tentou fazer com que parecesse um acidente.

— O senhor deve estar louco.

— Responda a uma pergunta, Sr. Knox. Há quanto tempo é proprietário daquele jipe?

— O quê?

— Responda, por favor.

— Não sei. Uns dez anos.

— E diga-me: havia cinto de segurança do lado do passageiro?

— Meu Deus! — exclamou Knox, inclinando-se para a frente e fitando Faruk. — Foi assim que ele morreu?

— Mas *havia* cinto do lado do motorista. O senhor sabia disso, sem dúvida, porque estava usando o cinto quando foi encontrado. Portanto, terá de concordar que caso o motorista propositalmente jogasse o carro em uma vala, a probabilidade era de que escaparia com ferimentos leves, mas o passageiro seria gravemente ferido, podendo inclusive morrer.

Knox negou com a cabeça.

— Só um louco faria isso.

— Louco, não. Bastaria ter um motivo importante.

— Que motivo eu poderia ter para fazer uma coisa *dessas*?

— Isso é algo que cabe ao senhor me dizer, não é verdade?

— Isso é uma loucura — protestou Knox. — Omar era meu amigo. Eu não o matei, juro que não.

— Pensei que o senhor tinha perdido a memória — disse Faruk. — Como pode ter tanta convicção?

— Porque eu jamais faria tal coisa. Pergunte a qualquer um.

— Fizemos perguntas.

— Muito bem, então — disse Knox. No entanto, sentiu um calafrio. Quem poderia ter certeza do que as pessoas seriam capazes sob tensão? Quem poderia saber o que outros diriam a seu respeito?

— Ouvi dizer que o senhor é uma celebridade nos círculos arqueológicos. Pelo que me disseram, o senhor é notícia.

— Já estive nessa situação uma vez, mas isso não significa que ela tenha me agradado.

— Mas a fama sobe à cabeça, não é verdade? — sorriu Faruk. — A gente se sente vivo, mas, quando ela se vai, volta a sentir-se vazio.

— Fale por si mesmo.

— Sabe o que acho que aconteceu? — retorquiu Faruk. — Creio que o senhor encontrou alguma coisa ontem. Acho que a encontrou no sítio de Peterson. Por isso voltou lá depois que escureceu. Também penso que o senhor e o Sr. Tawfiq discutiram sobre o que deveriam fazer. Os colegas dele dizem que ele era extremamente escrupuloso. Teria insistido em seguir os canais competentes e em fazer um relatório a seus superiores no Cairo. Mas o senhor não queria saber disso, não é? Todos me dizem que o senhor tem problemas com o secretário-geral, que ambos não se toleram. A ideia de que ele ficaria com toda a glória, com toda a *atenção*, que seria sua de direito... era insuportável, não? Por isso o senhor resolveu calar Omar.

— Isso é uma idiotice.

Faruk meneou a cabeça.

— Sabe o que tive de fazer hoje de manhã, Sr. Knox? Visitei a família do Sr. Tawfiq para informá-la de sua morte. É a pior parte de minha profissão, como o senhor bem pode imaginar. Sabe de alguma coisa sobre a família dele?

Knox moveu negativamente a cabeça.

— Ele nunca falava sobre a família.

— Isso não me surpreende. Era um acadêmico muito conceituado.

— O que está querendo dizer?

— O pai dele era muito poderoso, Sr. Knox — disse Faruk, grunhindo. — Os irmãos dele também têm muito poder.

— Não está dizendo que... — Knox sentiu náuseas.

— Estou, sim. E eles não estão satisfeitos. Querem explicações. Tive de dizer que era o senhor quem dirigia e que seu jipe não tinha cinto de segurança para o passageiro.

— Meu Deus.

— Eles o consideram responsável pela morte. E são gente perigosa, acredite. Não é o tipo de gente que deixa passar a morte de um filho ou de um irmão sem agir de alguma forma.

— Estão à minha procura?

— O senhor perguntou por que eu o detive — disse Faruk. — Claro, queria falar-lhe, mas também me preocupo com sua segurança. Esta é a minha cidade, Sr. Knox. Não quero ver gente assassinada aqui. Nem mesmo estrangeiros ou outros assassinos. Mas tenho de dizer-lhe isto: não gostaria de estar no seu lugar.

— Eu não matei ninguém — disse Knox, num sussurro.

— Seria bom que o senhor recuperasse rapidamente a memória — alertou Faruk, levantando-se. — Vamos conversar novamente amanhã de manhã. Se eu fosse o senhor, tomaria cuidado esta noite.

III

Cautelosamente, Khaled dirigiu o Discovery ao longo do wadi, somente aumentando a velocidade ao chegar ao deserto mais adiante. A lua estava baixa no horizonte, fazendo com que a areia brilhasse como estanho polido. O ar frio da noite entrava pela janela esquerda quebrada, enregelando-lhe os dedos. Mantinha os faróis acesos: o risco de encontrar alguém naquela área era muito menor que o de bater em alguma das pedras soltas pela areia, como minas não detonadas. Sentia-se estranhamente calmo, com a situação fora de seu controle. A sorte, porém, acompanhava-o, e ele chegou sem incidentes à trilha no deserto, tomando o rumo sul em direção a Assiut, onde começou a encontrar vida humana. Primeiro, um camponês em um burro; em seguida, uma picape. O tráfego tornou-se mais denso, envolvendo-o no anonimato. Cruzou a ponte, entrando em Assiut. Nasser esperava-o na margem oeste, montado na motocicleta. Tinha feito o trajeto com mais rapidez, mesmo precisando cruzar o Nilo na balsa. Acenou para Khaled e passou a segui-lo. Dirigiram-se juntos para o oeste, procurando locais adequados. Encontraram uma fábrica abandonada, com um pátio interno. Era perfeito. Khaled espalhou pelo assento dianteiro e traseiro os pertences que levara consigo e derramou sobre eles a gasolina do galão sobressalente do próprio Discovery. O fogaréu se elevou com tanta violência que chegou a esquentar sua pele. Khaled montou na garupa da moto de Nasser e ambos voltaram à cidade.

O Discovery seria encontrado em breve, mas ele não podia entregar o DVD ainda. Os terroristas precisariam de várias horas para prender os reféns, levá-los a um lugar seguro e fazer a gravação. Pelo menos três horas. Logo depois, voltaria a Amarna. Encontraram um banco à margem do Nilo, onde Khaled ficou pensando na situação.

Um casal jovem passou próximo a ele, na escuridão. Podia ouvir suas vozes, mas não compreendia o que estavam dizendo. Lembrou-se de que ouvira a voz de Stafford vinda do interior do túmulo. Sentiu o corpo esfriar repentinamente. E se ocorresse o contrário? Certamente a polícia iria a Amarna durante a investigação. Que aconteceria se os reféns gritassem por socorro com a polícia por perto? Khaled resolvera deixá-los vivos para reduzir seu próprio castigo, caso fosse apanhado, mas agora percebia que fora um erro grave. Puxou o celular e ligou para Abdullah.

— Está tudo bem? — perguntou.

— Sim, senhor — respondeu Abdullah. — Quer que fechemos o túmulo agora?

— Preciso que você faça uma coisa antes. Preciso que você os silencie.

— O quê?

— Você ouviu o que eu disse.

Houve um momento de hesitação. Depois:

— Mas pensei que íamos...

— Precisamos que eles fiquem calados — disse Khaled, bruscamente. — É uma ordem. Está claro?

— Sim, senhor.

— Ótimo. Cuide disso antes que eu volte.

IV

O segundo jogo de futebol na TV da sala de estar, que começara logo após o primeiro, chegava ao ponto culminante. Os dois companheiros de cela de Knox eram torcedores e se revezavam junto à porta da cela para olhar pela portinhola, fazendo caretas e lançando brados, enquanto conversavam animadamente com os policiais do lado de fora.

Omar estava morto. Finalmente ele se dava conta da realidade. Não eram velhos amigos, mas rapidamente se aproximaram um do outro, como fazem os espíritos irmãos. Omar era suave, pensativo e modesto; custava crer que pertencesse a uma família de gângsteres egípcios, embora talvez por isso mesmo tivesse se tornado arqueólogo. Era um esforço para distanciar-se de suas próprias raízes. Mesmo assim, pensando bem, talvez aquilo também tivesse algo a ver com sua recente promoção.

O pior de tudo, no entanto, era que Faruk tinha razão: a culpa de sua morte cabia a Knox. Durante anos, ele dirigira o jipe com o cinto de segurança quebrado, sabendo que era possível ocorrer um acidente, mas nunca fizera nada para remediar a situação. Essas coisas não pareciam ser muito importantes no Egito, pelo menos até que sobreviessem consequências.

Houve um grande alarido. Alguém tinha feito um gol.

Knox escondeu a cabeça entre as mãos, triste pela perda do amigo e esforçando-se por recuperar a memória. Tinha uma dívida com Omar: recordar exatamente o que havia sucedido, por mais que a culpa fosse sua. Mas os minutos se passaram lentamente, como melado derramado, sem que nada acontecesse.

V

Faisal seguiu Abdullah pelo corredor do túmulo com passos pesados, segurando o AK-47 em riste, como se quisesse espantar demônios. Era um homem tranquilo por natureza. Desejava simplesmente completar os três anos de serviço militar e voltar para casa. Acreditava no trabalho árduo, em Alá, em fazer o bem aos outros, casar-se com uma mulher virtuosa e ter muitos, muitos filhos. O tio afirmara que o exército faria dele um homem de bem. Quem poderia imaginar que o tivesse transformado tanto? Mas Khaled dava as ordens, e ninguém desobedecia a Khaled. Isso aconteceria somente uma vez.

Chegaram à beira do poço e pararam.

— Quem está aí? — perguntou a mulher que se chamava Gaille. — O que está acontecendo? — A voz era queixosa, penetrando em seu coração e recordando que naquela mesma manhã ela lhe dera chocolate e ambos tinham gracejado, rindo juntos. Como diabos tudo tinha mudado para pior, tão rapidamente?

— Vou abaixar o facho da lanterna — disse Abdullah. — Você os executará.

— Por que eu?

— Vão nos soltar? — perguntou a mulher. — Por favor, estou suplicando.

— Quem mais poderia ser? — disse Abdullah, fechando a cara. — Vou iluminar o poço com a lanterna, e você... já sabe o que fazer.

— E se eu iluminar o poço e você cuidar deles? — retrucou Faisal. Olhou pela borda, como se aquilo resolvesse o assunto. Gaille acendeu um dos fósforos da caixa que ficara lá embaixo, com a chama vívida iluminando-lhe o rosto nas trevas, olhando-os com ar de súplica.

— Gostaria que tivéssemos uma das granadas do capitão — murmurou Abdullah. — Seria muito mais fácil.

— Para quem, para nós?

Lá embaixo, a segunda mulher começou a soluçar aflitivamente. Faisal fez um esforço para bloquear da mente o som do choro.

— Vamos fazer juntos — disse Abdullah, finalmente. — E depois verificaremos com a lanterna. Está de acordo?

— Não estou gostando disso — respondeu Faisal.

— Acha que eu gosto? — replicou Abdullah, franzindo a testa. — Mas ou fazemos, ou teremos de explicar a Khaled.

Faisal inspirou profundamente. Desde pequeno matava animais na fazenda. Era a mesma coisa, nada mais. Animais prontos para o abate.

— Ok — disse ele, preparando a arma enquanto os gritos redobravam lá embaixo.

— Quando eu contar até três — avisou Abdullah.

— Quando você contar até três — concordou Faisal.

— Um... — começou Abdullah. — Dois...

TRINTA E UM

I

Augustin regressou à casa fatigado e apreensivo. Faruk passara a tratá-lo com tanto desprezo depois de desmascará-lo que ele se sentia completamente exaurido. Pedira para visitar Knox na delegacia. Faruk rira na cara dele. Normalmente Augustin era bem-humorado, mas não naquela noite. Não se lembrava de ter se sentido tão deprimido.

Uma mulher louca debruçou-se na balaustrada do terraço, protestando contra os visitantes tarados no apartamento dele. Augustin nem sequer teve forças para retrucar.

Encheu um copo até a metade com gelo, abriu uma garrafa de uísque puro malte e levou o copo e a garrafa para o quarto, colocando-os sobre a mesinha de cabeceira. Em seguida, abriu o armário e ergueu a pilha de camisetas. A pasta tinha mudado de lugar. Não havia dúvida, mas tampouco surpresa. Knox não tinha dito nada ao telefone; claro que não, porque era homem, e os homens costumam discutir pessoalmente essas coisas, graças a Deus. Augustin, porém, percebera uma ligeira hesitação em sua voz. Na ocasião, atribuíra aos problemas pelos quais o amigo estava passando. Somente mais tarde compreendeu que Knox teria precisado de uma camisa limpa e certamente teria visto a pasta. Assim funcionava o destino: dava os castigos merecidos.

Retirou as fotos e espalhou-as sobre a colcha da cama. A preferida era a primeira, porque tinha sido dada pela própria Gaille. Mostrava os três no deserto, num fim de tarde, abraçados e sorrindo alegremente, contra um pano de fundo de dunas pintadas de dourado e vermelho, sombras alongadas e nuvens violeta e alaranjadas num céu muito azul. Tinha sido tirada por um velho beduíno que, por acaso, eles haviam encontrado caminhando pela areia, com procedência e origem indeterminadas, montado no camelo mais macambúzio que ele jamais vira. Augustin, Gaille e Knox. Alguma coisa acontecera a ele naquele dia. Quando Gaille lhe dera a foto, ele sentiu que era impossível deixá-la de lado. Juntou outras fotografias dela, algumas com Knox e outras simplesmente sozinha.

Notou que o copo estava vazio e encheu-o novamente.

Por que uma única mulher quando poderia ter vinte? No íntimo, ele sempre desprezara a fidelidade. Todos os homens se comportariam como ele se pudessem. A monogamia era coisa para perdedores. Talvez Augustin estivesse envelhecendo, mas as tardes passadas com Knox e Gaille o haviam feito perceber o quanto sua vida era medíocre. Cada vez lhe parecia mais difícil conquistar as mulheres. Tinha perdido a coragem ou talvez o apetite. Em vez disso, surgira um desejo diferente. Não sabia dizer de quê, somente que existia, crescia cada vez mais e não seria saciado pelas conquistas habituais. Certa manhã, dois meses antes, acordara cheio de decisão e arrancara um pedaço do papel de parede, como uma ferida gigantesca. Aquilo o satisfez. No mesmo dia, chamara os operários para que desmontassem e redecorassem o apartamento.

O instinto o fazia procurar um ninho! Imagine! Como chegara a isso?

Mesmo assim, não parecia tratar-se de amor. Isso era o que Knox não entenderia. Gostava de Gaille, sem dúvida, mas não a cobiçava nem imaginara formas de conquistá-la. Não sentia punhaladas no coração quando ela olhava para Knox da maneira que ele conhecia, porque não era Gaille o que o obcecava e, sim, ver os dois juntos, perceber o que acontecera entre eles sem que sequer tivessem se dado conta.

Um dos riscos inesperados da arqueologia é ser constantemente censurado pelas vidas de outras pessoas. A expectativa de vida dos antigos habitantes de Alexandria era de 35 anos, menos do que ele já tinha vivido. Mesmo assim, muitos haviam conseguido grandes realizações. Ele, no entanto, pouco fizera.

Sua vida era um lixo. Tinha começado a comprar uísque em caixas.

Deitado na cama, cruzou as mãos na nuca. Olhou o teto recém-caiado, sabendo que a noite seria longa.

II

— Não posso fazer isso — murmurou Faisal, dando um passo atrás e afastando-se da beira do poço. — Não posso. Não vou fazer.

— Muito bem — disse Abdullah, olhando-o com raiva. — Então, eu mesmo farei. Mas não quero que depois me denuncie quando tudo isso acabar em merda.

— Não — disse Faisal. — Nenhum de nós dois vai fazer isso. É simplesmente errado. Você sabe disso.

— E você vai dizer isso ao capitão Khaled? — rosnou Abdullah.

Faisal fez uma careta. Abdullah tinha um argumento. Somente apanhara do chefe uma vez, mas tivera de passar uma semana no hospital. Não queria que acontecesse de novo.

— Quais foram as ordens dele, exatamente?

— Como eu disse. Silenciá-los.

— *Silenciá-los*! — rosnou Faisal. — E porque você acha que ele usou essa palavra específica? Para que, quando tudo isso for descoberto, ele possa dizer que nós não entendemos as ordens. Nós seremos enforcados e ele vai escapar com uma pena branda.

— Acha que ele faria isso?

— Claro que sim — replicou Faisal. — Você realmente acredita que tudo o que encontramos aqui não tenha nenhum valor, como ele diz? Mentira! Ele está guardando tudo para si. É sempre ele, ele, ele.

Abdullah deu um grunhido. Todos eles tinham essa mesma suspeita.

— Então, o que sugere?

— Vamos fazer exatamente o que ele disse. Vamos *silenciá-los.*

— Não entendi.

— Vamos colocar estas duas tábuas, uma de cada lado do poço. Depois estendemos os lençóis e cobertores entre elas, presos com pedras. Isso abafará qualquer som, especialmente depois que fecharmos a entrada.

— Não sei — disse Abdullah, estremecendo. — Se ele descobrir...

— Como é que ele vai descobrir? Eu não vou contar. Você vai?

— Mesmo assim.

— Então prefere matá-los?

Abdullah olhou para baixo, pensou nas opções e fez uma careta.

— Muito bem — concordou. — Vamos fazer o que você diz.

III

Esforçando-se para dormir, Knox sentia dores em todo o corpo. Dor nos ossos, e ele agora sabia bem o que significava. A cela era fria, o banco era duro, os companheiros, barulhentos, roncando alternadamente. A TV ainda estava ligada na sala de estar, com o volume no máximo. Isso não parecia perturbar os egípcios, como se fossem capazes de desligar os cérebros, mas era um aspecto da vida do país com o qual Knox nunca se habituara.

Já era quase madrugada quando ele finalmente passou a um estado que, se não era exatamente sono, pelo menos era uma inércia semelhante. Não tinha certeza de quanto tempo havia passado quando ouviu uma voz conhecida. A voz de Gaille. Primeiro, achou que estava sonhando, o que o fez sorrir, mas logo se deu conta de que não era sonho. Percebeu por causa das palavras que ela dizia, pela tensão na voz dela. Sentiu um calafrio percorrer-lhe o corpo. Sentou-se no banco e correu à porta da cela. Pela portinhola, conseguia distinguir na tela da TV a iconografia assustadora do terrorismo moderno. Gaille e duas outras pessoas ajoelhadas no chão e dois paramilitares mascarados de pé atrás deles, com as armas cruzadas sobre o peito.

— Gaille! — murmurou ele, sem acreditar no que via. Bateu com os punhos na porta. — Gaille!

— Fique quieto, que diabo! — rosnou um dos companheiros de cela.

— Gaille! — gritou ele. — Gaille!

— Mandei ficar quieto!

— Gaille!

Uma porta bateu, passos se aproximaram e um policial de olhos vermelhos olhou para Knox com raiva, dando um pontapé na porta. Knox mal o notou, fitando a tela da TV mais adiante. Era Gaille, certamente. Gritou novamente o nome dela, sentindo-se inteiramente desamparado, confuso. O policial destrancou e abriu a porta da cela, batendo com o cassetete na coxa, com ar ameaçador. Knox simplesmente passou por ele, entrando na sala e olhando a TV, ouvindo as palavras dela.

O policial agarrou-o pelos ombros.

— Volte para a cela — ameaçou —, senão eu...

— Ela é minha amiga — disse Knox. — Deixe-me ouvir.

O policial recuou um passo, e Knox mais uma vez fitou a TV. O filme terminara. A cena mudou: um homem e uma mulher, de ar sério, num estúdio de notícias. Ninguém tinha ouvido falar na Irmandade Islâmica de Assiut, mas as autoridades acreditavam que aquela crise seria resolvida pacificamente. Apareceu uma janela mostrando os reféns. Knox olhava, absorto, vendo Gaille ajustar sua posição e erguer uma das mãos para maior ênfase. Sentia a pele arder, mas não sabia por quê.

Atrás dele, uma porta bateu. Olhou em volta. Mais dois policiais vinham chegando, com expressão cruel nos rostos.

— Minha amiga — explicou ele, mostrando a tela. — Ela foi capturada e é refém. Por favor, preciso...

O primeiro golpe acertou sua coxa. Ele nem percebera e não tivera tempo para se preparar. A dor subiu até os quadris e ele caiu sobre um joelho. O segundo passou pelos ombros até a base da nuca, fazendo-o ver estrelas e amebas dançando diante de seus olhos, enquanto caía com o rosto virado para o chão. Houve um repentino lampejo de memória: viu-se dirigindo o jipe com Omar a seu lado, ambos rindo de algum gracejo. Um cheiro forte de óleo diesel e, em seguida, alguém o puxou pelos cabelos, sussurrando em seu ouvido, embora ele não pudesse distinguir as palavras. Soltaram sua cabeça e ele sentiu o frio do concreto no rosto. Os dois arrastaram-no pelas pernas, pelo chão áspero, de volta à cela.

IV

Naguib entrou na cozinha bocejando, com a boca seca e os olhos ainda quase fechados, ansioso pelo primeiro copo do *chai* matinal. A mulher nem se virou para ele, de tão entretida pela TV.

— O que foi? — perguntou ele.

— Alguns ocidentais foram sequestrados em Assiut ontem à noite, gente da televisão. Disseram que ontem estiveram filmando em Amarna. Você os viu?

— Não.

— Aparentemente, a mulher foi a que ajudou a encontrar o túmulo de Alexandre. Lembra-se da conferência de imprensa com o secretário-geral e aquele outro homem?

— O que você achou bonitão?

Yasmine enrubesceu.

— Eu só disse que ele tinha boa aparência.

— O que mais disseram?

— Apenas que o carro deles foi encontrado incendiado em Assiut e que um pobre cego recebeu uma gorjeta para levar o CD ao distrito policial. Estão mostrando sem parar. Pelo jeito, os sequestradores pedem a libertação dos que foram presos pelo estupro e assassinato daquelas duas moças.

Naguib franziu a testa.

— Terroristas querendo libertar estupradores e assassinos?

— Eles dizem que não são culpados.

— Mesmo assim.

— Pobre mulher! — exclamou Yasmine. — Como ela consegue controlar-se?

Naguib pôs a mão no ombro da esposa. O vídeo aparecia em toda a tela e ele podia perceber a tremenda ansiedade dos reféns, o sangue que escorria do ferimento no rosto do homem, as feições distorcidas pelo jogo de luzes e sombras, enquanto os comentaristas se revezavam lamentando a ignomínia que aquilo causava para o país e debatiam as medidas que o governo poderia tomar. Também lhe custava dar atenção a outra coisa, apesar de precisar chegar ao escritório, terminar as formalidades e encontrar tempo para falar com os *ghaffirs* locais. Ao contrário da mulher, porém, o que lhe atiçava a atenção não era o sentimento de solidariedade, e sim algo diferente. Seus instintos de policial agitavam-se dentro dele, embora ele não soubesse a razão.

TRINTA E DOIS

I

Knox sentia a boca pegajosa e dolorida. Passou o dorso de uma das mãos sobre os lábios, que voltou sujo de sangue. Sentando-se no banco duro, sofreu o súbito acúmulo do fluxo sanguíneo na cabeça e precisou de alguns segundos para recuperar-se. Isso, porém, não era nada comparado com a lembrança visual que lhe veio em seguida.

Gaille, ajoelhada, aterrorizada, refém de terroristas.

Curvou-se para a frente, temendo vomitar, mas conseguiu controlar-se. Levantou-se, cambaleou até a porta e olhou pelo vidro. A televisão estava ainda ligada nas notícias, embora alguém finalmente tivesse reduzido o volume. Lá estava ela, lendo a declaração, cujas palavras já estavam fixadas na mente de Knox. *Irmandade Islâmica de Assiut. Estão nos tratando bem. Tentativas de nos encontrar. Libertados sem violência quando forem os homens soltos. Se não forem libertados dentro de 14 dias...*

A expressão do rosto dela, as mãos trêmulas. Ela lutava contra o medo, aterrorizada por alguma coisa iminente e não a 14 dias de distância. Knox não tinha filhos, mas imaginou como se sentiria um pai, o desespero, a impotência. Uma sensação selvagem, insuportável, embora ele não tivesse outra opção a não ser suportá-la.

— Um dos reféns é seu amigo?

Knox piscou várias vezes, olhando em volta. O homem de roupa branca amarrotada estava falando com ele.

— Desculpe?

— Um dos reféns é seu amigo?

— É.

— Qual deles?

— A moça.

— A ruiva ou a de cabelos escuros?

— A de cabelos escuros.

Um novo lampejo de memória. *Falando com dois homens, um de colarinho eclesiástico, o outro corpulento.*

— Ela parece boa gente.

— É boa gente.

— É sua namorada?

Knox negou com a cabeça.

— Apenas trabalhamos juntos.

— Claro — disse o homem, sorrindo. — É assim que eu reajo quando meus colegas ficam em apuros. Fico enlouquecido e arranjo brigas com a polícia.

— Ela também é minha amiga.

O homem assentiu.

— Seja como for, queria dizer que lamento que compatriotas meus façam uma coisa dessas com ela. Se eu puder ajudar em algo...

— Obrigado.

Knox olhou novamente para a tela. Alguma coisa no filme despertara-lhe a atenção.

— Eu não sou homem de bem. Se fosse, não estaria aqui. Mas não posso entender como pessoas que se consideram servos de Alá possam imaginar que Ele aprovaria isso.

— Por favor — disse Knox, pedindo silêncio.

Voltou a se concentrar na tela. O filme começou a ser repetido. Gaille ajoelhada no chão e, em seguida, passando à posição de lótus, com a mão direita erguida para dar maior ênfase. Ele já tinha visto aquela postura recentemente. Onde, porém? Enterrou as unhas na palma da mão, em um esforço de concentração mental. Então, compreendeu. O mosaico. A figura no centro da estrela de sete pontas.

Isso mesmo. A pele lhe ardia.

Gaille estava enviando uma mensagem para ele.

II

O telefone continuou a tocar sem parar. Augustin fez o que pôde para ignorá-lo, até que finalmente o tilintar cessou. O estrago, porém, já tinha sido feito. Estava acordado. Tinha a boca seca e pegajosa e parecia haver uma equipe de demolição dentro de seu crânio. Era de manhã, então. Virou-se para o lado, protegendo os olhos do sol oblíquo, e verificou o relógio com um gemido. As ressacas já não eram divertidas como antes. Levantou-se, sentindo coisas horríveis remexendo-se dentro de si. Não pela primeira vez tomou a decisão de mudar de hábitos. Quiçá pela primeira, no entanto, sentiu um laivo de pânico acompanhando essa ideia, como um adolescente em uma boia que de repente percebe o quanto se afastou da praia.

Cambaleou até o banheiro, aliviando-se em um interminável jato amarelo-escuro. Havia uma concentração de formigas no vaso de porcelana, e uma fileira delas corria pelo assoalho, subindo a parede e passando pela janela entreaberta. Meu Deus! Talvez ele tivesse diabetes. Aquele era um dos sinais, não era? Urina doce? Talvez por isso se sentia sempre cansado. Ou então, talvez, os insetos tivessem desenvolvido um gosto pela urina bruta. Sem dúvida, pareciam estar por toda parte. O telefone tocou novamente, permitindo que ele deixasse de lado os pensamentos importunos.

— Já viu? — perguntou Mansur.

— Viu o quê?

— Gaille. No noticiário.

Augustin sentiu um peso no peito ao ligar a TV. Sabia que a notícia era ruim, mas ainda não estava preparado. Ficou sentado, inerte, na poltrona, até ouvir Mansur repetir aos brados seu nome.

— Augustin! Você ainda está aí?

— Estou.

— Estou tentando encontrar Knox. Não está no hotel nem responde o celular.

— Sei onde ele está.

— Alguém precisa dizer a ele. É melhor que seja um amigo.

— Deixe comigo.

— Obrigado. E avise-me depois que tiver falado com ele.

O telefone ficou mudo. Augustin recolocou-o no gancho, surpreso e nauseado, mas agora pelo menos tinha uma missão. Lavou o rosto e o corpo, vestiu roupas limpas e desceu apressadamente para a moto.

III

— Vamos morrer aqui — soluçou Lily. — Vamos morrer, não vamos?

— Alguém vai nos encontrar — disse Gaille.

— Ninguém vai nos encontrar.

— Vão, sim.

— Como pode afirmar isso?

Gaille hesitou. Ainda não havia mencionado Knox e a mensagem que procurara enviar a ele. Era extremamente difícil que ele entendesse e parecia injusto colocar todo o peso da expectativa sobre seus ombros. Lily, no entanto, estava à beira de um colapso e precisava ter esperanças.

— Eu tenho um amigo — disse Gaille.

— Ora, você tem um amigo! — exclamou Lily, em tom de zombaria. — Vamos nos salvar porque você tem um amigo!

— Vamos, sim — respondeu Gaille.

Alguma coisa na tranquilidade dela pareceu acalmar Lily, mas esta não pretendia deixar-se consolar tão facilmente, pelo menos enquanto achasse que podia obter mais.

— E como esse seu amigo vai nos ajudar? — perguntou. — Ele é médium ou vidente?

— Eu disse a ele onde estávamos.

— Você fez *o quê*? — A voz era de Stafford, vinda das trevas.

— Quando estávamos sendo filmados, eu mostrei que estávamos em Amarna e não em Assiut.

— Como?

— É complicado.

Stafford fez um ruído quase de divertimento.

— E acha que isso vai funcionar?

— Existe uma figura de Akhenaton que ambos conhecemos — explicou Gaille, com um suspiro. — A maneira que ele está sentado é muito peculiar.

— Foi por isso que você mudou de posição ao ler a mensagem?

— Foi.

— Não me lembro de Akhenaton representado dessa maneira em parte alguma.

— Não? — replicou Gaille.

Houve um breve silêncio. Ela podia imaginar a expressão carrancuda de Stafford.

— Acha que com isso seu amigo deduzirá nosso paradeiro? — perguntou. — Pela maneira de sentar-se?

— Acho, sim.

Lily tocou o braço dela.

— Como é o nome desse seu amigo?

Gaille respirou fundo. Parecia estranho dizer em voz alta, como se aquilo a comprometesse.

— Daniel Knox.

— E as pessoas vão acreditar nele? Quer dizer, não adianta que perceba onde estamos se não puder convencer as autoridades. Então ele é conhecido no meio?

— Ora, claro — afirmou Gaille, contente por poder falar com absoluta convicção. — Sabem muito bem quem ele é.

TRINTA E TRÊS

I

As dobradiças da porta metálica da sala de interrogatório rangeram quando Faruk entrou levando duas xícaras de café, um bloco de notas e um gravador, que colocou sobre a mesa.

— Ouvi dizer que o senhor tem andado muito agitado — disse ele.

— Minha amiga foi sequestrada — respondeu Knox. — Ela me mandou uma mensagem.

— Claro, claro. Essa famosa mensagem. Meus colegas falaram nela a manhã inteira.

— O senhor precisa mandar uma equipe de investigação. Pode ser importante.

— E dizer o que exatamente? Que o senhor acha que ela está tentando mandar uma mensagem, mas ainda não sabe o que é? De que adianta isso?

— Deixe-me sair daqui. Descobrirei o que é.

— Claro. Vou soltar todos os nossos assassinos, está bem? Podem ajudá-lo a procurar.

— Por favor. Estou suplicando. Pelo menos avise aos que estão conduzindo a investigação.

— Acalme-se, Sr. Knox. Fique sabendo que um de meus colegas já entrou em contato com Assiut. Se quiserem saber algo mais, telefonarão. Por enquanto, não ligaram. Duvido que liguem, mas, se o fizerem, eu lhes direi.

Tem minha palavra. Agora, por favor, poderia concentrar-se no assunto principal?

— O assunto principal?

Faruk suspirou.

— Ontem à noite eu o preveni de que pretendia acusá-lo formalmente pelo assassinato de Omar Tawfiq. O senhor já se esqueceu?

— Não.

— Muito bem. Já recuperou a memória? Está pronto para dizer o que realmente aconteceu? Por que motivo atirou o carro naquela vala?

— Não atirei o carro na vala.

— Atirou, sim. E quero saber por quê — disse Faruk, curvando-se ligeiramente para a frente, com um olhar quase que de ambição. — Há alguma coisa no sítio de Peterson, não é verdade?

Knox hesitou. Em outras circunstâncias, teria resistido aos esforços canhestros de Faruk para fazê-lo incriminar-se. Mas Gaille estava em perigo e precisava do auxílio dele. A chave da mensagem estava no mosaico, no sítio de Peterson.

— Sim — respondeu. — Há, sim.

— Eu sabia! — exclamou Faruk, cerrando o punho. — Eu sabia! O que é?

— Um complexo subterrâneo. Câmaras, corredores, catacumbas.

— E por isso o senhor fez o carro cair na vala?

— Não fiz nada disso.

— Claro — disse Faruk, com desprezo, agarrando a caneta. — Muito bem. Diga-me como encontrar esse complexo. Acredite, será melhor para o senhor se cooperar.

— Farei mais que isso — respondeu Knox, com tanta certeza quanto foi capaz de exibir. — Leve-me até lá e eu lhe mostrarei.

II

Augustin não teve sucesso na delegacia de polícia. As visitas a Knox não estavam permitidas, mesmo depois de uma oferta de *bakshish*. Aparentemente ele estava sendo interrogado. Volte dentro de uma hora. Augustin saiu, descendo os degraus da frente do prédio, ansioso, sentindo necessidade de fazer alguma coisa, qualquer coisa que pudesse ajudar. O céu azul estava claro e o sol ainda não causava muito calor. Esfregou o rosto, massageou as têmporas, com a cabeça pesada e confusa. Às vezes, em meio a uma conversação, começava a arrastar a voz sem motivo aparente. Parava de falar imediatamente, limitando-se a grunhidos e acenos de cabeça. As pessoas achavam-no grosseiro.

Talvez Kostas soubesse de alguma coisa. Afinal, Knox tinha sido preso no apartamento dele. Montou na motocicleta e atravessou o tráfego matutino, estacionando num beco e subindo os degraus da frente do edifício. O grego idoso fez uma careta ao vê-lo, sentindo o cheiro de uísque no hálito.

— Foi ontem à noite — resmungou Augustin, ao entrar.

— Se você assim diz.

— Já soube o que aconteceu com Knox?

Kostas assentiu com a cabeça.

— Ele foi preso aqui, você sabe — respondeu, com mãos trêmulas e olhos assustados. — Foi horrível. É verdade o que disseram sobre Omar?

— Que ele está morto, é verdade; que Knox seja responsável, não. Escute, não tenho muito tempo. Preciso saber sobre o que você e Knox conversaram.

— Muita coisa. Os *therapeutae*. Os carpocráticos.

— Os carpocráticos? — disse Augustin, com um alarme distante soando em seu cérebro. — O que falaram sobre eles?

— Entre outras coisas, que eles costumavam identificar-se tatuando os lobos das orelhas direitas.

— Ah!

— Isso mesmo. Knox teve a mesma reação. Perguntou-me por que arqueólogos bíblicos poderiam estar procurando por eles. Nesse momento, a polícia chegou. Mas acho que encontrei a resposta.

— E então?

— Os carpocráticos eram estetas. Não apenas admiravam a filosofia de gente como Platão, Aristóteles e Pitágoras, mas também decoravam os templos com retratos e bustos deles.

— E daí? — perguntou Augustin. — Por que um arqueólogo bíblico se interessaria por um busto de Platão ou Pitágoras?

— Não, não — disse Kostas, com uma risadinha. — Você não está entendendo. Não era um busto, e sim uma pintura. E não era de Platão nem de Pitágoras.

— De quem, então?

— Segundo fontes antigas, os carpocráticos possuíam o único retrato já feito de Nosso Senhor e Salvador Jesus Cristo.

III

— Fale sobre ele — pediu Lily.

— Sobre quem? — perguntou Gaille.

— Esse seu amigo, Daniel Knox, não é? O que vai nos salvar.

— Ah, ele.

— Esse mesmo — afirmou Lily, secamente.

Gaille afastou os cabelos da fronte e ficou segurando-os num cacho.

— É a pessoa com quem eu trabalho, nada mais. Mas ele tem um jeito de fazer as coisas acontecerem.

— Um jeito — repetiu Stafford. — Muito bem.

— Não posso explicar melhor. Mas, se alguém puder nos encontrar, será ele.

— Vocês dois...? — perguntou Lily.

— Não. — Percebendo que a resposta era insuficiente, Gaille completou: — É complexo. Temos uma história.

— Por favor, Gaille.

A moça suspirou.

— Quando eu era jovem, meu pai era muito importante para mim. Significava *tudo*. Tudo o que eu desejava era agradá-lo. Tornei-me egiptóloga porque também era a sua profissão e porque assim poderia continuar a fazer escavações com ele. Foi assim que comecei a escavar em Amarna, embora na época ainda estivesse na escola. Depois ele começou um outro projeto em Mallawi, do outro lado do rio, partindo daqui. Eu deveria ser a assistente dele, mas meu pai adiou o projeto no último minuto e só recomeçou depois do início do período escolar. Por isso não pude acompanhá-lo. Descobri que ele havia contratado este homem, Daniel Knox, em meu lugar. — Gaille inspirou profundamente. — O fato é que meu pai... quero dizer, preferia os homens às mulheres.

— Ah.

— Assim, eu me equivoquei completamente sobre tudo aquilo. Achei que ele tinha me afastado porque se apaixonara por Knox, ou melhor, porque Knox se *imiscuíra* no afeto dele. Mas não era nada disso. Knox não é assim. Várias vezes meu pai tentou explicar, mas eu já tinha virado as costas, não queria ouvir. Sentia-me bem com minha raiva, entendeu? Sentia-me *justa*. Mas o tempo passou. Cresci. Venci a mim mesma. Comecei a perceber o quanto sentia falta de meu pai. Já estava prestes a engolir meu orgulho e fazer as pazes quando recebi a carta. Tinha havido um acidente. Um acidente numa escalada.

— Oh, Gaille, lamento muito — disse Lily.

— Não deveria ter sido importante. Já fazia anos que ele estava fora de minha vida. Mas não foi isso o que aconteceu. Fiquei desorientada; fiz todas as bobagens costumeiras. Dormi com muita gente. Não dormi com ninguém. Bebi, me droguei, levei muito tempo para me recuperar. Uma das coisas que me ajudaram a vencer foi minha raiva. Não era raiva de meu pai, e sim de Knox. Veja, ser a assistente de meu pai sempre fora *meu* trabalho. *Eu* deveria estar com ele naquela escalada. *Eu* o teria salvado. Portanto, logicamente, Knox era o culpado da morte dele. Isso me deu um bode expiatório para que eu não precisasse me culpar. Meu Deus, como eu o odiava! — Gaille sacudiu veementemente a cabeça, esforçando-se por acreditar na violência de sua paixão. — Quero dizer, eu *realmente* o odiava.

— Obviamente, você já não o odeia mais — concluiu Lily. — O que aconteceu?

A pergunta tomou Gaille de surpresa. Ela precisou refletir por um momento. Quando deparou com a resposta, teve vontade de rir.

— Eu o conheci — disse ela.

TRINTA E QUATRO

I

Faruk segurava firmemente o ombro de Knox ao guiá-lo pelo interior da delegacia, mais para mostrar a todos quem mandava do que por receio de que ele saísse correndo. Subiram juntos no assento traseiro do carro, com Hosni ao volante. Knox olhou pela janela ao deixarem Alexandria para trás, seguindo para o oeste e depois para o sul pela estrada que cruza o lago Mariut. Tinha a esperança de que a excursão lhe avivasse a memória, mas nada aconteceu. Sentiu-se ainda mais inquieto. Faruk não era homem de brincadeiras. A seu lado, como se tivesse percebido, o policial cruzou os braços, voltou o olhar para a outra janela, distanciando-se de Knox e preparando-se para culpá-lo caso a viagem se mostrasse um fracasso.

Entraram em uma estrada lateral e cruzaram um canal de irrigação. Dois seguranças uniformizados jogavam gamão. Knox estremeceu, com uma sensação de déjà-vu, que desapareceu tão depressa quanto surgira. O guarda anotou os nomes e ocupações, verificou-os e permitiu a entrada. Continuaram por uma trilha esburacada, passando por uma pequena elevação e descendo do outro lado até os escritórios, estacionando ao lado de uma picape branca.

Faruk agarrou o colarinho de Knox, como se ele fosse um cachorro traiçoeiro, fazendo-o descer do veículo.

— E então? — perguntou.

Diversos jovens escavadores apareceram no topo da elevação, animados com a maneira pela qual Faruk tratava Knox. Mas a expressão alegre imediatamente fugiu de seus rostos quando um homem de colarinho eclesiástico surgiu no alto da elevação, como se divertir fosse uma frivolidade e a frivolidade fosse um pecado. Era Peterson, naturalmente. Mas embora Knox tivesse visto o vulto de seu atacante no terraço, não podia ter certeza.

O homem aproximou-se, olhando Knox de alto a baixo com desdém, porém sem parecer aflito.

— Detetive-inspetor — disse ele. — O senhor novamente.

— Sim — respondeu Faruk. — Eu novamente.

— O que o traz aqui?

Faruk voltou-se para Knox.

— Lembra-se do Sr. Daniel Knox?

— Salvei a vida dele. Acha que poderia esquecer?

— Ele diz que o senhor encontrou alguma coisa aqui. Antiguidades subterrâneas.

— Isso é ridículo. Eu saberia se isso tivesse acontecido.

— Claro — concordou Faruk —, o senhor saberia.

— Este homem matou Omar Tawfiq — disse Peterson, com veemência. — Ele dirá qualquer coisa para se livrar da culpa.

— Será fácil provar ou desmentir as afirmações dele. Espero que o senhor não tenha problemas com isso.

— Somente me parece uma perda de tempo para todos, detetive-inspetor.

— Ótimo — disse Faruk, voltando-se para Knox. — E então?

A esperança de Knox era de que sua simples presença ali suscitasse lembranças, mas, para sua frustração, a mente continuava em branco. Olhou em volta, em busca de inspiração. Havia torres de transmissão de energia elétrica e um aglomerado de prédios industriais. Dois homens instalavam tubulações de água com uma pá mecânica. Os arqueólogos se mantinham em semicírculo, com os martelos e picaretas nas mãos, como armas. Eles o faziam recordar uma verdade incontestável: havia antiguidades subterrâneas ali. Aquela gente entrava e saía sem ser vista. Talvez trabalhassem somente após o crepúsculo, mas... Olhou o restante do escritório e a extensão coberta de lona. Poderia estar ocultando algo? As fotos que tirara, porém, mostravam claramente o alçapão aberto, e, portanto, a menos que tivessem mudado o escritório de lugar desde a véspera... e esse não era o caso, como ele percebia pela trilha esburacada e a área de estacionamento, para não falar das trilhas de pedestres que convergiam...

As trilhas! Era isso!

Ao ir e vir todos os dias, certamente já teriam marcado um percurso. Knox olhou em volta. Havia trilhas em todas as direções.

— E então? — repetiu Faruk, com os braços cruzados, impaciente.

Um estremecimento da memória. Estava escuro, ele corria, com o coração disparado, encontrando uma cerca de arame. Havia uma cerca assim à esquerda, marcando o terreno da usina elétrica, e uma estreita trilha que seguia naquela direção. Knox fez um aceno de cabeça.

— Por ali — disse.

II

Augustin desceu os degraus da entrada do edifício de Kostas atônito. *Um retrato de Jesus Cristo.* Nesse caso, o sermão de Peterson não era simples metáfora. Ele estava em busca do objeto genuíno. Augustin subiu na motocicleta, retirando-a de sua base, com a intenção de dirigir-se à delegacia de polícia, mas finalmente lembrou-se do motivo pelo qual os carpocráticos lhe haviam parecido tão conhecidos. Estacionou novamente e entrou, com ar zangado.

— O Evangelho Secreto de Marcos! — exclamou, quando Kostas lhe abriu a porta. — Por que não me falou do Evangelho Secreto de Marcos?

— Porque isso não existe — retorquiu Kostas.

— O que está dizendo? Como posso ter ouvido falar de uma coisa que não existe?

— Você já ouviu falar em unicórnios, não ouviu?

— Não é a mesma coisa.

— É *exatamente* a mesma coisa — disse Kostas. — O Evangelho Secreto é uma fantasia, uma invenção da ambição e da falsidade. Nunca existiu. Não pode ter nada a ver com esse assunto.

— Você não sabe. Não sabe com certeza.

— Eu dediquei minha vida à verdade — respondeu Kostas, zangado. — As falsificações são um câncer. Falar sobre elas, até mesmo negá-las, conferem-lhes uma legitimidade que não merecem.

— Mesmo assim — retrucou Augustin —, você deveria ter me falado. Nosso amigo está encrencado. Preciso saber tudo.

Kostas ainda manteve a expressão raivosa durante alguns segundos, mas em seguida suspirou, cedendo.

— Muito bem, então — disse ele, levando Augustin de volta à biblioteca. — O que você sabe?

— Não muito — respondeu o francês, encolhendo os ombros. — Uma mulher norte-americana esteve aqui há uns dois anos, fazendo pesquisas para um livro sobre os evangelistas. Creio que se chamava Maria.

— Ora, claro — assentiu Kostas. — Lembro-me dela. Mas você e ela...

— Saímos juntos uma ou duas vezes — concordou ele. — Ela me disse que são Marcos, na verdade, redigiu dois Evangelhos. Um para as massas ignorantes e outro somente para seu círculo íntimo. Este segundo texto foi chamado Evangelho Secreto de Marcos. Contém ensinamentos ocultos e controvertidos, e tem algo a ver com os carpocráticos. Mas isso é tudo o que sei.

Kostas suspirou.

— Para começar, nunca existiu um segundo Evangelho. Você ouviu falar no assunto porque, nos anos 1950, um acadêmico norte-americano chamado Morton Smith estava fazendo pesquisas no mosteiro de Mar Saba. Ele afirmou ter encontrado uma carta copiada nas páginas finais em branco de um volume de cartas de santo Inácio, do século XVII. Isso não é estranho. Era a prática comum, porque o papel era escasso e caro. A carta, até então, era desconhecida, e supostamente fora escrita por Clemente de Alexandria. Além disso, seu conteúdo era explosivo, e tudo isso fez da descoberta um fato importante, tornando Morton famoso e marcando sua carreira. Mais ainda, por uma notável coincidência, parecia convalidar uma teoria favorita dele, para a qual havia parcos indícios.

— Muito conveniente.

— Ele escreveu dois livros a respeito — afirmou Kostas. — Um para o público em geral e o outro para peritos.

— Como o próprio Evangelho de Marcos.

— Exatamente — assentiu Kostas. — Foi uma de suas pequenas travessuras com fraudes, sem dúvida.

— Travessuras com fraudes?

Kostas fez uma careta.

— Para os historiadores acadêmicos, há uma enorme diferença entre uma fraude e uma falsificação. As fraudes têm o objetivo de mostrar os chamados peritos como idiotas ingênuos, e quem as perpetrou, em geral, as denuncia depois de ter se divertido. Mas uma falsificação pretende enganar *para sempre*, além de representar lucro para seu autor. A primeira é embaraçosa e intensamente irritante, mas pelo menos mantém as pessoas alertas. A segunda é imperdoável. Isso significa um problema para o fraudador em perspectiva. O que acontece se sua fraude é denunciada por alguém antes que ele mesmo o faça e, portanto, seja acusado de falsificador? Ficará arruinado, talvez até mesmo seja processado. Por isso, os fraudadores costumam tomar precauções. Por exemplo, podem dizer a uma terceira pessoa de confiança o que pretendem fazer, deixando instruções para revelarem a verdade numa data específica. Ou então simplesmente incorporam pistas em sua obra. Algum tipo de anacronismo, como um soldado romano com relógio de pulso em um filme. Nada tão evidente assim, mas você entendeu.

Augustin concordou com a cabeça.

— O que você quer dizer é que, se alguém pretende fazer uma falsificação, mas se preocupa em ser apanhado, vale a pena colocar uma ou duas dessas pistas para que tudo pareça brincadeira, uma fraude propositalmente revelada, caso o autor seja acusado?

— Exatamente. Isso foi precisamente o que fez Morton Smith. Usou uma metáfora a respeito do sal que só faz sentido em relação ao sal moderno, e não aos cristais usados no tempo de Clemente. Morton, afinal, é o nome comercial da marca mais famosa de sal.

— Isso é bastante tênue.

— Claro, mas lembre-se de que ele não pretendia ser descoberto. Somente precisava de um álibi no caso de ser acusado.

— E foi acusado?

Kostas encolheu os ombros.

— A maioria dos acadêmicos imediatamente considerou as cartas como falsificações, mas foram extremamente condescendentes, ou tímidos, com Morton Smith. Afirmaram que provavelmente se tratava de uma falsificação do século XVII ou XVIII, embora não houvesse motivo para que, na época, alguém fizesse isso e voltasse a colocar o volume na prateleira... Seja como for, isso já não importa hoje. A carta foi inteiramente analisada com técnicas modernas. Grafia, vocabulário, fraseologia. Nada resiste. Só há uma conclusão possível: é uma falsificação moderna, perpetrada por Morton Smith.

A experiência de muitos anos havia ensinado a Augustin que todas as vezes em que uma controvérsia acadêmica parecia resolvida surgia algum novo indício que reacendia o debate. No entanto, manteve-se impassível. Precisava que Kostas continuasse a falar.

— Muito bem — disse ele. — A carta é uma falsificação desprezível. Mas o que diz ela exatamente?

TRINTA E CINCO

I

Knox raramente se sentira tão isolado quanto naquele momento, caminhando pela trilha. A má vontade coletiva de Faruk, Peterson e todos os jovens arqueólogos era palpável. Mesmo assim, ele se esforçou por mostrar-se confiante, examinando o chão pedregoso enquanto avançava, esperando ver alguma coisa, qualquer coisa. No entanto, chegou à cerca sem sucesso.

Faruk lançou-lhe olhares ameaçadores.

— *Em algum lugar* por aqui?

Knox apontou para o sul.

— Mais um pouco para lá.

— Já chega.

— É verdade. Tenho fotografias.

— Fotografias? — Faruk se interessou. — Por que não me disse antes?

— Elas desapareceram — confessou Knox.

— Claro que sim — zombou Faruk. — Claro que desapareceram!

— Augustin as viu.

— E acha que tenho de acreditar nele?

— Juro. Minha amiga Gaille enviou-as para mim por e-mail.

— A que acaba de ser sequestrada? Muito conveniente!

— Mas as fotos ainda estarão no computador dela — argumentou Knox. — E o computador não foi sequestrado. Ligue para Hermópolis. Mande verificar.

— Tenho uma ideia melhor — disse Frauk, com desprezo. — Vou colocar você no trem para lá para que você mesmo as traga.

— Precisa acreditar em mim. Ela tem...

O soco o atingiu no rosto. A saliva espirrou-lhe da boca e Knox teve de se apoiar na cerca.

— Eu tenho de acreditar em você, não? — berrou Faruk, agarrando Knox pelos cabelos e arrastando-o furiosamente de volta ao carro, enquanto o puxava e o empurrava cruelmente para ter certeza de que estava lhe machucando.

— Já terminou aqui, detetive? — perguntou Peterson, atrás dele. — Ou o senhor pretende voltar amanhã? Posso preparar um chá se me disser a que horas deseja vir.

As maçãs do rosto de Faruk estavam rubras, mas ele não se virou. Empurrou Knox para dentro do carro com força desnecessária.

— Está *tentando* me fazer de palhaço? — rosnou ele, enquanto Hosni arrancava com o carro. — É isso o que quer?

— Estou dizendo a verdade. Há alguma coisa aqui.

— Não há nada aqui! — berrou o policial. — Nada! Está ouvindo?

O veículo saiu sacolejando do sítio arqueológico, carregado de raiva silenciosa, voltando pelas estradas rurais até a travessia do lago Mariut. A depressão de Knox aumentou. Seu futuro parecia indescritivelmente negro. Faruk se transformara em inimigo implacável. Em meia hora estaria novamente trancado na cela, impotente para ajudar Gaille. Quem poderia dizer quando teria a oportunidade de sair outra vez?

Houve um ruído na estrada mais à frente, e o guinchar de pneus freando bruscamente. Buzinas soaram, o tráfego ficou lento.

— Que diabos, agora? — perguntou Faruk, quando Hosni freou.

— Um idiota dirigindo um caminhão.

Do outro lado da divisória central, o tráfego entrou em ritmo lento. Uma moto preta e dourada parou junto ao muro baixo, com o motor zumbindo como uma vespa. Transportava dois homens de blusões de couro e capacetes fechados. O que vinha atrás bateu no ombro do que guiava e apontou para Knox, que jazia na traseira do carro da polícia. Abriu o blusão e procurou algo do lado de dentro.

Knox recordou-se de repente da noite anterior, quando Faruk o advertira sobre a família de Omar, que o culpava pela morte dele, e sobre suas intenções e recursos. Era um lugar perfeito para uma emboscada. Sem sequer raciocinar, ele abriu a porta do carro com o veículo ainda em movimento e saltou, caindo com força sobre o asfalto e o muro baixo da divisória, e levantando-se meio atordoado.

Do outro lado, a moto voltou à corrente de tráfego e afastou-se inofensivamente. Era um alarme falso. Hosni parou no meio da estrada. Faruk saltou de arma em punho, com o rosto vermelho de fúria. Knox ergueu as mãos, mas Faruk mesmo assim apontou a arma e preparou-se para atirar.

Knox virou-se e correu pelo canteiro central, esquivando-se do tráfego e usando-o como escudo, até chegar à margem entre dois espantados pescadores, que agarraram as varas e saíram correndo. Uma rampa de pedras descia para o lago, com o reflexo fazendo-o parecer impossivelmente raso. Knox ouviu o som de um tiro atrás de si. Respirou fundo e mergulhou nas águas escuras.

II

Kostas fisgou um volume grosso na prateleira, umedeceu o polegar e o indicador com a língua, verificou o índice e procurou as páginas com fotos da carta original em grego.

— Isso é uma falsificação, lembre-se — advertiu ele. — Uma falsificação desprezível, com o objetivo de enriquecer e dar fama a um homem, à custa da verdade.

— Continue.

— Muito bem.

O velho colocou os óculos de leitura e olhou com atenção para a foto, murmurando cada frase para si mesmo até encontrar uma tradução adequada, que leu em voz alta para Augustin.

A Theodore,
Parabéns por silenciar esses carpocráticos. São eles os mencionados na profecia, que descambam da estreita trilha dos mandamentos para o

abismo da luxúria. Afirmam conhecer os segredos de Satã, mas não percebem que se alienam. Afirmam ser livres, mas na verdade são escravos de seus desejos. Devem ser integralmente combatidos. Ainda que digam alguma verdade, não concordes com eles. Pois nem toda verdade é verdadeira, nem a verdade humana deve ser preferida à verdade da fé.

Kostas ergueu os olhos.

— Clemente prossegue reconhecendo a existência de escritos "secretos". Depois, diz:

Por isso Marcos escreveu um segundo Evangelho para aqueles que buscavam aperfeiçoar-se. Não revelou os segredos nem os ensinamentos sagrados do Senhor, porém, simplesmente acrescentou novas narrativas às que já estavam escritas, juntando alguns ditados a fim de guiar os ouvintes ao santuário íntimo da verdade.

Augustin sorriu.

— O santuário íntimo da verdade!

— Aparentemente, os carpocráticos convenceram algum eclesiástico a fornecer-lhes um exemplar desse suposto Evangelho Secreto. Clemente cita algumas das partes mais perversas, uma ação absurda, pensando bem, e, por isso, tornou-se muito controvertido. Mas, primeiro, precisamos conhecer o contexto. Você conhece a *lacuna* no Capítulo 10 do Evangelho segundo Marcos, entre os Versículos 34 e 35?

— Acha que sou estudioso da Bíblia?

— Bem, esse texto diz: "E ele veio à Betânia. Em seguida, eles deixaram a Betânia". Está vendo o problema?

— Não diz o que aconteceu.

— Também há a troca entre "ele" e "eles", sem explicação. Os estudiosos há muito debatem se algum zeloso editor eclesiástico terá cortado algum episódio problemático. Sem dúvida, por isso Morton Smith se interessou pelo trecho. Eis a versão dele:

Eles chegaram à Betânia. Lá estava uma mulher, cujo irmão tinha morrido. Ela se prostrou diante de Jesus e disse:

— Filho de Davi, tende piedade de mim.

Mas os discípulos...

— O que foi que você disse? — interrompeu Augustin. — Disse *"Filho de Davi, tende piedade de mim"*?

Kostas franziu a testa, espantado com a repentina veemência.

— Sim, foi isso o que eu disse. Por quê?

Augustin sacudiu a cabeça. A mesma legenda havia aparecido nas fotos de Gaille.

— Desculpe — disse ele. — Por favor, continue.

Kostas assentiu e recomeçou:

Mas os discípulos a censuraram. Jesus, zangado, foi com ela ao túmulo onde o jovem estava enterrado. Estendeu a mão e ergueu-o. O jovem, ao vê-lo, adorou-o e pediu para seguir com ele. Foram para a casa do jovem, que era rico. Seis dias depois, Jesus deu instruções ao jovem, que veio a ele naquela noite somente com um pano de linho sobre o corpo nu. Ambos ficaram juntos e Jesus ensinou-lhe o mistério do Reino de Deus. Depois seguiram para a margem oposta do Jordão.

— Meu Deus — murmurou Augustin. Panos de linho, corpos desnudos, noites juntos; coisas comuns para uma iniciação nos mistérios gregos, e um pesadelo tornado realidade para um fundamentalista cristão homofóbico.

— Você pode imaginar por que motivo isso gerou tanta controvérsia — disse Kostas. — Mas, como eu disse, é apenas uma falsificação malévola. Não pode ter nada a ver com esse sítio antigo de que você fala.

— Talvez não — disse Augustin. *Mas, e se Peterson não entendesse assim?*

TRINTA E SEIS

I

Faruk correu por entre os carros e saltou a mureta a tempo de vislumbrar a sombra esbelta de Knox sob a superfície, antes que ela se perdesse no reflexo do sol e na água agitada e opaca, de maneira que somente era possível acompanhar o trajeto dele pelo rastro de pequenas bolhas que iam diminuindo. Apontou a arma, esperando que Knox reaparecesse.

— Que diabos foi isso? — perguntou Hosni, que chegou à mureta atrás dele.

— O que acha que foi?

— Algo o assustou.

— Nada o assustou — respondeu Faruk, bruscamente. — Ele escapou, é isso.

— Foram aqueles dois motociclistas. Eles o aterrorizaram — disse Hosni, olhando para o chefe com curiosidade. — O senhor não contou a ele uma de suas histórias de gângsteres, contou?

— Fique calado.

— Então, contou! — riu Hosni. — Contou que Omar tinha conexões! Não admira que o pobre coitado tenha fugido.

Faruk voltou-se para o subordinado, furioso.

— Só vou falar uma vez. Uma só palavra sobre isso e eu arrancarei seus colhões, entendeu?

— Sim, senhor — disse Hosni, com ar grave.

— Muito bem.

O tráfego tinha parado dos dois lados da estrada que cruzava o lago. Faruk percebeu que muitos olhos o observavam, com murmúrios e risos. O rosto dele queimava. *Precisava fazer alguma coisa!* Sentiu uma estranha necessidade de descontar em alguém, qualquer um. Sentia cócegas no dedo do gatilho, mas Knox ainda estava submerso. Tinha pulmões de baleia.

— Veja! — gritou Hosni, apontando o lado oposto do lago. — Lá está ele!

II

Bem cedo, naquela manhã, o capitão Khaled Osman tratou de ligar para a equipe de investigação em Assiut. Falou com um oficial graduado, dizendo que tinha visto a cobertura na TV e que Stafford e sua equipe haviam filmado em Amarna no dia anterior. O oficial não pareceu interessado, pois o foco de sua investigação encontrava-se claramente em Assiut. Prometeu, no entanto, mandar uma viatura e tomar depoimentos. Agora, lá estavam eles em Amarna.

— Uma coisa terrível — disse Khaled, cumprimentando cada um e sacudindo tristemente a cabeça. — Realmente terrível. Diga o que podemos fazer para ajudar. Tudo o que pudermos, basta pedir.

— Muito gentil de sua parte.

— Não tem importância. Essas coisas me dão nojo.

— Precisamos saber onde foram, falar com todos os que os viram.

— Claro — concordou Khaled. — Podem usar este escritório como sala de interrogatório. E eu mesmo escoltarei vocês em Amarna. Seguiremos exatamente o mesmo caminho que eles utilizaram. — Olhou para o céu encoberto. Soprava um vento gélido. Uma das tempestades de Amarna, raras, porém brutais, estava se armando. Khaled chamou Nasser com um gesto.

— Vou sair com estes oficiais — avisou ele. — Não deixe ninguém entrar até terminarmos. Ninguém, entendeu? Não podemos ter caçadores de souvenirs contaminando o sítio. Não é verdade, pessoal?

— Claro — concordou um.

Khaled entrou e acomodou-se no assento traseiro do primeiro carro, apontando a direção a seguir.

— Estão progredindo?

O motorista sacudiu negativamente a cabeça.

— Não muito. Eles parecem estar ocultos. — Deu um riso seco e continuou: — Não imaginam que agitaram um ninho de vespas.

— É tão grave assim? — perguntou Khaled, enquanto as primeiras gotas de chuva começavam a cair no teto e no capô do carro.

— Nunca vi nada igual. Assiut está inundado por uniformes. Estamos revistando casa por casa neste momento. Já levamos alguns esquentados para a delegacia. Eles estão nos dando alguns nomes. Sabe como é. Confie em mim. Vamos ter esses reféns em segurança dentro de uma semana.

Khaled concordou veementemente.

— É bom saber disso — disse.

III

Knox ainda estava procurando respirar quando ouviu o tiro e viu a coluna de água erguer-se à sua esquerda. Sentia o peito latejar, porque havia batido em alguma pedra ao mergulhar. Os olhos queimavam com a água poluída e ele mal podia enxergar o que se passava à sua volta.

A margem norte do lago Mariut ficava apenas a duas centenas de metros de distância, cercada por moitas de caniços que ofereciam esconderijo. Ele não conseguia ver a margem sul, mas sabia de cor que o lago tinha cerca de 2 quilômetros de largura.

Outro tiro soou, outra coluna de água. Não podia esperar mais. Mergulhou novamente. O lago era raso, com apenas um metro de profundidade em vários pontos. O leito estava coberto de restos de materiais de construção, remanescentes de pontes de atracação construídas ao longo dos milênios. Encontrou uma pedra e agarrou-se a ela para manter o corpo submerso, enquanto respirava novamente.

Sem dúvida, Faruk esperaria que procurasse a margem norte, mas o terreno era tão ermo que ele mal conseguiria evitar ser capturado. E isso não era o suficiente. Precisava encontrar aquele mosaico, provar sua inocência e ajudar Gaille. Para fazer tudo isso, tinha de dirigir-se ao sul, e não ao norte.

Orientando-se pelo sol, com a pedra agarrada junto à barriga, tomou o rumo sudoeste, impelindo o corpo com pernadas suaves e ritmadas, e fazendo uma pausa a cada trinta segundos aproximadamente para respirar.

TRINTA E SETE

I

Augustin já estava montando na motocicleta quando o celular tocou.

— Doutor Augustin Pascal? — perguntou uma voz de homem.

— Eu mesmo — disse Augustin. — Quem fala?

— Meu nome é Mohammed. Na noite passada, fui companheiro de cela de um amigo seu, Sr. Daniel Knox.

— Ele pediu para o senhor me ligar?

— Pediu. Queria que eu lhe transmitisse uma mensagem sobre sua amiga, a mulher chamada Gaille, a que foi sequestrada.

— Qual é a mensagem?

— Depois que ele a viu na TV, ficou muito abalado. Perguntei se podia fazer alguma coisa. Hoje de manhã, antes de ir para Borg el-Arab com o detetive-inspetor Faruk, ele me deu este número.

— Qual é a mensagem? — perguntou Augustin.

— Eu teria ligado antes, mas só agora fui solto. Tudo aqui enlouqueceu. Todos os policiais estão seguindo para...

— Diga logo o diabo da mensagem! — bradou Augustin.

— Está bem, está bem. — Mohammed respirou fundo, como se procurasse recordar, palavra por palavra, o que lhe tinha sido pedido para dizer. — Ao que tudo indica, a posição de sua amiga Gaille no vídeo era exatamente a mesma do mosaico. Exatamente a mesma. Daniel disse que o senhor saberia o que isso significa.

Augustin sentiu um arrepio. *Claro*! Como ele próprio deixara de notar?

— Onde está Knox agora? — perguntou. — Preciso falar com ele.

— Era isso o que eu estava tentando dizer — falou o homem. — Ele foi para Borg com Faruk, esperando encontrar esse mosaico. Mas pelo que ouvi dizer não encontraram nada, e ele agora é um fugitivo.

— Ele fez o *quê*?

— Eu não iria querer estar na pele dele por nada neste mundo. Aquele Faruk é um bandido cruel. Não gosta que ninguém lhe passe a perna.

— Claro — concordou Augustin, pesarosamente. — Obrigado.

Desligou e ficou sentado por alguns instantes, imaginando o que poderia fazer, a melhor maneira de ajudar. A primeira ideia foi sair procurando Knox, mas isso já era difícil, ainda mais com a polícia em seu encalço. De qualquer modo, conhecendo Knox, sabia que o que seu amigo queria era que ele, Augustin, encontrasse o mosaico. Era a única forma de ajudar Gaille. O problema seria como fazer isso.

II

Exausto e encharcado, Knox ergueu-se com esforço na pedregosa margem sul do lago Mariut. Manteve-se abaixado enquanto corria pela orla exposta, subindo uma pequena elevação e abrigando-se à sombra de um dos inumeráveis pombais de beduínos, que parecem sinos cobertos de alcatrão.

Sentia-se cansado pelo longo exercício de natação, mas não tinha tempo para se recuperar. Por ter entrado em pânico e fugido, certamente removera quaisquer dúvidas que Faruk ainda pudesse ter sobre sua culpa. Além disso, ele o humilhara. A notícia já teria se espalhado: havia um assassino à solta. Os policiais egípcios não usam as armas como acessórios de moda. Atirariam à vista. E, se Knox se entregasse, simplesmente seria espancado, e ele já, se sentia bastante dolorido.

Tirou os sapatos, despiu a camisa e as calças e colocou-as sobre a superfície quente do pombal. O vapor imediatamente começou a subir do tecido de algodão. Depois que as roupas secaram o suficiente de um lado, ele as virou do outro.

Um sexto sentido o fez olhar em volta. A cerca de 100 metros, um velho camponês beduíno o observava curiosamente, apoiado no bordão. Knox encolheu os ombros, sem se preocupar demais. Nenhum beduíno que se respeitasse iria voluntariamente à polícia. Mas ele precisava sair dali.

As roupas já tinham secado o bastante para que pudesse vesti-las. As chaminés gêmeas da usina elétrica eram como dois dedos erguidos em saudação no horizonte ocidental. O sítio de Peterson ficava além delas. Knox fez um aceno ao camponês e afastou-se tão rapidamente quanto possível.

III

Lily foi a primeira a ouvir o ruído.

— O que foi isso? — perguntou.

— O que foi o quê? — respondeu Stafford.

— Não sei. Pareciam... *batidas de dedos.*

Todos prestaram atenção. Gaille ouviu também. Um som suave de batidas que vinha de algum ponto acima deles.

— Alô! — exclamou Lily. — Há alguém aí? — Calou-se, e o eco foi sumindo. As batidas continuaram, sem mudar de ritmo. — Alguma coisa está pingando — disse Lily.

— É verdade — disse Stafford.

— Escutem — interveio Gaille, engolindo em seco. — Não quero assustar vocês, mas se está pingando, é sinal de que talvez tenha começado a chover.

— Mas estamos no deserto — disse Lily.

— Mesmo assim, aqui chove — retrucou Gaille. — Na verdade, estive aqui durante uma tempestade, há muitos anos. Você não imagina como as tempestades podem tornar-se fortes. Existe uma fenda no platô, diretamente acima de nós, lembram-se? Se houver algum caminho para que a água entre...

— ... vai acabar escorrendo para cá — completou Stafford num murmúrio.

— Mas são apenas gotas — disse Lily.

— Até agora — concordou Gaille.

Logo depois, novas gotas caíram em um ritmo mais rápido. Um minuto depois, ouviram o primeiro fio de água escorrendo.

TRINTA E OITO

I

— Você ainda tem aquele avião de controle remoto? — perguntou Augustin, ao entrar no gabinete de Mansur, no CSA, sem ter sido anunciado.

— Estou em reunião — protestou Mansur, indicando com um gesto os três homens vestidos de ternos escuros, sentados em volta da mesa. — Não pode esperar?

— Ali está! — disse Augustin, vendo a caixa grande junto à parede. Abriu-a e olhou o conteúdo. Um GWS Slowstick. Perfeito. Muito fácil de operar. Verificou as peças, o combustível, o controle remoto, as baterias e outros acessórios. Tinha tudo do que precisava.

— Não é meu — protestou Mansur. — Pertence aos alemães. É um equipamento muito valioso. Não posso deixar que você o leve.

Augustin colocou a caixa sobre o ombro e cumprimentou os três visitantes.

— Prazer em conhecê-los — disse.

— Você vai trazê-lo de volta? — perguntou Mansur, em tom queixoso. — Rudi vai me matar se alguma coisa acontecer com isso.

— Você o terá de volta hoje à noite — prometeu Augustin. — Dou-lhe minha palavra.

— Foi isso o que você disse sobre meu GPS.

Mas a porta já tinha se fechado atrás de Augustin. Ele estava a caminho.

II

Knox avançou bastante até chegar à usina elétrica, cuja cerca se estendia em ambas as direções. O sítio de Peterson ficava do outro lado. Ele não tinha tempo nem vontade de fazer um desvio. O arame antigo já estava bambo, dificultando a subida. Knox foi até um dos pilares de cimento, onde a cerca era mais firme, olhou em volta para certificar-se de que não estava sendo visto e suspendeu o corpo. O arame deixou lanhos vermelhos em seus dedos. Ele passou para o outro lado, caindo deselegantemente de quatro no chão.

Esperou alguns momentos, para o caso de haver soado algum alarme. Em seguida, caminhou rapidamente, atravessando um estacionamento semideserto do lado de fora de um prédio administrativo. Ao aproximar-se, uma porta se abriu e uma mulher gorda surgiu, franzindo a testa, desconfiada. Knox se afastou dela, passando por trás de uma fileira de carros estacionados. A mulher entrou e chamou alguém. Knox apressou o passo. Um segurança acima do peso apareceu. A mulher apontou para Knox. O guarda gritou para que ele parasse. Em vez disso, ele começou a correr até a cerca do lado oposto. O terreno era acidentado. Tropeçou em uma pedra e caiu, batendo com o joelho no chão. Olhou em volta. O guarda vinha se aproximando, e, atrás dele, outro segurança, gritando por reforços. Knox levantou-se mancando até a cerca e saltou para o outro lado. A dor na perna aumentou ao alcançar o solo.

O primeiro guarda chegou à cerca, respirando com muita dificuldade para adverti-lo, agitando um dedo na direção dele. Knox afastou-se, temendo que a confusão atraísse Peterson e sua equipe. O joelho latejava muito, mas ele não ousou reduzir o ritmo. Se a polícia soubesse, em poucos minutos o local estaria cheio de agentes. Knox não tinha um minuto a perder.

III

O avião de controle remoto era grande e desajeitado demais para que Augustin pudesse levá-lo na moto, e por isso ele acenou para um táxi, colocou a caixa no assento traseiro e disse ao motorista que o seguisse até Borg el-Arab.

Já tinha usado muitos aparelhos como aquele antes. Era uma maneira excelente de fotografar sítios arqueológicos, para não dizer que era também divertido. Era fácil fazê-los voar. O lançamento, porém, era mais complexo, assim como tirar fotografias do alto.

Estacionou a moto num pequeno bosque a cerca de um quilômetro do sítio de Peterson e acenou para que o táxi se aproximasse. O motorista era um jovem de pouco mais de 20 anos, barbado e de ar jovial.

— Qual é seu nome? — perguntou Augustin, enquanto pagava a corrida.

— Hani.

— Muito bem, Hani. Quer ganhar mais um trocado?

— Claro. O que tenho de fazer?

Augustin tirou a caixa e abriu-a. Os olhos e boca do motorista transformaram-se em perfeitos círculos de admiração ao ver o avião.

— Posso pilotar?

— Claro, depois que eu terminar.

Caminharam pelo campo, mantendo um muro entre si e o sítio de Peterson até chegarem a um trecho firme. Era um bom lugar. Augustin ajoelhou-se, abriu a caixa e começou a montagem.

— Para que serve isto?

— Estou fazendo uma pesquisa para o Conselho Supremo de Antiguidades.

— Sério?

Augustin sorriu.

— Já viu uma fotografia aérea de um campo? Você não imagina quantos detalhes ela revela. — Colocou as asas de espuma no lugar adequado da fuselagem e apertou os parafusos. — Valas, cercas, estradas, povoados. Coisas pelas quais a gente passa todos os dias sem sequer notar e que de repente se revelam a nossos olhos.

A técnica tinha sido descoberta acidentalmente quase cem anos antes. O exército britânico fazia experiências de reconhecimento aéreo na planície de Salisbury quando o balão se desgarrou ao passar por Stonehenge. Pela primeira vez, as fotos mostraram a renda de antigas trilhas pedestres existentes no local.

— Hum — disse Hani.

— Hum, mesmo — concordou Augustin. — Eu próprio não poderia fazer um comentário melhor.

Fixou a câmera obliquamente na base da fuselagem com o objetivo de poder fotografar o sítio sem voar diretamente sobre ele. Em seguida, experimentou o controle remoto para ter certeza de que tudo funcionava a contento.

— Ok — disse, satisfeito. — Vamos em frente.

IV

Knox esgueirou-se por trás do escritório de Peterson. Do lado de dentro estava havendo uma conversa animada, mas, com as janelas fechadas, ele somente conseguiu decifrar uma ou outra palavra. Cairo. Polícia. Covarde.

A picape branca ainda estava estacionada diante do escritório junto a um Toyota 4x4 exatamente igual àquele no qual seu atacante no terraço havia fugido. Pouco antes, o carro não estava ali. Seria possível que alguém o tivesse afastado depois que o segurança avisara que ele e Faruk estavam chegando? Seria possível que o laptop de Augustin ainda estivesse dentro do carro?

Esgueirando-se, aproximou-se do Toyota. O reflexo do sol e o vidro empoeirado dificultavam a visão. Experimentou a porta. Estava destrancada. Verificou a dianteira e a traseira. Nada. Fechou suavemente a porta e viu algo semioculto debaixo de um lençol, pelo vidro traseiro. Abriu com cuidado a porta traseira. Não era um laptop, como ele esperava, e sim apenas uma caixa com lápis, canetas, blocos de notas e outros apetrechos. De repente, ouviu vozes mais altas que vinham do escritório, dois homens discutindo enquanto se aproximavam de onde ele se encontrava. Abaixou-se, tentando fechar a porta suavemente, mas o trinco não se encaixou. Era preciso bater com mais força.

— Isso é uma loucura, reverendo — disse uma das vozes. — Precisamos sair daqui, e não atravessar o Egito numa busca sem sentido.

— Você se preocupa demais, irmão Griffin.

Knox não podia se arriscar a bater a porta traseira, pois seria imediatamente descoberto. Em vez disso, fez menção de afastar-se, usando o Toyota como escudo. Mas a porta começou a subir nos braços hidráulicos, obrigando-o a voltar e agarrá-la, mantendo-a fechada. Os dois homens vinham em direção a ele. Em um instante iriam descobri-lo. Knox ergueu a porta o suficiente para entrar no espaço traseiro, puxando-a depois e segurando o trinco interno.

— Quantas vezes preciso dizer isto? — disse Griffin. — Pascal é amigo dessa gente. Ele não vai desistir, acredite. Vai fazer o CSA iniciar uma investigação. Talvez não hoje, nem amanhã, mas vai acontecer, pode contar com isso. E, quando acontecer, eles vão achar o alçapão e os degraus. Acharão tudo. Vão nos pedir explicações. E o que diremos a eles?

— Cuidado, irmão Griffin. Você está ficando histérico.

— Esses estudantes estão sob os *meus* cuidados — disse Griffin. — Eles são *minha* responsabilidade. Levo isso muito a sério.

— Você leva a sério salvar sua própria pele.

— Pense o que quiser. Vou levá-los de volta. Não conhece o sistema egípcio de justiça criminal?

— Está querendo dizer que a obra de Deus é criminosa?

— Estou dizendo que Deus ajuda os que se ajudam, e não os vaidosos, que acham que Ele intervirá sempre que estiverem em apuros. Humildade, reverendo. O senhor não está sempre fazendo sermões sobre a humildade?

Houve uma pausa. O tiro acertara o alvo.

— Qual é exatamente sua recomendação?

— Não ouviu nada do que eu disse? Pegamos o primeiro voo de volta, a qualquer preço. Voltamos para os Estados Unidos, se possível, ou então para qualquer lugar da Europa. Quando o escândalo estourar, o que vai acontecer, negaremos tudo. Diremos que agíamos com o beneplácito e pleno conhecimento do CSA. Será nossa palavra contra a deles, e ninguém acreditará nos egípcios contra nós, que é o que importa.

— Muito bem — disse Peterson. — Cuide de seus estudantes. Deixe a obra de Deus comigo.

— Por mim, ótimo.

A porta do motorista abriu-se. Peterson entrou, e o veículo estremeceu com o peso dele, o suficiente para que Knox soltasse o trinco da porta traseira. Ele tentou agarrá-la, mas já era tarde; a porta subia, impelida pelos braços hidráulicos. Peterson deu um suspiro fatigado.

— Por favor, feche a porta para mim, irmão Griffin.

— Claro — disse Griffin, caminhando para a traseira do Toyota, onde Knox jazia em plena vista, à luz dourada do sol oblíquo da tarde.

TRINTA E NOVE

I

— O que vamos fazer? — choramingou Lily, enquanto o fio de água se transformava em riacho.

— Para começar, não entremos em pânico — replicou Gaille. Riscou um dos poucos fósforos que restavam, acendeu o toco de vela e levantou-se. Bem acima dela, os lençóis e cobertores estendidos entre as tábuas já se curvavam visivelmente sob o peso crescente da água. Uma gota penetrou no tecido, caindo a seus pés. Não era possível saber a força daquela tempestade. O conselho era sempre esperar o melhor, mas preparar-se para o pior.

O fundo da cisterna era cheio de cascalho e areia compactada. Inicialmente, a água se infiltraria, mas acabaria por saturá-la e o poço começaria a encher.

— Precisamos cavar — disse Gaille.

— O quê?

Ela pisou firme no solo.

— Cavaremos de um lado e amontoaremos a terra do outro. Isso permitirá que a água escorra para algum lugar e nós teremos uma plataforma onde ficar.

Houve um silêncio enquanto os outros dois pensavam no assunto, um plano limitado para tamanha ameaça. Mas era melhor do que nada.

— Vamos trabalhar — disse Stafford.

II

Knox se preparou para ser descoberto quando Griffin chegasse à traseira do Toyota, mas este, em vez de olhar para baixo, fitava o céu. Knox precisou de um segundo para compreender o que havia chamado a atenção dele: um ruído de motor, como de uma serra elétrica, que zumbia por algum tempo e desaparecia novamente. A testa franzida de Griffin se transformou em uma careta. Bateu a porta traseira do carro sem olhar e voltou para a janela do motorista.

— Ouviu isso?

— Ouviu o quê, irmão Griffin?

— Aquilo! — bradou ele, apontando o céu com um dedo. — É um avião de controle remoto. Aquele francês, Pascal, está fotografando nosso sítio.

— Tem certeza?

— Quantas vezes o senhor viu um avião de controle remoto por aqui desde que começamos?

— Nunca — reconheceu Peterson.

— E acha que seja uma simples coincidência que tenha aparecido um hoje?

Houve alguns instantes de silêncio.

— Será que ele vai encontrar?

— Sem dúvida — disse Griffin. — Já esqueceu como *nós* encontramos este lugar?

— Então é melhor fazê-lo parar — disse Peterson.

— O que quer dizer?

— Exatamente o que eu disse. Leve nossos seguranças. Tome a câmera dele antes que possa fazer alguma coisa com ela.

— Não podemos fazer isso!

— Você não tem escolha, irmão Griffin, a menos que não se importe que seus preciosos estudantes paguem por sua covardia.

— Está bem — concordou Griffin. — Mas depois disso vamos embora daqui.

— Será uma grande perda — disse Peterson. Engatou a primeira marcha e partiu pelo terreno acidentado, levando Knox consigo, qualquer que fosse seu destino.

III

A caçada em busca de Knox não estava dando resultado.

— Isso é ridículo — disse Hosni. — Ele escapou. É melhor aceitar o fato.

— Não escapou — retrucou Faruk, fazendo um gesto que abarcava toda a margem norte do lago Mariut, erma e aberta a não ser por algumas moitas de cana que eles já haviam investigado três vezes. — Como podia ter escapado sem que nós o víssemos?

— Talvez tenha se afogado então — murmurou Hosni. — Daqui a um ou dois dias, ele certamente virá à tona.

Faruk soltou um grunhido. Não acreditava que Knox tivesse se suicidado.

— Ele está aqui, em algum lugar — disse, abrindo a porta do carro e ligando o aquecimento para secar os pés molhados com o jato de ar quente. — Tenho certeza de que está.

— Vamos, chefe. O pessoal está cansado. Vamos parar por hoje.

— Ele é um assassino. Um assassino fugitivo.

— O senhor acredita mesmo nisso, não?

— Se você não tivesse freado, ele não teria fugido.

— Queria que eu batesse no carro da frente? É isso o que está dizendo? — Hosni respirou fundo, abrindo os braços. — Escute, chefe. Talvez ele ainda esteja por aqui, mas também é possível que tenha conseguido escapar. Por que não manda alguns homens verificarem os lugares para onde ele possa ter ido?

— Como por exemplo?

— O apartamento de Pascal, para começar. E o daquele homem, Kostas, onde o pegamos ontem. Ou o hotel dele. Ou o sítio de Peterson.

— Peterson, não — retrucou Faruk, com raiva. — Não quero que aquele homem se divirta dizendo que Knox escapou de mim outra vez. Não vou tolerar isso, está me ouvindo?

— Muito bem. Vou deixar um carro vigiando a estrada. Isso basta. Ele nem mesmo perceberá. Os outros podem voltar para Alexandria.

Hosni se virou e afastou-se, sem esperar permissão.

Faruk fez cara feia, mas não disse nada, consciente de como todo aquele fiasco prejudicava sua imagem. Hosni tinha razão. Precisava recapturar Knox rapidamente. Era a única maneira de recuperar sua reputação. Para onde mais ele poderia ter ido? Recordou seu rompante no sítio de Peterson, a afirmação de que Gaille tinha um conjunto de fotos em seu computador. Uma sensação de inquietação o assaltou. Se ele tivesse ido procurá-las, significaria que tinha sido sincero. Mas Faruk deixou a sensação de lado e ligou para a delegacia. Pediu que o conectassem com Mallawi e falou com seu correspondente, um homem chamado Gamal.

— Queria apenas contar a vocês as últimas novidades — disse ele. — Alguém que nos interessa pode estar indo para sua área.

— Por que ele interessa a vocês?

— Homicídio — respondeu Faruk.

Gamal inspirou fundo.

— Detalhes?

— O nome dele é Daniel Knox. Arqueólogo. O filho da mãe matou o chefe do CSA aqui, que se chamava Omar Tawfiq.

— Por que acha que ele está vindo para cá?

Faruk hesitou. Se não fosse convincente, eles não fariam nada. Precisava que Gamal acreditasse tratar-se de uma situação possível.

— Interceptamos um telefonema. Ele está mesmo indo para aí. Está procurando um computador que pertence a uma arqueóloga, Gaille; não sei o sobrenome. A que foi sequestrada.

— Que diabos — murmurou Gamal. — Era justamente do que precisávamos. Você não sabe quanta merda já foi jogada no ventilador. Como podemos identificá-lo?

— Deve ter uns 30 anos. Alto. Cabelos escuros. Atlético. Inglês. Esteve envolvido num acidente de automóvel; você verá pelo rosto dele. — Fez uma pausa para respirar. — E esteja prevenido: é um filho da mãe escorregadio. É perigoso também. Praticamente me contou como matou Tawfiq. Chegou a vangloriar-se. Provavelmente estará armado a esta altura, e não é de brincadeira. Se você for esperto, fará perguntas depois, se é que entende o que estou dizendo.

— Obrigado — disse Gamal, secamente.

— Só estou cumprindo meu dever.

IV

— Muito bem — disse Tarek. — Você pediu para falar conosco. Aqui estamos.

Naguib cumprimentou com a cabeça os homens reunidos na sala, que o contemplavam com expressões variadas, desde a suspeita até uma hostilidade evidente. Naguib não poderia realmente culpá-los. Eram os *ghaffirs* de Amarna, guardas e guias informais tradicionalmente estabelecidos por conta própria. Enquanto cuidassem bem de seus afazeres, os empregos passavam de pai para filho, proporcionando-lhes status e rendimentos. Mas as coisas tinham começado a mudar; os governos central e regional tentavam eliminá-los gradualmente, impondo forasteiros, como o próprio Naguib, em suas comunidades. Não admira que reagissem com frieza aos esforços dele para seduzi-los.

— Sou o inspetor Naguib Hussein — apresentou-se. — Sou novato nesta região. Conheci alguns de vocês antes, mas...

— Sabemos quem você é.

— Ontem estive no deserto. Encontrei o cadáver de uma jovem.

— Meu filho, Mahmud, a encontrou — grunhiu Tarek. — Ele relatou a você, conforme havíamos sido instruídos.

— É verdade — admitiu Naguib. — E sou muito grato, acreditem. Mas estou tendo dificuldades em descobrir quem era ela e o que aconteceu.

Tarek sacudiu a cabeça.

— Ela não era daqui. Isso é tudo o que podemos dizer.

— Tem certeza?

— Conhecemos nossa gente.

— Tem alguma ideia de onde ela poderia ter vindo?

— Não estamos isolados, como antigamente, você sabe. As pessoas vão e vêm.

— Mas vocês as veem. Sabem quando aparecem.

— Não sabíamos nada sobre esta.

Naguib curvou-se para a frente.

— Encontramos uma estatueta com ela. Um artefato de Amarna.

Houve troca de olhares, surpresa e curiosidade.

— O que isso tem a ver conosco?

— Ouvi dizer que ninguém é capaz de encontrar artefatos como vocês, os *ghaffirs*. Ouvi dizer que vocês encontram sítios que nem os arqueólogos acham.

— Então ouviu a verdade — concordou Tarek. — Mas naturalmente nós os revelamos imediatamente.

— Naturalmente — assentiu Naguib, depois que os risos cessaram. Tirou a estatueta do bolso e passou-a a Tarek. — Talvez alguém tenha ideia de sua procedência.

Tarek examinou-a, sacudiu a cabeça e entregou-a a seu vizinho.

— A maioria destes artefatos está nos wadis. Não nos deixam mais entrar nos wadis.

Naguib franziu a testa.

— Por que não?

— Pergunte a seu amigo, o capitão Khaled — disse Tarek, zangado. — E, se ele disser por quê, gostaríamos de saber. Ele nos tirou uma boa fonte de renda.

Houve murmúrios de concordância por toda sala.

— Quando foi isso? — perguntou Naguib.

Tarek encolheu os ombros e virou-se para conferir com o homem que estava a seu lado.

— Seis meses atrás — respondeu.

— Tem certeza?

— Tenho — garantiu Tarek, indicando a cortina de chuva do lado de fora. — Foi no dia seguinte ao da grande tempestade.

V

Fazia tempo desde a última vez em que Augustin fizera voar o avião de controle remoto. Depois de fazê-lo subir, no entanto, suas mãos se acostumaram e ele começou a divertir-se. Enviou a aeronave em diversas passagens sobre o sítio de Peterson. Hani tirava as fotos quando ele mandava, utilizando o controle remoto da câmera. Em dado momento, pegou o braço do rapaz, apontando para uma picape branca que vinha pela alameda do outro lado do muro, com três seguranças na caçamba olhando para o alto, como os reis magos seguindo uma estrela.

— Pensei que era uma pesquisa oficial do CSA — disse ele.

— É melhor você ir embora — sugeriu Augustin.

— E você?

— Não se preocupe.

— Não posso deixá-lo aqui.

— Isto não é problema seu.

Hani encolheu os ombros, mas concordou, deixando o controle no chão e afastando-se.

Augustin fez o avião seguir a linha da alameda, obrigando a picape a segui-lo, e, em seguida, descreveu um longo círculo, o suficiente para que Hani alcançasse o táxi e desaparecesse. Depois o trouxe de volta para onde estava, caminhando rapidamente enquanto manipulava o controle, com os olhos fixos na aeronave. Ouviu o ruído do motor da picape. Depois, um brado. Tinha sido visto. Não era hora para gentilezas. Fez o avião mergulhar, caindo no chão 50 metros adiante. A fuselagem entortou e as asas vermelhas se soltaram. Augustin deixou cair o controle e correu para o aparelho. Olhando em volta, viu os três homens que se aproximavam correndo. Agarrou a câmera, tratando de soltá-la, mas os fechos emperraram. Agarrou o avião inteiro, tentando abrir os fechos ao correr. As pernas se emaranharam na fuselagem e ele caiu de bruços, conseguindo finalmente libertar a câmera. O primeiro perseguidor estava poucos passos atrás dele; num esforço frenético para alcançá-lo, atirou-se para a frente, segurando por instantes um dos tornozelos de Augustin, que caiu novamente. Conseguiu, porém, levantar-se, com a moita de árvores a apenas 20 metros dali. Alcançou a moto, subiu nela, deu partida no motor e olhou para trás. Os perseguidores tinham se distanciado, parando sem fôlego. Augustin acelerou vitoriosamente e fez um aceno alegre para eles ao sair por entre árvores e entrar na alameda.

A picape o abalroou de lado. Augustin deslizou sobre o capô, batendo no para-brisa e vislumbrando Griffin do outro lado do vidro, tão surpreso com a colisão quanto o próprio Augustin. Viu-se rodando no ar, enquanto o mundo inteiro rodava também, imaginando com mais curiosidade do que medo se aquela seria a última coisa que veria.

QUARENTA

I

Não era fácil cavar. A areia e o cascalho tinham ficado compactos como concreto ao longo dos séculos. As unhas de Gaille logo ficaram quebradas e ensanguentadas, mas o medo a fez prosseguir. Fios de água haviam começado a descer pelas paredes, juntando-se em poças na base.

— Pode acender um fósforo, por favor? — perguntou Lily, respirando ofegantemente.

— Só temos uns poucos.

— Mas acho que encontrei alguma coisa.

— O quê? — perguntou Stafford.

— Não sei. Para que acha que preciso de um fósforo?

O clarão fez os olhos de Gaille doerem, pois já estavam há muito tempo na escuridão. Além disso, havia aquele cheiro de enxofre. Ela acendeu a vela e levou-a para junto de Lily. Ela tinha razão. Havia realmente alguma coisa na base da parede: uma fileira de hieróglifos.

— O que dizem? — preguntou Lily.

Gaille sacudiu negativamente a cabeça. Com pouca luz, já era difícil sequer ver a inscrição desbotada, quanto mais decifrá-la. As conjecturas quanto ao lugar em que se encontravam, no entanto, eram suficientes para animá-la. Pelo aspecto tosco das paredes da entrada e das câmaras fúnebres, ela imaginara que aquele túmulo fosse apenas mais uma das muitas grutas inacabadas da falésia, abandonada devido à má qualidade da pedra calcária ou porque a era de Amarna terminara antes que o ocupante em perspectiva tivesse morrido. Como a disposição do lugar era semelhante à do Túmulo Real próximo, ela presumira que aquela cisterna fosse apenas um poço para proteção da câmara funerária. Pensando melhor, no entanto, percebeu que as suposições não eram corretas. A cisterna do Túmulo Real fazia todo sentido, porque a entrada ficava no nível do wadi, o que a deixava à mercê das enxurradas súbitas. *Aquele* túmulo, porém, não ficava nesse nível, e sim muito mais próximo do topo do que da base. As inundações não seriam uma consideração importante, pelo menos até que a fenda mais acima ficasse aberta, e, portanto, a cisterna de pouco servia. Além disso, que profundidade seria necessária? Já estavam a pelo menos 6 metros e ainda não tinham chegado ao fundo. Por isso, talvez não fosse uma cisterna. Talvez fosse algo diferente.

— E aí? — perguntou Lily.

Gaille passou-lhe a vela para que ela segurasse, enquanto escavava mais areia.

— Não creio que nenhum de vocês dois tenha estado no túmulo de Seti I, não é? — perguntou.

II

Augustin ficou deitado no chão, atordoado, durante alguns momentos, até que olhou em volta e viu-se cercado por Griffin e seus seguranças. Estes o fitavam com ar ansioso, temendo que estivesse gravemente ferido ou até mesmo morto, mas ele os surpreendeu ao tentar levantar-se. Não conseguiu. Eles o ergueram e o colocaram sem cerimônia na caçamba da picape. Sentia o peito, a cabeça e a coxa latejarem furiosamente. Teve tanta vontade de vomitar que se virou para o lado, preparando-se. No entanto, a sensação passou. Deitou-se novamente de costas, olhando o segurança acima dele.

— Se tiver estragado minha moto, seu filho da... — ameaçou.

O homem sorriu e desviou o olhar.

Saíram da alameda e passaram pela ponte de terra. O latejar se transformou em pancadas de dor. Pararam ao lado de um prédio baixo, de tijolos.

Griffin saltou e destrancou a porta de aço, abrindo-a. Augustin berrou de dor ao ser levado da picape para o prédio. Havia vários jovens integrantes da equipe de Peterson olhando-o de cara feia, embora parecessem contentes ao vê-lo receber o que merecia. Com eles estava também uma mulher alta e angulosa, de cabelos claros, certamente a mesma que ele tinha visto afastando-se do sítio com Griffin na tarde anterior. Parecia nervosa, preocupada.

Augustin foi atirado no chão, entre um conjunto de prateleiras vazias e uma mesa de trabalho. A porta fechou-se e uma chave girou, deixando-o em quase completa escuridão. Ficou deitado por um momento, quase chorando, porque as dores eram muito fortes. Colocou uma das mãos sob a camisa, apalpando as costelas doloridas. Não encontrou fratura, somente contusões. Lembrou-se do tempo de criança, quando saltara descuidadamente de uma queda-d'água e descobrira tardiamente que o pequeno lago era mais raso do que parecia. A mãe, inicialmente apavorada, disse que ele tinha ossos de tungstênio. Reprimiu um grito ao erguer-se. Ficava contente por sentir dores e ser capaz de dominá-las. Isso o fazia sentir-se mais másculo do que nas últimas semanas. Cambaleou até a porta. Aço, a julgar pela frieza. Não havia maçaneta nem parafusos do lado de dentro.

Passaram-se vários minutos até que ouviu passos do lado de fora e a chave girando na fechadura. A porta se abriu, com o sol brilhante do fim de tarde invadindo o recinto, e, por um momento, ele somente conseguiu ver três silhuetas. Uma lâmpada elétrica pendente do teto foi acesa. Duas pessoas entraram. A terceira ficou do lado de fora, fechando a porta atrás dos recém-chegados.

Augustin piscou, ajustando a visão. Eram Griffin e a mulher de cabelos claros, trazendo uma bandeja de artigos médicos.

— Aqui está ele — disse Griffin, cruzando os braços.

— Quero minha carteira — exigiu Augustin — e meu celular.

Mesmo falando baixo, as palavras fizeram doer suas costelas.

— Claro — rosnou Griffin, voltando-se para a mulher. — E então? Achei que você ia querer examiná-lo.

Ela colocou a bandeja no chão. Era desengonçada, com ossos salientes e feições que lembravam vagamente uma ave. Mostrava-se consciente de sua aparência, sentindo-se pouco à vontade ao ser encarada. Tinha pele pálida e sardenta, perfumada com generosas aplicações de protetor solar. Do pescoço longo e fino, pendia uma cruz simples de prata. Ela se levantou, virando ligeiramente a cabeça, de tal forma que seus cachos caíram sobre o rosto, como uma cortina de contas.

— Quem diabos é você? — quis saber Augustin.

— Vim aqui para examiná-lo — disse ela. — Vai ser rápido.

— Examinar-me?

— Para ter certeza de que não há fraturas nem lesões internas. — A mulher franziu o cenho, desconcertada com o sotaque francês dele. — Sabe o que significa lesões internas?

— Sei — respondeu Augustin, sarcasticamente. — Sei o que significa. E se houver alguma lesão?

— Nesse caso, eu o levarei ao hospital.

Ora, ora, ora, pensou Augustin. Colocou a mão no flanco e fez uma careta, respirando fundo.

— Creio que há uma lesão aqui — disse ele.

A mulher deu uma risadinha que mais parecia um soluço e tapou a boca com a mão, como se tivesse cometido uma grosseria. Para sua surpresa, Augustin sentiu simpatia por ela.

— Então você é médica? — perguntou.

— Não. Não exatamente.

— Sofri um acidente grave — protestou Augustin. — Posso estar seriamente ferido. Preciso consultar um...

Alguém bateu à porta. Um jovem de cabelos louros e curtos pôs a cabeça pela fresta.

— O que é? — perguntou Griffin, irritado.

— O pessoal da companhia aérea — disse o rapaz. — Querem falar com o senhor.

— Estou ocupado.

— O cartão de crédito está em seu nome. Querem falar com o senhor.

Griffin deu um suspiro exasperado, como um chefe prisioneiro de sua própria importância.

— Examine-o, depois saia — ordenou ele secamente para a mulher. — E não o deixe fazê-la falar.

— Está bem — concordou ela.

— Ramiz estará do lado de fora. Se tiver algum problema, chame-o. Ele sabe o que fazer.

— Está bem.

A porta se fechou atrás dele. A chave girou na fechadura. Augustin sorriu para a mulher.

— Bem — disse ele, esfregando as mãos. — Vamos começar o exame então.

III

Durante os primeiros 15 minutos do trajeto, Knox receou que, a qualquer momento, Peterson o descobrisse na traseira do Toyota. Mas, enquanto prosseguiam, ele simplesmente se sentiu entediado, precisando recordar a si mesmo que estava a pouca distância do homem que provavelmente já tentara matá-lo duas vezes.

Pelo que podia perceber, estavam em uma estrada movimentada e em bom estado. O ângulo do sol dava a impressão de seguirem rumo ao sul. Talvez em direção ao Cairo, presumivelmente, embora Knox não tivesse ideia do motivo. Depois de cerca de duas horas, Peterson freou com certa violência, fazendo Knox chocar-se com o espaldar do banco traseiro. A seta piscou e o carro saiu da estrada, parando em seguida. Peterson saltou e abriu a tampa do reservatório de combustível, bem próximo à cabeça de Knox. A gasolina jorrou. Knox ficou absolutamente imóvel, receando que o menor movimento o denunciasse. A tampa foi novamente enroscada. Knox ouviu passos do lado de fora. Começou a respirar novamente. Sentou-se a tempo de ver Peterson indo rumo ao caixa para pagar. Passou por cima do espaldar para o assento traseiro, com a intenção de sair do carro, mas neste momento viu algumas folhas de papel soltas no banco do passageiro. A de cima era uma reimpressão do Diário de Escavações de Gaille, da internet, com uma foto dela do lado de fora do quarto, junto a dois arqueólogos da equipe de Fátima. Ficou gelado por um momento e afastou a folha para olhar a que estava embaixo. Outra impressão, desta vez com as indicações para as instalações de Fátima, em Hermópolis. Então era isso. Peterson estava preocupado com as fotos que ainda estavam no laptop de Gaille.

Ouviu uma porta bater. Olhou e viu que Peterson estava retornando. Não havia tempo para voltar à posição anterior. Abaixou-se atrás do assento do motorista e, logo em seguida, o sacerdote entrou no carro.

QUARENTA E UM

I

— Era a companhia aérea, não? — disse Augustin. — Vocês vão viajar?

A mulher sorriu, desconfiada.

— Estou aqui para verificar se você está bem, e não para conversar.

— Mas, e se eu não estiver bem? Acho que tenho lesões graves. Preciso de um médico de verdade.

— Você está demonstrando notável resistência para quem está à beira da morte. Além disso, sei o que estou fazendo. Realmente sei. E sou a única capaz disso aqui. Já foi bastante difícil convencer o Sr. Griffin de que...

Ela se interrompeu, aborrecida consigo mesma por ter-se deixado levar até aquele ponto e sem desejar prosseguir.

Augustin não insistiu. Se exagerasse, ela poderia voltar-se contra ele. Havia um tamborete junto à parede para que as pessoas pudessem alcançar as prateleiras superiores. Ela o trouxe e subiu para examinar o alto de sua cabeça, repartindo cuidadosamente os cabelos a fim de fazer uma limpeza. A blusa estava junto ao rosto dele e Augustin vislumbrou partes de pele sardenta entre os botões e a taça de um sutiã modesto. Ela aplicou um desinfetante. Augustin fez o possível para não recuar. Ela desceu do tamborete, encarou-o, ergueu suas pálpebras uma depois da outra e olhou-o profundamente nos olhos. A íris dos olhos dela eram azuis e as pupilas se dilataram, reagindo ao olhar dele.

— Tire a camisa, por favor.

— Qual é seu nome?

— Por favor. O senhor ouviu o que o Sr. Griffin disse.

— Só seu nome. É tudo o que quero saber.

— Claire — respondeu ela, com um sorriso hesitante.

— Claire! Gosto desse nome. — Desajeitadamente, ele desabotoou a camisa. — Sabe que significa "claro", em francês?

— Sei.

— Combina com você. Minha avó se chamava Claire. Era uma mulher extraordinária. Realmente maravilhosa. Tinha mãos muito delicadas.

— É verdade?

— Claro.

Fez uma careta de dor ao puxar a camisa para soltá-la da cintura, e deixou-a de lado. Olhou propositalmente para a própria cintura, desejando ter feito mais exercícios ultimamente.

— Então você também é arqueóloga, Claire?

— Não quero conversar.

— Imagino que seja, para estar trabalhando aqui...

Ela suspirou.

— Na verdade, sou administradora de projetos. Falo e escrevo um pouco de árabe.

— Fala árabe? Como assim?

— Meu pai trabalhava na indústria petrolífera. Fui criada no golfo. Você sabe, quando a gente é criança é muito fácil aprender línguas. Por isso o reverendo me trouxe, imagino. Também, tenho experiência em medicina. Sempre é útil em lugares como este.

— Lugares como este?

Ela enrubesceu, desviando o olhar.

— Ora, você sabe.

— Não — disse Augustin, franzindo a testa. — Acho que não sei. A menos que você esteja falando de lugares primitivos demais para que tenham seus próprios médicos.

— Não foi isso o que eu quis dizer — protestou ela. — Como disse, fui criada no Oriente Médio. Gosto muito daqui. A verdade é que pode ser difícil para muita gente consultar um médico em seu próprio país, especialmente os jovens. Mas num país estrangeiro, quando nem sequer sabem a língua... — Ela tentou sorrir. — Nós, norte-americanos, não somos os melhores viajantes.

— Mas então, qual é exatamente sua experiência em medicina? Afinal terei de deixá-la examinar-me.

Ela colocou as mãos no peito dele, apalpando suavemente as costelas, ouvindo com atenção e verificando se ele apresentava sinais de dor.

— Estudei medicina durante cinco anos.

— Cinco anos? E depois simplesmente desistiu?

— Meu pai ficou doente.

Ela virou a cabeça para um lado, sem saber por que estava contando tantas coisas àquele desconhecido, e continuou:

— Ele estava desempregado na época. Não tinha... um seguro-saúde *adequado*. Minha mãe já tinha falecido. Precisava de alguém para cuidar dele.

— Então você intercedeu por ele?

Ela assentiu, com ar absorto.

— Já cuidou de alguém assim, de uma pessoa que esteja morrendo? — perguntou.

Augustin sacudiu negativamente a cabeça.

— Nunca cuidei de ninguém, a não ser de mim mesmo.

— Peterson e sua igreja foram ótimos. Fizeram muito por nós. Eles têm um programa maravilhoso de visitantes voluntários. Sinceramente, nunca poderíamos ter resistido sem eles. Eles têm um asilo também, onde meu pai... você sabe. Além disso, um orfanato e abrigos para pessoas sem teto, muitas coisas assim. É gente *muito* boa. De verdade. O reverendo é um bom homem.

— E é por isso que você está aqui? Por gratidão?

— Acho que sim.

— Por que estava saindo do sítio ontem?

Ela coçou o nariz, fingindo não ter ouvido ou não ter entendido. Augustin, porém, deixou a pergunta no ar. O silêncio finalmente inquietou-a e ela o olhou com ar de embaraço.

— O que está dizendo?

— Vim aqui com a polícia para fazer algumas entrevistas. Griffin ia saindo de carro quando chegamos. Você estava com ele. Por que ele a escondeu?

Ela engoliu em seco, tristemente.

— Ninguém me escondeu.

Olhou para ele e os olhos de ambos se encontraram. Augustin sentiu o coração bater mais forte. Claire desviou o olhar, igualmente confusa.

— Você está bem — garantiu ela, guardando os apetrechos médicos na bandeja. — Apenas um pouco dolorido, nada mais.

— Você sabe o que aconteceu naquela noite, não sabe? — perguntou Augustin. — Sabe o que aconteceu com Omar e Knox.

— Não sei do que você está falando.

— Sabe, sim — insistiu ele. — Conte-me.

Mas, em vez disso, ela correu para a porta, batendo nela para que fosse aberta.

II

— Seti I? — perguntou Lily.

— Um faraó da 19ª dinastia — respondeu Gaille, cavando com os dedos enterrados na areia. — Subiu ao trono cerca de cinquenta anos depois de Akhenaton. Está enterrado no Vale dos Reis.

— Fale sobre ele — pediu Stafford.

— Inicialmente, o túmulo dele parecia relativamente simples. Um poço vertical cuja entrada levava a uma câmara funerária, diante da qual havia uma cisterna.

— Como esta aqui?

— E como o Túmulo Real também. Mas acontece que, na verdade, não se tratava de uma cisterna e sim de outro poço, que levava ao *verdadeiro* túmulo. Foi feito de propósito como se fosse uma cisterna, para enganar potenciais ladrões de túmulos. Naturalmente, isso não deu certo.

— Acha que este aqui é igual? — perguntou Lily. — Um poço fúnebre?

— Tem de ser uma possibilidade — respondeu Gaille. — Não sei por que não pensei nisso antes.

— Qual seria a profundidade?

— O poço do túmulo de Seti tinha 100 metros, mas isso é excepcional. Em geral, os poços nos túmulos não têm mais que uns poucos metros. E esses hieróglifos devem significar que estamos perto de alguma coisa.

— De que adianta? — murmurou Stafford. — Isso não vai nos tirar daqui.

— Provavelmente não — disse Gaille —, mas pode proporcionar um caminho para que a água escoe. A menos que você tenha uma ideia melhor.

— Não — admitiu Stafford. — Não tenho.

III

Não houve resposta aos chamados de Claire. Ela bateu novamente na porta. Nada ainda. Augustin caminhou lentamente até onde ela estava, fazendo o possível para não se mostrar ameaçador. Mesmo assim ela recuou, encostando-se à parede e segurando a bandeja quase como um escudo junto ao peito, de forma que os apetrechos médicos caíram no chão a seus pés.

— Deixe-me sair — disse ela estremecendo, sem olhá-lo nos olhos.

— Por favor, ouça o que tenho a dizer.

— Por favor.

— Um minuto. É tudo o que peço.

Ela desviou o olhar, desconcertada com a proximidade de Augustin, com a suave pressão do corpo dele nos lugares em que tocava o dela.

— Está bem — disse. — Um minuto.

— Obrigado. Não me importa o que aconteceu com Knox e Omar. Quer dizer, na verdade me importo muito, mas isso é assunto para amanhã. Agora preciso de seu auxílio porque uma grande amiga minha está em grave e iminente perigo e, se você não ajudar, ela poderá morrer.

Claire franziu a testa, surpresa. Não era o que ela esperava, de forma alguma.

— Uma amiga? Quem?

— Uma moça chamada Gaille Bonnard. É arqueóloga em...

— A refém?

— Sabe o que aconteceu com ela?

Claire fez uma careta.

— Estava em todos os noticiários de TV hoje de manhã.

— Viu a cobertura, então? — perguntou Augustin. — Nesse caso, deve ter notado a posição dela.

— Do que está falando?

— Na noite anterior ao sequestro, meu amigo Knox enviou para ela as fotos que tirou do que quer que seja que vocês encontraram aqui.

— Não encontramos nada.

— Ela melhorou as fotos e enviou-as de volta. Veja a postura dela no filme da TV. É exatamente a mesma da...

— ... do mosaico! — deixou escapar Claire.

— Então você *de fato* o viu.

— Não!

Mas a negativa era tão absurda que ela deve ter percebido. Afastou Augustin e começou a recolher os apetrechos espalhados no chão.

— Claire — suplicou ele. — Escute. Gaille está nos mandando uma mensagem que tem algo a ver com aquele mosaico. Não podemos descobrir o que é porque perdemos as fotos. Precisamos encontrar os originais. A vida dela pode depender disso.

— Não posso ajudar.

— Claro que pode. Você é médica; estudou para ser médica. Seu objetivo maior é salvar vidas. Tem de ajudá-la. Ela pode morrer se não o fizer.

— Cale-se.

— Você não gosta do que está acontecendo aqui. Isso é fácil de perceber. Se não fosse assim, não teria insistido em examinar-me. Eu estou bem. Não pense mais em mim. Mas Gaille está em apuros, e os outros dois reféns também. Precisam da sua ajuda. Como pode negar?

— Esta gente é minha amiga — disse ela, batendo novamente na porta.

— Não é verdade, Claire. Estão usando você porque você fala árabe e tem conhecimentos de medicina, e porque confiam em sua lealdade pelo que fizeram por seu pai. Isso é tudo. Eles se dizem cristãos, mas pode imaginar Cristo agindo dessa forma? Pode imaginar Cristo atropelando pessoas ou prendendo-as? Pode imaginar Cristo ocultando informações que poderiam salvar a vida de duas mulheres e...

— Deixe-me sair! — implorou ela, quando Ramiz finalmente abriu a porta. — Deixe-me sair!

— Por favor, Claire. Por favor.

Ela, porém, desvencilhou-se e saiu, batendo a porta atrás de si. Augustin sentou-se desajeitadamente no tamborete, com a cabeça entre as mãos, consciente de que acabara de perder sua melhor possibilidade, e talvez também a de Gaille.

QUARENTA E DOIS

I

O para-brisa do Lada de Naguib ficara embaçado com a tempestade. Ele não conseguia ver coisa alguma. Abriu uma fresta nas janelas, ligou o aquecedor e ficou pensando em seu encontro com Tarek e os *ghaffirs*, no significado do que ficara sabendo. A coisa estava ficando mais complexa. Precisava falar com o chefe.

— Não pode esperar até de manhã? — suspirou Gamal. — Estou ocupado com outra coisa.

— Pode ser importante.

— Bem, o que é?

— Acho que alguma coisa está acontecendo em Amarna.

— Não venha com isso outra vez! — exclamou Gamal. — O universo não gira em torno de você!

— A moça que encontramos tinha consigo um artefato de Amarna. Acho que ela encontrou alguma coisa aqui, talvez um sítio ainda não descoberto. Conhece o capitão Khaled, o mais graduado policial de turismo da área? Ele proibiu os *ghaffirs* locais de...

— Pare! Pare aí mesmo. Você vai sugerir o que eu acho que está prestes a sugerir?

— Estou apenas dizendo que acho que ele sabe de alguma coisa. Acho que devíamos investigar.

— Investigar a polícia de turismo? — perguntou Gamal. — Está louco? Não aprendeu a lição em Minya?

— Era diferente. Era o exército.

— Escute o que vou dizer. Você somente tem emprego por causa de seus amigos. Se insistir nesse caminho, eles não o ajudarão outra vez, acredite. Ninguém ajudará.

— Mas eu só...

— Será que não me ouviu? Nem mais uma palavra! Entendeu? Nem mais uma palavra!

— Sim, senhor — disse Naguib. — Entendi.

II

Claire encontrou Griffin tirando documentos dos arquivos e colocando-os em caixas de papelão para que Michael e Nathan levassem para a picape.

— E então? — perguntou ele, com azedume. — Como vai nosso hóspede?

— Precisa de um médico de verdade.

Griffin assentiu com a cabeça.

— Temos reserva num voo do Cairo para Frankfurt esta noite. Vou mandar Ramiz soltá-lo logo que estejamos no ar.

— Onde estão todos?

— No hotel, fazendo as malas. Nós também temos de ir para lá. — Griffin consultou o relógio. — Dou-lhe cinco minutos para juntar suas coisas.

— Está tudo no hotel.

— Ótimo! — Encheu a última caixa e fechou a gaveta, com um estrondo. — Então vamos embora.

Caminharam até a picape e partiram pela estrada esburacada. Claire olhou para trás, ansiosa, na direção do depósito.

— O que foi? — perguntou Griffin, percebendo a inquietação dela.

— Ele me disse uma coisa. Falou dos reféns em Assiut.

— Ele está querendo enganá-la. Eu lhe avisei para não conversar.

Claire olhou em volta. Mickey e Nathan sacolejavam na caçamba, rindo como crianças. Ela muitas vezes pensava neles, no quanto pareciam infantis. Não era responsabilidade deles que coisas ruins estivessem acontecendo por aqui. Tinham certeza de poder confiar em Peterson, porque era um ministro de Deus. Claire não podia culpá-los; ela própria fizera o mesmo. Além disso, eram seus companheiros, seus amigos, a despeito do que o francês pudesse dizer. Sua lealdade tinha de ser para com eles.

— É verdade — respondeu, esforçando-se para esquecer Augustin. — Você me avisou.

III

O tempo mudou com impressionante rapidez. Em um instante, o sol quente atravessava a janela, batendo no rosto de Knox. No momento seguinte, o céu ficou coberto por nuvens espessas e negras, enquanto a temperatura caía rapidamente. A chuva começou a tamborilar no teto do Toyota e, em seguida, tornou-se mais forte. Os faróis acenderam-se e o limpador de para-brisa começou a funcionar. O tráfego fluía mais lento, obrigando a reduzir a velocidade e a evitar as poças que iam se formando na estrada.

Peterson ligou o pisca-pisca e saiu da estrada do Nilo, entrando em uma alameda estreita e sinuosa. Passaram de buraco em buraco, espalhando água ao redor. O dilúvio ficou mais violento, com nuvens tão escuras que poderia ser meia-noite. Após cerca de vinte minutos, foi preciso reduzir a velocidade, mas depois puderam acelerar por alguns instantes. Finalmente, Peterson saiu da alameda e encostou o carro numa faixa lateral de areia molhada. Acionou o freio de mão, apagou os faróis, desligou os limpadores de para-brisa e o motor, soltando o cinto de segurança. Abriu a porta e fez uma pausa para respirar profundamente, saindo do carro.

Knox endireitou-se, sentindo câimbras e agulhadas nas duas pernas. Um brilho de relâmpago mostrou Peterson caminhando entre as poças da estrada, com um braço sobre a cabeça como se fosse um guarda-chuva improvisado. Knox esperou alguns momentos e abriu a porta, seguindo o sacerdote em meio à fúria da tempestade.

IV

Claire acompanhava, mesmerizada, o noticiário da TV no saguão do hotel, com as malas aos pés.

— Depressa — pediu Griffin. — Está na hora.

— Veja — disse ela.

Ele olhou a tela, sem compreender.

— Ver o quê?

Ela hesitou um momento. Havia muita gente em volta. Em seguida, disse em voz baixa:

— Nosso... *hóspede* me disse que esta mulher era sua amiga. Disse que Knox tinha enviado para ela fotos de nossa descoberta.

— Está louca? — rosnou Griffin. — Não fale sobre isso aqui.

— Olhe, por favor. Não está vendo?

Griffin voltou-se para a TV.

— Vendo o quê?

— A postura dela. O mosaico.

Griffin empalideceu repentinamente.

— Ora, diabos — murmurou, sacudindo a cabeça. — Não, isso é coincidência, nada mais que isso. Tem de ser.

— Era o que eu estava dizendo a mim mesma — concordou Claire. — Mas não é coincidência. Simplesmente não pode ser. Ela está tentando mandar uma mensagem.

— Precisamos sair, Claire — implorou Griffin. — Temos de ir para o Cairo pegar nosso avião. Explicarei tudo quando estivermos...

— Eu não vou — avisou Claire.

— O que está dizendo?

— Vou voltar ao sítio. Vou soltar Pascal e mostrar o mosaico a ele.

— Lamento, Claire. Não posso deixar que você faça isso.

Ela se voltou para encará-lo, de braços cruzados.

— E como pensa que poderá me impedir?

Os olhos dele se voltaram rapidamente para a picape, onde os estudantes iam acomodando a bagagem, como se imaginasse que poderia usá-los para raptá-la.

— Farei um escândalo — ameaçou ela. — Juro que farei. Sei falar árabe, lembra-se? Direi a todos o que vocês têm feito.

— O que *nós* temos feito — corrigiu ele.

— É verdade — concordou Claire. — O que nós temos feito.

Griffin umedeceu o lábio superior e limpou-o com um dedo.

— Você não ousaria.

— Você verá.

A expressão dele mudou, procurando negociar.

— Pelo menos, deixe-me levar os rapazes para o exterior.

— Dê-me a chave do depósito e as coisas de Pascal. Darei a vocês tempo para tomarem o avião.

— Os egípcios vão precisar de alguém em quem pôr a culpa, Claire. Não haverá ninguém, a não ser você.

— Sei disso.

— Então, venha conosco. Juro, no momento em que estivermos no ar, mandarei soltar Pascal. Farei com que ele saiba tudo o que precisa saber.

— A essa altura, talvez já seja tarde demais.

Uma buzina soou do lado de fora. Griffin não sustentou o olhar de Claire e desviou os olhos, envergonhado e confuso.

— Não estou pensando apenas em mim — disse. — Eles são crianças ainda. Precisam de alguém que cuide deles.

— Eu sei — concordou Claire, estendendo a mão para receber a chave e os pertences de Augustin. — É melhor você ir.

QUARENTA E TRÊS

I

Knox seguiu Peterson até um muro alto, diante do qual havia uma fileira organizada de palmeiras bem-espaçadas, como sentinelas. Eram as instalações de Fátima em Hermópolis, como ele esperava. Manteve-se a uma boa distância, mas mesmo assim Peterson deve ter percebido alguma coisa, porque repentinamente virou-se, perscrutando a escuridão. Knox ficou imóvel, confiando no dilúvio para esconder-se. Peterson voltou-se novamente para a frente e chegou ao portão principal, no qual havia lamparinas a óleo de ambos os lados e uma tabuleta instruindo os visitantes a tocarem a campainha. No entanto, ele não tinha intenção de anunciar-se.

Passou pelo portão, chegou ao fim do muro e virou a esquina, espalhando água da areia encharcada e procurando outra maneira de entrar. O portão dos fundos estava evidentemente trancado por dentro e não se abriu. Peterson deu a volta completa e parou, abrigando-se sob uma tamareira. Depois de refletir por alguns momentos, apoiou a bota entre o tronco da árvore e o muro, ergueu o corpo e olhou por cima, verificando se não havia alguém e se poderia pular para o outro lado. Passou a perna por cima do muro e deixou-se cair sobre a areia molhada, com um grunhido e algum barulho. Em seguida, apenas silêncio.

Knox pensou em tocar a campainha do portão para dar o alarme. Peterson teria grandes problemas para explicar-se, mas para ele mesmo também não seria fácil. Arriscava-se a voltar para a cadeia. Por isso, fez o mesmo que o outro tinha feito: agarrou o topo do muro e içou-se. O sacerdote tinha a vantagem da dianteira, mas Knox conhecia o lugar. Tomou um atalho entre o salão de conferências e a cozinha e chegou ao pátio para onde davam os dormitórios. Todas as luzes estavam apagadas, mas ele viu Peterson sob um toldo de lona quando este acendeu uma lanterna de bolso para consultar as plantas que trouxera e descobrir o quarto de Gaille. Alguma coisa caiu na cozinha, com um ruído metálico. Alguém murmurou um palavrão. Seguiu-se um brado de exasperação.

— Fique onde está! — gritou um homem, enquanto portas se abriam em torno do pátio. — Ponha as mãos atrás da nuca. — Era uma emboscada. Peterson voltou-se e saiu correndo, com os policiais atrás, gritando ordens, agitando lanternas e deixando as portas do quarto de Gaille tentadoramente abertas.

Knox correu para a frente, abrigando-se da chuva, com os sapatos encharcados pisando os ladrilhos de terracota. O laptop de Gaille estava aberto em cima da escrivaninha dela. Ele arrancou os fios, colocou-o na capa e ia se aproximando da porta por onde entrara quando ouviu passos e viu o facho de luz de uma lanterna. Deitou-se no chão, escondendo-se atrás da escrivaninha. Dois policiais entraram, caminhando pesadamente.

— A chuva vai continuar — rosnou um deles. — Sol durante seis miseráveis meses, e agora está chovendo como se o mundo estivesse pegando fogo.

— É melhor chamar nosso amigo em Alexandria — disse o outro. — Ele vai querer saber das novidades.

— Não estas novidades — murmurou o primeiro. — Acho que ele...

Parou de falar. Knox notou o rastro de lama que deixara no chão e que levava diretamente ao ponto em que ele se encontrava. Saltou de trás da escrivaninha surpreendendo os policiais, passou entre os dois e saiu pela janela francesa em direção ao pátio. Outros policiais vinham voltando da perseguição, cansados e de mãos vazias. Knox correu no sentido contrário, em direção aos fundos do terreno. O portão dos fundos estava trancado com uma tramela no alto e outra embaixo. A de cima abriu-se com facilidade, mas a de baixo estava emperrada. Foi preciso esforçar-se para abri-la. Ouviu passos na água atrás dele. As luzes das lanternas alcançaram-no. Knox puxou a porta, mas ela emperrou na lama. Esgueirou-se pela fresta e a porta voltou a fechar-se, prendendo o laptop, de forma que ele teve de puxá-lo para libertar-se. No momento seguinte, já corria pelo deserto com o laptop batendo em suas costas.

A chuva continuava a cair forte. Knox olhou para trás. Clarões de lanternas, gente gritando. Saltou sobre uma cerca baixa, mas escorregou ao recolocar os pés no chão. Um relâmpago iluminou uma tabuleta do CSA enquanto ele se levantava, com as calças molhadas agarradas às pernas. Dirigiu-se para lá, procurando por alguma coisa familiar. Em sua última visita, as condições eram muito distintas. Ouviu portões se abrirem e o ronco de um motor. Em seguida, faróis brilhantes acenderam-se, lançando a sombra dele a metros de distância e fazendo as gotas de chuva luzirem como joias. Sem pensar, olhou em volta, com dificuldade para enxergar no escuro, e agarrou-se a uma grade protetora, passando sobre ela e tendo de manter-se agarrado para não cair dentro de um poço. Finalmente, viu-se em segurança. Havia uma escada junto ao muro. Knox desceu na escuridão, procurando em vão uma saída.

Acima dele, um veículo movimentou-se. Portas batiam, pessoas gritavam. Uma lanterna iluminou por instantes o poço, mostrando um corredor à esquerda. Knox correu às cegas, apalpando as paredes. Pelos antigos nichos e aberturas, percebeu que se encontrava em uma catacumba para animais. Virou-se para todos os lados, olhando para cima em busca da luz do dia, de uma torre de ventilação por onde pudesse escapar. Viu o facho de uma lanterna mais adiante. Deu meia-volta. Outra lanterna.

Apalpando as paredes, achou uma janela e passou por ela, entrando em uma cela, cheia pela metade com detritos e areia. Um lugar fantasmagórico, ainda mais com a aproximação trêmula de uma lanterna. Em um nicho na parede oposta, um macaco mumificado olhava-o com olhos de vidro. Aquela raça de animal era reverenciada naquela região, na Antiguidade, como personificação de Thoth, o deus egípcio da escrita, que os gregos associavam a Hermes, de quem Hermópolis herdara o nome. Centenas de milhares de macacos haviam sido enterrados naquelas catacumbas, que se estendiam por muitos quilômetros.

Ouviu uma respiração ofegante do lado de fora, o riscar de um isqueiro e a brasa alaranjada de um cigarro. Knox encostou-se à parede. As costas de um homem surgiram na entrada da cela quando ele se sentou para uma tragada.

II

Augustin já tinha perdido as esperanças de ser libertado naquela noite quando ouviu passos que se aproximavam e, logo depois, uma batida tímida na porta do depósito.

— Senhor Pascal! Está aí?

— Claire! É você? — perguntou ele, levantando-se.

— Sou.

— Pensei que tinha ido embora.

— Mas voltei. — Houve uma pausa enquanto ela respirava fundo. — Escute, você está me dizendo a verdade, não é? Quer dizer, que sua amiga foi feita refém e que o mosaico poderá ajudá-la?

— Estou.

— Mas provavelmente terei muitos problemas se...

— Estou dizendo a verdade, Claire. Juro. E meu nome é Augustin.

Uma chave girou na fechadura. A porta se abriu. Ali estava Claire, de pé, ao luar. Com as mãos juntas diante do corpo, de aparência muito assustada e muito jovem apesar de sua altura.

— Estou em um país estrangeiro — disse ela. — Desrespeitei a lei. Pelo menos, a lei foi desrespeitada e eu sou a única pessoa que as autoridades têm para castigar. Não tenho família em minha terra para lutar por mim. Também não tenho amigos aqui. O senhor Griffin deixou claro que não me defenderá quando levar todos os outros de volta aos Estados Unidos. Não que não queira, compreenda, mas ele não tem opção. Por isso, estou assustada. Estou realmente com medo. Não sei me virar bem sozinha. Não gosto de estar sob pressão. Se eu lhe disser onde está esse mosaico, precisarei de alguém para me ajudar no que acontecer depois. Alguém que lute por mim como você está lutando por sua amiga.

— Lutarei por você — garantiu Augustin.

Ela baixou os olhos.

— Você diria qualquer coisa para sair daqui. Não posso culpá-lo por isso, mas é a verdade.

Augustin aproximou-se lentamente dela para não assustá-la. Pôs uma das mãos no ombro da jovem e ergueu-lhe o queixo com a outra até que finalmente o olhar dela encontrou o seu.

— Não sou uma boa pessoa, Claire — admitiu ele. — Sou o primeiro a reconhecer isso. Tenho muitos vícios, mas tenho uma virtude. Não abandono meus amigos, custe o que custar. Se me ajudar agora, será minha amiga por toda a vida. Juro isso a você. Pode acreditar no que digo.

A expressão dela se turvou por um momento. Em seguida, um sorriso radiante se espalhou por seu rosto. Entregando-lhe a carteira e o celular, disse:

— Vou lhe mostrar o que você está procurando.

III

A cisterna se enchia rapidamente, com a água escorrendo pelas paredes e encharcando o chão, formando poças que cresciam como a ansiedade que devorava Gaille.

— Acenda um fósforo — disse Stafford. — Encontrei alguma coisa.

O fósforo quase falhou quando ela o riscou; a umidade se espalhara por toda parte. Ela protegeu cuidadosamente a chama e abaixou a mão. Stafford afastou a água com as mãos para que todos pudessem ver. Era um *talatat*. Os três olharam para ele e depois se entreolharam, imaginando o que poderia significar. O fósforo queimou os dedos de Gaille. Ela deu um gritinho e soltou-o. A escuridão os envolveu novamente.

— Vamos cavar em volta — sugeriu Lily. — Talvez haja alguma coisa atrás.

Começaram a trabalhar em turnos, dificultados por uma grande pedra enterrada entre os detritos bem diante do *talatat*. Continuaram, porém, e logo conseguiram sacudi-lo, como um dente bambo, apalpando seus contornos. Havia outro tijolo à esquerda, e um terceiro abaixo. Talvez uma parede inteira. Gaille foi quem finalmente conseguiu retirar suficiente quantidade da antiga argamassa para deslocar o tijolo. Todos esperavam que a água começasse a escoar, mas ela teimosamente permaneceu onde estava.

Gaille apalpou o buraco onde estivera o *talatat* e encontrou uma parede firme, mas, quando a arranhou, ela se desmanchou entre seus dedos, como gesso.

Revezaram-se na escavação, mas o nível da água subia sempre. Não demorou muito para que tivessem de inspirar profundamente e mergulhar as cabeças na água para alcançar o buraco.

— Não adianta — gemeu Lily. — Não estamos conseguindo nada.

— Temos de continuar — insistiu Gaille. — Temos de fazê-lo.

A alternativa era evidente na tensão de sua voz.

QUARENTA E QUATRO

I

A fumaça do cigarro do policial irritou a garganta de Knox, que teve de esforçar-se para não tossir. Novos passos aproximaram-se.

— Levante-se, seu preguiçoso. Precisamos fazer uma busca completa.

— Sim, e estou examinando esta parte.

— É isso o que quer que eu diga a Gamal?

— Está bem — suspirou o homem. Apagou o cigarro quase inteiro e guardou-o no maço, afastando-se.

Knox esperou que se fizesse silêncio antes de emergir de seu esconderijo. Já estava quase do lado de fora quando viu o facho da lanterna de novo em sua direção.

— Eu disse que era para lá — disse um policial, virando a esquina. Houve um momento de completa imobilidade enquanto os dois se olhavam. Um deles gritou, pedindo reforços, ao mesmo tempo que o colega sacava a arma.

Knox fugiu na escuridão, procurando adivinhar o caminho a cada encruzilhada, esquerda, direita, direita, ouvindo os sons da perseguição em volta e conseguindo evitar ser descoberto até chegar a um beco sem saída, com a passagem a sua frente entupida pela areia. À sua retaguarda, lanternas aproximavam-se rapidamente. Não havia como retornar. Knox escalou o monte de areia, vendo um pequeno espaço entre o alto e o teto, suficiente para esgueirar-se, puxando o laptop como se fosse uma âncora. Viu luz adiante e logo depois o clarão de um relâmpago. Era um poço de ventilação.

A areia ia ficando cada vez mais encharcada à medida que ele passava, e então viu-se novamente em meio à tempestade, passando por cima de um cordão de isolamento e levantando água ao correr pela areia, já ofegante. O clarão distante de um relâmpago iluminou a paisagem. Knox procurou um lugar onde se esconder e viu um banco pintado de branco em meio a um grupo de tamareiras. Correu para lá, olhando em volta, enquanto o primeiro policial emergia do poço de ventilação apontando a lanterna para a direção errada ao perseguir as sombras.

Knox sentiu-se mais animado; conseguiria escapar. Mas então ouviu um galho se quebrando logo adiante, viu um homem de pé e levantou as mãos. Tarde demais. Um punho agrediu-o no rosto, fazendo-o ver estrelas e cambalear. Era Peterson, com os punhos cerrados, mostrando os dentes, com muco escorrendo pela narina esquerda e ódio nos olhos.

— Você? — murmurou ele, incrédulo. — Como chegou até aqui? Foi Satã quem o trouxe, não foi?

— Você está maluco — respondeu Knox, procurando afastar-se, temeroso não apenas pela atitude de Peterson, mas também com receio de que a movimentação atraísse a polícia.

— Sodomita! — bradou Peterson, com desprezo. — Abominação! Agente de Satã!

— Você está completamente louco!

— O Dia do Juízo está próximo — exclamou o sacerdote. — Não está entendendo? A salvação final está chegando. O mundo está prestes a contemplar o rosto de Cristo! Contemplar Sua graça, Sua infinita misericórdia! A humanidade se prostrará de joelhos em adoração. De joelhos! Isso é o que assusta tanto seu mentor, não é? Por isso ele o enviou, para me deter. Criatura imunda de Satã! A grande batalha está começando, o Senhor está preparado para triunfar, você nada pode fazer. Está escrito! Está escrito!

Enquanto gritava, Peterson agarrou Knox, deitando-o no chão e montando nele. Knox tentou acertar-lhe a virilha com um pontapé, mas nada adiantou. Conseguiu desvencilhar-se, mas Peterson saltou sobre as costas dele, com um joelho apertando-lhe a nuca, e agarrou a alça da bolsa do laptop, procurando estrangulá-lo com ela.

— Seu mentor já não tem mais poder, está ouvindo? O Reino da Besta está no fim. A vitória do Senhor é iminente. Não está entendendo? O Senhor está comigo, e Ele é mais poderoso do que os exércitos. — Puxou as alças com mais força, fazendo-as estrangular a garganta de Knox como um garrote. — No tempo em que eu os visitar, tropeçarão, disse o Senhor — bradou Peterson, exultante. — Eu lutarei com a mão estendida e meu braço forte, com ira, fúria e muita raiva.

Knox segurava a alça com ambas as mãos, mas seu agressor era mais forte. Ele não conseguia respirar; seus pulmões buscavam ar. Fez um esforço e levantou-se, com o sacerdote agarrado a suas costas, cambaleou até o banco, subindo nele e deixando-se cair de costas para que Peterson batesse com força no chão, espalhando as chaves do carro e outros pertences que lhe saíam dos bolsos. Ele relaxou os músculos o suficiente para que Knox se libertasse e se afastasse alguns passos, ofegante, apalpando a garganta com ambas as mãos.

— Eu sou o Alfa e o Ômega, diz o Senhor — bradou o reverendo, levantando-se. — Sou Aquele que vem da eternidade. Meu nome é Vingança. Sou o Destruidor.

Houve um grito vindo das areias, e o facho de uma lanterna iluminou Peterson, que se voltou vendo quatro policiais correndo na chuva em sua direção. Knox agachou-se, correu para o precário esconderijo entre as árvores e deitou-se no chão. Atrás dele, Peterson parecia indeciso, com os olhos passando dos policiais para Knox, o laptop, as chaves e a carteira espalhadas no chão. Finalmente, tomou uma decisão sobre o que era mais importante. Tirou o laptop da capa, abriu-o, agarrou um tijolo de calcário e bateu com ele no teclado. Teclas e pedaços de plástico saltaram em todas as direções.

— Pare! — gritou um policial.

— E eles avançarão — gritou Peterson. — Olharão as carcaças dos homens que transgrediram contra mim. — Bateu novamente com o tijolo, destruindo a tampa e os fios do interior. — O verme não morrerá nem seu fogo será extinto. Serão uma aberração para toda a carne!

Um relâmpago revelou os olhos faiscantes, os cabelos grisalhos serpenteando sobre o rosto, a saliva abundante, fazendo com que o primeiro policial aguardasse reforços.

— O tempo do Senhor está próximo! Estão ouvindo? Caiam de joelhos, pagãos imundos. Vocês não são dignos!

Bateu novamente com o tijolo.

Chegaram mais dois policiais. Juntos, atacaram Peterson, que se ergueu na lama com eles agarrando seus braços, forte como Sansão. Cambaleou alguns passos, tentando desvencilhar-se. Mas um quarto homem aproximou-se e bateu repetidas vezes em sua têmpora com o cabo do revólver, até que Peterson se deixou cair sobre os joelhos e depois desabou com o rosto na lama.

Os policiais ficaram de pé em volta do corpo prostrado, ofegantes. Um deles deu um pontapé vingativo nas costelas do reverendo, mas outro rolou seu corpo para afastar a boca da água, enquanto um terceiro o algemava com as mãos para trás.

— Havia dois homens aqui — disse um deles. — Estavam lutando — prosseguiu, fazendo um gesto vago em direção ao lugar onde Knox estava deitado, com o rosto encostado à areia encharcada.

Alguns fachos de luz da lanterna percorreram o lugar sem muita convicção e logo se apagaram.

— Acho que devemos levar este aqui a Gamal — sugeriu um policial.

— Já é hora de os outros fazerem alguma coisa — concordou um colega. Ergueram Peterson pelos braços e o arrastaram de volta ao prédio.

II

Claire levou Augustin pelo terreno acidentado. Dois operários de construção, protegidos por capacetes, estavam próximos a uma pá mecânica.

— Estão construindo uma tubulação no terreno ao lado — explicou ela. — Perguntei se queriam ganhar algum dinheiro extra.

Augustin riu, contente.

— Você é surpreendente, Claire.

Ela virou a cabeça para ocultar seu contentamento, caminhou por alguns metros e bateu na terra solta com os pés.

— Aqui — disse aos trabalhadores. — Cavem aqui.

— Tem certeza do que está fazendo? — perguntou Augustin.

— Tenho.

— Este é o lugar certo?

— É.

Augustin tirou o celular e mostrou-o a ela.

— Preciso fazer uma chamada. Tenho um amigo no CSA. Podemos confiar nele.

Ela hesitou, mas depois assentiu com a cabeça.

— Está bem.

Ele digitou o número de Mansur.

— Sou eu. Estou no sítio de Peterson. Você precisa vir para cá.

— Mas estou no meio de...

— Venha agora — disse Augustin. — E traga seguranças com você se puder. Teremos de colocar alguém vigiando este lugar.

III

— Já encontrou seu assassino?

Faruk franziu a testa, olhando o colega sorridente.

— Cale a boca — advertiu. — Simplesmente cale a boca.

Seu rosto queimava ao redigir o relatório. O ódio por Knox pingava como ácido de seu coração. Tinha mandado agentes procurarem em Alexandria, mas o fugitivo simplesmente desaparecera. Faruk não sabia como aquilo era possível. Era uma humilhação que ele teria de suportar durante anos. O telefone começou a tocar. Talvez fosse alguma notícia.

— Aqui é Faruk.

— Aqui é Gamal. De Mallawi, lembra-se? Já nos falamos antes.

Faruk aprumou-se na cadeira.

— Tem notícias para mim?

— Talvez. Achamos que seu homem esteve aqui.

— Acham? O que quer dizer com isso, que *acham*?

— Ele escapou.

— Não acredito! Como pode ter escapado?

— Nós o pegaremos, prometo. É uma questão de tempo. E não teria escapado se você nos tivesse avisado que eram dois.

— Dois? O que significa isso?

— Ele tinha um cúmplice. Conseguiu nos enganar, mas agora o agarramos.

Faruk estreitou os olhos.

— Era Augustin, um francês, não?

— Não sei ainda. Ele não quer falar. Resistiu à prisão, se é que entende o que estou dizendo. Mas sem dúvida é estrangeiro. Deve ter pouco mais de 50 anos, alto e forte. Cabelos longos, com alguns fios grisalhos. Está usando um colarinho branco. Sabe como é, como os sacerdotes cristãos.

— Um colarinho eclesiástico?

— Exatamente. Isso faz algum sentido?

— Faz.

Não era Augustin, afinal; era Peterson.

— O que está acontecendo, então? — perguntou Gamal.

— Não sei — disse Faruk, pensativo, levantando-se. — Mas prometo que vou descobrir.

QUARENTA E CINCO

I

Augustin observou, admirado, enquanto a máquina recolhia grandes quantidades de terra. Voltou-se para dizer alguma coisa a Claire, mas esta se afastara um pouco, com as mãos juntas diante de si, nervosa com as atribulações que a aguardavam. Ele se aproximou, querendo tranquilizá-la, mas sem saber como.

— Sabe o que Peterson estava procurando? — perguntou, suavemente.

Ela sacudiu negativamente a cabeça.

— Na realidade, ele nunca me deu informações sobre essa parte.

— Mencionou alguma vez os carpocráticos?

— Uma ou duas vezes — concordou ela. — Por quê? Quem eram?

— Uma seita gnóstica, fundada em Alexandria. Era baseada aqui e em Cefalônia. Diz-se que possuíam um artefato que seu reverendo desejava. Um retrato de Jesus Cristo, o único que merece crédito, após a enxurrada de relíquias da Idade Média.

Claire deu um grunhido.

— Imagino que deveria ser alguma coisa assim. — Voltou-se para ele e prosseguiu: — Mas ele o encontrou? Foi isso o que criou toda esta confusão?

— Não. Encontrou outra coisa.

— O quê?

— Há um texto conhecido como Evangelho Secreto de Marcos. Pode ser que não exista, mas alguns acreditam que poderia existir.

Augustin fez um resumo do que Kostas lhe dissera: que a carta fora repudiada como falsificação, mas Peterson havia encontrado alguma coisa nas paredes daquele sítio que o fizera imaginar que o evangelho, enfim, poderia ser real. Um mural mostrando Jesus e outro homem saindo de uma caverna, com uma figura ajoelhada que implorava: "Filho de Davi, tende piedade de mim".

— E então? — perguntou Claire.

— O Evangelho Secreto descreve exatamente esse incidente. O mural prova que isso realmente aconteceu e, portanto, há indícios fortes de que ele seja autêntico.

— Mas o mural não poderia simplesmente aludir a outro incidente? — perguntou ela, franzindo a testa. — Como o de Bartimeu, por exemplo.

— Bartimeu?

— Você deve ter ouvido falar nele. O cego que suplicou a Jesus que o curasse. Usou exatamente essas palavras. Está no Evangelho de Marcos, tenho certeza. Está também no de Mateus.

Foi a vez de Augustin franzir a testa. Tinha certeza de seu raciocínio. Mas logo percebeu a resposta, e isso o fez rir.

— Eu não sou o único que não conhecia esse relato. Seu reverendo também não sabia.

— Claro que sabia — disse Claire. — Ele é sacerdote.

— É verdade — concordou Augustin —, mas é adepto do Velho Testamento. Fogo e pedras, nada de amor e perdão. Já viu o site dele na web? Fala detidamente da palavra de Cristo, mas todas as referências, na verdade, são sobre o Deuteronômio, Levítico e Números, nunca sobre o Novo Testamento, nunca sobre o próprio Cristo.

— Você não pode estar falando sério.

— Diga-me então. Você deve ter ouvido os sermões dele. Pode recordar se alguma vez ele citou Cristo?

A pá mecânica encontrou alguma coisa sólida, evitando que ela tivesse de responder. O tratorista parou e deu marcha a ré, permitindo que Augustin descesse ao poço. Abrindo o alçapão com o pé, revelou os degraus mais abaixo. Assentiu com a cabeça para Claire, com o coração intumescido por sensações desconhecidas.

— Obrigado — agradeceu ele.

II

Knox recolheu as chaves do carro de Peterson na areia molhada e também a carteira e o celular dele. Era muito possível que a polícia tivesse encontrado o Toyota e estivesse esperando, de tocaia, mas ele não tinha muita escolha a não ser arriscar. A sorte o protegeu. Virou a chave na ignição, olhando a escuridão à noite pelo para-brisa embaçado, incapaz de ver qualquer coisa, mas sem se atrever a acender os faróis. Um relâmpago distante lhe proporcionou um vislumbre instantâneo da paisagem arenosa, o suficiente para dirigir às cegas por um trecho até que outro relâmpago lhe desse nova visão. Depois de distanciar-se do prédio, acendeu os faróis, alcançou a fileira de árvores que marcava o limite entre o deserto e as terras de cultivo, e entrou em uma plantação de cana-de-açúcar, ocultando-se atrás de uma parede de plantas e preparando-se para arrancar novamente, caso necessário. Depois, apagou os faróis e ligou o aquecimento.

O que faria agora?

Gaille estava em Assiut, a cerca de 70 quilômetros ao sul. Não havia possibilidade de utilizar as estradas principais com a polícia à sua procura. Nem mesmo um 4x4 poderia atravessar o deserto com aquela tempestade. Isso, porém, não importava. Ao destruir o laptop e as fotos, Peterson lhe negara qualquer possibilidade de decifrar a mensagem de Gaille.

Somente então se lembrou do avião de controle remoto que voara sobre Borg. Pegou o celular de Peterson e ligou para o número de Augustin. A chamada entrou na caixa postal. Knox digitou um torpedo, pedindo ao amigo que ligasse para ele assim que o recebesse. Em seguida, preparou-se para esperar.

III

Faruk chegou ao sítio de Peterson em Borg el-Arab e não encontrou os seguranças. O escritório estava vazio. À direita, porém, viu uma pá mecânica com as luzes acesas e um carro estacionado ao lado, além de dois operários que conversavam com um segurança. Aproximou-se deles. Havia uma montanha de terra e entulho junto a um grande poço aberto, com degraus de pedra que levavam a uma câmara subterrânea, e um gerador funcionando na entrada.

— E então, chefe? — disse Hosni, alegremente. — Parece que havia realmente alguma coisa aqui.

Faruk fuzilou-o com o olhar ao sair do carro e caminhou até o poço.

— O que está acontecendo? — perguntou.

— Esta área é restrita — respondeu o guarda. — Está sob jurisdição do CSA.

— Estou investigando um homicídio — retrucou secamente Faruk. — A jurisdição é minha. — Passou na frente do guarda, com o coração cheio de raiva. O som de vozes levou-o por um corredor até uma câmara, onde Pascal fotografava um mosaico enquanto Mansur e uma mulher de cabelos claros observavam-no.

— Que diabos significa isso? — gritou ele.

— O que lhe parece? — retrucou Augustin.

— Como se atreve a vir aqui sem mim? Isto é a cena de um crime. Eu sou o encarregado! Eu! Sou eu quem toma as decisões. Ninguém faz nada sem minha...

— Você já não causou problemas demais?

— Com quem pensa que está falando?

— Você transformou meu melhor amigo em fugitivo — rosnou Augustin. — Resolva esse assunto ou continuarei a falar da maneira que bem entender.

— Onde está Peterson? — perguntou Faruk. — Onde está Griffin? — A mulher deu um passo atrás, procurando as sombras. Faruk voltou-se para ela. — E quem é *esta*?

— Uma colega — disse Augustin. — Do CSA.

— Isso é verdade? — perguntou Faruk, voltando-se para Mansur. — Ela é sua funcionária?

— Eu... bem... isto é...

— Ela é do grupo de Peterson, não é? — exclamou Faruk, voltando-se para Hosni. — Prenda-a. Não me importo com o que fizer a ela, desde que a faça falar.

— Não se atreva! — bradou Augustin, colocando-se diante dela. — Deixe-a em paz.

Mas Faruk sacou o revólver e apontou-o com tanta decisão para Augustin que este se afastou, com relutância.

— Obstrução do trabalho policial — exultou ele, enquanto Hosni levava Claire. — Tenha cuidado ou prenderei você também.

IV

Você parece preocupado — disse Yasmine, recebendo Naguib na porta de casa.

— Estou bem — assegurou ele, tirando o paletó molhado e pegando Husniyah no colo para levá-la à cozinha. — O cheiro está bom — disse ele, indicando a panela.

Ela ajeitou o paletó sobre o fogão para secar.

— Fale sobre seu dia — pediu.

Naguib não respondeu. Ficou simplesmente olhando a parede, sem expressão. Ela tocou o braço dele.

— O que foi? — perguntou.

O marido deu um longo suspiro.

— Um inglês chamado Daniel Knox — disse. — O pessoal está procurando por ele do outro lado do rio. Vim escutando no rádio.

— E daí?

— Não era ele a outra pessoa na conferência de imprensa quando anunciaram a descoberta do túmulo de Alexandre? Estava junto com o secretário-geral e a moça sequestrada.

— Era — disse ela. — Daniel Knox. Creio que você tem razão.

— Dizem que é um assassino.

— Ele não parece assassino.

— Não — concordou Naguib.

— Parece boa gente.

— Você sempre diz isso — tornou Naguib, franzindo o cenho. — Mas o que quero saber é o que ele estava fazendo por aqui.

— O que quer dizer?

— Um assassino fugitivo trata de correr para *longe* dos problemas. Este está procurando problemas. Por quê? Por causa da moça sequestrada, tenho certeza. Ele sabe de alguma coisa, e isso o traz aqui.

— Coma um pouco. Deixe para pensar nisso amanhã.

— Alguma coisa está acontecendo em Amarna, meu amor. Ainda não tenho certeza do que seja, mas tem a ver com a polícia de turismo.

— Oh, não — disse ela. — Isso não, outra vez. — Olhou para Husniyah. — Acabamos de nos estabelecer aqui. Se você perder seu emprego...

— Se você não quiser, não levarei o assunto adiante.

— Você sabe que eu não faria isso. Mas, e seus colegas? Eles não o apoiarão?

Naguib negou com a cabeça.

— Falei com Gamal. Ele me disse que esquecesse este assunto. Mas não consigo.

Yasmine ficou em silêncio por um momento. Em seguida, respirou fundo.

— Faça o que tem de fazer. Husniyah e eu estaremos sempre a seu lado, você sabe.

Os olhos dele brilharam ao se levantar.

— Obrigado — disse.

— Só peço que você não cometa nenhuma loucura.

Ele assentiu, vestindo o paletó.

— Voltarei antes que você perceba.

QUARENTA E SEIS

I

A água ainda escorria pelas paredes, sem dar mostras de amainar. Na verdade, estava até piorando, o que deixava Lily e Stafford dependendo da pequena ilha que haviam criado, já com água pela coxa, e que, em breve, subiria até o pescoço, a menos que as coisas mudassem a favor deles. Lily estremeceu violentamente, com medo e frio, os dentes batendo descontroladamente. Foi preciso toda a energia para que a histeria não tomasse conta dela. Era jovem ainda e sentia a injustiça de suas atribulações, mas também censurava a si mesma. Uma coisa era ter a vida pela frente, todas aquelas infinitas possibilidades, e outra era olhar em retrospecto e perceber o pouco que conseguira realizar até então.

Gaille surgiu na superfície, ofegando após a última tentativa de deslocar o *talatat*.

— Conseguiu alguma coisa? — perguntou Lily.

— Temos de continuar trabalhando.

— Isso não está adiantando nada — disse bruscamente Stafford. — Não percebeu ainda?

— Nesse caso, o que sugere?

— Sugiro que conservemos nossas energias — respondeu ele. — É o que vou fazer. Talvez possamos sair daqui nadando.

— Nadando! — zombou Lily.

— Se a chuva continuar a cair assim...

— Antes disso já teremos morrido afogados — exclamou Lily. — Vamos todos morrer afogados.

A indignação dela era grande demais para traduzir em palavras. Ao ouvir a voz dele, ela agitou as mãos e, para sua surpresa, encostou em seu peito nu. Stafford havia tirado a camisa.

— O que está fazendo? — perguntou ela.

— Nada.

Ela estendeu a mão e apalpou alguma coisa que boiava na água. Era uma garrafa de água, com a tampa atarraxada. Ele a tomou novamente dela, e Lily ouviu o som de pano molhado, sentiu o nó na ponta da manga da camisa dele, que inchara como os músculos de Popeye.

— Você está fazendo uma boia — observou ela.

— Todos poderemos utilizá-la.

— Ele está fazendo uma boia — disse Lily para Gaille. — Está usando todas as garrafas de água.

— É uma boa ideia — elogiou Gaille.

— As garrafas são *nossas* e não *dele*.

— São para todos nós — disse Stafford, em tom pouco convincente. — Eu não queria despertar esperanças antes de verificar se funcionaria. Seja como for, não é sua vez de escavar essa maldita parede?

Assim era. Lily atravessou o poço, inspirou profundamente várias vezes, desceu até o buraco onde estava o *talatat*, com os ouvidos e a cabeça doendo por causa da pressão, cavando furiosamente, com gesso sob as unhas, progredindo muito lentamente, principalmente porque a água que subia tornava a tarefa cada vez mais difícil. E, em breve, seria impossível até mesmo...

O mundo dela rompeu repentinamente, com o nível da água crescendo como fermento. Alguma coisa caiu sobre o ombro dela, fazendo-a rodar. Lily procurou instintivamente emergir, já semiconsciente do que devia ter acontecido: as tábuas, pedras, cobertores e lençóis que fechavam a abertura do poço haviam desabado com o peso acumulado da água. Chegou à superfície, engasgada, debatendo-se na escuridão.

— Gaille! — gritou ela. — Charlie! — Não houve resposta. Estendendo a mão, tocou alguma coisa morna, um torso de homem, sem camisa. Era Stafford. Apalpou-lhe o pescoço e a cabeça: havia um grande fenda, com a matéria cinzenta saindo como a polpa esmagada de uma fruta madura. Ela gritou e o afastou de si. — Gaille! — gritou ela novamente, procurando na escuridão com as mãos estendidas e encontrando os lençóis e cobertores, além de uma tábua. Encontrou um braço, apalpou uma blusa, percebendo que era Gaille. Puxou-a até o monte de terra, tirando a cabeça dela da água para que regurgitasse o líquido que lhe enchia as vias respiratórias, porém sem dar sinais de vida. Mesmo assim, Lily abraçou-a, chorando copiosamente de tristeza, terror e solidão em meio às trevas.

II

— Vou contratar um advogado para você — gritou Augustin para Claire, subindo os degraus atrás dela. — Não diga nada até que ele chegue. Entendeu? — Ela assentiu com a cabeça enquanto era posta na parte de trás do carro da polícia, com o rosto alarmantemente pálido. — Vou cuidar de você — prometeu ele. — Não a perderei de vista! — Mas quando as portas do carro bateram e o veículo começou a afastar-se, ele se lembrou tardiamente do desastre com a moto.

Mansur aproximou-se.

— Não se preocupe. Tudo vai ficar bem.

— O que quer dizer com isso? — atalhou Augustin. — Você sabe o que acontece aqui quando as pessoas são apanhadas no sistema.

— Por que está tão preocupado com a moça? Ela é companheira deles, não é?

— Não, é nossa amiga. Tomou uma decisão e nos escolheu.

— Sim, mas...

— Você tem de me levar de volta a Alexandria. Preciso soltá-la.

— Não posso — disse Mansur. — Tenho de cuidar deste lugar primeiro. Você há de compreender.

— Bobagem. Já temos seguranças aqui. Ligue, consiga mais alguns se quiser. Tudo pode esperar até amanhã. Afinal de contas, tudo o que está aí esperou dois mil anos.

— Lamento, meu amigo.

— Eu dei minha palavra — disse Augustin. — Prometi cuidar dela.

— Sim, mas...

— Por favor, Mansur. Fiz muita coisa pelo Egito, não fiz?

— Claro que sim.

— E também por você.

O filho de Mansur estava estudando medicina em uma universidade conceituada em Paris graças, em grande parte, à ajuda de Augustin.

— É verdade.

— E nunca pedi nada em troca.

— O que está dizendo? Você sempre me pede muita coisa. E o meu GPS, e aquele avião de controle remoto? Aliás, onde está ele?

Augustin desprezou a objeção.

— Estou falando sério, Mansur. Claire não tem culpa de nada. Isso é verdade. Comportou-se bem em circunstâncias difíceis. Arriscou o próprio futuro para endireitar as coisas. Você viu o que Faruk disse. Ele quer um bode expiatório. Alguém que ele possa interrogar, ameaçar, descarregar sua raiva. Se não puder encontrar Peterson nem Knox, vai maltratá-la.

Mansur suspirou.

— O que posso fazer?

— Diga que foi Claire quem fez a denúncia, que foi ela quem inicialmente entrou em contato com o CSA, preocupada com as escavações de Peterson. Diga que, por causa dela, Omar e Knox vieram aqui, em primeiro lugar.

— Ele não vai acreditar.

— Não é preciso que acredite. Basta que não possa provar o contrário.

Mansur fez uma careta, com ar infeliz.

— Acha que isso vai dar certo?

— Só há uma maneira de saber.

— Você vai ficar me devendo isso.

— É verdade — concordou Augustin. — Vou dever muito.

III

Knox secava os sapatos no ar quente do aquecedor do carro quando finalmente o telefone tocou.

— Sou eu — disse Augustin. — Desculpe não ter respondido logo. Tenho meus próprios problemas. Onde você está?

— Hermópolis. É uma longa história. Escute, era você que estava fazendo aquele avião voar por cima do sítio de Peterson?

— Você viu? Era eu, sim. Encontramos a escavação também. Encontramos tudo, inclusive o mosaico.

— Você é um filho da puta genial.

— Ainda não pude examiná-lo, mas posso mandar uma foto para esse seu número.

— Por favor.

— Alguma notícia de Gaille?

— Ainda não.

— Você vai encontrá-la — disse Augustin. — Sei que vai. — Fez um pausa, pensando no que ia dizer. — Não creio em muita coisa, mas acredito em vocês dois.

— Obrigado, amigo — respondeu Knox, inesperadamente emocionado.

A foto chegou pouco depois, mas a tela do celular era pequena demais para que ele pudesse vê-la em detalhes. Knox acendeu a luz interna do Toyota, pegou uma caneta e um bloco de notas entre os apetrechos que estavam no banco traseiro, fez um esboço da figura dentro da estrela de sete pontas e acrescentou os grupos de letras gregas. Por mais que pensasse, no entanto, não atinava para seu significado. Bateu com a mão no painel, frustrado. Tinha imaginado que tudo se esclareceria quando encontrasse o mosaico, mas se enganara.

O bloco de notas era pequeno demais, dificultando a observação. Knox pegou uma fita adesiva e uma tesoura na caixa de apetrechos e desenhou a figura e cada um dos sete grupos de letras em folhas separadas, pregando-as no para-brisa do carro, acompanhando o desenho da estrela de sete pontas. Esses heptagramas haviam sido os símbolos favoritos de alquimistas, que imaginavam serem necessários sete estágios para converter a essência do chumbo em um sol de ouro. Recordou o pouco que sabia sobre o assunto. Os heptagramas eram considerados talismãs contra o mal, um símbolo de Deus e da forma divina. *A forma divina*. Não fora isso o que Augustin dissera sobre os hermafroditas? Quando provém de uma única fonte, essa fonte, por definição, tem de ser ao mesmo tempo masculina e feminina. Atum masturbava-se e colhia o sêmen com sua própria mão. O Andrógino. Adão Kàdmon. Os pensamentos se detiveram, inúteis.

Começou a mudar a posição dos grupos de letras no para-brisa, procurando um padrão, algum anagrama. De repente, ouviu um ruído de motor próximo e rapidamente apagou as luzes internas. Apareceu um caminhão, rodando a esmo, usando os faróis para iluminar grandes trechos da plantação de cana. As luzes passaram por onde ele se ocultava, lançando uma luz amarelada sobre as folhas de papel e parando por um momento em dois dos conjuntos de letras, *Θε* e *ΔΙ*, antes de seguir adiante. Se Knox não estivesse pensando em formas divinas, certamente não teria percebido, mas a transliteração de *Θε* e *ΔΙ* em inglês é *thedi*; a palavra grega para a forma divina é *theoeides*. Era uma terceira ligação possível com um único conceito, dentro de um diagrama. Poderia ser realmente uma coincidência?

Os faróis desapareceram quando o caminhão se afastou. Knox esperou vinte segundos até que sua impaciência cresceu demais e ele acendeu novamente a luz interna. Decepcionou-se ao ver que os dois grupos *Θε* e *ΔΙ* não eram adjacentes, mas depois percebeu que estavam ligados pela linha ininterrupta que compunha a estrela de sete pontas. Anotou o grupo de letras para o qual a figura central apontava e acompanhou a linha ao longo do círculo.

ΚεΝ ΧΑΓ ΗΝ Θε ΔΙ ΤΡ ΣΚ

Ficou olhando as letras, tentando conduzir a mente a uma solução, até que de repente a resposta brotou como a luz do sol. No entanto, não teve tempo para comemorar. Os faróis do caminhão se acenderam naquele momento, iluminando-o diretamente e ofuscando-o através do para-brisa.

QUARENTA E SETE

I

Knox ligou os faróis de seu carro, pisou no acelerador e tratou de escapar do canavial, com o Toyota deslocando grandes jatos de água. No caminhão, expressões espantadas, com o motorista girando o volante e o passageiro pedindo reforços. Knox seguiu a toda velocidade pelo campo até encontrar uma trilha por onde enveredou, com os talos de cana batendo nas laterais do carro.

Viu faróis de um carro que passava por uma estrada à sua frente, ultrapassou-o e entrou no campo cultivado mais além, dando a volta e regressando à estrada, pela qual seguiu acelerado. Fez uma curva fechada e viu dois carros da polícia bloqueando a estrada. Freou bruscamente, com os pneus enlameados buscando aderência na superfície saturada. Engatou a marcha a ré, mas outro carro de polícia vinha na retaguarda. Knox saiu da estrada, passou pelo acostamento e entrou em um campo enlameado. Ligou a tração nas quatro rodas, facilitando a marcha, enquanto o carro da polícia que o perseguia atolava lá atrás. Encontrou trilhos de uma ferrovia e virou à esquerda, trepidando sobre os dormentes, olhando pelo retrovisor e tentando escapar. Mas um par de faróis surgiu no reflexo do espelho, seguindo os trilhos, e logo em seguida outro par.

Knox olhou para a esquerda e para a direita, mas o caminho era margeado por valas cheias de água que nem mesmo o Toyota seria capaz de ultrapassar.

Mais adiante, apareceu um enorme trem de carga com dezenas de vagões. Knox tentou chegar primeiro à encruzilhada dos trilhos, mas o trem foi mais rápido. Não era possível atravessar, e, pela lentidão do trem, seria necessário esperar vários minutos. Os carros de polícia vinham se aproximando, com as sirenes soando e as luzes piscando. Não havia outro remédio: Knox encheu os bolsos com o telefone, a carteira, a tesoura e a caneta, qualquer coisa que pudesse vir a ter utilidade, saltou do carro, correu para o trem, agarrou uma escada de ferro e subiu até o teto de um vagão. O trem viera da esquerda e, portanto, estaria seguindo para o sul, talvez mesmo até Assiut, onde se desenrolava a busca de Gaille. Knox, porém, não estava mais interessado em Assiut. Havia decifrado o mosaico e sabia por que motivo Gaille havia procurado chamar sua atenção para ele. A solução não apontava para o sul, e sim para o leste.

Encontrou outra escada do outro lado do vagão e saltou do trem em movimento, rolando o corpo para proteger-se. O Nilo estava a cerca de dois quilômetros de distância dali. Passou por uma moita espessa, entrou em um campo, com os pés espalhando água enquanto corria, com o segredo do mosaico queimando em sua mente.

KεNXAΓHN ΘεΔI TPΣK
Akhenaton, Theoides, Threskia
Akhenaton, forma divina, servo de Deus.

II

A recepção no rádio policial de Naguib era incerta. Exasperado, deu um tapa no aparelho. A estática transformou-se em uma explosão de palavras.

— Ele está escapando. Está escapando.

— Eu o vi.

— Está indo na direção do trem. Detenha-o!

— Ele subiu no trem! Subiu no trem!

— Siga-o.

— Pare esse trem. Pare a porcaria do trem. — Mais estática. — Que diabos, como assim você não sabe? Siga-o, idiota. Vá até a frente, faça sinal para o maquinista, sei lá.

Naguib soltou o freio de mão do Lada e desceu por um leve declive, estacionando sob um grupo de árvores tão próximo do Nilo quanto lhe pareceu prudente naquele tempo horrível. Se sua avaliação estava correta, tudo aquilo estava acontecendo a cerca de um quilômetro rio acima. Acendeu os faróis ao máximo, com o arco de luz pintando elipses amareladas na superfície espumante do Nilo, o reflexo da luz iluminando de baixo para cima um milhão de gotas de chuva.

Sentiu, durante um momento, aquela deliciosa quietude que ocorre quando você ainda não sabe a resposta, mas tem certeza de que ela chegará. E ela chegou.

Luzes vindo de baixo.

Sim!

Como ele tinha sido cego! Como todos tinham sido cegos!

III

Os pescadores locais haviam transportado os barcos a remo para as margens mais altas do Nilo, esperando a tempestade, e os tinham emborcado.

Knox levou alguns minutos para encontrar um barco com um longo par de remos. Virou-o, levou-o até a água e olhou para trás. Não havia sinal de perseguição. Se tivesse sorte, a polícia pensaria que ele ainda estava no trem.

Lançou-se na rápida correnteza, entrou na embarcação e começou a remar, com a mente ainda ocupada com as repercussões do mosaico. Seria possível que se referissem mesmo a Akhenaton? Ou seria um delírio de sua imaginação? Nunca dera muito crédito às teorias que ligavam Amarna ao Êxodo. Apesar de superficialmente plausíveis, havia muito poucos indícios físicos a seu favor. Knox era arqueólogo, gostava de provas palpáveis. O mosaico, porém, mudara tudo.

Akhenaton, Theoides, Threskia.

Não era apenas a palavra *theoeides* o que proporcionava a relação com Akhenaton. Os gregos não tinham um termo que significasse religião. O mais próximo era *Threskia*, que denotava algo feito a serviço dos deuses e também as pessoas que o executavam, motivo pelo qual era às vezes traduzida como "servos dos deuses". Os estudiosos ainda debatiam acaloradamente a etimologia da palavra "esseno", porém possivelmente significava algo bastante semelhante, tal como era quase certo o caso da palavra *therapeutae*. Havia também o nome Akhenaton, que o faraó herege escolhera para si. Isso porque literalmente significava "alguém de utilidade para Aton", ou, mais simplesmente, "servo de Deus".

A correnteza estava agitada, com a água da tempestade aumentando o volume do Nilo em sua corrida em direção ao Delta e ao Mediterrâneo. Talvez aquilo também fosse importante. Afinal, por que motivo um mosaico de Akhenaton se encontraria em um sítio antigo fora de Alexandria? Se a história do Êxodo fosse pelo menos vagamente verdadeira, e se os seguidores de Aton efetivamente tivessem se transformado em judeus, ele podia perceber uma explicação.

As pragas tinham assolado o Egito durante a era de Amarna. Talvez tivessem começado no reinado do pai de Akhenaton, porque era sabido que ele mandara confeccionar centenas de estátuas de Sekhmet, deusa das enfermidades. A doença, certamente, persistira durante o reinado de Akhenaton, como ficara evidente por meio de textos hititas independentes, além dos restos humanos recentemente encontrados nos cemitérios de Amarna, que revelavam claros indícios de desnutrição, anemia, baixa estatura e curta expectativa de vida, indicadores clássicos de epidemias. Isso se ajustava bem ao relato do Êxodo. Afinal, Deus havia advertido o faraó para libertar seu povo, trazendo ao Egito uma série de pragas. Historiadores e cientistas há muito vinham procurando explicar essas pragas como fenômenos naturais. Uma teoria argumentava que tinham sido causadas por uma erupção vulcânica, especificamente a do monte Thera, na ilha de Santorini, em algum momento durante a metade do segundo milênio antes de Cristo. Tinha sido uma explosão de extraordinária magnitude, seis vezes mais potente que a do Krakatoa, equivalente a milhares de ogivas nucleares lançando 100 quilômetros cúbicos de rochas na atmosfera, com os destroços caindo por terra num raio de centenas de quilômetros, como a chuva de fogo descrita na Bíblia. Nos dias e semanas seguintes, uma grande nuvem de fumaça e cinzas teria ocultado o sol, mergulhando o mundo na escuridão, como descrito na segunda praga.

A chuva ainda caía em catadupas, enchendo a popa do barco. Knox deixou os remos de lado para tirar a água com as mãos em concha.

As cinzas vulcânicas são extremamente ácidas. O contato excessivo não apenas causava enfermidades e bolhas na pele, mas também poderia matar animais domésticos e gado. O alto conteúdo de óxido de ferro avermelhava os rios, asfixiando os peixes. Mas outras espécies prosperavam, especialmente os ovíparos, cujos predadores morriam. Os ovos chocavam em grande quantidade, causando infestação de piolhos, moscas, gafanhotos e sapos. Portanto, uma erupção vulcânica poderia explicar cabalmente todas as pragas bíblicas, exceto o massacre dos primogênitos, e Knox já tinha ouvido explicações engenhosas para o fato.

Mas isso não era tudo. A distância, a erupção se assemelharia a uma coluna de fogo à noite e de fumaça de dia, como a que os judeus haviam seguido na fuga. E, se realmente tivessem partido de Amarna, o caminho óbvio seria para o norte, ao longo do Nilo, o que os levaria na direção de Thera. Na verdade, pelos cálculos de Knox, uma linha reta entre Amarna e Thera passaria quase diretamente através do povoado dos *therapeutae*.

Viu um clarão ao longe. Era difícil identificá-lo em meio ao dilúvio, mas logo ele percebeu que era um par de faróis de automóvel que apontavam diretamente para o Nilo. Parou imediatamente de remar e deitou-se no barco, deixando que a corrente o levasse, na esperança de estar suficientemente longe da margem para não ser visto. A escuridão envolveu-o novamente. Mais uma vez pegou os remos e dirigiu-se para a margem, voltando a pensar nos enigmas antigos.

O Povo Eleito. Os judeus assim se consideravam. Se havia um episódio que provasse ser verdadeira a aliança deles com Deus, seria, sem dúvida, o momento em que Deus abriu o mar Vermelho para que pudessem escapar, fazendo em seguida as águas voltarem ao leito para destruir o faraó e seu exército. Na realidade, segundo a Bíblia, Deus não havia separado as águas do mar Vermelho. Tinha havido um erro de tradução. Em vez disso, ele dividiu as águas de algo chamado "mar de Caniços".

Os estudiosos debatem acaloradamente a localização desse mar. Muitos acreditam que sejam os alagadiços da parte oriental do Delta do Nilo. Mas o nome seria também adequado para o lago Mariut, que era rodeado de caniços e adjacente ao Mediterrâneo em certos pontos. Havia documentação de tsunamis naquele trecho do litoral, causados por terremotos submarinos ou erupções vulcânicas. O primeiro sinal de um tsunami era o mar sendo sugado numa grande maré baixa, criando amplas extensões de terra seca. Poderiam permanecer assim durante várias horas, tempo suficiente para permitir uma fuga, até que uma imensa onda surgisse, destruindo tudo o que encontrasse em seu caminho.

A margem oriental do Nilo ficou visível, adiante dele. Knox parou de remar, deixando que o impulso o levasse.

Os *therapeutae* haviam entoado antífonas que comemoravam o Êxodo e a divisão das águas do mar de Caniços. Knox fez a si mesmo uma pergunta intrigante: seria possível que tivessem escolhido aquele lugar específico não por medo de perseguições ou porque desejassem ficar em paz? Será que na verdade, *therapeutae* não fossem uma cultura derivada dos essenos os que o sítio deles em Borg el-Arab efetivamente representasse a celebração do grande milagre do próprio Êxodo?

A quilha do barco tocou a terra. Knox saltou, puxou a embarcação para longe da água e guardou os remos. Já ia subir a encosta quando ouviu um ruído característico atrás dele. Um revólver acabara de ser armado. Parou de imediato, levantou vagarosamente as mãos e virou-se.

QUARENTA E OITO

I

A noite estava abafada, e o mau funcionamento do ar-condicionado do terminal 2 do aeroporto do Cairo tornava-a ainda mais desconfortável. Griffin suava abundantemente quando chegou ao guichê de check-in com seus estudantes, aparentando ansiedade em sua expressão facial. A moça que o atendia, no entanto, mal disfarçava um bocejo e fez sinal para que ele se adiantasse. Pegou os passaportes que ele lhe oferecia, imprimiu os cartões de embarque, registrou a bagagem e murmurou alguma coisa que ele não entendeu bem por causa de um zumbido nos ouvidos que às vezes o atormentava quando estava sob tensão.

— Perdão? — disse ele, aproximando-se quando ela repetiu. Mas o inglês dela tinha um sotaque muito forte e ele não compreendeu.

Suspirando, exasperada, ela escreveu uma quantia num pedaço de papel e mostrou-o a ele. O coração de Griffin batia acelerado e ele sentia o suor gotejar das axilas. Pegou a carteira, tirou uma pilha de notas de 20 dólares, suplicando com o olhar que ela tirasse dele o quanto quisesse desde que os deixasse passar. A mulher olhou por cima do ombro, viu o supervisor atrás dela, voltou-se novamente para Griffin, baixando os olhos, e tirou uma única nota. Fazendo o cálculo no computador, entregou-lhe o troco em libras egípcias. O ritmo do coração dele diminuiu um pouco, aumentando quando entraram na fila de controle dos passaportes. Ainda assim, passaram tranquilamente, deixando-o exausto e um tanto enjoado com o alívio. Encontrou um banheiro e encostou-se em uma pia, mirando-se no espelho e observando a pele acinzentada, a idade que aparentava e o incontrolável tremor das mãos.

Sentiu uma pontada de culpa ao pensar em Claire, mas afastou-a de seus pensamentos. Cada coisa a seu tempo. O embarque iria começar dentro de 45 minutos. Com sorte, em cerca de duas horas eles poderiam estar completamente fora da jurisdição egípcia. Então, ele pensaria em Claire.

Encheu as mãos em concha com água fria e levou-as ao rosto, quase como se estivesse rezando. Secou-se com uma toalha de papel, que amassou e jogou numa cesta já transbordante, de maneira que a toalha caiu no chão. A consciência o advertiu: ele a apanhou e colocou-a no bolso. Ensaiou um sorriso diante do espelho e concentrou-se em conservá-lo no rosto ao sair para reunir-se com os estudantes.

II

Na escuridão, Knox precisou de um momento para enxergar o policial oculto entre as árvores, com a arma ligeiramente apontada para um lado, como se estivesse pronto a usá-la, porém não imediatamente. Era um homem baixo e franzino, mas parecia calmo e seguro de si, o que fez com que Knox nem sequer pensasse em sair correndo.

— Você é Daniel Knox — disse o policial.

— Sou.

— Vou fazer algumas perguntas. Se quiser mentir, minta. A decisão é sua. Mas seria mais prudente dizer a verdade.

— Que perguntas?

— Para começar, o que está fazendo aqui?

— Procurando uma amiga.

— Quem?

— O nome dela é Gaille Bonnard. Foi sequestrada há dois...

— Sei quem ela é. Mas foi sequestrada em Assiut. Portanto, o que você está fazendo aqui?

— Não creio que tenha acontecido em Assiut — disse Knox. — Acho que foi aqui.

— Meu nome é Naguib Hussein — apresentou-se o policial. — Minha mulher e eu vimos você na televisão uma vez. Era você, não era? Junto com essa mulher, Gaille, e o secretário-geral anunciando a descoberta do túmulo de Alexandre?

— Era eu, sim.

— Minha mulher disse que você era um homem bonito. Eu fico inquieto quando minha mulher diz isso a respeito de outro homem. Creio que seja por isso que ela o diz. Mas eu gravo o nome deles. Então, quando ouvi no rádio que meus colegas estavam procurando Daniel Knox, pensei: ele deve estar preocupado com a mulher, amiga dele, e veio ver se pode ajudar.

Knox fez um aceno com a cabeça na direção da margem oposta.

— Você disse isso a eles?

— Não adiantaria muito, tenho certeza. Meu chefe não tem boa opinião sobre mim. Além disso, já me disse hoje que eu parasse de amolá-lo com minhas ideias loucas sobre coisas estranhas acontecendo em Amarna.

— Coisas estranhas? — perguntou Knox.

— Achei que isso poderia interessar a você — sorriu Naguib. Abaixou a arma e fez um gesto, indicando a margem. — Meu carro está ali — disse ele. — Talvez pudéssemos sair da chuva e contar um ao outro o que sabemos.

III

Durante toda a vida, Lily lutara contra ideias suicidas. Eram principalmente lampejos, que desapareciam tão logo surgiam, trancados em segurança em seu cofre. Mas às vezes os pensamentos permaneciam. Ficavam com ela durante horas, dias, até mesmo semanas. Cresciam, cresciam, até que ela imaginava ser incapaz de ultrapassá-los. Quando ficavam fortes demais, Lily corria para algum lugar secreto, isolava-se do mundo e deixava as lágrimas escorrerem. *Queria estar morta*, gritava. *Queria estar morta, que merda.* Aquilo era sincero. Pelo menos o desejo de esquecimento era sincero. Mas ela nunca tinha levado o assunto adiante, a não ser quando chegava perto do fim da plataforma no momento em que um trem passava ou quando olhava ansiosa os terraços do último andar de um prédio arranha-céu.

A água caía, implacável como sempre. Lily estava ajoelhada no monte de terra, com água pelo pescoço, abraçando Gaille e sustentando-lhe a cabeça no ombro, com o resto do corpo dela flutuando. A friagem há muito havia penetrado em seus ossos, e a cada instante ela estremecia violentamente.

Estranhas lembranças da infância. Estava do lado de fora de uma festa, reunindo coragem para bater à porta. Sentia a nuca ardendo ao ouvir os comentários. Uma vez tinha visto um cão vadio, aprisionado num jardim por dois meninos malvados, para que pudessem atirar-lhe pedras. Ela se esgueirara, afastando-se, com medo do que fariam se tentasse intervir. Os latidos e gemidos a acompanharam durante dias, como uma mancha em sua alma. A vida inteira tinha sido governada por aquela marca de nascença, uma marca que já nem sequer existia mais.

— Eu não sou assim — gritou ela na escuridão. — Não sou assim merda nenhuma! Não foi assim que fui feita.

Uma coisa é pensar na morte abstratamente. Há alguma coisa nobre, romântica, até mesmo recompensadora na ideia. Mas a morte propriamente dita não é assim. Provoca apenas terror. Ela estremeceu novamente, cheia de arrepios. Trincou os dentes num esforço para não chorar e abraçou Gaille com mais força. Nunca havia acreditado em Deus e sempre sentira amargura em relação ao mundo. Outros, porém, pessoas que ela respeitava, acreditavam, e talvez soubessem do que estavam falando. Juntou as mãos, apertando-as sob a água. *Permita que eu viva,* suplicou. *Quero viver. Quero viver. Por favor, Deus, quero viver.*

IV

Claire foi levada pelos corredores da delegacia até uma pequena sala de interrogatório, com paredes amarelas engorduradas e um cheiro acre desagradável. Faruk a fez sentar numa cadeira dura de madeira colocada propositalmente em um espaço aberto para que não pudesse ocultar-se atrás de uma mesa. Em seguida, rondou em torno dela, apontando-lhe o cigarro, aproximando seu rosto do dela e cuspindo saliva que ela não ousava enxugar. Mostrou-se competente no uso de idiomas estrangeiros, usando seu dom para destratá-la em árabe, francês e inglês. Chamou-a de prostituta, ladra, devassa, megera. Exigiu que lhe dissesse onde estavam Peterson e os demais.

Claire detestava conflitos. Sempre os evitara. Faziam-na sentir-se mal, provocando um desejo avassalador de conciliação. Lembrou-se, no entanto, do que Augustin lhe havia dito.

— Quero falar com um advogado — requisitou.

Faruk ergueu as mãos para o ar.

— Acha que um advogado pode ajudá-la? Não percebe a encrenca em que se meteu? Você vai para a cadeia, mulher. Vai ficar presa muitos anos.

— Quero falar com um advogado.

— Diga-me onde está Peterson.

— Quero falar com um advogado.

— E os outros? Quero saber os nomes. Quero saber em que hotel você esteve hospedada.

— Quero falar com um advogado.

— Vou tomar um café — disse Faruk, bruscamente. — Você precisa ser mais esperta, sua idiota. É sua única oportunidade.

Saiu às pressas, batendo a porta de aço com tanta força que ela teve um sobressalto.

Durante todo o tempo, Hosni mantivera-se encostado à parede, de braços cruzados, sem aprovar nem intervir. Erguendo as sobrancelhas numa expressão engraçada, puxou uma cadeira e colocou-a obliquamente em direção a ela, o que reduziu imediatamente o clima de confrontação.

— Odeio isso — disse ele. — Não está certo atormentar gente de bem. Mas ele é meu chefe. Nada posso fazer.

— Quero falar com um advogado.

— Escute, você precisa entender uma coisa. Hoje Faruk fez papel de tolo. Perdeu o respeito dos demais. Precisa de uma vitória, ainda que pequena. Algo para mostrar a eles, sabe como é. Não o estou defendendo, apenas contando a você o que está acontecendo. Dê alguma coisa a ele, qualquer coisa, e isso pode significar um alívio imediato para você.

Claire hesitou. Augustin prometera que iria cuidar dela, mas ao olhar para trás no carro da polícia não vira sinal dele. Lembrou-se de que o conhecia há muito pouco tempo e que quase nada sabia sobre ele. Não tinha motivo para confiar nele, além do instinto e do coração.

— Quero falar com um advogado.

— Lamento. Isso não é possível. Não estamos nos Estados Unidos. Estamos no Egito. Fazemos as coisas à maneira egípcia. A maneira egípcia é a cooperação. Assim, todos ganham. Onde estão seus colegas?

— Quero falar com um advogado.

— Por favor, não fique repetindo isso. É uma falta de cortesia. Você não me parece uma pessoa grosseira, não é verdade?

— Não.

— Foi o que pensei. Você parece boa gente. Claro, está fora de si, mas é boa pessoa. Prometo ajudá-la a resolver isso tudo se confiar em mim.

Ela olhou para a porta de aço, que não apenas a aprisionava, mas também impedia ajuda externa.

— Eu... eu não sei.

— Por favor. Estou do seu lado, de verdade. Quero ajudá-la. Dê-me alguns nomes. É tudo o que peço. Não tomamos nota anteriormente. Dê-me alguns nomes e prometo que Faruk não a importunará mais.

— Não posso.

— Você tem de me dizer. Alguém tem de pagar pelo que está acontecendo. Você precisa entender isso. Se não encontrarmos mais ninguém, quem vai sofrer é você.

Lágrimas começaram a correr dos cantos dos olhos dela. Claire enxugou-as com o dorso da mão, pensando em que horas seriam, se Griffin e os demais já teriam embarcado e se estariam em segurança.

— Não posso — repetiu ela.

— Detesto ver mulheres sendo acossadas. Realmente detesto. Isso é contra nossa cultura. Por favor, diga-me somente os nomes de seus colegas. Nada mais.

— Não posso. Lamento muito.

— Compreendo — disse ele, assentindo gravemente com a cabeça. — São seus colegas, seus amigos. Não seria correto. Compreendo, e *admiro*. Mas pense nisto: eles a deixaram aqui sozinha para enfrentar as consequências do que fizeram. Eles a traíram. Você nada deve a eles. Por favor.

Um nome apenas. Nada mais. Posso convencer Faruk de que você está cooperando se me der apenas um nome.

— Só um nome? — perguntou ela, com voz de sofrimento. — É só o que quer?

— Só isso — insistiu Hosni, suavemente. — Somente um nome.

V

Livre da umidade, dentro do Lada de Naguib, Knox organizou os pensamentos. Muita coisa tinha acontecido, era difícil saber por onde começar. Falou a Naguib sobre Peterson e o sítio subterrâneo. Mostrou a foto do mosaico na tela do celular, frisando que era igual à postura de Gaille no vídeo. Explicou que as letras gregas apontavam para Akhenaton e Amarna.

Naguib concordou com a cabeça, como se aquilo combinasse com suas próprias ideias.

— Encontramos o corpo de uma jovem no deserto há dois dias — explicou ele. — Ela tinha sofrido um golpe no crânio e o cadáver foi enrolado em uma lona. Era copta, assunto muito sensível nesta região agora, e por isso meu chefe quer que eu deixe o caso de lado. Ele não gosta de agitar desnecessariamente as coisas. Mas tenho uma filha. Se há um assassino solto... — Naguib sacudiu a cabeça.

— Você está certo — disse Knox.

— A investigação não correu como eu esperava. Imaginei que fosse um caso de estupro ou de assalto, alguma coisa assim. Mas, na verdade, ela se afogou. E quando encontramos uma estatueta de Amarna com ela comecei a vislumbrar mentalmente outro cenário. Uma jovem pobre, desesperada, que ouviu falar em artefatos valiosos sendo levados aos wadis por tempestades como esta, decide ir ao Wadi Real, encontra uma estatueta, esconde-a na bolsa. Talvez uma pedra tenha caído sobre ela. Ou talvez ela tenha visto uma fenda na falésia e tentou escalá-la, mas escorregou e caiu. Seja como for, ficou deitada de bruços no aguaceiro e se afogou.

— Depois aparece alguém e a vê — sugeriu Knox. — Essa pessoa também vê a fenda na falésia. Uma nova tumba, pronta para ser pilhada. Por isso a enrolam na lona e a levam para o deserto a fim de enterrá-la.

— Foi do que comecei a suspeitar — concordou Naguib. — E passei a imaginar: será que sua amiga Gaille e seus amigos encontraram alguma coisa quando estavam filmando em Amarna? Terá sido por *isso* que desapareceram? Falei com alguns *ghaffirs* locais há pouco. Eles já não podem entrar no Wadi Real. Foram proibidos pelo policial de turismo mais poderoso da região, um certo capitão Khaled Osman, no dia seguinte ao da grande tempestade.

— Meu Deus! — murmurou Knox. — Você contou isso a alguém?

— Tentei, mais cedo. Mas meu chefe não quis me ouvir. Não se pode progredir na polícia egípcia atacando outras corporações. De qualquer maneira, eu não tinha provas, somente suspeitas. Mas depois, logo antes de ver você, percebi uma coisa. Lembra-se daquele vídeo dos reféns?

— Acha que eu poderia esquecer?

— Notou o relâmpago?

— O que está dizendo?

— Recorde-se. Era possível ver a parte de baixo dos queixos dos reféns. As sombras era projetadas para cima. Isso porque a luz vinha de baixo. Todos estavam trabalhando na suposição de que eles estivessem sendo detidos em alguma casa ou apartamento em Assiut ou nas redondezas. Mas as casas e apartamentos não têm essa iluminação no piso. No Egito, esse tipo de iluminação existe somente em um tipo de localização.

— Nos sítios históricos — disse Knox.

— Exatamente — concordou Naguib. — Aquele vídeo não foi feito em Assiut. Foi feito em Amarna.

QUARENTA E NOVE

I

— Senhor Griffin?

Griffin ergueu os olhos, espantado ao ver dois seguranças do aeroporto diante dele, com sorrisos corteses, porém bem-informados. Sentiu um tremor nas entranhas.

— Sim? — perguntou.

— Venha conosco, por favor.

— Para onde?

O mais alto dos dois indicou com um gesto uma sala de paredes de vidro do lado oposto do saguão de embarque.

— Para a nossa sala de entrevistas.

— Mas meu voo já vai partir.

Os sorrisos continuaram, mais tensos.

— Por favor, venha conosco.

Os ombros de Griffin descaíram. Uma parte dele já sabia que isso iria acontecer. Ele não era o tipo de homem a quem a sorte ajuda. Voltou-se para Mickey.

— Você fica encarregado de tudo — disse, entregando-lhe o cartão de crédito. — Zele para que todos partam em segurança. Está bem?

— E o senhor?

— Não há problema. Simplesmente leve todos para casa. Posso confiar em você, não posso?

— Claro.

— Muito bem — disse Griffin, com a mão sobre o ombro dele. Sentindo o coração pesado, acompanhou os dois homens pelo saguão atapetado.

II

— Então, o que faremos agora? — perguntou Naguib.

— Não quer ir falar com seu chefe?

— Ele não me dará ouvidos. Não prestará atenção em mim. Sabe como são as pessoas. Comportam-se como se você fosse um fardo, destinado a testá-los. E, na verdade, o que temos? Relâmpagos e um mosaico.

— Mas temos razão — protestou Knox.

— É verdade. Mas isso não é suficiente. Você precisa entender como o Egito funciona. Existem muito ciúme e muita rivalidade entre as corporações policiais. Se a polícia de turismo ficar sabendo que nós a estamos acusando... — Naguib meneou a cabeça. — Eles reagirão com violência. Será uma questão de honra. Exigirão provas, tentarão ridicularizá-las, contra-atacarão e nos acusarão de todas as baixezas. Meu chefe é chefe justamente porque sabe como evitar esse tipo de confrontação. Acredite, ele nem sequer me ouvirá, a menos que eu possa oferecer uma prova irrefutável.

— Uma prova irrefutável? Como diabos poderemos conseguir uma prova assim?

— Poderíamos tentar encontrar os reféns nós mesmos — murmurou Naguib, gracejando um pouco. Em seguida, negou com a cabeça, esquecendo a ideia. — Amarna é grande demais. No momento em que Khaled perceber que o estamos procurando, ele vai esconder seus rastros.

— É verdade — disse Knox, enquanto uma ideia lampejava em sua mente. — É o que ele fará.

III

Griffin sentiu as mãos tremerem, como a terra ante um terremoto iminente. Juntou-as firmemente, num esforço para acalmá-las.

— Podemos acabar com isso rapidamente? — perguntou. — Meu voo vai partir em...

— Esqueça o voo.

— Mas eu...

— Eu disse para esquecer.

Um dos dois puxou uma cadeira e sentou-se curvando-se para a frente.

— Acho que há algumas irregularidades a tratar antes que o senhor possa viajar.

— Irregularidades?

— Sim, irregularidades.

— Que tipo de irregularidades?

— O tipo de que precisamos tratar.

Griffin assentiu. Durante toda a vida adulta, ele se sentira deficiente, como se estivesse vivendo uma mentira: a mentira de que estava à altura. Olhou o saguão de embarque pelas janelas da sala, viu os estudantes reunidos junto ao portão, conversando acaloradamente, olhando ansiosamente na direção dele, esperando o último momento para embarcar. De repente lhe pareceram muito jovens. Eram como crianças. Todos tinham conhecimento da natureza clandestina da escavação, mas não tinham dado importância. Eram tementes a Deus, eram norte-americanos, estavam imunes às consequências. Mas agora que a imunidade lhes era arrancada percebiam o quanto eram vulneráveis. Recordavam histórias horríveis sobre masmorras estrangeiras, procedimentos judiciais em idioma que não entendiam, todo o futuro à mercê de gente que eles desprezavam, como pagãos... Não admira que estivessem assustados.

Griffin olhou novamente os seguranças. O que quer que soubessem, era claro que apenas se ocupavam dele, pois de outra forma teriam detido a todos. Os estudantes estavam sob sua responsabilidade, seu dever era ganhar tempo para eles ainda que em prejuízo pessoal. Ao compreender isso, uma tranquilidade serena o envolveu.

— Não sei do que estão falando — disse ele.

— O senhor sabe, sim.

— Afirmo que não.

Ambos se entreolharam.

— Podemos ver seu passaporte, por favor?

Griffin tirou-o do bolso, junto com o cartão de embarque. Os homens examinaram-no devagar. Griffin olhou em volta novamente. O saguão estava vazio, o portão se fechara. Os estudantes já tinham embarcado. Sentiu uma onda de alívio, junto com o frio da solidão. Tudo estava bem.

— O senhor vem frequentemente ao Egito.

Era uma afirmação e não uma pergunta.

— Sou arqueólogo.

Os dois seguranças se entreolharam novamente.

— O senhor tem conhecimento das penalidades para quem contrabandeia antiguidades para fora do país?

Griffin franziu o cenho. Tinha cometido muitas irregularidades, mas não aquela.

— Do que está falando?

— Vamos — incentivou o homem. — Sabemos de tudo.

— Tudo?

Mesmo assim, ele teve a sensação de que não havia problemas, que eles estavam especulando.

— Podemos ajudá-lo — disse um deles. — É só uma questão de documentação. Podemos tratar disso para o senhor. Basta que nos pague o que é devido e não terá de fazer mais nada.

O alívio foi tão grande que Griffin se deixou relaxar na cadeira. Era uma chantagem, nada mais. Apenas uma porcaria de uma chantagem.

— E de quanto seria a importância devida exatamente?

— Cem dólares — disse um.

— Cem dólares para *cada um* — esclareceu o outro.

— E depois posso embarcar?

— Claro.

Ele nem sequer regateou. Pareciam-lhe mensageiros de algum poder maior, como se aquilo fosse uma espécie de penitência. Isso significava que ele ainda poderia mudar as coisas. Levar os estudantes para casa, certificar-se de que Claire estava bem e depois fazer alguma coisa de que pudesse se orgulhar na vida. Contou dez notas de 20 dólares e acrescentou mais uma.

— Para o colega de vocês na sala de embarque — disse.

Em seguida, saiu pela porta e caminhou mais agilmente para o portão, sentindo que um grande peso fora retirado de seus ombros.

IV

Naguib encontrou o capitão Khaled Osman em seus aposentos, esperando que a tempestade passasse e ouvindo os boatos de seus homens, que compartilhavam uma *shisha* de tabaco perfumado com mel.

— Você de novo? — disse Khaled, franzindo o cenho. — O que quer desta vez?

Naguib fechou a porta atrás de si, deixando a tempestade lá fora, e espalhou a água das mangas da roupa, fazendo as gotas caírem no chão.

— É uma noite selvagem — observou.

— O que veio fazer aqui? — perguntou Khaled, levantando-se.

— Tentei telefonar — disse Naguib, fazendo um gesto vago na direção da janela. — Não consegui conexão. Você sabe como são os celulares.

Khaled trincou os maxilares, cruzando os braços.

— O que deseja?

— Nada. Nada especificamente, pelo menos. Somente queria colocar você a par dos últimos acontecimentos. Recebemos um relatório há pouco.

— Um relatório?

Naguib ergueu as sobrancelhas, aparentemente divertindo-se com o que ia dizer, tanto quanto eles certamente apreciariam o que iriam ouvir.

— Um dos homens da região tem ouvido vozes.

— Que vozes?

— Vozes de homens — explicou Naguib. — Vozes de mulheres. Vozes de estrangeiros.

— Onde?

— Não consegui entender exatamente. Não conheço este lugar tão bem quanto você. E a pessoa não parecia ser uma testemunha muito coerente. Mas era em algum lugar em Amarna.

— E o que espera que façamos?

— Nada — disse Naguib. — Só que, com tudo que vem acontecendo, terei de dar uma olhada.

Khaled olhou-o, incrédulo.

— Você vai investigar com *este* tempo?

Naguib riu com gosto.

— Acha que sou louco? Não, não. Mas se vocês não fizerem objeção trarei essa pessoa aqui amanhã cedo. Ela me acompanhará pelo local. E, se quiserem, podem vir conosco. Sei que é uma possibilidade remota, mas com esses reféns e tudo o mais...

— Tem razão — respondeu Khaled, secamente. — De manhã cedo. Sem problemas.

— Obrigado — disse Naguib. — Até amanhã então.

CINQUENTA

I

O capitão Khaled Osman cerrou os punhos, olhando pela janela enquanto Naguib se afastava no carro. Quando as lanternas traseiras desapareceram na tempestade, voltou-se para Faisal e Abdullah.

— Vozes — disse ele. — Alguém andou ouvindo vozes. Vozes de homens, vozes de mulheres, vozes de *estrangeiros*. Expliquem isso para mim, por favor.

— Deve ser algum engano, chefe — gemeu Abdullah, dando um passo atrás. — Uma coincidência. Turistas, jornalistas.

— Está dizendo que permitiu a entrada de turistas e jornalistas no sítio?

Abdullah baixou os olhos.

— Não, senhor. Mas talvez tenham entrado às escondidas enquanto...

Parou de falar, percebendo que o chefe não acreditava no que ele dizia.

Khaled cruzou os braços, olhando alternadamente, com expressão severa, para Abdullah e Faisal.

— Vocês não fizeram o que mandei, não foi?

— Fizemos sim, chefe — disse Abdullah. — Juro que fizemos

— Vocês os mataram?

Abdullah empalideceu um pouco mais.

— Matar, chefe? O senhor não nos mandou matá-los.

— O *quê*?

— O senhor nos mandou silenciá-los, chefe — arriscou Faisal. — Foi exatamente o que fizemos.

A expressão de Khaled petrificou-se.

— Silenciá-los? E como exatamente fizeram isso?

— Colocamos aquelas tábuas sobre a entrada da cisterna — disse Faisal — e as cobrimos com cobertores e lençóis. Ninguém poderia tê-los ouvido.

— Mas alguém ouviu — observou Khaled. — Amanhã de manhã a polícia vai procurá-los. Vão ouvir as vozes deles outra vez. — Olhou para Faisal bem de perto. — Todos vamos ser enforcados porque vocês desobedeceram a uma ordem direta minha. Como se *sentem*? Estão *orgulhosos*?

— Eles só voltarão amanhã de manhã — observou Nasser.

— É verdade — concordou Khaled. Era a primeira coisa sensata que alguém dizia. Olhou o relógio. Ainda havia tempo. — Peguem as picaretas e as cordas — ordenou. — E tudo o mais que for preciso para abrirmos a caverna e fechá-la novamente.

Tocou instintivamente a Walther. Embora tivesse grande consideração pela arma, não era o melhor instrumento para a tarefa iminente. Abriu o armário e pegou duas granadas do exército que guardara como recordação, prendendo-as ao cinto.

— Vamos então — disse, fazendo uma careta e abrindo a porta diretamente para a tempestade. — Temos trabalho a fazer.

Correram debaixo do dilúvio, entraram no carro e partiram em direção ao Wadi Real, sem perceber que havia um passageiro de carona, oculto no teto do veículo.

II

A água havia chegado ao queixo de Lily. Era preciso virar a cabeça para trás para respirar. Seu braço esquerdo doía, segurando Gaille, que respirava levemente, embora ainda inconsciente. Lily passou-a para o braço direito. Tinha subido o máximo possível no monte de terra, mas esse ia desaparecendo aos poucos sob seus pés. A moça deu um suspiro de medo e solidão.

O momento em que ela teria de fazer uma escolha se aproximava rapidamente. Talvez pudesse subir junto com a água, apoiando-se nas poucas saliências da parede de calcário, mas seria impossível fazê-lo e ao mesmo tempo sustentar Gaille. Lily já estava perto da exaustão. Quanto mais resistisse, mais suas preciosas reservas de energia seriam consumidas. Soltar Gaille era a única estratégia sensata. Ninguém veria. Ninguém jamais saberia. E, mesmo se soubessem, concordariam com o fato de que ela não tinha outra opção.

Muito bem, disse ela a si mesma. *Vou contar até dez...*

Respirou profundamente, contando em voz alta. Parou, no entanto, ao chegar a sete, sabendo que não poderia fazer aquilo. Simplesmente não poderia.

Pelo menos não ainda.

Não ainda.

III

Naguib observou Khaled e seus homens seguirem na picape para o Wadi Real, satisfeito ao ver que a primeira parte do plano de Knox tinha funcionado bem. Tirou o celular do bolso e chamou o chefe.

— Você outra vez! — suspirou Gamal. — O que quer agora?

— Nada — disse Naguib. — Estive ouvindo todas as transmissões. Você está procurando um ocidental fugitivo, não está?

— Claro que estou. Você sabe disso muito bem.

— É que eu acho que ele pode estar aqui. Um ocidental alto, de uns 30 ou 35 anos. Tem o rosto bastante machucado.

— É ele! Ele mesmo! Onde está?

— Estava em uma picape com outras pessoas.

— Quem eram?

— Não vi. Somente os vi seguirem para o Wadi Real.

— Fique de olho neles, está ouvindo? — berrou Gamal. — Chegaremos o mais depressa possível.

— Obrigado.

Naguib desligou e fez um sinal para Tarek, sentado a seu lado no carro, com um AK-47 ao colo.

— Tudo pronto? — perguntou Tarek.

— Tudo pronto — assentiu Naguib.

Tarek sorriu e abaixou o vidro de sua janela, acenando para o filho, Mahmud, ao volante de um caminhão logo atrás, com uma dúzia de *ghaffirs* na caçamba, todos armados até os dentes, impacientes com a oportunidade de vingar-se de Khaled.

Era hora de partir.

CINQUENTA E UM

I

A porta da cela de Claire abriu-se com estrondo e Augustin irrompeu, seguido de perto por um homem baixo e franzino vestido com um terno cinza escuro muito bem-cortado.

— Você disse alguma coisa a eles? — perguntou Augustin.

— Não.

Tinha sido por pouco, porém. Ela estava prestes a abrir-se com Hosni quando Faruk voltou, trazendo de volta o confronto. Hosni assumiu uma expressão de desapontamento, chegando a dar um sorriso cúmplice para Claire, pois ambos sabiam que ele quase havia conseguido.

— Muito bem — disse Augustin, beijando-a na testa. Logo depois, deu um passo atrás, como se estivesse preocupado por ter ultrapassado os limites. — Quero dizer, é importante que você primeiro receba orientação jurídica adequada.

— Claro — concordou ela.

— Ótimo. Então venha comigo.

— Posso sair daqui?

Augustin indicou o homem que o acompanhava.

— Este é Sr. Nafiz Zidan, o melhor advogado de Alexandria. Eu mesmo já usei os serviços dele uma ou duas vezes. Sabe como é. Ele tratou de tudo. Você está livre e pode sair, desde que concorde em voltar amanhã à tarde. Está bem, não?

— Você virá comigo?

— Claro que sim. E Nafiz também.

— Então está bem — disse ela, voltando-se para Nafiz. — Muito obrigada.

— O prazer é todo meu — respondeu o advogado.

Segurando-a pelo braço, Augustin a levou até a entrada. Ela estava ansiosa por ver-se livre.

— Tivemos de concordar com certas condições para conseguir sua liberdade — disse ele. — O importante era tirar você daqui ainda hoje.

— Que condições?

— Para começar, seu passaporte foi confiscado. E só será devolvido quando os investigadores se considerarem satisfeitos. — Abriu a porta da delegacia para ela e desceu os degraus de entrada, abrindo a porta do carro de Mansur, que esperava embaixo. — Também tive de declarar que você não tentará sair do país antes disso.

— Não tentarei — prometeu ela, entrando no veículo. — Mas quanto tempo isso vai levar?

— Não vai ser rápido — confessou Augustin, entrando ao lado dela. — No Egito, raramente as coisas andam depressa. — Tomou as mãos dela nas suas, apertando-as para reconfortá-la. — Mas não se preocupe. Tudo vai acabar bem. Mansur e eu preparamos uma história que...

— Ai, ai, ai! — protestou Nafiz, no banco da frente, tapando os ouvidos com as mãos. — Não posso ouvir isso. Sou advogado.

— Desculpe, amigo — disse Augustin, rindo. Voltando-se para Claire, prosseguiu: — Confie em mim. Tudo vai dar certo. O importante no Egito são as conexões. Em geral, detesto isso, mas hoje acho ótimo, porque conheço muita gente, Claire. Muita gente poderosa, com boas ligações. Se precisar, entrarei em contato com todos eles.

— Obrigada.

— Também assumi outros compromissos em seu nome. Concordei em ser pessoalmente responsável por assegurar que você se apresentará para todos os interrogatórios e audiências judiciais, se chegarmos a tanto, o que não vai acontecer. Mas isso significa que você terá de ser minha hóspede por enquanto.

— Não vou atrapalhar você?

— Claro que não. Será um prazer.

Ela olhou a própria mão, ainda apertada entre as dele. Augustin percebeu o que ela devia estar pensando e enrubesceu, soltando-a e afastando-se um pouco dela no assento traseiro.

— Não! — afirmou. — Nada disso, prometo. Você terá seu próprio quarto. Será o meu quarto, mas eu não estarei lá com você. Dormirei no sofá da sala. Pegarei um cobertor e um travesseiro; já dormi lá outras vezes, é muito bom, muito confortável. Na verdade, muito mais confortável do que a cama. Não sei por que não durmo sempre lá. Mas o importante é que você estará completamente segura. Dou-lhe minha palavra.

Interrompeu de repente aquele palavreado juvenil, respirou profundamente e olhou diretamente nos olhos dela para ver se havia acreditado. Evidentemente chegou à conclusão de que era necessário ser um pouco mais incisivo.

— Sinceramente, Claire — insistiu. — Eu nunca pensaria em aproveitar-me de você, principalmente depois de você ter se arriscado tanto por minha causa.

Houve um silêncio que durou uma batida do coração.

Logo depois, outra batida.

— Oh — disse ela.

II

Deitado no teto da cabine da picape, exposto à selvageria da tempestade, Knox olhou para trás e percebeu um ponto fraco importante em seu plano improvisado. Mesmo com os faróis da picape acesos, a visibilidade era precária, e Naguib e Tarek não poderiam acender seus próprios faróis para não serem detectados. Dirigir sem luz naquelas condições seria quase impossível.

Uma forte rajada de vento fez estremecer a picape, que derrapou tão violentamente que a água do teto derramou, e Knox teve de agarrar-se desesperadamente. Os pneus voltaram a ter aderência, mas depois disso eles reduziram para uma velocidade mais prudente. Knox olhou novamente para trás sem ver ninguém. Chegaram ao fim da estrada e estacionaram junto ao prédio do gerador. Era um lugar adequado para que tudo terminasse. Geometria era uma palavra grega, mas a ciência era egípcia, desenvolvida devido à inundação anual do Nilo, que enchia as terras adjacentes, fazendo com que os donos de valiosas propriedades precisassem de formas confiáveis de saber a quem pertenciam os terrenos depois que as águas baixavam, enquanto as autoridades também necessitavam de métodos justos para calcular os impostos.

Aquelas habilidades tinham sido usadas pelos arquitetos egípcios, como provam a orientação e as proporções das Grandes Pirâmides. Mesmo assim, a menção à "geometria sagrada" desagradava os egiptólogos, porque evocava o pensamento da Nova Era. Embora os egípcios obviamente possuíssem conhecimento e capacidade para incorporá-la ao traçado das cidades e à arquitetura, os registros arqueológicos mostravam que muitas vezes não o haviam feito.

À primeira vista, a cidade de Amarna parecia ter sido planejada para adequar-se à paisagem. Um arquiteto britânico, no entanto, havia mapeado recentemente os principais pontos, com resultados notáveis. A cidade inteira, na verdade, era um vasto templo retilíneo a céu aberto, passando sobre o Nilo e de frente para o sol nascente. Além disso, se fossem traçadas linhas retas a partir de cada um dos marcos dos limites, através dos principais palácios e templos, todas elas convergiriam para um ponto específico, como os raios que convergem para o sol em grande parte da arte de Amarna. O ponto focal era exatamente ali, no Túmulo Real de Akhenaton. Era como se ele se considerasse o próprio sol, eternamente brilhando sobre seu povo e sua cidade.

As portas da picape se abriram. Khaled e seus homens saíram apressadamente, abrigados por capas impermeáveis. As lanternas luziam debilmente, perdendo-se rapidamente nas trevas impenetráveis. O celular de Knox não recebia sinal, por causa da tempestade e das altas falésias do wadi; pelo menos por enquanto ele estava só. A água escorreu pelos lados da picape no momento em que ele se deixou deslizar até o chão. Os sapatos encharcados rangiam quando caminhava e, por isso, Knox retirou-os, jogando-os longe. Seguiu Khaled e seus homens pelo leito do wadi, passando descalço pelas poças e pela água que descia em cascata em meio às rochas.

III

Abdullah olhava zangado as costas de Khaled ao subir a encosta e depois percorrer o platô, com os pés encharcados e doloridos, sentindo frio dentro das botas mal-ajustadas. Que loucura! Não haveria maneira de descer por aquela trilha precária em meio à torrente. Khaled, porém, já o previra. Havia uma rocha pontuda no alto da colina, acima da entrada do túmulo. Ele amarrou a ponta de uma corda nessa rocha e lançou o restante da corda pela borda.

— Pode descer — disse a Abdullah.

— Eu? — protestou ele. — Por que eu?

— Não estaríamos nesta merda se você tivesse cumprido minhas ordens.

— O senhor devia ter sido mais explícito — murmurou Abdullah.

— Pelo telefone? Pelo telefone?

A contragosto, Abdullah pegou a corda, dando um puxão para testá-la. Imediatamente o nó se desfez e a corda se soltou.

— Veja! — disse ele.

— Pare de choramingar, ouviu? — retrucou Khaled, voltando a amarrá-la, desta vez mais firmemente. — Vamos, desça.

— Não se preocupe — disse Faisal. — Prestarei atenção na corda.

Abdullah fez um gesto de gratidão. Faisal era o único em quem ele confiava. Passou a corda pelo cinto, amarrou a lanterna no pulso, trocou o AK-47 pela picareta de Nasser, colocando-a a tiracolo. Em seguida, deixou-se deslizar pela borda da falésia, de costas, como tinha visto na televisão, mas a bota escorregou na rocha molhada e ele bateu o corpo na face do rochedo, segurando-se desesperadamente, enquanto Khaled e Nasser riam descontroladamente. Ainda estava murmurando palavrões quando chegou à relativa segurança da entrada do túmulo.

O cimento tinha formado uma crosta, mas o interior ainda não endurecera. Desmanchou-se facilmente quando ele o atacou com a ponta da picareta, fazendo os fragmentos deslizarem pela falésia. Cavou um buraco suficientemente largo para poder enfiar o braço e colocou a lanterna no chão, em um ângulo que permitia iluminar o que fazia, tratando de tirar mais cimento. Os relâmpagos iluminavam o wadi. Abdullah esperou o rugido do trovão, mas outro ruído chamou sua atenção: o som de tiros de arma automática. Segurando-se com uma das mãos no interior do túmulo, debruçou-se para fora e olhou para cima a fim de descobrir o que diabos estava acontecendo. Mas não havia ninguém lá no alto para responder sua pergunta.

IV

Khaled viu o homem por pura sorte. Por acaso olhou para trás no instante em que um raio iluminou todo o platô, revelando a figura agachada a cerca de trinta passos de distância, com o celular na mão.

Percebeu completa e imediatamente que havia sido enganado. Em vez de medo, Khaled sentiu apenas uma raiva imensa e visceral. Agarrou o AK-47 de Nasser e voltou-se para onde estava o homem. Estava escuro novamente e ele nada podia ver, mas disparou várias rajadas contra o horizonte, esperando que a providência o ajudasse.

— O que foi, chefe? — perguntou Nasser.

— Temos visita.

Um novo relâmpago caiu, mostrando o homem que rastejava, como a cobra que era.

— Ali! — gritou ele, com nova saraivada de balas. — Pegue-o!

CINQUENTA E DOIS

I

Knox escapou correndo pelo alto da colina na noite iluminada pelos clarões dos tiros e pelos relâmpagos distantes. Tudo ficou novamente escuro e ele se atirou para um lado, rolando por um declive até uma lagoa rasa criada pelo dilúvio. Procurou ocultar-se abaixo da superfície ao ver três homens correndo em sua direção, mas as águas não eram suficientemente profundas.

— Será que o acertamos?

— Ele caiu.

— Então, onde diabos poderá estar?

— Tem que estar por aqui, em algum lugar.

As lanternas procuraram na escuridão, passando pela superfície da água e fazendo brilhar as gotas de chuva com um reflexo dourado.

— Mas quem é, afinal?

— Ele deve ter vindo na nossa picape.

— Acha que aquele policial sabia? Acha que foi um truque?

— Claro que foi um truque!

— Filho da mãe. Estamos perdidos.

— Não estamos perdidos! Não estamos perdidos! Esse sujeito está aqui por conta própria, não é? Só precisamos silenciá-lo. Isso é tudo. Com ele morto, ninguém encontrará este lugar. Ninguém poderá provar coisa alguma.

— Mas nós...

Ouviu-se um ruído seco. Alguém tinha levado um tapa.

— Obedeçam às minhas ordens, droga! Ele está por aqui, em algum lugar. Tem de estar.

Um dos homens passeou o facho da lanterna, iluminando novamente o lugar onde Knox se escondera com metade do corpo na água. Desta vez, porém, o facho se deteve, voltou e fixou-se nele.

— Ali está! — gritou ele.

Knox levantou-se de um salto, correndo pelo flanco da fenda em linha reta, mas ficou encurralado entre o lago e a borda da falésia. Os tiros espocaram em volta dele. Knox atirou-se pelo lado da rocha pontuda onde estava amarrada a corda, agarrou-a e desceu pela borda, com as fibras molhadas arranhando suas mãos enquanto o vento o fazia balançar e espalhava vapor de água em seu rosto. Finalmente, conseguiu mais firmeza, sentindo as palmas das mãos queimando. Deteve o ritmo da queda e olhou para baixo, vendo Abdullah de pé em uma estreita plataforma mais abaixo. Gritando alguma coisa que Knox não entendeu, Abdullah atacou-o pelos tornozelos com a picareta. Esquivando-se numa dança na face do rochedo, ele conseguiu evitar os golpes, mas o movimento lateral fez a corda soltar-se da rocha e ele se viu repentinamente em queda livre, desabando pelos lados da falésia em direção às rochas lá embaixo.

II

Naguib dirigia quase às cegas, com os faróis dianteiros apagados e as luzes laterais ligadas, usando apenas o leve reflexo nas pedras caiadas da margem da estrada para conseguir ver o caminho. De ambos os lados, as encostas íngremes cheias de pedregulhos o enganavam constantemente. A visão dianteira era difícil e os pneus se chocavam com as rochas laterais, fazendo o carro derrapar.

Deviam estar bem atrás, agora. Atrás demais. Naguib murmurou uma prece, ligou os faróis no máximo e pisou no acelerador, encostando o pé no chão. Esse foi seu erro. Uma ventania súbita ergueu o veículo e lançou-o de lado, fazendo-o deslizar sobre as pedras da margem e chocar-se contra uma grande rocha. Ouviu-se o ruído de metal amassado, com os cintos de segurança apertados sobre o tórax dos passageiros. Naguib e Tarek se entreolharam. Não havia tempo a perder com recriminações ou lamentos. Ambos saltaram e correram para o caminhão que parara ao lado. Mãos solícitas os puxaram para cima, encharcados, andrajosos, sentindo-se ridículos enquanto procuravam onde se sentar, até que o veículo começou novamente a se movimentar.

— Você é bom no volante — disse alguém, com uma gargalhada. Mas quase instantaneamente outra rajada de vento ameaçou fazer o caminhão sair da estrada. Os risos rapidamente cessaram.

III

Knox continuou a cair pela encosta do penhasco, passando por Abdullah, em direção ao leito do wadi. Ainda mantinha a corda agarrada entre as mãos, com a outra ponta presa ao cinto de Abdullah, de forma que o ímpeto da queda transferiu-se imediatamente para o egípcio. Knox chocou-se contra a face da rocha e agarrou-se com ambas as mãos, soltando a corda. Abdullah, no entanto, não teve a mesma sorte. Seus joelhos dobraram, o pé direito escorregou na estreita plataforma molhada, a mão que estivera firme na abertura do túmulo soltou-se. Gritando, ele caiu, passando por Knox, procurando desesperadamente um apoio, e finalmente desabou sobre a rocha lá embaixo, com um baque surdo. Em seguida, apenas silêncio.

Uma cascata de pedras alertou-o. Olhando para cima, viu Khaled na borda da falésia, apontando a lanterna para baixo e fazendo mira com a pistola. Quatro rajadas ricochetearam com um ruído metálico na rocha. Knox refugiou-se na plataforma onde Abdullah havia estado, protegido por uma protuberância acima da cabeça. Vendo uma cavidade na pedra, grande o suficiente para que pudesse passar, encontrou uma lanterna no chão e entrou em uma câmara, iluminando-a. Havia água no chão, chegando-lhe aos tornozelos. Prosseguiu por uma passagem em declive.

— Gaille! — gritou. — Gaille!

Ouviu um grito mais à frente dele. Não era Gaille, e sim a outra refém, Lily. O tom de voz era de pânico, mais do que de alívio. Knox apressou-se, correndo precipitadamente, e quase não viu a cisterna a tempo. Parou na borda, cambaleante, e recuperou o equilíbrio, apontando a lanterna para baixo. Lily estava a 5 ou 6 metros, agarrada à parede, rodeada por garrafas de água amassadas e tábuas que flutuavam, sustentando a cabeça de Gaille acima da água com um braço dobrado, chorando de dor e exaustão.

— Aguente firme! — bradou Knox.

— Não posso mais. Não posso mais.

Olhou em volta, buscando alguma forma de descer até onde ela estava e poder subir novamente. Qualquer maneira serviria. Viu um pino de ferro enterrado no chão, mas não havia nada que pudesse amarrar nele. Abdullah tinha levado a corda consigo na queda.

— Socorro! — gritou Lily. — Socorro! — Engoliu água da chuva, engasgando-se e agitando-se na água. Soltou Gaille, que imediatamente mergulhou abaixo da superfície.

— Gaille! — gritou Knox. — Gaille!

Lily conseguiu agarrar-se novamente à parede, com ambas as mãos.

— Desculpe — disse, chorando. — Desculpe.

Knox não teve tempo de pensar. Não havia um segundo a perder. Segurando firmemente a lanterna, deu um berro de terror e atirou-se na cisterna cheia de água.

IV

Khaled perscrutou a escuridão quando Nasser e Faisal se juntaram a ele na borda da falésia.

— O que aconteceu? — perguntou Faisal. — Onde está Abdullah?

— Ele caiu — disse Khaled, voltando-se para os dois.

Faisal estava lívido. Abdullah era seu amigo. Nasser, ao contrário, parecia relativamente tranquilo. Pelo menos levando em conta a situação.

— A corda caiu com ele — acrescentou Khaled a Nasser. — Precisamos dela. Vá buscá-la.

— Mas eu...

— Quer sair vivo daqui ou não?

— Claro que sim.

— Então faça o que estou mandando — disse Khaled, secamente. — Vá buscar a corda.

— Sim, senhor.

V

Knox assomou à superfície, mergulhou novamente com as pernas para o alto e tocou o piso da cisterna, batendo com as pernas, tornozelos e costas nas paredes, inclusive a cabeça, enquanto as pedras ásperas arranhavam seus braços e panturrilhas. Ele começava a perder o fôlego e a engolir água. Voltou instintivamente à superfície, cuspindo água e respirando com gratidão. Orientando-se, apontou a lanterna em volta.

— Gaille? — perguntou.

Lily sacudiu desconsoladamente a cabeça, usando toda a sua energia para manter-se agarrada à parede.

Knox nadou em volta, procurando-a com o tato. Não era fácil, porque a água da chuva continuava a cair em cascata. Tentou localizá-la com as pernas, abaixo da superfície. A cisterna não era grande, mas ele não conseguia encontrá-la. Respirou fundo e mergulhou novamente, com os braços estendidos, e seus dedos tocaram alguma coisa macia. Agarrou-a, mas teve de soltá-la. Mergulhou mais fundo e conseguiu segurar uma blusa, um braço, e apertou os dedos em torno de um pulso, subindo à superfície com os pulmões estourando, puxando Gaille para cima com um braço em torno da cintura enquanto ela, por reflexo, cuspia água buscando ar.

Knox encontrou uma saliência na parede onde pôde agarrar-se, mantendo Gaille deitada sobre seu ombro, inconsciente. Passeou a lanterna em torno daquela prisão asfixiante, com Lily a seu lado lutando contra a histeria, e uma pergunta sem resposta formando-se em sua mente: *e agora*?

CINQUENTA E TRÊS

I

Nasser respirava com dificuldade ao trazer a corda de volta a Khaled e Faisal, no alto da falésia.

— E Abdullah? — perguntou Faisal.

— Nada — respondeu Nasser.

Faisal olhou-o com asco.

— Acabou-se — disse. — Estamos perdidos.

— O que está falando?

— Do que acha que estou falando? Abdullah está morto. Como vamos explicar isso?

— Vamos dizer que ficamos preocupados depois que aquele policial veio nos procurar contando a história de vozes misteriosas de estrangeiros — retrucou Khaled. — Diremos que resolvemos ir procurá-los pessoalmente. Abdullah escorregou e caiu. Uma tragédia, mas não por culpa nossa. A culpa é do policial, por nos fornecer informações falsas.

— Ninguém vai acreditar nisso.

— Escute o que estou dizendo, seu covarde chorão — bradou Khaled. — Vamos até o fim. Vamos até o fim juntos. Entendeu?

— Entendi.

— Entendi, e o que mais?

— Entendi, sim, senhor.

— Assim é melhor. — Khaled encarou alternadamente Faisal e Nasser com chispas nos olhos.

Amarrando novamente a corda na pedra, ele pensou na melhor maneira de utilizar seus limitados recursos. Não poderia confiar em Faisal se o deixasse lá em cima sozinho, pois ele poderia fugir na primeira oportunidade, covarde como era.

— Nasser, você ficará aqui. Proteja nossa retaguarda. Faisal, você vai descer comigo.

— Mas eu...

Khaled encostou o cano da Walther no rosto de Faisal.

— Faça exatamente o que eu ordenar — berrou. — Está claro?

— Sim, senhor.

II

— Está chegando mais gente — balbuciou Lily, agarrada à parede. — Por favor, diga-me que vem mais gente.

— Sim — disse Knox. — Outras pessoas virão.

— Nesse caso, onde estão?

— Chegarão o mais depressa possível — prometeu ele. — Está havendo uma tempestade terrível.

— Você é Daniel Knox, não? — perguntou Lily, apontando Gaille. — Ela disse que você viria nos ajudar. Disse que você nos salvaria. — Em seguida, olhou em volta, percebendo que ele não estava em condições de salvar ninguém, e teve de esforçar-se para não chorar.

— Está tudo bem — assegurou ele. — Tudo vai acabar bem. Você foi realmente extraordinária.

Knox passou a lanterna em volta do poço, mais para mudar o clima do que por qualquer outro motivo, vendo as tábuas e garrafas vazias que flutuavam na água, as paredes íngremes, cujo topo estava a quase 5 metros de suas cabeças. Apalpou os bolsos. Tinha a tesoura que pegara no carro, mas, ainda que conseguisse fazer buracos no calcário, a distância era grande demais para que ele pudesse subir sozinho, além do mais tendo de cuidar de Lily e Gaille.

Ajustou a posição de Gaille em seus braços. A cabeça dela pendeu, revelando um corte profundo no couro cabeludo, de onde escorria um sangue aguado.

— O que aconteceu? — perguntou.

— Essas tábuas estavam fechando a entrada da cisterna — informou Lily. — Devem ter desabado. Eu tinha mergulhado, procurando cavar para o outro lado da parede.

— Para o outro lado?

Lily assentiu vigorosamente, sentindo a esperança reacender-se.

— Encontramos alguns *talatats* lá embaixo. Conseguimos deslocar um deles, esperando que fosse possível abrir um espaço para que a água escoasse. Mas então tudo desabou em cima de nós. Stafford estava... estava...

Knox concordou com a cabeça. Precisava verificar.

— Pode ficar segurando Gaille por um instante? — perguntou.

— Não posso — gemeu Lily. — Não consigo. Simplesmente não posso.

— Por favor. Só um pouquinho. Você tem de fazer um esforço.

Ela se mostrou descontente, mas concordou. Knox entregou-lhe Gaille, tirou a tesoura do bolso e cavou uma fenda profunda na parede de calcário, na qual enfiou uma ponta de uma das tábuas. Em seguida, arriou a outra ponta contra a parede oposta, abaixando-a até ficar engastada obliquamente. Atravessou a nado a cisterna, subiu na tábua e fez força para baixo, até fazê-la ficar firmemente ajustada com uma curva no meio. Lily já estava prestes a pedir socorro. Knox pegou Gaille outra vez, colocando-a deitada de costas sobre a tábua. Depois ajudou Lily a subir, entregando-lhe a lanterna.

— Preciso ver essa parede de *talatats* — disse. — Não demorarei.

Encheu os pulmões de ar e mergulhou em direção ao fundo da cisterna, apalpando os detritos rochosos até encontrar o buraco onde havia estado o tijolo. Atacou com a tesoura a argamassa amolecida, soltando-a. Os pulmões começaram a protestar. Knox subiu à superfície, respirou profundamente outra vez e voltou, sabendo que dispunha de pouco tempo até que Khaled e seus homens aparecessem à sua procura.

III

Khaled foi o primeiro a descer, agarrado à corda. Pretendia esperar Faisal na plataforma, mas a curiosidade foi mais forte. Iluminou a entrada da câmara com a lanterna, receoso de uma emboscada, e então caminhou cuidadosamente pela passagem, sentindo uma euforia perversa.

Ouviu ruídos adiante. Deteve-se e agachou-se, apontando a Walther. Era apenas a água caindo dentro da cisterna. Se tivesse sorte, isso poderia favorecê-lo. Continuou a avançar, ouvindo novo ruído, uma mulher soluçando. Nas pontas dos pés, chegou à borda do poço e olhou para baixo.

Gaille estava deitada em uma tábua, logo acima da água que ia subindo, com a cabeça no colo de Lily. Nenhum sinal de Stafford nem do misterioso perseguidor. Mas logo a água borbulhou e ele apareceu, procurando respirar.

Silenciosamente, Khaled guardou a Walther. As pistolas não eram feitas para trabalhos como aquele. Além disso, sempre tivera curiosidade de ver o que uma granada poderia fazer em uma situação real. Tirou uma delas do cinto, puxou o pino com os dentes e jogou-a na cisterna.

CINQUENTA E QUATRO

I

Knox percebeu o movimento com o canto do olho. Voltando-se para o alto, viu Khaled lançar a granada no centro da cisterna, mantendo-se imóvel por um instante enquanto observava o arco mortal. Lily também viu e deu um grito, fechando os olhos e encolhendo o corpo a fim de proteger-se da mutilação e da morte. O grito dela fez Knox entrar em ação. Lançou-se com os braços estendidos na direção da granada; na mente, a estranha ideia de arremessá-la de volta para cima, embora soubesse muito bem que isso seria impossível.

A granada bateu em sua palma direita, mais pesada do que ele imaginara, como uma bola de chumbo, levantando água quando saltou de sua mão. Knox tentou agarrá-la, procurando-a com as pontas dos dedos, e, finalmente, conseguiu pegá-la, porém já submersa, sem tempo para pensar, simplesmente para mergulhar mais profundo e enfiá-la no buraco do *talatat*, virando-se em seguida e nadando de volta à superfície, na esperança de que o calcário o protegesse da...

A explosão atravessou a água, fazendo o mundo rodar loucamente, os ouvidos estourando com o ruído, os braços agitando-se inutilmente, a cabeça enlouquecida, engolindo água, sem saber para que lado ficava a superfície. Bateu com a cabeça em uma pedra, arranhando-se, mas logo se estabilizou e tratou de subir com pernadas firmes, chegando ao alto, tossindo e procurando desesperadamente respirar, movendo-se na água com Lily, a tábua deslocada pela detonação. De repente, alguma coisa cedeu. A água se esgotou completamente, deixando-o confuso no fundo da cisterna junto com Lily, Gaille e as tábuas espalhadas.

Knox olhou para cima. Khaled o fitava desconcertado, procurando a pistola. Viu o clarão no bocal do cano da arma e as balas ricochetearem a esmo nas paredes do poço. Lily foi a primeira a reagir, atirando-se pela abertura que a granada havia criado na parede e passando para uma nova câmara, com água pela metade. Knox agarrou Gaille e seguiu atrás dela, batendc em alguma coisa corpulenta e macia: o corpo de Stafford, flutuando com o rosto para baixo. Olhou para Lily, cuja lanterna desenhava sombras fantasmagóricas na água borbulhante. Ela meneou a cabeça e desviou o olhar, incapaz de falar sobre o ocorrido.

Havia uma passagem estreita e escura que saía da câmara. Lily disse alguma coisa que ele não entendeu, pois ainda tinha os ouvidos obstruídos pela explosão. O que ela queria dizer, no entanto, era evidente. Ele acenou para que ela seguisse na frente, ajustou a posição de Gaille em seus braços e zarpou atrás dela.

II

Khaled recarregou a Walther, olhando o buraco aberto na parede da cisterna. *Que diabos eles encontraram lá embaixo?* Ouviu passos atrás de si. Faisal se apressara, atraído pela explosão e pelos tiros.

— Veja! — disse Khaled, apontando para baixo. — Eu disse que devíamos continuar a cavar.

Faisal encarou-o, com ar incrédulo.

— Está preocupado com isso agora?

— Precisamos descer. Temos de acabar com isso. Vá buscar a corda.

— Corda? Que corda?

— A que usamos para chegar aqui, seu idiota. Mande Nasser jogá-la para você.

— Mas vamos precisar dela para voltar.

— Podemos usar a trilha. A chuva tem de parar em algum momento, não é verdade?

— Mas...

Khaled bateu no rosto de Faisal com o cabo da Walther.

— Eu não estou pedindo, estou mandando. Obedeça!

Ficou olhando enquanto Faisal se afastava, esperando ansiosamente que ele voltasse com a corda. Amarrou-a no pino de ferro e lançou o restante na cisterna. Já ia começar a descer quando percebeu que seria um lugar perfeito para uma emboscada. Pegou o AK-47 das mãos de Faisal.

— Vá — ordenou. — Eu cobrirei você.

— Quer que eu desça desarmado? — rosnou Faisal.

— Vamos — disse Khaled, franzindo a testa e entregando-lhe a Walther. — Fique com esta então.

— Não seria melhor se nós..

— Você não quer saber o que existe lá embaixo?

— Quero, mas...

— Vamos ficar ricos — insistiu Khaled. — Nós três vamos ter mais dinheiro do que jamais sonhamos. Faça o que estou dizendo.

Embora teimoso como uma mula, Faisal enfiou a Walther na cintura, agarrou a corda, deu-lhe um puxão para ter certeza de que estava firme e, então, passou o corpo pela borda, descendo sem incidentes até o fundo.

Khaled permitiu-se um leve sorriso. *Nós três, realmente*! Primeiro Abdullah, e agora Faisal. Parecia que a noite seria uma tragédia para sua unidade.

III

A cabeça de Gaille descaiu no ombro de Knox enquanto ele caminhava cuidadosamente por entre o traiçoeiro entulho submerso. Lily ia na frente, com a lanterna lançando sombras curiosas nas paredes. O piso do corredor seguia em leve aclive e logo a água passou ao nível dos tornozelos, tornando mais fácil o avanço, mas obrigando Knox a prestar mais atenção ao caminho. Talvez por isso Lily foi a primeira a notar os murais.

— O que é isto? — perguntou ela, iluminando com a lanterna as paredes caiadas com gesso.

Knox aproximou-se para examiná-las. Eram pinturas desbotadas mostrando árvores atrofiadas, em fileiras contínuas, em colunas repetidas, um padrão infinitamente reproduzido, como num antigo papel de parede. O mesmo se via na parede do lado direito.

— O que acha? — perguntou Lily.

Knox meneou a cabeça. Nunca tinha visto nada parecido. As árvores e outros tipos de vegetação eram comuns nas manifestações artísticas do Antigo Egito, mas somente como parte de cenários mais amplos, habitualmente repletos de gente, animais domésticos, água e pássaros, nunca apenas uma árvore infinitamente repetida, como era o caso. *Ou seria somente uma árvore*? As da direita pareciam bastante diferentes das da esquerda. Os egípcios eram meticulosos em seus desenhos. O momento, no entanto, certamente não era propício para uma investigação detalhada. Continuaram subindo, já por um caminho completamente seco, vendo que o corredor não era realmente um aclive, porém tinha degraus baixos cortados no calcário que se transformaram em uma rampa suave por conta da espessa camada de areia, entulho e terra.

Alguma coisa brilhou no chão onde Lily pisara. Knox limpou a areia com o pé, revelando uma fita metálica que corria pelo centro da passagem.

— Aqui — disse ele. — Ilumine aqui.

Lily abaixou a lanterna.

— Jesus! — murmurou. — Isso é... *ouro*?

— Parece.

— Que lugar é *este*?

Uma lembrança aflorou na mente de Knox: a descrição feita por Kostas ao mencionar a relação entre Harpócrates e Akhenaton, o Templo de Luxor, em que apareciam figuras de sábios vindos do Oriente para comemorar seu nascimento, além dos presentes que traziam consigo. Aquelas árvores nas paredes não eram realmente árvores, e sim arbustos. Especificamente, incenso e mirra. De repente, tudo começou a fazer sentido para ele, toda aquela busca do significado do Êxodo na qual embarcara involuntariamente.

— O que foi? — perguntou Lily, vendo a expressão no rosto dele. — Sabe onde estamos ou alguma coisa sobre este lugar?

— Creio que sim — respondeu Knox, lentamente. — Acho que estamos na Caverna dos Tesouros.

CINQUENTA E CINCO

I

A tempestade finalmente começava a amainar quando a picape chegou ao término da estrada do Wadi Real, estacionando ao lado da de Khaled. Naguib saltou. Ainda havia muita água no chão, e por toda parte se ouvia o som de pequenas cascatas e riachos correndo pelas encostas.

Tarek tocou o braço dele, mostrando o alto da falésia.

— Está vendo aquilo?

Naguib semicerrou os olhos. As nuvens carregadas começavam a dispersar-se e uma ou duas estrelas apareciam, com luz suficiente para revelar uma silhueta no topo da colina. Negou com a cabeça, perguntando:

— Vendo o quê?

— Um homem. Agora está abaixado. Ele está torcendo para que não o tenhamos visto.

— Pode nos levar até lá?

Tarek assentiu, guiando-os para mais próximo à base da falésia de forma que não se tornassem alvos fáceis e, em seguida, para o leste, ao longo do wadi. Mahmud foi quem fez a macabra descoberta: um dos homens de Khaled jazia estendido sobre as rochas molhadas. Naguib ajoelhou-se junto a ele. Bastou um olhar para perceber que era tarde demais. Foram subindo a encosta do wadi, enquanto a claridade ia aumentando.

— Espalhem-se — murmurou Tarek, ao chegarem ao topo.

— E se encontrarmos alguém? — perguntou um deles, em voz baixa.

— Renda-o — disse Naguib.

— E se não obedecerem?

— Você tem uma arma, não tem? — retorquiu Tarek.

II

— A Caverna dos Tesouros? — perguntou Lily.

— É um lugar famoso nas lendas judaicas — explicou Knox. — Uma caverna no deserto, junto a um grande rio. Adão e Eva foram mandados para lá depois da expulsão dos jardins do Paraíso. Mas isso é apenas o começo. Há uma vasta literatura a respeito, até porque acredita-se que muitos dos patriarcas judeus estejam enterrados dentro da caverna, inclusive os próprios Adão e Eva, além de Abel, depois de assassinado por Caim, e também Noé, Abraão, Jacó e José. Alguns chegam a afirmar que Moisés também.

— Deve ser uma caverna bem grande.

Knox concordou com a cabeça.

— Há muitos anos os arqueólogos judeus a procuram. Seria extraordinário encontrar os túmulos de todas essas figuras lendárias da Bíblia.

— Mas por que no Egito? Por que não em Israel?

Ouviram ruídos na retaguarda. Alguém tinha começado a caminhar pela passagem encharcada. À frente, o corredor não mostrava sinais de terminar, embora houvesse curvas sinuosas para um lado e para o outro limitando o campo de visão.

— É preciso compreender — disse ele — que a Bíblia não é um relato histórico, e sim uma coleção de lendas populares destinada a convencer os judeus de que eles próprios provocaram o exílio da Babilônia e a destruição do Templo. Por isso, muitas das histórias seguem a mesma linha moral.

— O homem faz uma aliança com Deus — murmurou Lily. — O homem rompe a aliança. Deus o castiga.

— Exatamente — concordou Knox, deitando Gaille no chão por um instante para descansar os músculos, flexionando os dedos. — Uma explicação é que a pessoa ou pessoas que compilaram a Bíblia procuraram ativamente relatos que se ajustassem a essa linha. Mas há outra possibilidade:

Adão e Eva, por exemplo. O primeiro homem e a primeira mulher, não é? Mesmo assim, a Bíblia admite tacitamente a existência de outros seres humanos. — Tomando Gaille nos braços novamente, recomeçou a caminhar. — Caim ficou marcado após matar Abel para que outros não o molestassem. Quem são esses outros? Ele se casou e teve um filho de nome Enoque, que fundou uma cidade, coisa que não é possível fazer estando sozinho no mundo. Portanto, talvez Adão e Eva não fossem os primeiros humanos num sentido *biológico*, e sim apenas num sentido *espiritual*. Isto é, talvez tivessem sido os primeiros a compreender a verdadeira natureza de Deus.

— Akhenaton e Nefertiti? — disse Lily, com expressão de dúvida.

— Pense um pouco — pediu Knox. — Você está aqui, vivendo em Amarna. É o seu paraíso, seu Éden, sua Terra Prometida. Você tem certeza de que nada vai dar errado, porque aqui é a morada terrena do Deus Único e Verdadeiro, e você está sob Sua proteção. Mas alguma coisa efetivamente *dá* errado. Você é expulso, obrigado a fugir no meio da noite, tendo de deixar o Egito. Como isso é possível? Certamente a única explicação é que, por algum motivo, você fez com que Deus se enfurecesse. Você o decepcionou de alguma forma, mas jura que isso não acontecerá novamente. Renova sua aliança e, em troca, Deus lhe dá uma segunda Amarna, um novo Éden, uma nova Terra Prometida. Dessa vez, porém, não no Egito, e sim em Canaã.

"Passam-se décadas, séculos. O povo do Êxodo se divide em diferentes povoações, tribos diferentes, cada qual com sua própria identidade, embora ainda com o laço comum da fuga do Egito. As histórias são contadas de pai para filho, uma, duas, mil vezes, até que gradualmente se confundem com invenções narrativas e se misturam com o folclore local. Centenas de anos depois, não apenas são irreconhecíveis em relação ao que realmente ocorreu, mas também em relação aos relatos populares de seus vizinhos, ainda que estejam descrevendo os mesmos acontecimentos.

"Nesse ponto, chegam os babilônios. Derrotam os israelitas na guerra, destroem o Templo e os exilam. O povo se torna introspectivo, imaginando mais uma vez por que tal calamidade pudesse ter ocorrido ao povo escolhido por Deus. Procuram a resposta em sua herança comum, juntando todas aquelas diversas tradições e mesclando-as com os mitos canaanitas e mesopotâmicos favoritos a fim de criar uma única narrativa sobre Adão e Eva, Abraão e Moisés, todas aquelas jornadas entre o Egito e Canaã, todos aqueles Édens, Terras Prometidas e Novas Jerusaléns. Na verdade, no entanto, essas histórias não tratam de numerosos patriarcas, épocas e lugares diferentes. Tratam de um patriarca, uma época, um lugar. Tratam de Akhenaton e Amarna."

— Não é possível — disse Lily, em voz baixa.

— Você sabia que Akhenaton solicitava aos outros reis que lhe dessem presentes em forma de animais exóticos? Ele os mantinha aqui. Toda a planície de Amarna costumava ficar inundada durante a cheia anual do Nilo. Todos esses animais tinham de ser embarcados em balsas. Isso lhe recorda alguma das histórias da Bíblia?

— Não *pode* ser.

— Quando Adão e Eva estavam na Caverna dos Tesouros, Deus lhes deu as primeiras coisas que o homem jamais possuíra: ouro, incenso e mirra. Sabemos até a quantidade de ouro que receberam. Setenta bastões. Isso é realmente estranho, porque um bastão não é uma unidade de peso, e sim de comprimento. Cerca de 5 metros, na verdade. Mais ou menos o mesmo que cada um destes degraus.

— Portanto, setenta barras seriam 350 metros — murmurou Lily.

— Exato.

À frente deles, o corredor se abria em uma câmara, e a fita de ouro terminava na base da parede oposta.

— Então, que distância acha que percorremos?

— Cerca de 349 metros — disse ele.

III

Khaled reuniu-se a Faisal na base da cisterna e olhou a nova câmara e o corredor. O corpo de um homem flutuava na água, com a face para baixo. Ele o levantou pelos cabelos ensanguentados para verificar. Era Stafford, o apresentador de televisão. Um a menos, faltavam três. Soltou-o, empunhando a lanterna e o AK-47, entrando na câmara e passando para o corredor ainda com água.

— E então? — bradou para Faisal, que se mantinha mais atrás. — Você vem ou não?

— Vamos dar o fora daqui — suplicou Faisal. — Ainda temos tempo.

— E o que faremos depois?

— O que acha? Sumimos do mapa.

Khaled hesitou. Uma nova vida, onde ninguém o conhecesse. Port Said, Assuã, ou além da fronteira, no Sudão ou na Líbia. Era fácil comprar uma nova identidade quando se tinha contatos e *bakshish*. Mas uma nova identidade era apenas o começo. A ideia de recomeçar a vida em um novo país, sem quaisquer posses, fazia-o desanimar.

Se fugisse agora, seria pobre para sempre. Não se considerava destinado à pobreza. Merecia coisas melhores. E eles estavam tão próximos. Pelo menos, ele precisava saber o que existia no fim daquele corredor.

— Vamos acabar o que começamos — disse ele. — Confie em mim. Ninguém vai nos descobrir.

Esboçou um sorriso encorajador, deu as costas a Faisal e avançou, sabendo que seu companheiro era fraco, que cederia e o seguiria.

Foi exatamente isso o que Faisal fez.

CINQUENTA E SEIS

I

Knox deitou Gaille no chão, afastando os cabelos da fronte e do rosto. O sangue do corte no couro cabeludo estava coagulado e ela parecia visivelmente mais saudável, respirando mais profundamente. Knox levantou-se, pegou a lanterna de Lily e passeou-a pela nova câmara, levando o facho até a parede do lado esquerdo. Estava coberta por uma camada de gesso, com marcas visíveis sob a espessa capa de poeira. Tirou a camisa molhada e passou-a sobre a poeira para retirá-la, revelando uma vívida cena noturna: pessoas encolhidas em suas camas com ladrões rondando as casas; do lado de fora passeavam leões, serpentes e crocodilos.

Knox limpou também a parede oposta. Era uma cena diurna. Akhenaton e Nefertiti em um terraço do palácio, distribuindo colares de ouro; camponeses trabalhavam com o gado que pastava nos campos, patos voando por sobre os caniços e peixes saltando nos lagos, tudo surgindo para a vida aos raios do sol.

— É o "Hino de Aton" — murmurou ele. — O poema composto por Akhenaton em honra ao deus Sol. — Iluminando a parede da esquerda, prosseguiu: — Este é o mundo noturno: os leões saem de seus covis, preparando-se para atacar. — Apontou para a direita. — E aqui está o dia. "O gado e os carneiros despertam ao amanhecer, os pássaros voam quando tu despontas. Os barcos navegam nas águas, todos os caminhos se abrem à tua chegada."

— De que adianta isso? — perguntou Lily, com voz apreensiva. — Precisamos sair daqui.

Knox notou que os raios do sol convergiam para o canto superior esquerdo da parede, mas não se juntavam. Atingiam a junção com a parede lateral antes de chegar ao ponto de fuga e, em seguida, desapareciam. Knox iluminou a parede e percebeu algo que não havia notado antes. Não era uma única superfície plana, como ele pensara inicialmente. No centro, havia uma parte recuada em forma de V, talvez com pouco mais de 1 centímetro de profundidade. O fio de ouro terminava na base desse V.

Colocando a mão sobre esse recesso, sentiu-o mais frio, mais macio e mais metálico do que esperava. Deu um passo atrás, iluminando a parede inteira e o fio de ouro no chão, lembrando-se de alguma coisa.

— É como um wadi — disse, mostrando a Lily o V que lembrava um vale. — Sabe, o vale sobre o qual o sol nasce, marcando o símbolo de Aton.

— Nesse caso, onde está o sol?

— Exatamente — concordou Knox. Voltou para junto da parede, bateu com o nó dos dedos e prestou atenção ao som. Bateu de novo. Não havia dúvida. A parede era oca.

II

Naguib, Tarek e os *ghaffirs* avançaram cautelosamente pelo topo da colina, escondendo-se alternadamente atrás das rochas, agachando-se para não projetarem suas silhuetas.

— Fiquem onde estão! — gritou uma voz nervosa, vinda das trevas. — Não se aproximem!

Tiros passaram à esquerda de Naguib. O cano da arma soltava fagulhas alaranjadas que permaneciam dançando nas retinas.

— Pare! — gritou ele. Voltou-se para Tarek. — Ele tem informações. Precisamos dele vivo.

Tarek gritou a ordem. Fez-se silêncio.

— Escute — disse Naguib, em voz alta. — Sou o inspetor Naguib Hussein. Você já me viu hoje. Sabemos o que está acontecendo. Sabemos de tudo. Você está cercado. Abaixe a arma. Ponha as mãos na nuca e levante-se.

— Vá embora. Deixe-me em paz.

Risos acolheram essas palavras, pois a ideia era ridícula.

— Você não precisa morrer — exclamou Naguib. — Pode render-se. Vai haver um julgamento. O advogado declarará no tribunal que você nos ajudou no final. Quem sabe o que pode acontecer? Mas de outra maneira... você não tem qualquer possibilidade.

— Ele vai me matar.

— Quem vai matar você?

— O capitão Khaled. Ele está louco. Foi ele que nos obrigou a fazer isto. Nós não queríamos. Foi tudo ideia dele.

— Então, ajude-nos a detê-lo. O tribunal será condescendente com você. Mas agora ponha a arma no chão e renda-se. Está ouvindo?

— Você não vai atirar?

— Dou minha palavra.

Alguma coisa foi jogada nas pedras, com um ruído metálico. A figura de um homem surgiu na escuridão mais à frente, com os braços levantados acima da cabeça. Em poucos segundos foi dominado, com Naguib ajoelhado a seu lado, perguntando onde estavam os outros.

III

Knox empurrou a parede com o ombro, tentou fazê-la deslizar para um lado, levantá-la e abaixá-la. Nada funcionou. No corredor, os ruídos de água foram substituídos por passos em chão seco. Knox achava que não teriam mais que um minuto, no máximo. Não havia onde se esconder, nem onde preparar uma emboscada. Ou conseguiam passar pela parede, ou estariam perdidos.

— Veja! — gritou Lily, fazendo-o abaixar a lanterna até a base da parede. Era difícil distinguir, porque nela havia uma cavidade escura em forma de cruz ansata, mais ou menos do tamanho de uma mão masculina. Knox sentiu-se confuso. Essa forma de cruz era o grande símbolo egípcio da vida.

Tinha evoluído a partir de um hieróglifo que proporcionava proteção mágica, embora os estudiosos ainda debatessem acaloradamente o significado original do hieróglifo. Alguns achavam que era um nó cerimonial ou talvez uma sandália. Outros afirmavam que representava o sol surgindo no horizonte ou mesmo a fusão dos órgãos genitais masculino e feminino, uma espécie original de hermafroditismo. Olhando-a naquele momento, Knox não pôde deixar de reparar que se parecia muito com um buraco de fechadura.

— Depressa — disse Lily. — Eles estão perto.

Os antigos egípcios haviam inventado as fechaduras mecânicas pelo menos quinhentos anos antes de Akhenaton. Normalmente, eram dispositivos simples, feitos de madeira, em forma de cilindro, colocados do lado de fora das portas. Não havia motivo, porém, para que não tivessem construído tipos mais sofisticados. Knox ajoelhou-se, encostando o rosto no chão de calcário e apontou a lanterna. Era difícil ver o interior, mas ele viu um rotor e um cilindro, peças do tamanho de um brinquedo de criança.

Lembrou-se de uma vez em que atravessara o deserto de carro em companhia de seu falecido amigo Rick, veterano das forças especiais australianas. Mataram o tempo conversando sobre diversos métodos de arrombar fechaduras. Knox abriu a tesoura e forçou as duas lâminas até separá-las. Eram grandes e desajeitadas para uma fechadura moderna, mas não para aquela. Encostou uma das lâminas no cilindro e fez rodar suavemente os dentes do rotor com a outra, prestando atenção quando as duas partes se ajustaram.

— Depressa — suplicou Lily. — Eles estão chegando.

— Por favor — disse Knox. — Preciso de silêncio.

O último dente do rotor entrou no lugar. Knox tentou girar o cilindro no sentido dos ponteiros do relógio. O dispositivo não se moveu. Tratou de girá-lo no sentido oposto. O cilindro girou com dificuldade, protestando por ser perturbado depois de tanto tempo. Trinta graus, sessenta, noventa. Nesse ponto, parou completamente, por mais que ele se esforçasse.

— Vamos! — gemeu Lily.

Deitado de costas, Knox empurrou a parede com os pés. Nada. Empurrou novamente, mais uma vez, e mais outra. Alguma coisa se soltou do lado de dentro. Talvez algum trinco. O chão começou a tremer, lançando poeira para o alto. Ouviu-se um som rouco de metal arrastando-se na pedra quando os contrapesos começaram a mover-se. A parede foi se erguendo com dolorosa lentidão, como a cortina de um teatro. Sua superfície metálica começou a brilhar à luz da lanterna, com um tom amarelado cada vez mais brilhante, extremamente dourado para ser prata e extremamente prateado para que fosse ouro. Era electrum, um amálgama dos dois metais. Os egípcios prezavam-no tanto por causa de seu brilho ofuscante, como o do sol, que cobriram com ele o topo das pirâmides. Em seguida, o próprio disco de Aton surgiu, subindo lentamente com a parede. O sol ia raiando sobre Amarna.

CINQUENTA E SETE

I

Knox apontou a lanterna para o espaço atrás da cortina de electrum que continuava a erguer-se, iluminando os artefatos espalhados pelo chão do outro lado, ainda brilhantes, embora cobertos por uma camada de areia e poeira, revelando os materiais de que eram feitos. Marfim, faiança, alabastro, pele de leopardo, conchas, pedras semipreciosas. E ouro. Por toda a parte, via-se o fulgor do ouro.

A cortina se elevara o suficiente para que Lily se esgueirasse sob ela.

— Venha — disse ela, estendendo a mão para a lanterna. Knox agarrou Gaille pelos braços e puxou-a atrás dele, passando por baixo da cortina e penetrando na câmara atravancada, com uma estreita passagem entre as altas pilhas de objetos. Ergueu-a nos braços, procurando compreender tudo que o cercava. Candelabros de bronze, um cetro de ébano, um modelo de barco a vela, uma serpente de cobre, um apoio para cabeça feito de madeira, uma cruz ansata de jade verde. Duas sentinelas em tamanho natural, pretas e douradas, montando guarda eternamente, com olhos de lápis-lazúli, de expressão beligerante. Lily acompanhou-o, levando consigo a lanterna que já começava a esmorecer. Os objetos iam ficando mais suntuosos. Uma carruagem com enfeites de ouro descansava sobre a canga, junto a um trono duplo. Em um nicho, uma estátua de ouro, ao lado da qual havia uma cama decorada com um remo de madeira encostado nela. Havia também vários vasos com rubis e esmeraldas. Knox chocou-se com Lily, que parara de caminhar. Ela deu um passo para o lado, apontando a lanterna para que ele visse o que a interrompera: degraus forrados de electrum com dois sarcófagos de ouro maciço. Knox contemplou-os em respeitoso silêncio, compreendendo que o mundo jamais seria o mesmo. Akhenaton e Nefertiti. Adão e Eva.

Mas não havia tempo para especular sobre a descoberta. Knox viu luzes de lanterna atrás de si e ouviu uma rajada de tiros de arma automática. Abaixou-se, buscando proteção, procurando ocultar Gaille atrás de uma cama feita de ouro, mas escorregou e teve de soltá-la. Estendeu os braços para ela no momento em que Khaled apareceu, com a lanterna debaixo do braço, atirando novamente e obrigando Knox a recuar para a escuridão e a abandonar Gaille à mercê do atacante.

Khaled aproximou-se lentamente, virando a lanterna para um lado e para o outro ao contemplar os tesouros faiscantes daquela caverna de Aladim, enquanto Knox procurava, desesperadamente em meio aos ornamentos, pedras preciosas e móveis alguma coisa que pudesse usar como arma. Tudo escureceu quando Khaled se virou, afastando-se. Knox sabia que os objetos colocados nos túmulos da 18ª dinastia tinham função ritual, servindo para ajudar o faraó nas dificuldades da vida após a morte. Howard Carter e Lord Carnarvon haviam encontrado um arco no túmulo de Tutankamon, além de uma adaga de ouro endurecido. Knox daria qualquer coisa por uma arma assim.

Tateou às cegas, procurando não produzir ruído. Sua mão encontrou uma estatueta. Agarrou-a, mas era feita de madeira já um tanto carcomida, leve demais para o que ele pretendia. Deixou-a de lado, continuando a exploração. Os dedos tocaram alguma coisa mais fria e mais pesada. Sentiu-se reanimado ao perceber o que era: uma maça, do tipo que os faraós usavam para atacar seus inimigos. Em seus lábios, formou-se a sombra de um sorriso. Aquilo era mais útil.

II

Nasser começou a falar sem parar. Queria contar tudo a Naguib, pondo a culpa em Khaled.

— A trilha! — exclamou Naguib. — Onde fica a porcaria dessa trilha?

Nasser indicou-a. Naguib apressou-se em segui-la, iluminando-a com a lanterna sobre a borda da falésia, o coração aos saltos ao pensar que qualquer passo em falso poderia significar uma queda fatal. Conseguiu controlar-se e pisar com cuidado no traiçoeiro calcário molhado, chegando finalmente à plataforma, à entrada da caverna e ao interior. Correu diretamente para a borda da cisterna, ouvindo o eco dos tiros da arma automática que vinham de baixo, como se fosse a uma grande distância.

Havia uma corda presa a um pino de ferro no chão. Naguib agarrou-a e deixou-se escorregar para baixo. Outra rajada. Pelo menos, ainda não estava tudo acabado, ele ainda tinha tempo. Com água na altura do peito, viu um buraco na parede e avançou o mais rápido possível, a arma apontada à sua frente, gritando exortações para continuar avançando, embora acreditasse a cada momento que teria de enfrentar um tiroteio. Sentia-se amedrontado, imaginando como Yasmine e Husniyah receberiam a notícia caso alguma coisa acontecesse, mas mesmo assim não se deixou retardar, porque dera sua palavra de honra a Knox e preferia que seus entes amados chorassem sua perda a envergonhar-se por falhar em seu dever.

III

Khaled caminhou lentamente para a frente, na câmara do tesouro, vendo brilhar os artefatos por onde passava a luz da lanterna e voltando depois para um reflexo avermelhado. Não podia acreditar no que tinha diante dos olhos. Era mais ouro do que jamais sonhara, e tinha sonhado muito. Tudo aquilo faria dele o homem mais rico do Egito, o mais rico do mundo. Casas, iates, aviões, mulheres, poder: tudo o que ele ambicionava e sempre acreditara lhe ser devido. Mas como tomar posse daquilo? Como sair dali com tudo aquilo para si?

— Vigie minha retaguarda — ordenou ele a Faisal. — Não deixe ninguém entrar. Entendeu?

— Mas ainda podemos...

Khaled voltou-se para Faisal, com o rosto muito próximo ao dele, encostando o cano do AK-47 na barriga do subordinado.

— Vai me obedecer?

— Sim, senhor.

Virou-se novamente para a frente, procurando os nichos e reentrâncias douradas com a lanterna. A mulher, Gaille, estava deitada no chão. Inicialmente ele pensou que estava morta, mas havia muito pouco sangue ou sinais de trauma. Parou, encostou um dedo na garganta dela e sentiu a pulsação. Ainda estava viva. Talvez pudesse usá-la. Levantou-se e mirou a cabeça dela com o AK-47.

— Apareça — bradou, com a voz ecoando na câmara. — Se não aparecer, eu a matarei. Estou falando sério. Apareça.

Nada aconteceu. Knox não era tolo. Khaled pensou em levar adiante a ameaça, mas achou melhor não fazê-lo. Matá-la somente mostraria aos outros o destino que os aguardava e os estimularia a lutar com mais decisão. Avançou mais, agitando a lanterna de um lado para o outro, esperando pegá-los de surpresa. Ouviu uma respiração à esquerda e virou-se, iluminando Lily, que se protegia com os braços no estreito espaço entre um trono e um móvel de madeira colorida. Ela gemeu baixinho ao perceber que ele a tinha visto e começou a soluçar sem parar. Khaled a golpeou na cabeça com o cabo da arma, ao menos para calá-la. A jovem caiu contra o móvel e desabou, inconsciente. Com as duas mulheres fora de combate, a dinâmica mudou. Podia matar uma delas simplesmente para demonstrar impaciência e, então, ameaçar a outra a fim de obrigar o homem a revelar-se. Apontou outra vez a arma para Gaille.

— Dou-lhe cinco segundos — disse. — Quatro... três...

Uma sombra moveu-se no reflexo de um dos sarcófagos dourados; um homem que se lançava por trás dos tesouros empilhados, agitando uma maça com ambas as mãos. Khaled abaixou-se, mas não com suficiente rapidez. A maça atingiu seu ombro, deixando o braço esquerdo pendendo dormente e fazendo a lanterna cair no chão. Ele girou o AK-47, acertando o queixo do agressor, que foi obrigado a largar a maça. Knox tentou recuperá-la, mas Khaled bateu em sua nuca com o cabo da arma, derrubando-o.

Ouviram-se ruídos que vinham do corredor. Um homem vinha correndo, gritando e espalhando água. Khaled reconheceu a voz. Era aquele maldito policial, Naguib! Chegaria em menos de um minuto, sem dúvida trazendo outros. O ódio encheu o coração de Khaled. Tudo o que queria era ter uma vida decente. Que mal havia feito àquela gente horrível para que insistissem em arruiná-la?

O homem agredido gemeu, virando-se para o lado. O braço esquerdo de Khaled ainda estava dormente, mas ele não precisava disso para usar o AK-47. Apontou para baixo, e já ia puxar o gatilho quando teve uma ideia melhor. Direcionou a arma para Gaille, para que aquele homem visse as duas mulheres morrerem, sabendo que todo seu esforço tinha sido em vão. Uma profunda sensação de realização tomou conta dele quando o dedo começou a apertar o gatilho. O som do tiro no espaço restrito tomou-o de surpresa, a maneira pela qual ecoou, com o clarão alaranjado da abertura do cano refletindo-se em todo aquele ouro fabuloso. A arma soltou-se de suas mãos, tombando no chão. A surpresa aumentou quando ele se viu caindo e, em seguida, deitado de lado, com a saliva escorrendo de sua boca, um gosto de sal. O segundo tiro perfurou o alto de suas costelas, fazendo-o cair de costas. Olhou para cima e viu Faisal de pé, ao seu lado, *justamente* Faisal, que apontava a querida Walther para seu peito com uma expressão de perfeita calma no rosto.

Tentou fazer a pergunta, mas, por algum motivo, sua boca não se movia mais. Teve de perguntar com os olhos.

— Ela me deu chocolate — respondeu Faisal. — O que foi que você me deu?

Então, ergueu o cano até o rosto de Khaled e apertou o gatilho pela terceira e última vez.

EPÍLOGO

Foi a pior sensação daquele dia para Knox, a de chegar ao hospital sem saber se Gaille resistira ou não àquela noite. O coração batia descompassado quando ele entrou na recepção, com a boca desagradavelmente seca. Uma enfermeira encostada no balcão, porém, sorriu de forma amável ao vê-lo.

— Ela está acordada — informou-lhe.

— Acordada?

— Logo depois que o senhor saiu, ontem à noite.

— O quê? — protestou ele. — Por que ninguém me chamou?

A enfermeira deu de ombros, como se dissesse que não era da sua conta. Knox teve de ocultar sua exasperação. Em certas ocasiões, o Egito o enlouquecia. Mas, em seguida, o alívio tomou conta dele. Estava contente demais para mostrar indignação. Subiu os degraus de três em três ao correr para o andar superior, esbarrando em um médico que saía do quarto de Gaille.

— Como ela está?

— Está bem, muito bem. Tudo vai dar certo. Ela perguntou pelo senhor.

Knox entrou, esperando encontrá-la sentada na cama, com um sorriso largo, já sem contusões nem ataduras. Naturalmente, não foi isso o que viu. Gaille virou os olhos fatigados para o lado a fim de verificar quem havia entrado e fez um esforço para sorrir. Knox mostrou-lhe as flores e frutas que trouxera e acomodou-as no peitoril da janela. Em seguida, beijou-a na testa e sentou-se.

— Você está com uma aparência ótima — comentou.

— Eles me contaram o que você fez — disse ela, com esforço. — Não posso acreditar.

— Não acredite mesmo — respondeu ele. — Paguei-lhes uma fortuna.

Ela riu com dificuldade, fazendo uma careta de dor.

— Obrigada.

— Não foi nada — assegurou ele, cobrindo a mão dela com a sua. — Agora, feche os olhos e descanse.

— Primeiro, me conte.

— Contar o quê?

— Tudo.

Ele assentiu. Aprumou-se na cadeira e organizou as ideias. Tanta coisa havia acontecido que era difícil saber por onde começar.

— Lily manda lembranças afetuosas — acrescentou. A moça já havia embarcado de volta, levando o corpo de Stafford, mas não era preciso falar disso naquele momento. — E nós aparecemos muito na TV.

Essa era uma afirmação que não levava em conta o pandemônio desde a noite anterior, com todos querendo ser reconhecidos como descobridores do túmulo de Akhenaton, ao mesmo tempo em que se dissociavam dos atos de violência ocorridos. Knox não se importou em deixá-los lutar entre si. Tudo o que lhe interessava era levar Gaille ao hospital de boa reputação mais próximo. A partir daí, o medo de que a tivesse levado tarde demais o vinha corroendo, um medo tão intenso que o obrigou a confessar a si mesmo a profundidade de seus sentimentos, muito além de uma simples amizade.

Porém, uma vez tendo-a deixado — e também a Lily — em mãos de médicos competentes e dedicados, tratara de responder da melhor maneira possível às perguntas da polícia e do CSA. Falou dos *therapeutae* e dos carpocráticos, do sítio em Borg el-Arab, da figura no mosaico e das letras gregas que representavam o nome de Akhenaton. Contou-lhes suas teorias sobre o Êxodo e, já cansado, ingenuamente revelou suas ideias mais loucas sobre Amarna e o Jardim do Éden.

Na manhã seguinte, ao acordar, teve de enfrentar uma tempestade na mídia. O túmulo de Akhenaton e Nefertiti já era em si suficiente para despertar a atenção das principais redes de comunicação do mundo inteiro. Alguém, no entanto, havia também falado das teorias de Knox, e isso levara o assunto a outro nível. Jornalistas de renome afirmavam como verdade que Akhenaton e Nefertiti eram Adão e Eva, pois, de outra forma, como poderiam os detalhes do lugar de seu descanso eterno terem sido descritos com tanta exatidão no *Livro da Caverna dos Tesouros*? Afirmavam também que o mistério do Êxodo estava conclusivamente resolvido: os judeus eram monoteístas de Amarna obrigados a fugir do Egito pelos sucessores reacionários de Akhenaton.

A reação foi imediata, com os historiadores zombando da ligação putativa entre Amarna e o Éden, afirmando que o *Livro da Caverna dos Tesouros* fora escrito dois mil anos depois de Akhenaton, o que tornava qualquer conexão pura coincidência. Eruditos religiosos também entraram no debate, ridicularizando a ideia de que Akhenaton pudesse ter sido Adão, Abraão, José ou outros patriarcas, e destacando que os relatos da Criação e do Dilúvio eram anteriores a Amarna, argumentando que o Gênesis não era uma sanfona que pudesse ser puxada para um lado ou para o outro.

O efeito mais sóbrio, porém, partiu de Yusuf Abbas, secretário-geral do Conselho Supremo de Antiguidades. Inicialmente, descartou Knox, considerando-o um caçador de glórias sensacionalista e arqueólogo sem credenciais. Depois, observou que monges dos tempos iniciais do cristianismo haviam habitado os túmulos de Amarna nos primeiros séculos depois de Cristo e era mais plausível que quaisquer informações sobre Akhenaton tivessem sido transmitidas por eles aos gnósticos de Borg el-Arab. Com exceção do mosaico, tudo o mais era pura especulação. O próprio Knox teve de concordar que se tratava de uma explicação razoável. Assim, de repente, o que por um breve instante parecera estar esclarecido tornou-se novamente opaco, terreno fértil para disputas acadêmicas durante os próximos cem anos.

Quanto ao reverendo Ernest Peterson, bastou passar uma noite na prisão para revelar-se. Segundo Naguib, ele não só confessou seus crimes, como também se mostrou orgulhoso por tê-los cometido, exaltando sua missão sagrada de encontrar o rosto de Cristo e iluminar o mundo. Reconheceu sua responsabilidade na morte de Omar e relatou as tentativas de matar Knox, dizendo que voltaria a fazê-lo com prazer. Declarou-se combatente do Senhor, um soldado pronto a passar o resto da vida em uma masmorra egípcia. Knox não era um homem vingativo, mas às vezes tinha vontade de rir.

Augustin o visitara na tarde anterior. Não se demorou, porque precisava levar a nova namorada, Claire, de volta a Alexandria. Knox gostou dela imediatamente. Alta, suave e tímida, porém dona de uma energia interior, era muito diferente das conquistas costumeiras de Augustin. Durante todos os anos que o conhecia, nunca tinha visto o amigo francês tão visivelmente apaixonado, tão orgulhoso de outra pessoa.

Gaille fechou os olhos. Knox observou-a por algum tempo, imaginando que tivesse adormecido. Ela, porém, abriu-os repentinamente e estendeu a mão.

— Não me deixe — disse.

— Não.

Ela fechou novamente os olhos. Parecia tranquila. Estava linda. Knox olhou o relógio. Teria um dia muito ocupado. A polícia queria ouvi-lo outra vez. Yusuf Abbas convocara-o ao escritório central no Cairo para que ele pudesse explicar-se. Jornais de todo o mundo chamavam-no sem parar, oferecendo fortunas por uma entrevista exclusiva.

Que continuassem a aumentar as ofertas.

Knox tirou do bolso um livro e acomodou-se para ler.

Este livro foi composto na tipologia Adobe Garamond Pro,
em corpo 11,5/15,6, impresso em papel off-white
no Sistema Cameron da Divisão Gráfica
da Distribuidora Record.